Milenio Carvalho

Autores Españoles e Iberoamericanos

Manuel Vázquez Montalbán

Milenio Carvalho

II. En las antípodas

 Planeta

© Manuel Vázquez Montalbán, 2004
   Herederos de Manuel Vázquez Montalbán
© Editorial Planeta, S. A., 2004
   Diagonal, 662-664, 08034 Barcelona (España)

Primera edición: marzo de 2004

Depósito Legal: M. 4.254-2004

ISBN 84-08-05095-8 obra completa
ISBN 84-08-05014-1 volumen II

Composición: Foto Informática, S. L.

Impresión y encuadernación: Mateu Cromo Artes Gráficas, S. A.

Printed in Spain - Impreso en España

Ya en 1982 había vuelto al mismo hotel de su primer viaje a Bangkok y allí estaba el Dusit Thani, treinta años más viejo que en el momento de descubrirle sus habitaciones correctas, su piscina construida, diríase que a contrasol, oscurecida por edificaciones más altas, y también su excelente bufete de desayuno y tres restaurantes dedicados a la cocina internacional, tailandesa y japonesa, notable el japonés. Probablemente no era el portero el mismo que veinte o treinta años atrás, pero seguía vestido de Peter Pan asiático, peripatético y observador del Bangkok mítico de la mala vida, iniciado casi a las puertas del hotel, más allá de la Silom Road y los callejones sucesivos del en otro tiempo pecaminoso barrio Patpong, sombra de sí mismo, superado por el sexo sin fronteras desparramado ya por casi todos los barrios de la ciudad. Entre el aeropuerto y el Dusit Thani había tenido tiempo de recuperar el riesgo de ruleta rusa que significaba conducir por Bangkok, dispuestos los coches a chocar entre sí y sólo cediendo el paso un segundo antes de la tragedia. Los triciclos taxis aquí se llamaban *tuk-tuks*, y como siempre, a Carvalho le recordaban a los triciclos, pero sin motor, que en la posguerra española servían de medio de transporte de mercancías a cargo de ciclistas camicaces que todos los días se la jugaban con la hipotensión y el bacilo de Koch. En su memoria no eran vehículos simpáticos, y procuraba evitarlos desde que habían aparecido en la India, a pesar de que entusiasmaban y enternecían a Biscuter porque le parecían casi un juguete y consideraba de justicia alquilarlos para que el conductor se ganara una vida tan perra. Además, eran la modernidad con respecto al transporte de los *coolies* de antaño, animales de tiro adheridos a sus bicicletas. Biscuter expuso el mínimo de lo que esperaba de Bangkok: la pelota de ping-pong, un masaje *body body*, la visita al mercado, la ciudad fluvial que había condicionado la leyenda de Bangkok como la Venecia de Asia, algún templo inevitable, los zafiros y los rubíes, para verlos, sólo para verlos, porque eran las joyas preciosas que más le habían sonado desde la infancia. También las esmeraldas.

—Aquí, zafiros tailandeses y rubíes de Birmania. Si quieres esmeraldas hay que ir a Colombia.

Se fueron a comer al restaurante japonés y por el camino ya encontraron oferentes de todos los tráficos de la ciudad, tal vez más insistentes los de las piedras preciosas. Luego comprobaron que Silom Road atardecía frente a la luz prepotente del hotel. Mal iluminada, la calle camuflaba su comercio y los intermediarios asaltaban con sus ofertas a cuantos extranjeros se atrevían a pasear. Tomaron un taxi y se repitió la secuencia de los dos viajes anteriores, aunque nunca la interpretara el mismo taxista.

—¿De dónde son ustedes?

—De Barcelona, en España.

El taxista de los años setenta había identificado inmediatamente la ciudad: «Barcelona ¡Cruyff! ¡Cruyff! Allí juega Cruyff.»

El de los años ochenta había gritado, entusiasmado: «¡Barcelona, Maradona! ¡Barcelona, Maradona!»

El de ahora había escuchado el nombre de Barcelona sin asociarlo a ningún prodigio.

—Biscuter, acabo de darme cuenta de la crisis fatal que

amenaza al F. C. Barcelona. Nadie asocia la ciudad a ningún jugador de fútbol prodigioso. No somos nadie.

El taxista cumplía la orden de propiciar un recorrido iniciático, pero la excesiva noche impedía captar el decorado. «¡Bangkok *la nuit*!» Así empezó el conductor su ofensiva comercial. No, no creía que encontraran en Patpong lo que buscaban, porque el barrio se había degradado y la oferta de espectáculos más interesantes se había trasladado a otros lugares.

—¿Chicas? ¿Chicos? ¿*Body body*?

—Pelota de ping-pong —resumió eficazmente Biscuter.

¿Ping-pong? Tardó algo el taxista en comprender lo que le pedían y la risotada que estuvo a punto de frenar el coche demostró que lo había entendido todo. Comenzó entonces un trayecto lleno de merodeos y, a juicio de Carvalho, ineficaz, un simple intento de engordar el taxímetro, hasta que desembocó en una calleja aparentemente cerrada por una empalizada. Se abrió ésta al conjuro de tres bocinazos y el taxi penetró en un patio que ejercía de parking de coches, casi todos japoneses y algunos autocares pequeños. Puertas iluminadas anunciaban diferentes descensos a diferentes infiernos y, tras cobrar una propina suficiente por una carrera excesiva, el hombre les señaló la puerta más amplia.

—Ping-pong.

En la entrada había un vigilante demasiado oscuro para la escasez de la luz porque estuvieron a punto de ignorarlo, y más allá de una puerta batiente verde que imitaba la policromía de los templos, se abrió de pronto un salón enorme, atiborrado por cientos de personas, en parte alineadas ante una barra larguísima, servidas por camareras disfrazadas de vestales griegas ligeras de ropa, y en parte formando círculos en torno de las diferentes, breves peanas iluminadas sobre las que muchachas desnudas jugaban al ping-pong con la ayuda de los labios de su sexo. Se metían la pelota en la vulva, la succionaban y al rato la pelota rebotaba contra el suelo, y les bastaba el vuelo de una mano pequeña para volver a introducir la pelota en la madriguera y reiniciar el juego. Las expertas en ping-pong vaginal bailaban como *gogó girls*, lentas, al compás de una música de *striptease* estándar, y actuaban con la indiferencia de profesionales de un deporte sólo aparentemente sexual, porque pocos espectadores se atrevían a suponer un uso extradeportivo para sus vaginas recogepelotas.

Una mayoría de occidentales, franceses e italianos sobre todo, eran objeto del asalto de proveedores de algo más que el inocente juego del ping-pong de aquellas jovencísimas muchachas de piel nacarada, pubis a veces afeitados y ojos de carbón untuoso. Carvalho recordó secuencias de viajes anteriores, la constante del voyeurismo sexual incluido en el precio de Tailandia, como un vertedero a la vez exótico y económico de las fantasías sexuales de los países ricos y correctamente puritanos.

—¿Y lo de los masajes, jefe?

Tenían las manos llenas de folletos propagandísticos de prodigiosas rutas de masajes, y los ojos de Carvalho se detuvieron en el nombre Atami, un centro al que él había acudido en busca de una pista que lo llevara hasta Teresa Marsé y hasta Archit, su desdichado gigoló thai. Finalmente había contratado el masaje *body body* enunciado por los intermediarios con el rostro de la lascivia y la promesa de la felicidad, pero lo había asumido con la coartada de interrogar a la *partenaire* y así dar con el paradero de la pareja. Subieron Biscuter y Carvalho a un taxi que los dejó en un callejón conectado con la Petchburi Road, casi sin otra luz que la que anunciaba el Atami en grafismo thai. Nada más entrar en el anodino caserón se percibía una división de público entre pasivos mirones, supuestamente guardianes del orden erótico y sexual del edificio, y los clientes de pie frente a una enorme pecera llena de muchachas alineadas, cada cual con un número con el que tapaban y destapaban su sexo, aplicadamente, sin lascivia, un gesto más. Nada más situarse ante la pecera, se les llenaron los oídos de susurros persuasivos sobre maravillas por ver y fueron empujados, más que conducidos, hacia pisos superiores, donde los ramilletes de muchachas numeradas y semidesnudas ya no precisaban del filtro de la pecera. A Biscuter le parecían todas unas adolescentes.

—Quiero una mujer, no una niña.

Carvalho tradujo sus deseos y las cinco o seis alcahuetas que los guiaban parecieron enfadarse.

—¡Niñas, no! ¡Niñas no poder! Mujeres. Mujeres jóvenes. Todo legal.

Finalmente, Biscuter se detuvo ante otra alineación de una docena de muchachas, las examinó con ojos de cosmonauta recién llegado a un planeta improbable y señaló a una de ellas.

—¡La perla de Lamphun! —exclamó un valedor, y Carvalho recordó que las muchachas más solicitadas provenían de Lamphun o de Pasang y eran, como todas, hijas de familias numerosas que marchaban a la capital en busca de un dinero rápido que permitiera elevar el nivel de los suyos.

—¿Y usted?

—¿Y yo?

—De momento me abstengo.

—¿Quieren un número? Ustedes dos y dos chicas o tres o cuatro o cinco, las que quieran, o con chicos, o con chicos y chicas.

Carvalho buscó un banco, se sentó e indicó con un ademán que Biscuter quedaba solo ante su suerte. El ayudante de detective parecía no reparar en la presencia de su jefe, como si hubiera adquirido un destino personal no comunicable, y caminó tras una muchacha envuelta ahora en un albornoz blanco por un pasillo iluminado por luces de neón venidas a menos. La muchacha abrió una puerta y cedió el paso a Biscuter para luego encerrarse ella misma con su cliente y dejar ante Carvalho la impresión de una caja de Pandora dentro de la cual el siempre inesperable Biscuter iba a satisfacer una de las hambres de su vida.

Una hora después, ambos recuperaron la calle sin que ninguno de los dos hubiera dicho nada desde el reencuentro. Era inevitable, pero no tenían ganas de hablar de la reciente experiencia de Biscuter. Carvalho recordó la suya. Nada más entrar en la habitación, y descalza, la muchacha le había parecido más joven todavía. La estancia seguía iluminada por un neón escasamente lujurioso pero que ayudaba a blanquear las carnes. La habitación, repartida entre el espacio para un colchón de plástico hinchable y una zona húmeda dominada por una amplia bañera, invitaba a la huida inmediata. La muchacha había colocado el colchón junto a la bañera y repetía una pregunta que más parecía una letanía: *«Fucking? Fucking?»*

Tenía voz de colegiala constipada, un cuerpo bonito, manos pequeñas con las que se aplicó a un masaje thai en el cuerpo de Carvalho, yaciente sobre el colchón hinchable. Luego condujo al hombre hasta la bañera llena ya de agua caliente y allí lo frotó con unas pastillas grandes de un jabón que prometía ser agresivo y en cambio era delicado y perfumado. Enjabonado el hombre hasta la espumación, de los dedos de los pies hasta la cabeza y muy especialmente el pene y sus cercanías, ella hizo lo propio con su cuerpo y, resituado Carvalho en el colchón, la muchacha se puso sobre él y empezó el *body body* o masaje entre dos cuerpos desnudos y enjabonados que a Carvalho más le pareció un spot publicitario de jabón Lux, por ejemplo, que un excitante sexual. Ella notaba la distancia que persistía entre la realidad y el deseo, le cogía el pene entre los dedos, ponía cara de asco y le proponía chupárselo a un precio especial, dado «el asco que le daban los penes», según aseguraba.

Se le rompió el recuerdo cuando por fin la voz de Biscuter recuperó su presencia:

—¿Y usted nada, jefe?

—No. Pero la vez anterior, sí. No me lo pedía el cuerpo. Tal vez otro día.

—Es curioso, sólo curioso. Pero no hay, ¿como le diría yo?, comunicación, aunque la palabra se las trae. Tal vez sea por culpa de la humedad y el jabón, pero no he tenido la sensación de estar follando con una mujer real. Es como si ella hubiera salido de otro mundo, sin salir.

Al día siguiente Carvalho escogió un desayuno policromado de frutas tropicales y huevos fritos, se bañó en la piscina y esperó a que Biscuter se repusiera de los excesos de la noche anterior para proponerle el Bangkok fluvial. Recordaba un restaurante vietnamita que le había aconsejado el policía Charoen veinte años atrás, Annam, tal vez se llamaba, aunque era problemático que sobreviviera a veinte años de la vida de una ciudad como Bangkok, donde lo tradicional se había refugiado ya exclusivamente en la ciudad palafitada marcada por el Gran Canal. Alguien había dejado sobre su tumbona el inevitable *Bangkok Post* y propaganda de un espectáculo atávico, la lucha entre la mangosta y la cobra, vivencia horrorosa en la memoria de Carvalho, porque la cobra acaba siendo torturada por las mordeduras de la mangosta enfurecida, sin que la serpiente reciba la piedad del público, ya que todo el mundo recuerda estadísticas terribles de tailandeses, sobre todo niños, muertos por mordeduras de serpiente. Llegó Biscuter cansado por dentro y por fuera y tardaron en concertar la excursión de los canales que empezaría río arriba, para que Biscuter captara cómo el Mekong, de ser un río convencional campesino, con búfalos en las riberas, arrozales y molinillos de agua, pasa a convertirse en una ciudad acanalada y palafítica donde las mismas aguas limpian los culos y las bocas a pocos metros de distancia.

Poco a poco el río se urbaniza de cabañas de madera alzadas como sobre zancos, casas de habitación única donde a veces veinte miembros de una familia cocinan, comen, fornican y duermen. Todo lo demás lo hacen en las aguas turbias, incluso comprar en los mercados sobre barcas, aguas arriba en el Damnoen Saduak, ya en Bangkok en el Dao Kanong. Del Gran Canal central parte una retícula de canales y canalillos donde la piragua con pequeño motor fueraborda en la popa es el principal medio de comunicación y soporte de mercancías en los mercados flotantes, incluso de fogones de carbón de tamarindo, donde se cocina para los compradores y vendedores navegantes servidos por menudas viejas enlutadas que igual manejan el remo, el atizador, el mangual, que el cazo. Allí donde miraban aparecían las basuras flotantes, los niños enjabonados por sus madres, las ollas recibiendo el agua del río, escrupulosos cuidadores de sus dientes que metían directamente el cepillo en las aguas y a ellas escupían los buches limpiadores con la ayuda exclusiva de las salivas. Desde el Gran Canal quería recibir la impresión de que no había otra vida posible que la que estaba presenciando, que el hábitat terrestre era un sueño o un ensueño y que todo el mundo y toda la vida estribaba en una retícula de canales como los que veía. Carvalho recordaba haberlo recorrido en una canoa de la policía veinte años atrás, y el recuerdo del inspector Charoen se le impuso como una necesidad para recuperar totalmente aquel Bangkok en el que buscaba algo menos confuso que dar un paso más en la vuelta al mundo. Charoen, Madame La Fleur, Jungle Kid, en el inicio de la década que terminaba el sentido adquirido por el siglo XX desde el inicio de la guerra fría, al día siguiente de la Revolución de Octubre. Charoen como policía, y Madame La Fleur y Jungle Kid como criminales pertenecían a la lógica de aquellos tiempos y debían de tener sus herederos modernizados, por más que la situación en Tailandia no hubiera cambiado y los envejecidos y guapos reyes policromados al cabo de cincuenta años de reinado siguieran adornando el poder de los generales y de los traficantes de piedras preciosas, estupefacientes o carne humana.

—¿Qué más se puede comprar en Bangkok?

—Ya lo has visto casi todo: artesanía, rubíes, zafiros, especialmente zafiros, no hay quien visite Bangkok sin que se lleve un zafiro, putos, putas, heroína, cocaína, opio y sedas. Te faltan las sedas; son excelentes y baratas. Luego nos acercaremos al Gran Mercado porque supera a todos los grandes mercados que hayas visto, incluso a los de la India.

Cuando terminaron el recorrido de los canales inevitables, más alguna que otra derivación para que Biscuter comprendiera la complejidad del dédalo acuífero cuando casi se estanca y asume putrefacciones, Carvalho dijo que quería acercarse a la central de policía para localizar a un antiguo conocido, y Biscuter no tuvo reparos en acompañarlo. Nada sabía el guardia de la puerta sobre el inspector Charoen, «Uthain Charoen», precisó Carvalho, que incluso le escribió el nombre por si una incorrecta pronunciación desorientaba al agente. Hasta dos funcionarios importantes en dos pisos diferentes no supieron identificar ni localizar a Charoen, pero finalmente, casi al más alto nivel, al menos de edificio, Charoen existía a todos los efectos, aunque no en muy buenas condiciones.

—Está en la residencia geriátrica de oficiales, no por la edad, sino por un accidente. Un balazo en la espalda y quedó casi paralítico.

Tomó nota de la ubicación de la residencia en el extremo del oeste de la ciudad, y aunque no había tomado todavía una decisión, Biscuter le solucionó la vacilación, porque llamó a un taxi y una vez dentro quedó a la espera de que Carvalho enseñara al conductor el papel donde había escrito las señas. Carvalho quería y no quería ir, de la misma manera que cumplía la visita a Tailandia como una obligación de su memoria comparada con la realidad. Por otra parte, era una de las horas punta y la circulación se convertía en un intento de suicidio colectivo en el que participaban todos los conductores capaces de circular por cuatro vías en calles que apenas admitían dos, según un ritmo roto por las regulares paradas ante los semáforos donde enjambres de niños y adolescentes limpiaparabrisas se disputaban a codazos y puñetazos el simple derecho de poner una esponja a la consideración del conductor. Esponjas y diarios, y si el semáforo era importante, bisutería, artesanías diversas, ofertas de sexo y piedras preciosas para que, de pronto, al cambio de luz desaparecieran los comparsas y los conductores prosiguieran con su vocación de autochoques.

—Yo no miro —dijo Biscuter con una mano sobre los ojos.

—El espectáculo exige mirar. Al contrario de lo que puedas pensar, casi nunca chocan.

Fue fácil el camino hacia Charoen en la residencia donde el orden militarizado no evitaba los descuidos de algunos orinales, como pasando revista por los pasillos a la espera de ser liberados de su carga. Vagaban por su cosmos enfermos alelados y viajeros incontrolados en sus sillas de ruedas como si fueran cosmonautas sin órbitas comprobadas, y tras un largo y ancho corredor donde desembocaban, se establecían, se perdían, docenas de enfermos, la escalera descendía hacia un pequeño parque donde asilados solitarios parecían haberse refugiado para recuperar cierto grado de mismidad. El enfermero les señaló a un hombre en silla de ruedas a la sombra de un ombú gigantesco y florido, y cuando Carvalho le preguntó mediante gestos si estaba en condiciones de oír y hablar, se echó a reír y también mediante gestos les advirtió de que el ex inspector Charoen no paraba de hablar. A medida que se acercaban pudieron comprobar que los labios de Charoen estaban en continuo movimiento, pero la cercanía y la inmediatez no les permitieron captar sonido alguno. Sólo el cerebro de Charoen hablaba, y los labios se limitaban a insinuar el sonido sin cumplirlo. Cuando Carvalho se puso ante él, el policía lo contempló desconcertado durante un tiempo, aunque algo lo avisaba de un reencuentro.

—Soy Carvalho, aquel detective privado español que estuvo por aquí hace veinte años buscando a una tal Teresa Marsé y a su novio, Archit, Archit se llamaba.

Tras un segundo de revisar sus archivos mentales, Charoen dijo que sí varias veces, convirtió el asentimiento en saludo y tendió sus manos hacia Carvalho para que fueran estrechadas con una cordialidad que tampoco traslucía exactamente la relación que habían mantenido veinte años atrás.

—Archit, Archit. Creo que murió. ¿Ella también?

—No.

—Las mujeres nos sobreviven.

—Eran tiempos de Madame La Fleur y de Jungle Kid, ¿recuerda?

—Jungle Kid murió, pero Madame La Fleur está retirada e inválida, pero viva. Las mujeres nos sobreviven.

Carvalho le transmitió el empeño de dar la vuelta al mundo.

—¿De qué se despide usted?

Nada había dicho de despedida, pero Charoen había acertado en el sentido de su viaje.

—De todo y de nada.

—Así es. El todo no existe; la nada tampoco.

Cuando no debía responder a pregunta alguna, Charoen recuperaba la condición de paralítico reflexivo y pensante, con los labios insinuantes de todo cuanto pasaba por su cerebro.

—¿Por aquí todo está igual?

—Todo está igual —afirmó muy convencido—. Todo está muy diferente.

—La droga sigue siendo un problema.

—Porque es un negocio y una necesidad. ¿Lo ve usted? La droga es necesaria, y perseguir la droga también es necesario. ¿No es acaso la relación esencial entre el bien y el mal?

—¿Aplica ese principio a todo?

—A todo. Para que Tailandia funcione necesita que manden generales corruptos, porque los generales corruptos no crean problemas.

—O sea, que vuelven a aparecer nuevos gángsters como Jungle Kid o Madame La Fleur.

—No. Ha cambiado el estilo. Generalmente no hay grandes individualidades. Ahora el gangsterismo lo dirigen equipos no personalizables y se organiza como un poder capaz de pactar con el poder oficial corrupto. Sería mucho peor el descontrol, o al menos la apariencia de descontrol, como en mis tiempos. Me pegaron un balazo en la espina dorsal pero tuve suerte. No me quedé parapléjico total, como ese actor norteamericano que hacía de Superman. A veces, cuando dan una película suya en la tele me reconforto. Él es norteamericano, pero está más invalido que yo.

A Carvalho se le habían acabado las preguntas y Charoen recuperó su pensamiento y su silencioso lenguaje. Biscuter, en cambio, se sentía en deuda con la evidente pulsión de respuesta que había demostrado el inválido.

—Jefe, pregúntele algo más.

—No sé qué preguntarle. No lo conocía demasiado.

—La vida. No sé, la familia, el futuro.

Carvalho trató de trabar una pregunta lógica y finalmente dijo:

—Es usted un hombre muy fuerte. Admiro la entereza con la que afronta su estado. Sólo un hombre muy fuerte puede superarlo.

Charoen dejó de pensar y de hablar. Miraba a Carvalho estupefacto y parecía no encontrar las palabras adecuadas, pero las encontró:

—¿A qué estado se refiere? Estoy jubilado al más alto nivel. Soy viudo, tengo una buena paga con la que ayudo a mi nieto a estudiar medicina y a prepararse para irse algún día a un país serio. Pero ¿ve usted? Lo que parece una solución es un problema. ¿Dónde hay un país serio? ¿Qué es un país serio?

No era posible ver a la reina Sirikit, ni a su marido, desde hacía casi cincuenta años sex-symbols de las monarquías asiáticas, por lo que evitaron la visita al Palacio Real y al adosado templo o Wat Phra Keo, conjunto adivinado más allá del largo muro que marcaba su perímetro. En cambio, Carvalho quiso que Biscuter viviera y superara la prueba del Gran Mercado Fin de Semana —aventajado en variedad a cuanto habían visto hasta entonces—, donde cabía desde una moldura a una pantera, desde un cangrejillo a un elefante y flores y sedas y tapices y muebles y peces o serpientes disecados, mangostas en sus jaulas y cobras en sus pozos enrejados, juguetes para niños y puñales para bandidos, uniformes de todas las guerras pasadas y futuras y ropa interior de segunda piel, ungüento de serpiente para reumáticos y pomada de insectos para penes desganados, botellería de *ñac ñac* sumando sus salazones pestilentes a, diríase, un bosque kilométrico de manojos de cilantro que conseguía imponer sus aromas a miles y miles de flores, e hibiscus, incluso a las especias más agresivas, el jengibre o el clavo, a la defensiva, como la tímida soja, en tinajas de barros oscurecidos, hasta veinte variedades de camarones entre la exquisitez y la descomposición, patos lacados o simplemente embalsamados, huevos podridos y cojones de búfalo, madrigueras de vaca y cabezas de cordero, tornillos, enchufes, zapatos, trajes de baño, carros de cocina rodeados de comensales dispuestos siempre a comer arroz hervido y camarones con brotes de soja de cuencos que se acercaban hasta la nariz mientras con la otra mano conseguían que los palillos acarreasen comida hasta la punta misma de la lengua. Nunca había visto Carvalho comprar y comer con tanta ansiedad y dedicación como en las calles de Tailandia, y alguna vez se había sentido contagiado y había participado de un festín sabroso y barato, desoyendo el consejo de todas las guías y el reparo en los ojos de los viajeros pasteurizados.

—Jefe, aquí no se pasteuriza ni la leche.

—Por más que visites este mercado, siempre encontrarás un producto nuevo. Hay quien dice que se venden, aunque no se ven, hasta misiles inteligentes.

Se había acostumbrado Biscuter al ritmo de viaje del detective, ajeno al inventario de maravillas que todos los lugares ofrecen a los viajeros, por muy transitorios que sean. Carvalho tenía un concepto personal de lo ruinoso y lo monumental, y consideraba que era más interesante coger el tren que unía Bangkok con el sur del país y más allá, con Malasia y finalmente Singapur, donde los esperaba un cóctel que Somerset Maugham había descubierto del mismo modo que se decía que Colón había descubierto América, el cóctel estaba allí, en la barra del hotel Raffles, como el daiquiri estaba allí, en la barra del Floridita, en La Habana, y Hemingway se había limitado a quitarle el azúcar porque era diabético y a añadirle el doble de ron.

—Ya conoces casi todas las aportaciones de este país al acervo humano, desde el *body body* hasta las plantaciones invisibles de opio, pasando por un rey ya viejo que es un jazzman bastante correcto. Algunas playas del sur han conseguido un estatus de almacén de bronceados, Phuket o Pattaya, como Benidorm o cualquier playa mediterránea tapiada por miles de construcciones, pero aún queda naturaleza libre, o quedaba, y quisiera llevarte a Ko Samui, ya muy al sur, en el golfo de Siam, para repetir el viaje que yo hice veinte años atrás, a ver qué cambios percibo.

Durante veinte años, Ko Samui se había ido convirtiendo en un referente para Biscuter, una ventana que Carvalho le había abierto al paraíso, y subió emocionado al tren que los llevaría hasta Suratani, luego un taxi a Ba Don y tres horas de barco para llegar a Ko Samui. El coche cama con aire acondicionado era exactamente igual que el que había tomado Carvalho en 1982, pero esta vez compartía el departamento con Biscuter. Permanecieron sentados viendo cómo Bangkok desaparecía poco a poco, con voluntad de no ser agotada por la insistencia del tren, barrios periferia que se parecían a todos los barrios periferia del mundo, viviendas protegidas, desprotegidas, barracas, canales llenos de casuchas palafitos corroídas por la humedad, cansancio asiático en las gentes y en las fachadas, pobreza en competencia con una vegetación de lujo que acabó por imponerse a la degradación de las personas. Ya todo era paisaje, algo deformado por el doble cristal de las ventanas. Carvalho quiso comprobar si el tren repetía el aquelarre del viaje anterior, y allí estaba la mezcla consensuada de riqueza y pobreza, el agua corriente en los lavabos de primera y las tinajas con cacillo de los vagones de tercera, el comedor en el que Biscuter y él eran los únicos occidentales, rodeados de prepotentes asiáticos ruidosos y bebedores, y la comida en los demás vagones según los cánones de la comida viajera, tarteras o delgadísimos bocadillos de queso y jamón para jóvenes rubios vestidos de excursionistas. Comieron un plato combinado de entrantes japoneses, bebieron cerveza thai y el inevitable mekong, que a Carvalho le sabía a whisky medicinal. Advirtieron al revisor que les iba la vida en el hecho de descender en Suratani o pasar de largo, y mientras Biscuter dramatizaba fingiendo degollarse con un dedo gordo, Carvalho puso en manos del funcionario suficientes baths como para mantenerlo despierto durante tres días. Se desnudaron y se acostaron, aunque Carvalho no apagó la luz y leyó a fondo un *Bangkok Post* que profetizaba una inmediata intervención militar de Estados Unidos en Iraq, intervención discutida por el secretario general de las Naciones Unidas y parte de los gobiernos europeos, menos los de España, Reino Unido e Italia, que estaban dispuestos a ponerle la alfombra bélica al amigo norteamericano.

—Pero ¿qué se le ha perdido a éste en Iraq? —exclamó en voz alta Carvalho, recordando el anodino sistema de señales que solía emitir el rostro del jefe de gobierno español.

Al fin y al cabo, ¿qué más daba? Casi sólo iban a morir iraquíes, y hay pueblos que nacen para asesinar y otros para ser asesinados; estaba no sólo demostrado, sino que constaba por escrito en los mejores libros de historia. Pero la represión de su propia indignación le produjo insomnio y luego se lo perpetuó la indignación por haberse indignado como un idealista desnudo, en un camastro de primera clase de un tren tailandés, al servicio del capricho arbitrario de dar la vuelta al mundo. Biscuter roncó hasta que el aviso del revisor los puso en pie y se sintieron algo desorientados por el exceso de noche que se metía por las ventanillas, una noche sólida, de vegetaciones no matizadas por luz alguna, mientras el cuerpo les reclamaba descansos que no habían tenido. Suratani era una estación en la que sólo descendieron seis viajeros, un caserío apenas iluminado, un pequeño coche de línea que se llevó a dos parejas rubias y jóvenes y varios taxis que ni siquiera pugnaron por hacerse con los dos viajeros que quedaban. El taxista escogido no preguntó adónde iban, pero tampoco se sorprendió cuando, seis kilómetros después de ponerse en marcha, Carvalho le advirtió de que iban a Ba Don.

—Ya, ya. A estas horas no se puede ir a otra parte.

El coche avanzaba por un túnel de jungla y una hora después aparecieron penachos de lucerío enrojecido de un sol que nacía con el viento puesto. En el viaje anterior, el misionero italiano le había descrito un Koh Samui todavía a salvo de peligrosas modernidades, salvo por la presencia de restos del naufragio de la progresía europea y norteamericana de los años sesenta y setenta. Otra amenaza era el comienzo de la especulación del suelo, por entonces sin otro agente peligroso que un español llamado Martínez que, en opinión del salesiano, llevaba una vida licenciosa con más de una mujer thai. Por el camino, el taxi había sido detenido por una patrulla militar, ya que veinte años atrás volvía a haber guerrillas comunistas en la zona. ¿A qué comunista se le ocurriría ahora montar una guerrilla en parte alguna? El misionero italiano había reconocido entonces que en Tailandia había más comunistas que católicos, y aunque los comunistas ahora eran una especie en extinción escasamente protegida en el mundo entero, tampoco los católicos pasaban por su mejor período histórico, acentuados los rasgos de una cierta obsolescencia mantenida con más tozudez que poesía.

—Pues es raro que ustedes vayan a Koh Samui en tren. Hay aeropuerto en Suratani, y en la propia isla, una pista de aterrizaje.

Mierda. Carvalho repitió tres veces mierda, no por el absurdo cansancio de haber repetido el trayecto de 1982, sino por la repentina evidencia de que Koh Samui ya no podía ser la de hacía veinte años. Biscuter se había estirado casi al completo con los brazos doblados tras el cogote y los pies flotantes cerca del respaldo del sillón del conductor, pero no dormía. Sin duda, recordaba todo lo que Carvalho le había contado de Koh Samui y se preparaba para comparar la realidad con el mito.

—Siempre son islas, jefe.

—¿El qué?

—Los lugares que llegan a la categoría de mito.

—Demuéstramelo.

—Ya lo vio usted en Grecia, Lesbos, Ítaca, Creta...

—Pero es que Grecia es casi pura isla. Hasta el Peloponeso es propiamente una isla.

—Pues hay otras. Koh Samui, Ibiza, Bora Bora, Alcatraz...

El tono de Biscuter no admitía cuestionamiento y Carvalho dio por bueno que casi todos los lugares míticos son isleños y aportó su propio ejemplo:

—La isla de Nunca Jamás.

—Australia.

—Las islas Vírgenes.

—Usted hace trampa, jefe. ¿Desde cuándo las islas Vírgenes son lugares míticos?

Era casi la misma hora que veinte años atrás y el puerto de Ba Don estaba igualmente desierto, aunque había crecido y complicado sus muelles con nuevos accesos y tinglados, no del todo identificables los lugares. Pero estaba abierto el mismo bar que en 1982, y una hora después pudieron recorrer el súbitamente superpoblado y ruidoso mercado de mejillones verdes, ostras negras, abalones, pequeñísimos camarones, vísceras de cerdo y aquellas largas vainas verdes que parecían de judías. Tomaron un tentempié de uno de aquellos carritos alimentarios que tanto fascinaban a Carvalho.

—¿Te los imaginas en Europa? Es algo así como una alimentación guerrillera, participativa. Algo se parecen los puestos ambulantes de Holanda donde te venden pan y arenque crudo.

De la noche brotó el día y con él docenas de viajeros que se alinearon ante la caseta donde vendían los tickets de embarque. El mar estaba en su sitio y prometía lejanías de islas dragoneras, lomos verdes fingían ser escamas, y cuando el ferry se puso en marcha Carvalho sintió algo parecido a la tentación de felicidad, porque en Koh Samui, recordaba, casi había sido solitariamente feliz.

Antes de llegar al puerto de Ban Ang Thong ya se veían confusamente entre nieblas en retirada otras islas, parte de las casi ochenta que forman el archipiélago de Koh Samui, sólo seis habitables. En 1982, la propaganda turística tenía difícil propuesta para la isla, en competencia con las playas estándar del sur de Tailandia, y se limitaban a proponer dormir, bañarse en el mar y comer marisco. Sin embargo, valoraban mejor las playas alejadas del lugar de desembarco y hacia ellas partían los exiliados con vocación de encontrar el paraíso en la Tierra. Carvalho creyó ver mucha más gente en el pasaje que en su anterior viaje, y nada más desembarcar era evidente que la capital había crecido y que ya no consistía en una desguazada calle central mal asfaltada y llena de motos japonesas, Yamaha, creía recordar. La ciudad había evolucionado no tanto como para morir de éxito como les había sucedido a Hong Kong o a Benidorm, pero lo suficiente como para haber dejado de ser un apeadero, y cuando pidieron al taxista que los llevara al hotel Nara Lodge, el hombre no se sorprendió como había ocurrido en el viaje anterior, sorpresa lógica porque Carvalho había sido el único huésped de aquel casi solitario hotel playero hasta que llegó una madre japonesa rodeada de niños con ganglios y con niñera que sólo se albergaron allí un fin de semana. Todo estaba cerca en Koh Samui y muy especialmente las saltos de agua de Na Muang, treinta metros de altura sobre balsas de apenas veinte de superficie, pero repetidas y descendentes donde el baño adquiere la calidad de las aguas esenciales y el viajero puede representar el papel del hombre libre en la naturaleza libre. Saltos de agua y gigantescos falos de piedra, islas a lo lejos y playas absolutas donde cangrejillos blancos, casi transparentes, jugaban a meterse en la arena aplanada por las aguas y salir unos palmos más allá, como si la finalidad de su vida fuera abrir imposibles y estériles túneles de arena. La aparente inutilidad del hacer, las idas y venidas de aquellos cangrejos le habían evocado a Carvalho el diálogo supuesto entre san Agustín y el niño que trataba de vaciar el mar valiéndose de un cubito playero. Inútil esfuerzo el del niño de san Agustín y el del cangrejito de Koh Samui, tan simbólicamente inútil como el intento humano de comprender a Dios, patraña antirracionalista indispensable para que las religiones queden a salvo de sus propias ignorancias, convirtiéndolas en misterios tan revelados como superiores e inescrutables.

Ignoraba Carvalho si se había perpetuado la molicie supuesta en los aborígenes de las islas, capaces de exportar dos millones de nueces de coco a Bangkok sin coger ni una, utilizando como mano de obra la de cientos de monos que no habían hecho otra cosa que subirse a las palmeras a buscar cocos desde que evolucionaron de la condición de anfibios y reptiles a la de cuadrúpedos con voluntad de bípedos y quién sabe si de llegar a senadores. El Nara Lodge era veinte años atrás un hotel con vocación de futuro, y al parecer lo había tenido, porque ahora no eran los únicos clientes, estaba casi lleno, y en cambio el paisaje sólo parecía intocado en la inmediatez de la franja de tierra, en cuya punta se sentaba un Buda gigantesco, y en la persistencia del arenal apalmerado donde se alzaban los palafitos austeros que habían albergado a un buen puñado de sabios occidentales fugitivos de todas las derrotas de todos los mayos del 68 y sucesivos, a lo largo del infame calendario de los años setenta del siglo xx. Los palafitos estaban ahora ocupados por gentes más jóvenes e inocentes, más producto del excedente económico de sus familias o del presupuesto nacional bruto de sus países que de la insatisfacción histórica.

—Quizá esta época sea menos interesante, Biscuter. Cuando la única noticia previsible es que Estados Unidos va a machacar a Iraq para asegurarse el control estratégico del lago petrolífero de Oriente Medio y del flanco del sureste de China y que lo van a machacar probablemente sin víctimas propias y sin que jamás sepamos a cuántos iraquíes han matado, ¿qué puede ser interesante? La suerte está echada. Siempre lo estuvo, pero durante doscientos o más años de hipótesis racionalistas llegaron a creer que era posible combatir la predestinación, la única innegable, la que permite al más fuerte devorar al más débil desde que la ameba es ameba.

Tumbados en la arena de la playa del hotel, con la promesa de un islote de diseño afortunado al que accederían al día siguiente en un barco de aspecto piratesco que habían contratado, el Buda se ponía violáceo por el crepúsculo y los cangrejillos estaban en plena construcción y deconstrucción de sus recorridos desesperados, a sus espaldas crecía la música y el número de comensales desparramados por las mesas, a la derecha podían percibir cómo las excavadoras de Martínez o similares habían conseguido parcelar el paraíso y plantear ofertas de quinta o sexta residencia para aprendices de isleños. Pero todavía estaba Koh Samui a demasiada distancia de su propia autodestrucción como para que Carvalho no se sintiera satisfecho por el retorno.

Al día siguiente trataron de resucitar la realidad o la leyenda del famoso pez verde volador que podía envenenar a quien se pusiera a su alcance, y llegaron en barco pirata al islote prometido, que era sólo algo más que un arrecife privilegiado, una explosión vegetal sobre las playas más blancas de todas las playas blancas. Mas no pudieron bañarse a sus anchas porque renacía la sospecha de que el pez verde estaba al acecho y, en su ausencia, otros enemigos del cuerpo y del alma, como por ejemplo, el tiburón, aconsejaban zambullidas rápidas y braceos que no impidieran mantener los ojos bien abiertos. Eran los únicos extranjeros de la expedición y a los tres marinos habituales en el barco se habían sumado, como hacía veinte años, parientes o simples ociosos amantes de aquella travesía y, también como entonces, parlanchines pescadores con sedal entre los dedos y buenos bebedores de mekong, que el capitán repartió a cuenta de Biscuter, dispuesto a que aquélla fuera su isla y aquél su viaje, hasta el punto de que logró convencer a los isleños de que cantaran una copla de excursión en autocar ibérico.

Los estudiantes navarros,
chimpón, jódete, patrón.
Saca pan y vino,
chorizo y jamón,
¡y un porrón!

No consiguió Biscuter que los indígenas memorizaran la siguiente estrofa, aunque él estuvo cantándola incluso ya desembarcados en Koh Samui y mientras escogían menú en el hotel. Durmió la cogorza, pero idéntica predisposición lúdica tuvo cuando por la tarde fueron hacia los saltos de agua. Más tarde querían acercarse a Lamai Beach para que comprobara el milagro de los falos alzados con voluntad de fecundar los cielos.

Las cataratas de Mamuang tuvieron prolongación en las de Hinlard, y en ambas encontraron las mismas especies de occidentales globalizadores, no demasiado desnudos, aunque algunos hombres se atrevían a la desnudez absoluta mientras las muchachas del lugar se bañaban con camisón e incluso se enjabonaban el cuerpo a través del filtro de la tela. Los pendientes en las orejas de algunos varones poco tenían que ver con los de veinte años atrás, anuncios entonces de rebeldías residuales y ahora apología de cierta cultura agresiva tolerada en las mejores familias. El día en que un cardenal romano o un *ayatollah* persa aparecieran con un pendiente en la nariz, ¿qué sentido tendría lo que quedaba de cultura heavy? Pero en todos los cómplices de salto de agua se percibía la voluntad expresa de vivir una experiencia isleña absoluta, incluso de reivindicar su propia condición de isleños, y tal vez el pendiente era un regalo de los *tour operators*. La caída de las aguas era dura, y el cuerpo la agradecía como una agresión que anunciaba la placidez de las balsas descendentes, con el sonido de fondo de los saltos cayendo sobre los estanques de aguas vírgenes. La piel agradecía el leve frescor de la linfa de la naturaleza, copartícipe del esplendor vegetal que no los había abandonado en toda Tailandia y que luego Carvalho sabía que se prolongaría por Malasia hasta convertirse en un puro e indestructible tapiz de la Tierra en todas las islas de Indonesia.

Cenaron en el hotel langosta a la parrilla acompañada de arroz frito con tropezones de germen de soja, camarones, tallos de bambú y una mermelada especiada que a Carvalho le recordó la *mostarda* italiana que en la zona de Mantova suele acompañar diversos cocidos o las carnes resultantes del pantagruélico bollito.

—¡Qué viaje tan *fermo* hicimos con madame Lissieux, jefe!

Esperaba Carvalho que Biscuter aprovechara el relax de la sobremesa, tumbados bajo un cielo donde se manifestaban las estrellas de todo el firmamento, un vaso largo de mekong con hielo y cortezas frutales azucaradas y aromatizadas con jengibre, para ponerlo al día en sus relaciones con la francesa, aunque ya era tarde para que le hablara del misterioso encuentro en Kabul, y consciente Carvalho de que a Biscuter le era mucho más difícil mentirle que no decir toda la verdad, le expuso sus reservas:

—Me parece increíble que, con lo amigos que llegasteis a ser, madame Lissieux no haya tratado de ponerse en contacto contigo para decirte ha pasado esto o cómo están ustedes. En fin, formas convencionales un poco burguesas, pero la señora tampoco era una niña y estaba llena de tics burgueses, porque no podemos pasarnos el día extirpándolos como si fueran forúnculos.

Biscuter tardó en contestar.

—Los caminos de la vida son así, jefe, se unen, se separan. ¿Quién le iba a decir a usted, cuando nos conocimos en la cárcel de Aridel, que un día llegaríamos a esta playa del golfo de Siam y mantendríamos una conversación sobre san Agustín y el chaval que trataba de meter el mar en un agujerito de la arena de la playa? No es posible. Evidente. Pero hay cosas más difíciles de medir. La ausencia o la presencia, por ejemplo.

—¿En general o te refieres a la ausencia o la presencia de madame Lissieux?

—A las dos cosas.

—Es decir, madame Lissieux podría estar aquí, tranquilamente. Tú la verías y yo no.

—O al revés. Esta mañana nos han dicho que de vez en cuando todavía aparecen barcos pirata que saquean cruceros turísticos y luego se esfuman en el mar o en la tierra, anónimos los piratas y en paraderos desconocidos los objetos robados. Madame Lissieux... Madame Lissieux...

—Madame Lissieux, ¿qué?

—Tuvo su momento y puede volver a tenerlo.

—Lo mismo podríamos decir de cualquier persona, ¡que ni siquiera fuera necesariamente francesa!

—*Oh la lá!*

Fue todo lo que dijo Biscuter antes de dormirse o de fingir dormirse sobre la tumbona.

Mañana de playa y cangrejos, primera hora de la tarde en Bhan Ang Thong y finalmente embarque en el ferry, otro taxi y aguardar el tren de madrugada que los había llevado hasta Suratani y que seguía su camino hacia la frontera malaya, aproximadamente la mitad del trayecto que los había traído desde Bangkok. Koh Samui seguía pareciéndose a sí misma pero empezaban a advertirse síntomas de que antes de acabar el tercer milenio podría parecerse más a Hong Kong que a sí misma. Todas las catástrofes principales del siglo XXI ocurrían en la Tierra, y las del milenio, también. Hasta la frontera con Malasia tuvieron un viaje apacible y Carvalho se permitió recordar la travesía de aquel país hasta Penang, en busca de Teresa Marsé y Archit y la extraña derivación de la extranjera desconocida que había muerto en un rincón de aquella península, sin otra compañía que la de un francés perdedor de todas las guerras pequeñitas en que se había metido. No, no era Teresa Marsé, pero entre Carvalho y el francés la enterraron con una gravedad especial, desde la responsabilidad de poner bajo tierra toda una vida lo bastante interesante como para haber terminado en aquel poblado.

El cambio de país y de trenes requirió paciencia burocrática y un singular registro de sus magros equipajes, como si los aduaneros malasios o malayos tuvieran especial consigna de meter en la cárcel al mayor número de extranjeros posible.

El cambio de trenes, en la frontera nordeste de Malasia, no significó un cambio de paisaje. Llovía en un país lluvioso y las junglas no tardaron en espesarse a medida que iban hacia Gemas para iniciar desde allí el recorrido hasta Johor Baru, en la simbólica frontera con la ya falsa isla de Singapur, unida a la península por dos puentes suficientes. Acogía Biscuter con entusiasmo su reciente descubrimiento de que Malasia se llamaba así porque estaba llena de malayos y que malayos eran también muchos indonesios y filipinos, porque dedujo estar en un lugar importante al margen de que la península o su territorio insular, Borneo, hubieran aparecido en tantas películas sobre la segunda guerra mundial.

—Y no olvides, Biscuter, las novelas de Salgari: *Sandokán*.

—Hostia, jefe, claro. Yo las novelas no las leí pero la serie de televisión la vi entera, es de lo mejor que han hecho.

—Pues las novelas de *Sandokán* eran malayas y bien malayas, aunque el autor fuera italiano. También transcurría en Malasia *Lord Jim*, de Conrad.

—De Conrad y de Peter O'Toole, aquel actor tan raro que tenía aspecto de mariquita, o al menos miraba y se movía como un mariquita.

—Era un método interpretativo.

Frente a la costa occidental estaban los abundantes archipiélagos del mar de Andamán, donde tal vez en aquellos momentos Paganel y su ligue estaban pasando una segunda luna de miel. El trayecto a plena lluvia y a plena luz diurna traducía en los pobladores del tren la división entre malayos, mayoritarios, y chinos, los más ricos. Y aunque los malayos eran fundamentalmente islámicos, bebían cervezas y tomaban copitas de un licor parecido al mekong, cuando no directamente mekong. La lluvia parecía empeñada en plantear la reforestación de una península que en parte vivía de talar árboles y de superar los efectos contaminadores de las nubes tóxicas procedentes de los incendios devoradores de Indonesia en 1997. Biscuter continuaba siendo una fuente de información constante que a Carvalho le servía para recordar lo que sabía y para creer recordar lo que no sabía. Su informador estaba maravillado porque en las selvas de Malasia sobrevivieran orangutanes, elefantes, leopardos, tortugas y cocodrilos, y conmocionado cuando supo la especial historia del dios hindú más apreciado en Malasia, Ganesh, hijo de Shiva y Parvati, cuerpo de hombre y cabeza de elefante por culpa de los celos de su padre. Al volver de un largo viaje, Shiva comprobó que un niño dormía junto a su mujer Parvati, y creyéndolo fruto del adulterio, le cortó la cabeza. Las madres se dan cuenta en seguida de casi todo y al enterarse de la mutilación del pequeño Ganesh, advirtió a su marido que los preñados de los dioses o dan su fruto rápidamente o son lentísimos y que, por tanto, acababa de descabezar a su hijo. La propia Parvati obligó a Shiva a irse a la selva y quitarle la cabeza al primer ser vivo que hallara para ponérsela a su hijo. Shiva, dijo, sólo vio elefantes, pero Carvalho y Biscuter llegaron a la conclusión de que no había acabado de creerse la historia de Parvati y el niño había pagado las consecuencias de su rencor.

—Y se lo tragan, jefe. Es que esto de las religiones es muy bestia.

—Todas. Y no te creas que son chorradas antiguas, nuestros curas van a canonizar o ya han canonizado al fundador del Opus Dei, que era un cabestro contemporáneo, a juzgar por lo que escribía, y que no hizo otro milagro que llenar los gobiernos de Franco de ministros del Opus apellidados López.

En Johor Baru, la ciudad fronteriza de Malasia con Singapur, los partidarios de la salud mental y física aconsejaban llegar a la isla a través de uno de los dos puentes, pero iban demasiado cargados de pequeñas cosas, especialmente Biscuter, y Carvalho tampoco se veía a gusto cruzando el puente seguido de una Vuitton posmoderna. Tomaron un taxi y, sin vacilaciones, Carvalho ordenó:

—Al Raffles Hotel.

Creyó comprender Carvalho que el taxista chino valoraba, por el espejo retrovisor interior, si eran o no clientes potenciales del Raffles, el punto de referencia del orgullo de la ciudad. El equipaje de Biscuter era demasiado pintoresco para cuadrar con el Raffles y tampoco el de Carvalho era espectacular por lo escaso, aunque respondía mejor a la convención de un viajero más aposentado. Tenían que atravesar toda la ciudad en dirección a su corazón, el barrio colonial, pero la arqueología del pasado aparecía respaldada por un despliegue de rascacielos aventureros, nítidos, limpios en la ciudad más limpia del universo, donde podían multarte gravemente, incluso encarcelarte por tirar al suelo un paquete vacío de tabaco, un papel, aunque sólo fuera una colilla. Con voluntad de isla de la memoria mitificada del colonialismo en la península de Malasia y, en general, en toda la zona de los mares del Sur, el Raffles causaba un impacto inicial de ciudad enquistada. Blancos como clarines, marrones en reposo e hierros historiados, el Raffles era algo más que un hotel. Era un ámbito y un parque temático de la etapa de la colonización, como si todavía estuviera posando para los sires y los oficiales del imperio, vestidos de blanco, bajo el salacot protegiendo sus cabellos al menos del circuito de aire creado por docenas de poderosos ventiladores cenitales, indispensables en un atrezo para el que habían posado desde Somerset Maugham.

—En este hotel, algunas habitaciones cuestan seis mil dólares.

—Deben de ser la hostia.

—Un poco más míticas que las demás, dentro de un hotel mítico dedicado a la memoria del principal colonizador de la ciudad.

Ante los seis atareadísimos empleados de la recepción, Carvalho vacilaba entre pedir o no la lista de precios, y finalmente optó por solicitar una habitación para dos. Estuvo a punto de pedirla sin vistas al mar, no porque las hubiera con vistas, sino para sugerir al recepcionista una cierta condescendencia económica. Mil dólares una habitación para dos, un día, sólo un día, el tiempo suficiente para optar al trabajo en el *Queen Guillermine*, tomarse un singapur sling y callejear por una de las ciudades más ricas del mundo que prometía barrios chinos, árabes y malayos, con sus especializados restaurantes, particularmente reputados los de cocina china cantonesa. La prensa de Singapur los esperaba colgada en el pomo central de la puerta y Carvalho leyó en el *The New Paper* una nota publicada días atrás por otro diario, *The Straits-Times Bashir*, partidario de hacer estallar camiones de explosivos contra las sedes diplomáticas de Estados Unidos, al igual que en Kenya y Tanzania en 1998. Había pánico ante posibles actos terroristas en el bajo vientre de Asia, y los norteamericanos interrogaban a un criptoterrorista, Al Faruq, buscando información sobre el sureste asiático. Se encontraban en Singapur, en uno de los tigres del neocapitalismo y en uno de los Estados más pulcros del mundo. El Raffles era una aventura escrupulosamente programada en función de lo que había sido, como si estuvieran embalsamadas sus señas de identidad y el hotel institución sobreviviera paralelamente a cualquier catástrofe, a todas las catástrofes ligado al prestigio de un cóctel dulzón —para señoras, decían los expertos—, inventado en el bar del hotel en 1915 a base de ginebra angostura, cointreau, coñac y zumo de frutas. Antes de degustarlo, Carvalho ejerció de guía de Biscuter por aquella catedral de Santa Sofía de la hostelería universal.

—El Raffles no es un hotel; es un mausoleo de peregrinos y una ciudad de la memoria.

Lo hizo salir a la calle para que contemplara el convencional empaque colonial victoriano de la fachada y, otra vez dentro, la primera estación del viacrucis era el vestíbulo, donde se abría el llamado bar de los Escritores porque allí habían bebido su singapur sling desde Somerset Maugham hasta el roquero lunar Michael Jackson, y Conrad y Noel Coward y Chaplin, aunque era Somerset el que más había hecho por la universalidad del cóctel a través de sus novelas asiáticas en los tiempos de autor consagrado, años veinte, treinta. Todavía en su infancia recordaba Carvalho haberlo visto como introductor de películas basadas en sus novelas, en aquella pantalla del cine Padró, superviviente de los bombardeos y de las salpicaduras de las pajas baratas perpetradas por pajilleras con varices, algunas incluso viudas de guerra. Con cara de escritor de mundo, Somerset lo presenciaba todo sin inmutarse. Ésa era su cara, antigua, antiquísima, lógica en aquellos tiempos en que los novelistas podían ser escritores de mundo como Somerset Maugham, Galsworthy o Vicki Baum.

—La literatura ha consagrado cócteles admirables como el martini, el gimlet, el manhattan, el daiquiri, el mojito, incluso el whisky sayer, pero también se han colado cócteles de prestigio discutible, como el singapur sling, bebida para señoras hipócritas con trastornos menstruales y tan modernas para su época que trataban de sustituir el pippermint o el agua del Carmen de sus cogorzas secretas. Sin embargo, hay que probarlo.

Lo pidieron en el bar de los Escritores y lo bebió Biscuter trascendentemente, como si fuera un cóctel consagrado.

—Pues no está mal.

No asumió Carvalho la libertad de criterio de su compañero de viaje, se puso en pie y del vestíbulo pasaron al Raffles Grill, un restaurante mítico por su asociación con el imaginario del Raffles, cocina francesa y por eso se llamaban Puertas Francesas las que lo comunicaban con el patio de las Palmeras, donde Biscuter se empeñó en tomar otro singapur sling, «porque mucha, demasiada, jefe, es la presión mitológica que está recibiendo un descreído como yo». De allí pasaron al espacio abierto conocido como el Lawn, diseñado para encuentros al aire libre. A la izquierda, la tienda de recuerdos del hotel, el Raffles Museum, el café Empire, y en el nordeste del recinto aparecía con toda su ostentación la oferta gastronómica: el Express Room, restaurante especializado en la mejor cocina cantonesa, el Sea Street Deli, un clónico de restaurante neoyorquino, el Doc Cheng's, considerado un restaurante temático dedicado a la síntesis de la cocina occidental y oriental. Pero hizo especial hincapié Carvalho en el recinto dedicado a la Raffles Culinary Academia, donde Biscuter algún día ampliaría los estudios tan arduamente razonados en París.

—¿Pero usted sabe lo que supone mantener todo esto?

—Fíjate en lo que pagamos por dormir una noche dos exiliados económicos en una habitación de las peores, y tendrás el comienzo de la explicación.

Había que ir al encuentro con el futuro. En el *Singapur Press* leyeron un anuncio del crucero *Queen Guillermine*, urgentemente necesitado de personal subalterno para un crucero por Malasia e Indonesia, y se hicieron llevar al puerto de los grandes transatlánticos situados junto al de los ferrys que unían Singapur con las dos costas inmediatas de Malasia y con las grandes Sumatra y Java. Desde el taxi pudieron ver los muelles destinados a veleros piratescos de uso turístico, antes de llegar al Centro de Cruceros, donde fondeaba el paquebote de sus deseos. No bien despedido el taxi a pocos metros del barco holandés, en el espacio que el coche había dejado vacío vieron un grupo de gente rodeando una escena que los impresionó por su violencia: un gigante pateaba a un hombre rubio caído, a pesar de la oposición de un niño minúsculo, chino y rubio, lloriqueante y empeñado en que el hombrón no siguiera maltratando al caído. De pronto el gigante agarró al niño por un brazo, se lo echó al hombro como si fuera un saco, dijo cosas terribles en una lengua extraña, probablemente en chino, porque parecía chino, y se marchó con el crío a cuestas a pesar de los alaridos, más que gritos, del rubio caído. Nadie se colocó ante el chino para impedirle el robo del niño ni se inclinó sobre el hombre maltratado, que en vano intentaba recuperar el esqueleto y salir en pos de su verdugo. Sólo Carvalho y Biscuter insistieron en atenderlo. Lo sentaron sobre un poderoso pilar que soportaba las amarras de un buque inglés y allí trataron de encontrar algo lógico y humano en aquel esqueleto sucio, maltratado, con barba de días y peste de los alcoholes más baratos. «Mi hijo, mi hijo», insistía, pero no daba una explicación suficiente ante las preguntas de sus samaritanos, hasta que una voz sonó a sus espaldas:

—No pierdan el tiempo con él. Es pura basura.

Se rebeló el desvencijado esqueleto, se puso firme y, abalanzándose sobre un viejo socarrón, le gritó:

—¡Soy el capitán Lauridsen y exijo un respeto!

Escupió el viejo su desdén y siguió su camino iluminado por los ojos enfebrecidos y rubios del capitán, de pronto alto y erguido, para caer después de nuevo en el llanto y en su amargura. Le habían quitado a su hijo. Se lo habían quitado todo.

—¿Pero quién era ese chino, algún pariente?

Se lo tradujo Carvalho al inglés y el desguazado rubio se abrazó a Biscuter.

—No. Le debo dinero y se venga llevándose al niño. Es todo lo que me queda. Mi mujer nos dejó y está en Penang, es malaya.

—Malaya y puta —informó el viejo mala leche que había vuelto sobre sus pasos como si fuera el demonio de la guardia del capitán Lauridsen.

—Y él, un jugador de mala muerte y un borracho que el día menos pensado aparecerá en las aguas del puerto.

Un manotazo al aire de Carvalho forzó la huida del anciano y Lauridsen les contó la verdad de lo que habían escuchado. Debía mucho dinero al chino y no tenía ninguna perspectiva de conseguirlo.

—Pero puede reclamar a la policía. A nadie pueden quitarle el hijo por deudas.

Cuando Lauridsen oyó la traducción de Carvalho, se echó a reír y a llorar. «¡La policía!» No tenía buena relación con ella, y en cambio el chino era o había sido policía.

—¿Cuánto dinero le debe?

—Casi tres mil dólares.

—¡Coño!

—No me devolverá al niño si no le pago.

Lo ayudaron a caminar pero desfallecía, dijo, por lo mal y poco que comía, por lo que sus dos acompañantes lo llevaron a algo parecido a una casa de comidas y se tomó un café con leche y dulces. Carvalho contemplaba la proximidad del *Queen Guillermine*, casi tan cerca como el drama del capitán que le recordaba una peripecia literaria titulable «El hijo del capitán», o así la había titulado en un trabajo universitario en el que estudiaba el papel de la compasión en Dostoievski y muy especialmente en el personaje de Mitia Karamazov. En la historia aparecía un capitán y su hijo, un niño que presencia la humillación de su padre.

—¿Dónde tiene al niño?

—En su guarida. En el barrio chino, donde se siente bien protegido.

—Y donde no espera ser atacado.

—¿Por quién?

Carvalho y Biscuter se estudiaron mutuamente. Si en los ojos de Carvalho había dudas, en los de Biscuter había decisión.

—Pregúntele, jefe, por dónde se iría de aquí con su hijo, y adónde.

Así lo hizo Carvalho.

—Tenía un plan muy hermoso y mi mujer estaba dispuesta a ayudarme, hasta que se fue a Penang. En Australia conseguiría trabajo como instructor de vela. Ahorraría dinero y volvería a Copenhague. Pero no puedo volver con esta facha.

—Indíquenos dónde vive el chino.

Al taxista no le gustó que aquel vagabundo metiera sus suciedades en el coche, pero secundó la propuesta de ir a Chinatown y olvidó su rencor tras la propina. Carvalho estudiaba los millones de tiendas abiertas a su paso y finalmente se metió en una de objetos deportivos y salió con unos guantes de ciclista y un palo de béisbol que dejó perplejos a sus acompañantes.

—¿Le va a cambiar al niño por un palo de béisbol?

—Biscuter, déjate llevar por mi intuición.

Llegaron ante la escalera despuertada y de peldaños mellados donde vivía el chino, se quedó el capitán en la entrada y ellos dos subieron al apartamento, donde encontraron el primer obstáculo previsible: una puerta. Llamaron y tardó en abrir el chino, evadido por el sueño o por el alcohol y sorprendido ante visitas tan desconocidas. Le enseñó Biscuter el carnet de la FAO y dio dos pasos atrás el chino, para encontrarse en el centro del vestíbulo, más desconcertado todavía cuando llegaron los lloros de una criatura y los dos intrusos, sorteándolo, pasaron a la habitación siguiente, una cocina de fogón de carbón en una de cuyas barras estaba desnudo y atado el mestizo hijo del capitán. Biscuter señaló acusador al niño y el secuestrador comenzó a avanzar hacia él, rugiendo, con los brazos en alto, y fue en ese momento cuando Carvalho lo empujó con la punta del bate, con tanta energía que lo introdujo en la habitación de al lado, donde ya a solas el detective le pegó con el bate en el brazo más amenazante y, cuando lo replegaba, le cortó el resuello de un golpe en el plexo solar. Luego blandió el palo y, dibujando un semicírculo en el aire, graduó un golpe contundente en la cabeza que convirtió al antagonista en una torre desmoronada y no inconsciente, pero sí desorientada y finalmente desarticulada cuando el bate volvió a caer sobre su frente. «Preferible el palo que la pistola», se disculpó Carvalho, pero temió haberse excedido. Tomó el pulso en el cuello del vencido y estaba vivo, por lo que volvió a la cocina, donde Biscuter había desatado al niño y le estaba limpiando las mierdas con la ayuda del grifo de la cocina.

—Estaba cagadito y meado, el pobre.

Lloriqueba el chinito rubio pero se echó a reír cuando se vio metido en la chaqueta de Biscuter y convertido en promesa de fraile menor, tan menor que apenas se le veían los ojos, ahora no asustados. Se abrazó a su padre nada más reencontrarlo y exigió Carvalho alejarse cuanto antes, no fuera el chino a recuperarse. Ya por Chinatown preguntó a Lauridsen:

—¿Qué necesita usted para ir a Australia con el niño?

—Vestirlo. Coger algo de ropa y sobre todo mi pasaporte, un pasaporte familiar en el que él consta.

Todo eso estaba en una pensión del puerto a la que no podía subir el capitán por los alquileres que debía, pero sí Carvalho, como miembro de la FAO en viaje de inspección sobre el problemático capitán, inspección merecida según la dueña del cuchitril, porque no había hombre en la Tierra más miserable que aquel miserable. Localizó Carvalho lo requerido y de nuevo en la calle preguntó a Lauridsen de dónde salían los aviones hacia Australia. Al aeropuerto de Changi marcharon mientras el capitán vestía a su hijo dentro del taxi, y nada más llegar, Biscuter puso en manos de Carvalho dinero que no fue rechazado, con el que compró pasaje de ida para el hijo y para el padre. Aturdido por las iniciativas, el capitán nada preguntó, nada discutió, se metió en el lavabo del aeropuerto, volvió afeitado y en mangas de una camisa limpia. Nada se dijeron hasta la llamada de embarque. Entonces lo acompañaron ante el control de pasaportes, le metió Carvalho algún dinero en el bolsillo, se empeñó Biscuter en besar al chinito rubio y lo consiguió, aunque el niño se borró el beso de la mejilla con un manotazo discreto. Pasaban el control padre e hijo, tan aturdidos como sus acompañantes, y al otro lado ya de la frontera, el capitán Lauridsen dejó al niño en el suelo y les envió docenas de besos con las manos.

—¿Hemos hecho bien? Este tío puede ser un sinvergüenza y le hemos dejado en las manos a ese chinito rubio que, por cierto, jefe, yo jamás había visto a un chinito rubio.

—Las cosas que te quedan por ver.

Debían correr hasta el *Queen Guillermine* para no perder el empleo que no tenían. Carvalho sancionó:

—Al menos el padre no lo atará en la cocina, ni dejará que se cague encima.

—Eso seguro.

—A esa edad, ¿qué más se puede pedir?

En un tinglado del puerto, la compañía holandesa había instalado la oficina de contratación del nuevo personal y sobre altos pupitres de oscuras maderas imitación de teca estaban los impresos que había que rellenar. Debían decidir si eran quienes eran o si continuaban interpretando a Bouvard y Pécuchet, algo más desesperados por las circunstancias que los personajes literarios.

—Vas a convivir en un régimen muy cerrado de cocina y te vas a ver con problemas para seguir fingiendo que eres francés. Creo que hay que volver a ser lo que aproximadamente somos.

—¿Es decir?

—Carvalho y Biscuter.

Biscuter ofreció sus servicios como cocinero, avalado por un currículum sorprendente en el que lo único que faltaba era haber cocinado para el zar de todas las Rusias. Carvalho optaba a uno de los puestos de relaciones públicas con los pasajeros que hablaran español. Dos docenas de personas esperaban ser seleccionadas en dos oficinas diferentes, una dedicada a los presuntos cocineros y la otra a los intérpretes. Biscuter emprendió el ataque asegurando que no sabía hablar inglés, pero que podía entender hasta el norteamericano y que había aprendido su oficio en París, donde había llegado a ser oficial mayor de salsas y sopas. Utilizaba su mejor francés y enumeró todas las salsas posibles, así como su capacidad de adaptarse a dar de comer a masas como había ocurrido en el centro disciplinario de Aridel, donde había alcanzado el grado de cocinero segundo.

—¿Centro disciplinario?

—Un centro educativo especial para gente con problemas de extrañamiento de conductas.

—¿Psicóticos?

—No, descarriados.

No entendía su examinador el sentido de una palabra pronunciada en español y Biscuter se lo aclaró también en español:

—Desorientados.

Entendió el significado propuesto el examinador.

—Geográficamente desorientados.

—En todos los sentidos de la palabra «desorientados».

—¿Y tenían algún régimen especial los desorientados?

—No, pero había que cocinarles con mucha audacia e imaginación.

Fueron insuficientes todas las neuronas del señor uniformado, algo gordo y calvo en lo que no podía disimular una melena de parietal izquierdo peinada hacia el derecho, para entender por qué había que cocinar con audacia e imaginación para los desorientados.

—Cuestión de presupuesto.

—¿Poco dinero?

—Poquísimo.

—Entonces era una obra de beneficencia.

—Totalmente. De beneficencia del Estado consigo mismo.

Le pareció al hombre muy aguda la última frase y, ya con clara simpatía, le preguntó a Biscuter si se veía con ánimos de ayudar a elaborar los siguientes platos, listados por orden alfabético, siempre presentes en la carta o en los bufetes del *Queen Guillermine.* Quinientos platos empezaron a saltar indomables dentro de sus ojos, como palabras potro que se negaran a secundar al jinete en el rodeo mental, pero Biscuter consiguió controlar su ataque de pánico, sonrió desdeñosamente y devolvió la lista.

—Los cocino con una sola mano.

—¿Sabe usted qué es el *rijsttafel*?

—El plato nacional de Indonesia, que sobre todo se come en Holanda, porque allí sólo tienen arenques.

Le gustó mucho la respuesta al entrevistador y, más tarde, ya con el aceptado en el bolsillo, Biscuter explicaría su estrategia a Carvalho.

—En cierto sentido, lo rodeé y no le di tiempo a pensar. Le impuse mi lógica. ¿Y usted?

—Bien. Mi juez ha sido una señora entre los cuarenta y los cincuenta, o entre los treinta y los cuarenta, desde esa indecisión física que alcanzan las holandesas cuando dejan de ser muchachas. Era una mujer guapa y se llamaba Magritte, rubia no teñida y rosada la piel, así en el rostro como en el escote visible. Le he explicado que fui comunista, luego agente de la CIA y asesino de Kennedy, y se ha corrido de placer. Por si no eran argumentos suficientes, le he hablado en excelente inglés y en un todavía mejor norteamericano y he enunciado todas las obligaciones a que se sometía un agente de interacción comunicacional en un crucero de placer.

—¿Agente de qué?

—De interacción comunicacional. Así llamaba a los periodistas españoles uno de los teóricos del franquismo, don Gabriel Arias Salgado. Siempre supe que una definición de este tipo algún día me sería útil.

—¿De verdad le ha dicho lo de la CIA y lo de Kennedy?

—No.

—¿Y por qué no?

—Porque no me lo ha preguntado.

El contrato era por un solo viaje, debido a un desfase en

el retorno del personal holandés de vacaciones. Trabajarían en dos zonas tan diferentes como la cocina y las cubiertas o los salones o el exterior, cuando se tratara de desplazamientos turísticos organizados. También dormirían a demasiados metros de distancia y sobre todo ejercerían en turnos opuestos por el vértice, casi sin límite de horario para Biscuter y más desahogado para Carvalho. El evidente clasismo que iba a separar el trabajo manual de Biscuter y el relativamente intelectual de Carvalho se compensaba con casi el doble de ganancias para el cocinero.

—¿Cómo es posible que un simple cocinero gane mucho más que un agente de interacción comunicacional?

—Cuando tenga una respuesta se la daré.

Disponían de tres horas para incorporarse a sus puestos, pero apenas utilizaron diez minutos. Viajaban con el equipaje encima y no querían gastar ni un dólar de más, ya que entraban en una situación de trabajadores por cuenta ajena y debían compensar el mucho dinero que habían invertido en el futuro del capitán y su hijo. «Hay que mentalizarse, hay que mentalizarse», insistía Carvalho, que además calculaba la posibilidad de recibir propinas si su trabajo era apreciado por los clientes. Al llegar a este punto, abjuró de sí mismo y hasta se insultó por haber imaginado siquiera la circunstancia de tener que poner la cara de agradecido gilipollas mientras se metía en el bolsillo los veinte euros o los veinte dólares de propina. A Biscuter le correspondía un amplio camarote compartido con otros diez cocineros, y a Carvalho uno bastante más pequeño, suficiente para tres personas, con armarios y simbólicos escritorios individualizados, en cada uno de ellos un ordenador lleno de tecnicolores. Ya por separado les dieron instrucciones sobre el régimen de vida, consistente en el caso de Biscuter en comer siempre antes que los viajeros, mientras que Carvalho podía comer con ellos cuando se desplazaran a alguna excursión, pero nunca en sus mesas, salvo que insistieran demasiado y pudieran tomarse una negación como grosería. Un buen comunicador debía solucionar todos los problemas informativos que sugiriera el cliente, excepto aquellos que implicaran un replanteamiento del viaje o un déficit sanitario: «Menos que se marchen o que se mueran, lo demás has de solucionarlo todo.»

Debía estudiar un catálogo de productos y de precios que aparecerían sin remedio en todos los mercados de un viaje lleno de mercados y las normas de conducta que tenía que adoptar el viajero, resumidas en dos: regatear no más allá del cincuenta por ciento y pagar siempre, porque ser detenido en Indonesia por robar a un comerciante ambulante significaría tal vez la imposibilidad de continuar el viaje. Antes de cada desembarco, Carvalho debería memorizar los puntos más interesantes de la visita y estar al tanto de las demandas de sus pupilos, así como de resaltar los elementos más excitantes aportados por la naturaleza, la historia, la Oficina General de Turismo de la República de Indonesia o la compañía propietaria del barco. Debía, pues, interesarse por cómo recibían los viajeros todos los servicios, desde la comida hasta el ritual del té helado servido desde un gigantesco samovar, nada más desembarcar en cada puerto, uno de los éxitos comunicacionales más reconocidos a la compañía naviera.

Memorizó cuanto pudo y finalmente subió a cubierta para presenciar la escena de embarque de la expedición, desde la ventaja psicológica de verlos venir y acceder excitados al mundo flotante sobre el que iban a moverse en los próximos quince días. Por los altavoces se convocaba a los viajeros en diferentes puntos de encuentro, desde los que serían conducidos a sus camarotes y nada más comprobado el equipaje debían acudir por grupos lingüísticos a diferentes ángulos del comedor, del bar, del *night club* y de la sala de juego. A Carvalho le tocó la sala de juego ocupada por máquinas tragaperras, dos ruletas y tres mesas para jugar a naipes, y allí se ubicó acompañado por un vaso de whisky Michel Courvier, a la espera de los otros como sorpresa. Y fueron llegando hasta treinta y cinco hispanoparlantes, doce latinoamericanos divididos en tres familias mexicanas amigas entre sí y dos jóvenes empresarios argentinos que se tomaban un descanso en sus afanes constructores en Tailandia. Veintitrés españoles se dividían grosso modo en una mayoría madrileña constituyente de una comunión viajera repetida, una pareja de hecho de homosexuales catalanes diseñadores, dos jóvenes parejas catalanas de recién casados y tres señoritas de la Alcarria, «de la Alcarria», insistían constantemente para evitar ser clasificadas como madrileñas o como censadas en Guadalajara.

—Pues los españoles ganamos a los catalanes por diecisiete a seis, y ya es raro que seáis tan pocos catalanes, porque en estos viajes te los encuentras hasta en la sopa —comentó el más hablador de los madrileños.

Era un arquitecto maduro entre otros tres arquitectos maduros, coligados con dos ejecutivos bancarios vestidos de danzarina polinesia sin rubor, debido a la cantidad de *batik* que llevaban así en las camisas como en los shorts o en los turbantes aborígenes. Cuatro señoras casadas, en viaje de ampliación de conocimientos terrestres, un ilustre miembro de dinastía bancaria que viajaba para superar un estrés y asumir que debía jubilarse quince días antes de que lo echaran de la junta sus propios hijos, un conocido fabricante de sopas preparadas, en compañía de su quinta esposa, estirada por los *liftings* y el mal carácter, parlanchina hasta el suicidio de los oídos más tolerantes, presumida de tutearse así con la duquesa de Alba como con las dos hermanas De Palacio, la actual ministra de Exteriores y la representante de España en la Unión Europea, a las que ella llamaba cariñosamente Pili y Mili. El arquitecto que llevaba la voz cantante tuteó a Carvalho desde el primer momento y el detective dudó entre mandarlo a la mierda o considerarlo buena señal para la propina final, porque tanta confianza inmotivada tenía un precio.

O tal vez, al contrario, aquel arquitecto que se reveló más urdidor de viviendas más desprotegidas que protegidas ya estaba diciéndole que ni un euro, que sus servicios y dejaciones estaban incluidos en el precio de un viaje lleno de demandas y tuteos. Los cuatro arquitectos eran carne de crucero y de ello presumían comparando todo cuanto veían con recorridos anteriores: Panamá, las islas Vírgenes, el Egeo, los fiordos noruegos y cabo Norte, la vuelta a las Baleares en un velero de quince metros que recordaba tanto, tanto al *Hurricane* mítico de lord Pleasance. También coleccionaban cruceros las casadas en perpetuo viaje de ampliación de estudios, las más interesadas a priori en ver la mayor cantidad posible de templos y danzas rituales. El viejo financiero prejubilado no quería salir de su melancolía biohistórica, él, que había sido imprescindible para la entidad en los últimos años de Franco y durante la primera y la segunda transición, se veía ahora obligado casi a pedir perdón por haber nacido, según revelaba en apartes inmediatos a sus recientísimos compañeros de viaje. No tuvo aquella noche Carvalho oídos para más pupilos, y tras ratificar los horarios de la cena y el desayuno, así como la singladura que los esperaba al día siguiente hacia la falsa isla de Penang, consideró terminado el encuentro.

—¿Por qué falsa isla de Penang?

—Porque está unida al continente con un puente.

A uno de los dos ejecutivos a la polinesia no le gustó la respuesta.

—Rascaleches, repuentes y releches. ¿Éstas son las Antípodas?

—Yo visité Penang hace veinte años, pero llegué a través de Malasia, después de una visita a la isla de Koh Samui. Penang era, sobre todo, un centro comercial y un resumen de Malasia para el forastero. Ahora debe de haber empeorado.

Partió el paquebote al atardecer para navegar hacia el norte por el estrecho situado entre Malasia y la isla de Sumatra, como si el *Queen Guillermine* quisiera levantar con su presencia el acta notarial de la igualdad de los paisajes enfrentados, afelpados y puntillistas, resultantes de un pintor experto en descomponer su mirada en cada una de las infinitas gamas del verde. No llegarían a Penang hasta la mañana siguiente, y Carvalho perdió toda esperanza de ver a Biscuter cuando encontró en su camarote la advertencia: «Estoy molido, jefe, pero venceremos.» ¿A qué victoria se refería? ¿A la obvia que significaría dar la vuelta al mundo? Sin embargo, cuando Carvalho entró en el comedor donde figuraba el bufete de la cena, no tardó en adivinar a qué victoria se refería Biscuter, porque entre las ofertas culinarias variadas, indonesias, imprescindible el *rijsttafel* o mesa de arroz y hasta una veintena de platos complementarios, también aparecían chinas, indias, internacionales, más dos bandejas llenas de pan con tomate a la catalana ultimadas con riguroso aceite de oliva. Si tal hazaña había conseguido Biscuter a las pocas horas de haber entrado en la cocina del *Queen Guillermine*, dentro de dos o tres días la victoria podría ser total y, a pesar del calor, el ayudante podía conseguir imponer una *escudella amb carn d'olla* con la *pilota* incluida. La pareja de hecho catalana aceptó con entusiasmo la sorpresa de ver sobre la mesa una de sus más queridas e inocentes señas de identidad, y desde el frente madrileño se alzaron algunas voces irónicas, pero también el reconocimiento de que el pan con tomate era lo suficientemente bueno como para merecer haber sido inventado por un español y no por un catalán.

—¿Acaso no son españoles los catalanes? —preguntaron casi coralmente las alcarreñas.

Se dividieron los madrileños en dos bandos y los catalanes siguieron comiéndose el pan con tomate sin meterse en batallas metafísicas nacionales. El rico fabricante de sopas se había vestido de esmoquin y su mujer de pase de modelos en París, un tanto antiguos, tal vez de Balenciaga, vestuario en coincidencia con la notoria élite del crucero, dispuesta a mantener distancias formales. Tanto latinoamericanos como españoles entendían y hablaban casi todos el inglés, salvo las señoritas alcarreñas, que decían leerlo pero no hablarlo. El trabajo de Carvalho era, pues, mínimo, aunque los hispanoparlantes agradecían que se moviera por sus ámbitos porque les daba sensación de seguridad o de servicio. Los latinoamericanos apenas lo molestaban, en cambio, la representación española le demandaba detalles e incluso correcciones de itinerarios y menús.

—Comprendan que son ustedes un pequeño grupo y no pueden variar las normas organizativas del crucero.

—Pero al llegar a los sitios, en vez de meternos en esos horribles autocares llenos de yanquis con cara de entrecot, podríamos coger un coche por nuestra cuenta.

Consultó Carvalho con el alto mando. No siempre encontrarían taxis a su disposición, pero si los preferían podrían utilizarlos pagándolos de su bolsillo y dispuestos a llegar a la hora en punto del reembarque. Complació la respuesta a los amotinados, pero algunos de ellos pretendían entonces que se les descontara alguna cantidad, por pequeña que fuera, del coste del crucero. Por un momento, Carvalho pensó que se estaban quedando con él y les contestó que, si se tiraban por la borda y hacían parte del recorrido a nado, les prometía gestionar también un descuento. Las chicas alcarreñas se echaron a reír, y los levantiscos se callaron media hora, para protestar a continuación por el tiempo que costaba llegar de Singapur a Penang.

—Es que empiezo a sospechar que es un crucero inflado. Fijaos en el mapa. Es como ir de Alicante a Benidorm.

—*Exagerao*, un poco más.

En Penang debutó un enorme y muy bonito samovar lleno de té helado que al pie de la escalerilla despedía a los viajeros y luego les daba la bienvenida a su regreso al barco. El té era excelente y variado, incluso había uno de vainilla que aseguraban traer desde la isla de Mauricio. En Penang tocaba dedicarse a la compra de *batik*, provistos los cruceristas de una nota informativa de los organizadores del viaje sobre la posibilidad de encontrar *batik* desde un dólar hasta cien dólares el metro. La expedición se quedó en la frontera de calles comerciales inmediatas al puerto y en vano Carvalho les recitó las escasas alternativas que ofrecía una ciudad que había crecido gracias a desembarcos como el que ellos mismos habían protagonizado. No había playas de aguas magnéticas, ni edificios singulares, pero podían adentrarse por Georgetown, capital del Estado, con abundante arquitectura colonial, porque allí se había establecido la Compañía Británica de las Indias desde 1786.

—¡Qué gran compañía! ¡La historia del mundo contemporáneo sería diferente sin el papel de esa compañía! —opinaba nostálgico el poderoso banquero presuntamente jubilado, comentario que no fue respetado por uno de los jóvenes mexicanos.

—Fueron compañías odiosas, depredadoras, practicaron el genocidio de indígenas y, si era necesario, los obligaban a cultivar opio. Durante la guerra de los bóxers, esas compañías y las tropas occidentales forzaban a los chinos a traficar con opio, y a más de uno lo destriparon a bayonetazos para comprobar qué llevaba un chino en el vientre. Esas compañías fueron la base del capitalismo imperialista.

—Ernesto —se limitó a decir el padre del joven, exigiéndole que se callara, y se silenciaron sus labios pero se acentuó su sonrisa ante la cara de desconcierto del banquero.

—¿Ha oído lo que ha dicho este chico? El mundo sigue lleno de rojos, son diferentes, llevan otros ropajes, otros lenguajes, pero ahí siguen los rojos.

Vino de la memoria de Carvalho el recuerdo de que se había especulado sobre la posibilidad de que aquel rico anciano prejubilado hubiera pertenecido a la trama civil del golpe de estado antidemocrático de 1981 o al menos hubiera ayudado a financiarlo. Ahora se quejaba del aire que respiraba, convencido de que Carvalho estaba obligado a escucharlo.

—Si no fuera por los fuertes sentimientos cristianos que mis padres sembraron en mi conciencia, pensaría que la vida es una estafa. Comprendo que, cuando me muera, el cielo puede ser la compensación absoluta y hago todo lo posible por llegar a él. Pero cada día me siento más estafado. Por los demás, por mí mismo y, a veces, que Él me perdone, por el mismísimo Dios.

Esperaba un discurso disuasorio de Carvalho, pero el detective se limitó a arquear las cejas.

—¿Usted también duda?

—Todos los días.

—¿Y cómo lo supera?

—Dejando de dudar.

—¿Cada cuánto?

—Todos los días.

—Admirable esa tensión destructora y a la vez constructora.

—Tal vez mis dudas sean menos abstractas o trascendentes que las suyas.

—Todas las dudas son abstractas y trascendentes, porque Dios, que es certeza, puso en nuestro cerebro la posibilidad de la duda.

—«Duda hijo mío de tu propia duda», le dijo Dios al marqués de Marianao.

—Ya ve. Eso no lo sabía. ¿Y por qué al marqués de Marianao?

—Vaya usted a saber. Recuerde la ejemplar anécdota de san Agustín y el niño que trataba de meter el mar en un agujerito que había hecho en la arena de la playa.

—¡Excelente ejemplo! Veo que usted es un buen discutidor. Vamos a pasar un excelente viaje.

¿Qué propina se le podía sacar a un banquero probablemente golpista, en edad de morir, y por tanto, con miedo a morir? A juzgar por el fracaso del golpe de estado, mucho dinero no le habían sacado, lo cual era buena y mala señal a la vez, porque indicaba que seguía siendo muy rico, pero tal vez se mantendría tan tacaño con los guías de crucero como con los golpistas. El otro multimillonario era diferente. Callado y mal andador, su mujer parecía llevarlo en una parihuela mental. Al principio exigía una silla en cuanto entraban en un establecimiento comercial, pero luego delegó esta función en Carvalho, inicialmente dispuesto a no asumir la tarea, aunque más tarde calculó la posible propina a cambio del simple esfuerzo de pedir una silla y optó por plegarse a los deseos de la estirada dama amiga de la duquesa de Alba y de Pili y Mili, aquella metáfora de las hermanas más poderosas de España. El millonario fabricante de sopas ya dio un toque de atención en Penang, cuando después de presenciar cómo su mujer dejaba Malasia prácticamente sin *batik* de a cien dólares el metro, señaló una hermosísima escultura de teca que plasmaba el árbol de la vida y las ideas del bien y del mal, pidió el precio y lo asumió —cinco millones de pesetas, calculó Carvalho el cambio—, su primer gasto directo por una pieza que necesitaba un gran espacio de ubicación. Los dos catalanes observaban la compra con una abierta sonrisa, y cuando captaron que Carvalho conocía su juerga interior, quisieron quitarle importancia.

—Es una compra excelente.

—Y muy meritoria.

Tanto acuerdo era excesivo, por más pareja de hecho que fueran los diseñadores.

—¿Por qué meritoria?

Se le escapó la risa al más joven, que llevaba bigotes de mosquetero, pantalones tejanos de seda y blusa también de seda.

—Pues porque hace poco aparecieron unas listas sobre lo que pagaban a Hacienda algunas personalidades españolas; listas clandestinas, porque está prohibida esa publicidad, dicen que para no movilizar el apetito de etarras y otros posibles secuestradores. Yo creo que para no poner en evidencia a los muy ricos. Pues bien, nuestro amigo Ventoso Parera declaraba a Hacienda ingresos anuales inferiores a los míos.

—¿Cómo es posible?

—Mediante dos procedimientos complementarios. Todos los gastos se los paga la compañía a la que pertenece y eso no consta como ingresos; además, dispone de una red de negros que cobran por él, a cambio de un mínimo porcentaje. Sumemos dinero negro, paraísos fiscales. Si ha empezado por esa estatua de teca, este viaje puede ser glorioso, supondrá una auténtica desfoliación de estas islas.

—Me da igual. Con tal de que su mujer no me la haga transportar al barco.

—Tranquilo. Esa estatua y todas las demás viajarán directamente a España, reclamadas por alguna fundación, por alguna fundación del propio señor Ventoso Parera. No lo

critico. Me limito a constatar que los ricos son más inteligentes que los que no lo son.

Aquella noche el mensaje de Biscuter consistía en una
docena de inmensas tortillas de patatas y cebolla que incluso
causaron rumores de expectación entre los cruceristas no
hispanos.

Se despertó pensando que sentía añoranza de Biscuter, pero debía acudir a una tempranísima reunión donde recibían las informaciones más necesarias para el día que empezaba. Malasia se había acabado y el barco atravesaba el estrecho de Sumatra para entrar en Medan, lugar donde el *batik* ya era indonesio, las tallas de madera de teca también, y entraban en contacto con un tipo de productos «étnicos», según dijo la misma holandesa que lo había entrevistado, que reflejaban la diversidad cultural no ya de Indonesia, sino de la misma Sumatra, desde unas delicadísimas telas de seda *songket*, bordados, tallas de madera, marionetas, filigranas de plata, máscaras tomadas de la ritualidad hindú, armas de guerreros y antigüedades de la época de dominio holandés. Otra recomendación que debían trasladar a los viajeros era la prudencia, porque más al norte, ya en Banda Aceh, la zona aspiraba a la independencia, y frecuentemente había acciones guerrilleras, aunque mantenían un cierto *fair play* con el turismo. Si bien todos los itinerarios turísticos habían provocado una cierta uniformidad del mercado, siempre era posible lo diferente, y había que valorarlo ante un público tan selecto. A Carvalho le pareció una observación estúpida. ¿Dónde estaba el público tan selecto? Simplemente se trataba de gente que podía pagarse el viaje y que sabía leer y escribir, es decir, firmar *traveller checks* o recibos de tarjetas de crédito. El barco fondeó antes de amanecer, y los turistas que quisieran podían hacer una excursión al Parque Nacional de Gunung Leuser, una disuasoria excursión que les ocuparía doce horas, aunque estaba garantizada la belleza del objetivo; los que no disponían de todo el día para visitar Medan, antiguo pantano convertido en una de las ciudades más ricas de Indonesia, con importantes restos arquitectónicos del pasado colonial, con una calle especialmente significativa, la Jalal Jendral A. Yani, donde el tenderío chino era absoluto y obligatoria la detención ante la mansión del multimillonario y santo Tjong A. Fie, caso ejemplar citado en todas partes de rico del lugar que había muerto de desnutrición en un campo de concentración japonés. El samovar mantenía su fidelidad protocolaria con los viajeros, protegido por una sombrilla que lo ayudaba a conservar sus frescores. El núcleo madrileño más las dos jóvenes parejas heterosexuales catalanas escogieron el largo viaje al parque; los demás españoles se dedicaron a recorrer la ciudad de más de dos millones de habitantes, en seguimiento de la pareja de hecho de diseñadores, considerados como los más documentados del grupo sobre las compras convenientes. También trataron de bañarse en el mar o de hacerlo en la suficiente piscina del *Queen Guillermine*, rodeada de cócteles tan policromados y afrutados que más parecían milagro de jardinería. Los latinoamericanos habían descubierto en su conjunto y casi al mismo tiempo que el paisaje no podía interesarles tanto como a los europeos. «Cosas así las tenemos en nuestras selvas, en el Amazonas, en el Orinoco, y no hace falta irse a ríos tan grandes. El Paraná crea espacios similares, y ¿qué me dice usted de las cataratas de Iguazú o de las selvas de Centroamérica, como la Lacandona? Claro que siempre hay diferencias notables y por eso nos gusta el viaje, pero son sobre todo humanas y culturales.» Así resumió uno de los padres de familia mexicano su desinterés por la excursión y, en cambio, la curiosidad que sentían por absorber culturas que eran, como las de América, síntesis o sumas de tantas arqueologías y destrucciones.

Mientras se ultimaba la voluntad de elección de itinerario, Carvalho bajó a la cocina, donde encontró a Biscuter ante una gran pizarra en clara y no demasiado amable discusión con el chef italiano. Estaba el señor Monti indignado porque Biscuter pretendía introducir una variedad de pasta llamada fideuá, elaborada con los fideos más finos, «de cabello de ángel», repetía Biscuter, de *capello d'angelo*, traducía al italiano, irritado porque esa variedad no se conocía en Italia o no se llamaba así. Biscuter repasaba los libros que les habían regalado los de Slow Food en Roma, buscando ratificación para su criterio.

—Pero ¿quién es el jefe de cocina? —preguntaba Monti en inglés a los demás cocineros y pinches, y todos lo señalaban a él con cierta ironía, lo que Biscuter interpretaba como apoyo a sus tesis y se envalentonaba aún más.

—¡Jefe! Dichosos los ojos. Estoy convenciendo a este tío para que me deje hacer doscientas raciones, al menos, de fideuá, y ya lo ve: es como si le hubiera quitado el cargo.

—¿Le has dicho que a los holandeses les gusta mucho? ¿Que Cruyff cuando está en Cataluña sólo come fideuá? ¿Ya sabe que el entrenador holandés del Barcelona, Van Gaal, también es partidario de la fideuá?

Algo entendía Monti el español y pedía explicaciones a Carvalho sobre lo que afirmaba. El detective fue a por él, le sonrió, le dio la mano y se presentó como jefe de traductores, para después asegurarle que los responsables del *Queen Guillermine* le agradecerían que incorporase la fideuá a su bufete, porque no había holandés viajero por España que no la reclamara después de la paella y el jamón de Jabugo. Puso los ojos en blanco el cocinero en jefe cuando repitió «jamón de Jabugo», se concentró y, tomando la iniciativa del asunto, señaló con un dedo a Biscuter y le ordenó:

—¡*Avanti* la fideuá!

Salió Biscuter a ordenar los elementos necesarios y dejó a Carvalho tan abandonado que fue retirándose poco a poco del zafarrancho de combate en que se había convertido la cocina y comprobó a continuación que el grupo hispano se había fraccionado lo suficiente como para imposibilitar que repartiera sus servicios. Tampoco podía quedarse en el barco porque el banquero errante paseaba su alma prejubilada por todas las cubiertas, y no quería convertirse en su sábana de lágrimas, por lo que decidió bajar a tierra y hacer un recorrido en sentido inverso al recomendado por la guía que la compañía holandesa editaba todos los días. Se le ocurrió meterse en el zoo, con gran oportunidad, porque más tarde los viajeros que se habían ido al parque nacional sólo hablaban de orangutanes, concretamente de los que habían visto en el Centro de Rehabilitación del Orangután Bohorok, «una maravilla, una maravilla», insistían las mujeres sobre todo, conmocionadas por la conducta humana, humana, humana de los orangutanes.

—¿Qué somos? ¿Monos? —se preguntaba la más enfebrecida.

Más quietud tuvo la estancia en Banda Aceh, una ciudad donde había restos espléndidos de todos sus pasados y muy especialmente la Baiturrahman Masjid Raya, mezquita de finales del siglo XIX diseñada por un italiano deslumbrado por la arquitectura mogol, que tenía un empaque relacionable con el Taj Mahal. Si los holandeses habían hablado de prudencia en Medan, pidieron que se extremara en Banda Aceh, porque era precisamente la capital de la zona independentista y no estaba bien solucionado el problema.

—¡Qué pueblo tan violento! —se quejaba la señora del fabricante de sopas.

—Ya hemos visto cómo se han matado en Timor y cómo tienen no sé cuántos líos por aquí dentro, que si chinos, que si otras etnias, problemas que convierten el nuestro con los vascos en algo parecido a una broma.

Carvalho quiso ser informativo:

—En este país se ha matado mucho. En los últimos setenta años, por ejemplo, la ocupación japonesa fue dura, la resistencia partisana también. Luego ganaron los más progresistas de los resistentes, al mando de Sukarno, pero Estados Unidos contempló con prevención su victoria. Y propiciaron un golpe de estado. En los primeros dos o tres días los ríos se llenaron de muertos, hasta quinientos mil comunistas asesinados en dos o tres días. Luego vinieron los chinos, porque les tienen miedo, dada su capacidad de acumular riqueza. Y aquella junta militar tan liquidadora ha durado hasta hace dos días, y de hecho nadie los ha hecho responsables de nada.

—Es otra concepción de la vida y de la muerte —opinaba el arquitecto más ilustrado.

—Además, los comunistas siempre exageran el número de sus muertos. También en España después de la guerra civil dijeron que si un millón de muertos, y qué va. No tuvimos tiempo de matar a tantos, a pesar de que la guerra duró tres años y de que algunas compañías, como la ciento y pico, la mora, la mía, hicimos lo que pudimos. Allí combatía un cabo glorioso, nada menos que Bernabéu, el más viejo de todos, cuarenta y dos años, cuarenta y dos cojones y futuro presidente del Real Madrid de las cinco copas de Europa.

El protagonismo liquidador de comunistas asumido por el banquero prejubilado cortó el resuello hasta a los que pensaban como él, y el silencio creado a su alrededor lo forzó a una aclaración:

—Es que en las guerras es así: o matas o te matan.

La madre del joven mexicano que ya había topado con el banquero estaba reteniendo a su hijo por un brazo y con la otra mano le tapaba la boca como si estuviera jugando con él. Retirado ya el liquidador de rojos españoles, estalló el joven:

—¡Pero este tío es un pendejo, un fascista de mierda!

Nadie asumió lo que había dicho, ni siquiera Carvalho, a pesar de que el muchacho se fue a por él en busca de complicidad. Dejó que el chico se explayara y sólo lo cortó cuando oyó que lo implicaba en la guerra civil española.

—Usted, ¿en qué bando estuvo?

—En el de los prenatales o neonatos. Más o menos iba en el vientre de mi madre.

No acababa de creerse el chico que Carvalho no tuviera edad suficiente como para haber intervenido en la guerra.

—Yo tuve un profesor en la universidad, un profesor de filosofía que había hecho la guerra. Se llama Sánchez Vázquez y es muy buen filósofo. Se ha jubilado, pero sigue siendo muy apreciado. Fue profesor del subcomandante.

—¿De qué subcomandante?

—Del subcomandante Marcos, portavoz supremo del ENZL, el Ejército Nacional Zapatista de Liberación.

Es decir, su subcomandante, por más que la madre estuviera mirándolo de reojo desde lejos y pensara que ese chico iba a llenarse la cabeza de chichones en esta vida como siguiera arremetiendo contra molinos de viento, pero sobre todo contra los banqueros, por muy prejubilados que fueran.

A medida que se acercaban a Nias se notaba la expectación que suscitaba el simple nombre de la isla, consecuencia de las informaciones que se habían pasado diferentes promociones de cruceristas y de la nota explicativa de la compañía naviera. Después todavía los esperaban dos desembarcos, Padang y Bengkulu antes de Yakarta, fin propiamente dicho del crucero, porque los que quisieran ir hasta Bali lo harían en avión. Llegados a Nias y despedidos convenientemente por el té frío, los cruceristas se dividieron según la edad, los más jóvenes prefirieron el surf ofrecido por las privilegiadas pero distantes playas de la isla, y los séniors tomaron los autocares hacia el interior, ansiosos de diferencias étnicas. También hubo quien se subió a carretas tiradas por caballos llamadas *dokar*, con las que esperaban tener un conocimiento más directo de la relación espacio-tiempo que se merecía la isla. Montó Carvalho en el autocar y retuvo en sus ojos un país casi intocado en el que las viviendas eran cabañas pulcras y sin muebles, algunas palafíticas junto al mar, apenas adulteradas por la influencia del turismo. Los que quisieran quedarse allí podían residir en aquellas cabañas o acogerse a un centro turístico lujoso, el único en la isla. Pero casi todo el mundo utilizaba Nias como teatro de la singularidad y memoria de sus gentes, el más importante ubicado al sur, en Bawomataluwo, ciudad construida sobre un promontorio de piedra para poder así defenderse de los ataques anexionistas de los holandeses. La plaza central era el escenario natural para los dos espectáculos más destacables: uno de ellos era el salto de altísimo *krimpton* de piedra a cargo de atléticos hijos del lugar que se jugaban no sólo las partes sexuales, sino el cuerpo entero en un vuelo seguido de caída libre y perfecta; el otro acontecimiento eran las danzas rituales a cargo de guerreros diríase que formados en el Actor's Studio de Nueva York por el distanciamiento con el que interpretaban sus movimientos, para de pronto enarbolar las lanzas, correr hacia el público y evitarlo a medio centímetro de punta de lanza, para pánico de algunos, así, por ejemplo, una dama alcarreña se puso a gritar, y a Carvalho le pareció lógico. El guerrero que la tenía a medio centímetro de la punta de su lanza era de los más feos habitantes de la isla y no descompuso el gesto feroz, ni escondió su dentadura dividida en mellas y fundas de oro hasta que las otras alcarreñas rodearon protectoras a su compañera. Entonces el viejo lancero volvió tranquilamente sobre sus pasos y se predispuso a nuevos bailes y lanzadas. Para eso estaba allí.

—Es que yo lo veía venir... que me la clava... que me la clava... No sé. Un accidente turístico. ¿No puede haber accidentes turísticos?

—Cómo te la iba a clavar, mujer. Se les acababa el turismo.

Comieron un improvisado picnic en el que abundaba la salsa de cacahuete para embadurnar el pollo, los vegetales, los camarones y los espíritus, pero aquella noche la fideuá sería la reina de la cena y tuvieron que repetir raciones y raciones, por lo que Carvalho se imaginaba a Biscuter entronizado en la cocina y todo el viaje restante convertido en el estratega gastronómico indiscutible. Luego las navegaciones parecieron alargarse independientemente de las distancias que se debían cubrir, como si el crucero quisiera justificar su precio, a pesar de que los viajeros empezaban a hartarse de aquella vegetación de satén y llena de verdes irrepetibles, de todos los colores del verde, como decía una canción de Raimon que Carvalho recordaba. Los largos recorridos implicaban más cócteles tropicales, el uso de la sala de juego, aventuras bastante epidérmicas y fugaces, al menos a juzgar por las conductas que Carvalho detectaba entre los hispanos, refrescamientos en la piscina o bien largas sesiones de televisión y vídeo, especialmente aplicado a las películas que tuvieran que ver con la zona. Y así pudo Carvalho recuperar el Raffles y el singapur sling gracias a *Saint Jack*, una película en la que Ben Gazzara interpretaba el papel de ácido alcahuete en Singapur, en la retaguardia del ejército norteamericano instalado en Vietnam. En cambio, no había ni una película sobre los conflictos internos de Indonesia, ni sobre la lucha de la independencia contra holandeses y japoneses, ni las sangrientas matanzas que ajustaron la guerra fría a los intereses del sector occidentalista del ejército. En un telediario de la CNN apareció un anciano y bellísimo capitán Nemo, diríase que diseñado por cualquier pareja de hecho de diseñadores catalanes, instalado en Marsella a bordo de algo parecido a un submarino y haciendo unas curiosas declaraciones sobre el final de la hegemonía humana sobre la Tierra.

—Mi nombre de nacimiento no era Nemo, pero creo que es el más didáctico que puedo adoptar en estos momentos.

—¿Se puede navegar con este submarino?

—Por la superficie del agua, sí; lo he comprobado. Pero no me atrevería a hundirlo en el mar. Nadie quiere dar un paseo por el mundo en el *Nautilus* como en las novelas de Verne. Queremos plantear la gran cuestión de un mundo en el que todas las reglas, desde las económicas hasta las militares, nos obligan a vivir como exiliados. Y por eso tal vez debamos escoger el exilio esencial y dejar la Tierra en manos del dios del mal, para buscar el lugar donde pueda reinar el dios del bien.

—Al hablar del dios del mal, ¿se refiere usted al presidente Bush o al dictador de Iraq, Saddam Hussein?

—Esos dos siniestros personajes son las marionetas del dios del mal, y le recuerdo que no estoy hablando de dioses desde una perspectiva religiosa, sino desde la percepción de la hegemonía, de los auténticos detentores del poder económico, político y cultural del mundo.

—¿Podría decirse, capitán Nemo, que su reino no es de este mundo?

—Usted lo ha dicho.

Ya tenía suficiente Carvalho y estaba dispuesto a cambiar de canal, cuando, de pronto, entre el público adicto que rodeaba a Nemo, creyó ver a una madame Lissieux radiante, tan deslumbrante por el sol que le daba de lleno que no permitía decidir con certeza si era madame Lissieux o el simple producto de un espejismo carvalhiano. Nemo volvió a ocupar la pantalla para la despedida.

—Pronto sabrán de nosotros. Empiecen por observar críticamente a sus dioses.

Le sonaba a cosa oída y la posibilidad de que madame Lissieux fuera madame Lissieux lo llenó de indignación y de deseos de abordar a Biscuter, aunque era obvio que estaría cocinando y no podría haber contemplado la extraña resurrección del capitán Nemo, muerto desde hacía más de un siglo en su *Nautilus*. Habló con los otros guías intérpretes sobre el personaje y sólo el alemán recordaba haberlo visto o haber leído, vagamente, algo sobre un grupo de chalados que rechazaban la lógica de la creación, y que el capitán Nemo era el nombre de guerra de un antiguo líder ecologista y pacifista alemán, un general retirado que había hecho la segunda guerra mundial como jovencísimo oficial de Hitler.

—Si está en contra de la creación, es que está más cabreado aun que los ecologistas.

—Hay muchas clases de ecologistas.

Veinticinco años atrás, durante las indagaciones de *Asesinato en el Comité Central*, había descubierto la existencia de un grupillo intelectual comunista que se autocalificaba como ecomarxista y que sólo creían en eso, en el ecomarxismo, todo lo demás era lenguaje alienante y no verdad. Durante la cena hubo signos externos de que la victoria de Biscuter era absoluta, no sólo por la supervivencia de los referentes de cocinas de España que había ido incorporando al bufete, el último, unas magníficas piernas de cordero mechadas con ajos y asadas sin otra ayuda que el horno y agua. Pero también se anunciaba sangría, una alquimia terrible de la que son más responsables los turistas extranjeros en España que los mismísimos españoles, por muy desaprensivos que sean. Para empezar, se apagaron las luces y sobre una pantalla apareció una secuencia de *Giulietta de los espíritus* de Fellini, en la que un actor español, José Luis de Vilallonga, explica cómo se hace una sangría con el mismo misterio con el que Nostradamus anunciaba el fin del mundo o la confitura de calabaza. Cuando se volvieron a encender las luces, una docena de camareros desfilaron por entre los comensales con enormes jarras de sangría en las que Biscuter había introducido algunos toques locales. Por ejemplo, las desangeladas naranjas tropicales habían sido sustituidas por una mezcla de lima, zumo de pomelo y pedacitos de mango. Además, el vino era un excelente Cabernet neozelandés con toque de espesura, el alcohol que compensaba el deshielo de los cubitos y las dulcerías de las frutas era al menos un coñac francés, probablemente Courvoisier, la canela excelente, dueña de su propio aroma y no antepasada exhausta de sí misma. Todo el mundo se mostró partidario de la sangría, y los más entendidos especulaban cómo había conseguido su hacedor el toque carbónico sin aguar la fiesta.

—Pues eso es un misterio y más vale no enterarse. Un tío mío hacía unas sangrías de campeonato y le echaba Fanta de naranja, ya ve usted.

—Aunque parezca una tontería por las muchas cosas que le echan al vino, para que una sangría sea buena, el vino ha de ser bueno.

Quiso Carvalho bajar a la cocina para felicitar a Biscuter y de paso interesarse por un posible conocimiento del resucitado capitán Nemo, pero cuando iniciaba el movimiento de retirada, se abrió un pasillo entre los entusiasmados bebedores, y por él desfilaron el chef italiano, seguido de Biscuter y los cuatro jefes de cocina. El capitán pidió un aplauso para ellos y exhibió el mérito de que la empresa, consciente de que un crucero es un espacio propio que necesita de referentes internos, había procurado introducir toques gastronómicos nuevos «conseguidos gracias al saber de nuestro chef, *il signore* Amadeo Monti y de una notable incorporación, el gran maestro de cocina francesa, occitana y andorrana, monsieur Biscuter». Saludó el chef, también sus compañeros, y pudo finalmente Carvalho hacer un aparte con su ayudante, tan delgado por el trabajo y los calores que soportaba, que parecía la mitad de sí mismo mucho más que habitualmente. Le elogió Carvalho la sangría y le alabó la audacia del asado de cordero tan a la contra de los paladares más presentes en el crucero.

—Una curiosidad. Lo carbónico de la sangría.

—He utilizado soda Schweppes, pero aromatizada con licor de mandarina.

Dudó Carvalho en derivar la conversación hacia el capitán Nemo, y ya se iba Biscuter cuando se decidió:

—A propósito. La CNN ha emitido un reportaje de Marsella en el que salía un capitán que se hacía llamar Nemo, y lo más jodido ha sido que me ha parecido ver a su lado, o en su entorno, a tu añorada madame Lissieux.

Biscuter se concentró, suspiró y, con sus párpados casi trasparentes cerrando los ojos, dijo:

—Usted ha visto al profesor Hans Römberg, un sabio empeñado en salvar el mundo y que se hace llamar capitán Nemo. Lo de madame Lissieux sólo es probable. Desde luego, ellos dos son muy amigos.

Y se marchó mediante un mutis por el foro que le salió casi tan perfecto como la sangría.

Entre los que ya conocían Indonesia de otros viajes se había instalado la evidencia de que Sumatra, con todo su interés, no resistía la competencia con Java, la isla más poblada. Padang era normalmente utilizada como punto de arranque de excursiones hacia las montañas de Minang o a las islas de la costa occidental, Siberut la más cercana. Exaltaban los varones hispanos y latinoamericanos la belleza de las muchachas que habían visto en toda la ruta y las buenas sorpresas que ofrecía todavía un cierto respeto por la conservación de la casa tradicional, e insistían en ello a su vuelta de Bukittinggi, a tres horas de Padang, o de la isla de Siberut. La primera excursión les había permitido ver un valle precioso, y la segunda un mundo no sólo isleño, sino aislado.

—Hay pueblos en los que la historia se ha detenido los años que hagan falta.

—La historia se detiene, retrocede, a veces vuelve, se repite —filosofaba el banquero, que buscaba siempre coincidir con Carvalho—. ¿Recuerda usted la otra noche aquella escena de la sangría, interpretada por José Luis de Vilallonga? Lo que son las cosas. Yo le llevo dos años y vivimos la guerra civil juntos, porque aunque él era un chaval, su padre se empeñó en que hiciera la guerra y se curtiera. El viejo era un tipo excepcional, un militar de una pieza, aristócrata y ayuda de cámara nada menos que de Alfonso XIII. Metió a su hijo de unos quince o dieciséis años en un pelotón que fusilaba a los rojos. La guerra, la guerra. Todo lo brutal que se quiera, pero es la guerra. Luego José Luis se exilió, fue antifranquista, incluso algo socio de los comunistas, se hizo famoso como escritor, actor de cine y amante, amante de mujeres extraordinarias. Un día, ya muerto Franco, lo invité a hacer un pequeño crucero por el Cantábrico en mi yate. A mí me gusta mucho la mar, y cuando podía me echaba a la mar y no había quien me parara. Pues bien, a medio crucero hice escala en Santander y, con el pretexto de una avería, invité a José Luis y a su mujer de entonces, una francesa, a que volvieran a casa o se fueran a donde quisieran, que el barco ya no podía más. Y el que no podía más era yo. Habíamos discutido sobre casi todo y con cierta pasión, pero un día, delante de la marinería, hablábamos precisamente de esto de la historia, que si se va o no, que si se repite o no y Vilallonga se me puso borde. Me señaló con un dedo, a mí, al patrón y dueño del yate, y me dijo: «Marx tenía razón: lo que en la historia se dio en forma de tragedia se repite en forma de comedia, y tú, querido, me parece que ya no te mueves de la comedia, las tragedias que ayudaste a provocar y que incluso viviste para ti se han terminado, por mucho que trates de que la historia se repita.» Mire, me dio un sofocón que estuve a punto de pegarle dos hostias, con perdón, y si no se las pegué fue porque estaba su señora delante.

«Por suerte —pensó Carvalho—, a este hombre le queda menos vida que historia por delante», y procuró evitarlo en lo que quedaba de viaje hasta Yakarta, especialmente durante la escala en Bengkulu, concebida como un descanso de tanto paisaje y tanta compra y con un cierto valor simbólico de círculo cerrado, pues el crucero se iniciaba en Singapur, la ciudad de Raffles, y en cierto sentido se cerraba en otro de sus embrollos imperialistas y urbanos, porque sir Thomas Stamford Raffles ejerció el mando en Bengkulu, y de qué manera; además de introducir el cultivo del café y el azúcar o de inaugurar todo lo inaugurable, se opuso a devolver Sumatra a los holandeses, como consecuencia de un acuerdo de alta política que no secundó. En Bengkulu había conseguido dejar su memoria ligada a algo más duradero que un hotel y su cóctel, porque siendo presidente de la Sociedad Zoológica de Londres, pasó en cambio a la historia de la botánica como descubridor de la *rafflesia gigante*. La planta pudo contemplarse en el Jardín Botánico de Bengkulu, y Carvalho saludó por segunda vez la justicia de la memoria histórica que había permitido conquistar la inmortalidad a un agente del imperialismo británico a través de un hotel ciudadela de su memoria y de una flor que tenía algo de cóctel. Aparte de la flor de Raffles, Carvalho retuvo cierto tiempo la imagen del fuerte de Benteng Marlborough, levantado en 1762 por los ingleses y posteriormente completado por construcciones cúbicas que le daban un cierto aire de monumento conmemorativo a la victoria final o bien de los hombres del Neanderthal sobre los del Cromagnon o de los primitivos indonesios contra el más decidido empeño de invasión marciana de la Tierra.

A medida que se acercaba Yakarta se acentuaba la tendencia al balance de lo comprado y de lo que todavía quedaba por comprar. No sólo estaba fuera de juego el melancólico banquero, sino también el fabricante de sopas preparadas, más cojo que al inicio del crucero y más dependiente, por tanto, de una mujer que lo había rodeado de una empalizada de estatuas de teca y de compromisos sociales nada más volver a España; el más urgente, pasar por París a renovar vestuario, ya que venían en España meses difíciles para el vestir, en los que no sabes qué ponerte. «En cuanto pasan Navidades y algunos fríos tontos de enero y febrero, ¿qué te pones?»

Las tres damas de la Alcarria le entraron al problema pero sin respuestas a la altura de las que esperaba la reina de las sopas preparadas, porque su mundo era diferente y a veces cumplían con unas rebajas en Madrid, bien seleccionadas, nada de El Corte Inglés, desde luego. No parecían las mujeres más jóvenes tener los mismos problemas o, en cualquier caso, no los explicitaban, y contemplaban el desigual duelo informativo como el más civilizado público de tenis.

—Pues yo, París y Balenciaga. Porque los demás muchas piruetas, pero Balenciaga siempre será Balenciaga y los *modernos* españoles me parecen todavía demasiado inmaduros y no tienen amplitud de vuelo. Ni la tendrán. ¿Cuándo se ha visto que alguna dama importante de la buena sociedad europea les haya comprado algo?

El argumento era irrebatible y el semiparalizado consorte asentía complacido por la capacidad de contundencia discursiva de su mujer. Habían bajado en Bengkulu para no dejar de amortizar lo que les había costado el viaje, pero los paisajes les parecían monótonos, ese verde, tanto verde.

—Llega a ser obsceno.

—Nos han dicho que en la isla de Bintan hay una estación termal sensacional a la que va el turismo más rico del mundo.

—Pronto ese turismo realmente selecto no sabrá dónde meterse. Todo se masifica.

Los elefantes los habían impresionado mucho porque estaban acostumbrados a verlos en el referente africano y aquí era otra cosa.

—Más triste, diría yo. Es que a mí los elefantes me entristecen mucho. Pero me inquietan menos que los orangutanes, qué horror, y cuando son orangutanes inteligentes pues más horror todavía, porque se parecen a demasiadas personas que conoces. ¡Y hay cada gorila que es igual, igualito que algunos empleados de mi marido!

Las risas fueron generales y el triunfo de la clienta de Balenciaga hubiera requerido música y vuelta al ruedo en el que se había convertido aquella cubierta que los españoles habían ido adoptando como propia, mientras los latinoamericanos preferían la más elevada y se limitaban a un cruce de amabilidades protocolarias por encima de los atlánticos que los separaban. Una de las damas alcarreñas señaló con el codo la cubierta donde se suponía que estaban mexicanos y argentinos.

—Pero ¿no estaban arruinados? ¿No estaban arruinados en toda Sudamérica?

—Algo les quedará.

—Habrá de todo.

—A veces lo único que puedes hacer cuando estás arruinado es dar la vuelta al mundo —opinó Carvalho, e introdujo un pensamiento poliédrico que sólo abordó inmediatamente el rey de las sopas.

—Cierto, muy cierto. En situaciones límite lo mejor es desbordarlas tú, no al revés. Pensaba yo algo parecido cuando el otro día discutía con un grupo de amigos sobre la más que posible guerra de Estados Unidos contra Iraq. ¿Por qué? ¿Para qué? ¿Tenéis algunos de vosotros una respuesta clara? Yo creo tenerla. La única manera de que Estados Unidos no sea desbordado por la situación que vive desde el atentado del 2001 es crear ellos mismos situaciones límite incomprensibles. Yo los apoyo.

—Pero ¿qué guerra va a haber entre cuatro desgraciados y el ejército del imperio? A mí me importa un comino, porque Iraq está en las chimbambas, pero a simple vista me parece una chulada.

—Análisis demasiado simple.

Casi todos los cruceristas españoles estaban de acuerdo con que la guerra era una estupidez, pero tampoco era posible imaginar que Estados Unidos fuera tan perverso como para ir a matar iraquíes sin razones poderosas. Otro motivo de preocupación sustituyó inmediatamente a la posible guerra. Lamentablemente, el crucero no preveía la visita a la punta meridional de Sumatra, en torno al Parque Nacional Bukit Barisan Selatan o a Bandar Lampung. La compañía les había pasado un escrito casi de despedida en el que los estimulaba a conocer más a fondo lo que un crucero sólo puede mostrar superficialmente. Por ejemplo, las señoras cruceristas deberían saber que habían pasado junto a sociedades matriarcales en las que la mujer gobernaba la vida familiar, como la de los minangkabau, donde había una curiosa división del trabajo. Muchos hombres de esas zonas habían alcanzado elevados puestos en la administración del país o en el mundo de la ciencia y la cultura, pero las mujeres marcaban las pautas de la herencia. Las abuelas y todas las hembras que eran sus herederas dirigían el clan y conservaban la propiedad de la tierra. Los hombres eran estimulados a viajar, a conocer mundo y a llegar a tener propiedades por sí mismos, al margen del matriarcado ejercido sobre la propiedad de la tierra. Por eso los varones eran tan buenos comerciantes y viajeros.

Yakarta sería apenas unas horas de recorrido a la espera de la salida del avión hacia Bali y a la vuelta podrían conocer con más tiempo la capital del Estado. Cada cual tenía sus planes, pero ganaban los que querían volver a España vía Amsterdam porque se les venía encima lo que quedaba de largo preludio para la Navidad.

—Yo, esta Navidad que viene, voy a darles de cenar, para Nochebuena, fíjate, un *rijsttafel*.

—¡Qué horror, todo sabe a cacahuete! No es mala idea como cosa exótica, pero el resultado es como si te hubieras pasado una tarde de corrida de toros comiéndote una papelina de cacahuetes detrás de otra y salsa de cacahuetes y sopa de cacahuetes.

La última cena en el *Queen Guillermine*, nada más llegar a Yakarta, había recibido un título a la vez provocador y amenazador: «*Rijsttafel* a la mediterránea.»

«La mesa de arroz», en versión biscuteriana, se componía del arroz tal como lo concebían los indonesios o los chinos, como paisaje de fondo y textura atómica de los sabores complementarios. Si habitualmente un *rijsttafel* exhibicionista superaba una veintena de platillos complementarios del arroz, Biscuter había llegado a veinticinco por el procedimiento de hacer adaptaciones de los *platillos*, y no sólo de los ampurdaneses: pollo con camarones, calamares en su tinta, minúsculos calamares rellenos de carne, hatillos de col, *escalibada*, setas con tropezones de salchichas, pescado a la marinera, sopa de pescado aromatizada al hinojo, fricandó, pollo al ajillo, gallina en pepitoria, callos con garbanzos, ensaladas aderezadas con romesco, bacalao *a la llauna*, bacalao al ajoarriero, albondiguillas con sepia, espinacas con piñones y beicon, pedacitos de queso salteados con ajo y pimientos morrones, ensaladilla de picadillo de remolacha, pepinillos, alcaparras, aceitunas rellenas, setas y láminas de cordero con salsa agridulce, agridulce de lomo, ostras ahumadas al champán, *espardenyes* (holoturias) al ajo y cilantro, alcachofitas rellenas de huevo de codorniz y cucharadita de caviar, tacos de atún crudo macerado en jengibre, aceto balsámico y soja, y cebolletas aderezadas con *salvitjada*. Si el plato indonesio obtenía un sabor a la vez dominante y variado condicionado por el cacahuete y su aceite, en cambio Biscuter había mediterraneizado el asunto sustituyendo el fruto seco único por una picada de piñones, almendras, avellanas, ajo, perejil y en ocasiones ñoras o pimientos choriceros secos, con variantes diferenciadoras conseguidas por el empleo de distintas hierbas aromáticas también convencionalmente mediterráneas y de vinos y aguardientes paisanos, tintos, blancos o rancios, cavas, coñacs, ouzo, aceites italianos, vinagre de Jerez y aceto balsámico. Tan original quedaba aquella mesa de arroz que fue rebautizada como «Rijsttafel Biscuter», y clarísimamente la mano de Biscuter había tachado el apellido y escrito sobre él: «Milenio.» Mesa de arroz servida con vinos blancos neozelandeses, tintos ligeros franceses de la zona del Loira y los inevitables achampañados francoalemanes hegemónicos al menos en aquel crucero. Entró la cena además por un río de helados *genevers* y cervezas holandesas y sobre la gran cabeza colectiva del crucero se colocó la tapadera de una olla a presión que sólo cocía pensamientos agradables, porque Biscuter había conseguido la cena de su vida y de su historia.

Entraron en el amplísimo puerto de Yakarta y a medida que se acercaban al lugar de atraque reaparecían las piragüillas con niños adolescentes que les reclamaban monedas, sin miedo a zambullirse y a cogerlas mientras empezaban a hundirse, como en los puertos anteriores, donde el deporte parecía más fácil. La operación de reestructurar el crucero funcionó con gran destreza por parte de los responsables holandeses, y así equipajes y viajeros estuvieron en tierra y en sus autocares correspondientes al cabo de una hora. Carvalho y Biscuter se reencontraron mediante un gran abrazo del ayudante y la felicitación del detective por su éxito en la cena del día anterior.

—¡Querían que me quedara! ¡Hasta el pesado de Monti lloraba porque me marchaba! Es que a él se le ha consumido la imaginación y yo la tengo a tope. No sé qué me pasa, jefe, pero vivo como una segunda juventud.

Habían cobrado lo ajustado y les quedaba el apéndice de tres días en Bali, y a partir de allí el viaje volvería a depender absolutamente de ellos. Ni siquiera Carvalho debía ejercer de guía porque la agencia delegada en Yakarta y Bali ya disponía de intérpretes y los bloques turísticos lingüísticos se habían deshecho. Tampoco debían dormir en Yakarta porque el avión a Bali salía a media tarde, y la ciudad se reducía a un encuentro matinal con sus centros urbanos más necesarios, un almuerzo organizado en un inmenso restaurante indonesio y un rápido traslado al aeropuerto. Los autocares de paseo fueron deteniéndose en los lugares obligatorios, pero era difícil que los expedicionarios llegaran a sus destinos, porque nada más detenerse los vehículos eran rodeados por vendedores ambulantes que llevaban encima todos los tesoros de Indonesia. Empezaron enseñando por la ventanilla del coche el monumento a la Libertad o a la exaltación nacional, que era lo mismo, según el guía que viajaba en cada vehículo. Lo cierto es que el itinerario previsto hacía que volvieran a pasar continuamente por la plaza donde estaba instalado el monumento nacional. Los rascacielos pregonaban el correlato objetivo de la capital de la modernidad, pero el propósito evidente era que conocieran el pasado monumental y que pasearan sobre todo por la Jalan Surabaya, una estrecha calle comercial escaparate de todos los productos que los habían acosado desde Singapur. Luego salieron de allí para ir a la ciudad moderna, y casualmente a la Senayan Plaza, situada junto a un estadio deportivo, donde se alzaba el centro comercial más grande que jamás habían visto no sólo los ojos de Biscuter, sino también los de Carvalho. Algunos viajeros expresaron su saturación de compradores o su voluntad de ultimar la pulsión en Bali, dedicándose ahora a merodear por las amplias avenidas que desembocaban en el centro comercial. Pero eran asaltados por la infantería de mujeres empequeñecidas todavía más por el peso de los fardos repletos de tentaciones, y recomenzaba el chalaneo de la venta con regateo, una droga dura, a juzgar por la pasión o la concentración que exhibían los cruceristas. Carvalho y Biscuter fueron los primeros en recuperar la tranquilidad del autocar asolado y poco a poco llegaron los demás expedicionarios, y ya al completo, el coche no arrancaba porque desde la calle un grupo de vendedores ambulantes increpaba al chófer. Diez minutos de forcejeo verbal anunciaron algo grave y, finalmente, descompuesta y con voz tímida, la guía indicó que una vendedora se quejaba de una estafa, mejor dicho, de un olvido. Alguna de las señoras instaladas a bordo no le había pagado un objeto que se había llevado, unos pendientes sin demasiado valor.

—Pues que salga, que diga que se ha equivocado y nos vamos —opinó una dama francesa, secundada por la opinión general.

Pero no salía la aludida y finalmente subió al autocar la vendedora estafada y le pidieron que identificara a la estafadora.

—¡Qué vergüenza! —protestó uno de los arquitectos madrileños—. ¡Esto no lo hace una persona decente, pero tampoco una compañía turística solvente! Nos está perjudicando a quienes nada deshonroso hemos hecho.

La vendedora señaló primero a una señora de la Alcarria, que lanzó un grito de sorprendida injusticia, y más tarde a otras dos viajeras, lo que demostraba su confusión, aunque de hecho, las tres aludidas tenían cierto parecido convencional de mujeres que no suelen crear problemas. Los diez minutos se convirtieron en media hora. Las llamadas al honor se hacían en español, francés, inglés y holandés, tal era la mezcla y no salía la ladrona. Entonces la guía empezó a advertirles que el próximo paso era acudir a la policía. No estaba demasiado lejos: una pareja uniformada se había instalado junto a la puerta del coche. Por fin Carvalho se dirigió a la vendedora y le preguntó cuánto le debían. Unos treinta dólares. Carvalho los sacó de su billetero y se los dio, mientras le guiñaba un ojo, guiño que no fue devuelto pero que provocó un estupor general y la inmediata partida del autocar en cuanto la vendedora volvió a su condición de portafardos. Poco a poco volvió la normalidad y Carvalho notó una mano sobre su hombro. Allí estaba el arquitecto con un cierto parecido a cualquier rey borbónico ya maduro. Miraba a Carvalho con una total gravedad y finalmente le tendió la otra mano.

—Usted es un caballero.

Entre lo que quedaba del recorrido y la ascensión al avión que los llevaría a Bali, Carvalho fue varias veces felicitado por su gesto, y Biscuter se limitaba a sonreír para sí, pero finalmente comentó:

—Hay mucho chorizo apalancado o mucho loco. Por treinta dólares.

—Lo temible es que hay más locos que chorizos.

Desde la ventanilla del avión podía percibirse la textura blanda de la isla tapizada por las más exactas vegetaciones, diríase que dotada de una precisa armonía entre colores y tactos de guata y muy especialmente las montañas llenas de bancales verdes, a manera de proeza tanto geológica como agrícola. Aterrizaron en Denpasar y casi todos los cruceristas supervivientes iban a repartirse por Bali meridional, el gran mercado de las maravillas, aunque no faltaban los que se quedaban más días y aspiraban a introducirse en la parte más hermética de la isla, la occidental y la septentrional. Allí llegarían los diseñadores catalanes formando grupo con algunos arquitectos madrileños. Había desaparecido el banquero y la pareja pionera de las sopas preparadas, aunque a la clienta de Balenciaga y a su marido los recuperaron entre el público en una representación de danza y teatro que les habían montado nada más descender del avión. Se trataba de un fragmento de la versión danzada del *Ramayana* en un ámbito presidido por el bambú, la teca, pajas trenzadas, diríase que musculadas, componiendo el sombrero del local y todos los colores y los gestos allí reunidos con paciencia, la misma paciencia que se reclamaba a los espectadores para degustar un sistema de señales lleno de sutileza, especialmente cuando las danzas dejaron su sitio al coro de los monos de Ramayana, un alarde de interpretación simiesca por parte de los actores y de sufrimiento casi colectivo por parte de los espectadores extranjeros, consolados por cócteles afrutados servidos en vasos de caña de bambú fresca.

Salieron de estampida del local, cada cual al autocar prefijado, con la promesa de que el equipaje los esperaba en los hoteles acordados. Por una carretera abierta entre colinas deslomadas por los bancales llegaron a un *cul-de-sac* en Kuta, donde un hotel que reproducía los tics de la arquitectura local había conseguido instalarse al borde de un mar tranquilo y delimitado por una barrera de arrecifes coralinos. «Demasiado encierro en aquella cocina, jefe. ¿Vamos a corrernos una juerga como turistas ricos? Estamos en el centro del Bali turístico.»

Carvalho se limitó a asentir mientras miraba más allá de la ventana, por encima de parterres llenos de todas las flores, hasta divisar la arena y el mar que la separaba del arrecife. Tuvo que volver a mirar tres veces para estar seguro de lo que veía. El banquero jubilado, solo, en traje de baño, volvía a la playa desde el arrecife, como si fuera ése el sentido de su viaje. La debilidad exhibida por aquella musculatura larga y vencida todavía por la imposibilidad del esqueleto para llevar el cuerpo más allá de sus últimas pisadas permitió que Carvalho dudara del éxito de aquella aventura. El banquero no llegaría nunca más a ninguna playa.

No vaciló Biscuter en subirse a un taxi triciclo y Carvalho lo imitó. Los conductores les habían prometido que los llevarían a los lugares más maravillosos de los alrededores de Kuta y estaban dispuestos a hacerles caso, deslumbrados por los prodigios de aquella isla, diríase que expresamente tapizada para que los ojos más duros captaran la ternura de la tierra. Pero los lugares maravillosos prometidos eran los centros de atracción turísticos de la calle Jalan Legian, equivalentes a sus congéneres de cualquier otro punto del mundo, con playas para exiliados de sus propias playas. Tiendas de *batik* y artesanía de teca, como en toda Indonesia, clubes nocturnos, bares como en todo el mundo, tiendas de arte *turista* alienables en el frente de todas las pinturas naïf que todavía se pintaban en el mundo, restaurantes espléndidamente iluminados para captar las acacahuetadas oscuridades del *rijsttafel,* y luces estratégicas para acentuar la sospecha de la belleza de las vegetaciones silueteadas. Era suficiente la noche y la simple satisfacción por haber montado en los triciclos como para no pedir nuevos recorridos e instalarse en un bar construido con cañas de bambú anchas como tuberías y los ya estereotipados techos de paja tan compacta que parecía paja de piedra o piedra de paja.

—¡Sábado, sabadete! ¡Camisa limpia y polvete! Son las once, jefe, la noche es nuestra.

Hacia el bar de bambú iba Biscuter y, al darse la vuelta

para que Carvalho ratificara su elección, se convirtió su ayudante en un perímetro humano oscuro sobre un fondo de llamarada que se disfrazó de ruido total, y no sólo parecía perseguido por la llamarada, sino que volaba hacia Carvalho caído en tierra y con los brazos ora sobre el pecho, ora sobre la cara, bien para taparse el dolor de esternón que le había causado la onda explosiva, bien para evitar la herida visual de una fogata convertida en el centro de la Tierra. Pasó Biscuter volando sobre Carvalho y se estrelló contra una Yamaha que parecía correr sin conductor, mientras los gritos de los mirones instalados en la calle eran la única respuesta humana posible al desparramamiento de las llamas. De todos los cielos caían toda clase de cristales como una lluvia de ventanas suicidas que los obligaban a plegarse en posición fetal para evitar los cortes. Ya en pie, Carvalho se comprobó dolorido pero ileso, y Biscuter sólo tenía aturdimiento y una brecha poco profunda en el cogote, junto a la oreja. Las llamas eran una puerta infranqueable para cuerpos incendiados, algunos semirrotos que trataban de huir de un local semejante a una discoteca sin nombre y en el infierno, y de entre las llamas silenciadoras de la voz humana empezó a salir un olor a asado de piel y carne que los golpeó en el pecho como una angustia por todas las impotencias que experimentaban. El fuego parecía incontestable, por más que algunos líderes naturales corrieran de un lado para otro dando instrucciones que nadie podía cumplir, y desde otros establecimientos, también de algunos coches, salieron trémulos extintores que más parecían rendirse ante el fuego que combatirlo. De entre los fuegos que crecían a medida que encontraban materias favorables, apareció el primer cuerpo ascua al que ya no le quedaba grito y avanzaba hacia los espectadores amenazante hasta que un policía le dio un golpe con un bien dotado ídolo de madera de teca, lo derribó al suelo, y un extintor trató no de salvar la vida de la tea, sino de apagarla para que no siguiera destrozando la mirada de los presentes. Otras teas humanas menos encendidas fueron arrojadas al suelo y con toallas y telas de *batik* golpeadas, cubiertas incluso para asfixiar las llamas. De entre el coro de espectadores brotó la voz de que venían los bomberos y una sirena lejana anunciaba el inicio del túnel de espacio y tiempo por el que acudía a la comprobación de su propio fracaso. El despliegue de bomberos tuvo una lentitud de ensueño y la primera manguera envió sobre la hoguera un chorro arqueado y brillante que a Carvalho le pareció un lujo, algo parecido a un alarde inútil. Pero otras mangueras siguieron insistiendo y dos helicópteros ya sobrevolaban el edificio incendiado y lanzaban fantasmales fumigaciones que sazonaban como un aderezo la peste a sangre humana hirviendo y a carnes deshidratadas hasta la transustanciación. Los semicadáveres que conseguían salir por los descosidos del fuego caían sobre el asfalto suplicando ayuda o gritando absolutamente, algunos rostros convertidos en una bola de carne roja en la que los ojos ya no servían para mirar.

Las ambulancias coincidieron con el cese de todos los estruendos que las llamas iban provocando en su epicentro, y el rito de los cuerpos atendidos, embarcados, algunos incluso acompañados por algún superviviente de lo ocurrido, producía la impresión de que había disminuido el tamaño de la tragedia a la que algunos buscaban explicaciones técnicas y otros calificaban con palabras como «atentado» o «terrorismo» con más miedo que indignación. Carvalho y Biscuter no necesitaron consultarse para decidir que su único papel era el de mirones compasivos, sin ninguna fuerza física o energía suficiente para hacer de bomberos y con sentido de la inutilidad de las palabras como para secundar la oratoria capciosa de los congregados cada vez más numerosos, frente a los que la policía delimitaba el espacio en el que se movían los bomberos y las ambulancias.

Pensaba Carvalho que la playa estaba allí, al lado, también esas laderas maravillosas donde constan todos los verdes del mundo. La sonrisa de esas gentes se remontaba al siglo XIX, cuando se la pusieron para recibir a los primeros turistas rentables, y todavía no se la habían quitado. Normal y atractivo a la vez. Y de pronto, Biscuter ni siquiera tenía ganas de pensar y a la vista de las cámaras de televisión decidieron que en algún lugar estaban dando la información de lo que veían, diríase que a ciegas. Salieron del ámbito del incendio y recorrieron distancias que los llevaran a algún establecimiento público con televisor. En un restaurante *fast food* sólo había el dueño acodado en la cafetera, contemplando la retransmisión televisiva, y nada les preguntó cuando le pidieron que conectara con alguna cadena en inglés. Se limitó a buscar la CNN y no ofreció bebida alguna a los dos extranjeros, situados al otro lado de la barra para ver en la pantalla lo que ya habían visto: el incendio como respaldo, personajes que corrían como sólo saben correr los personajes en los fondos de las películas de Welles. Sin saber por qué, a Carvalho la situación le recordaba una secuencia de *Sed de mal*, en una pequeña ciudad mexicana, Tijuana tal vez, un primer plano de protagonistas y al fondo figuras que huyen, que quieren salir de su condición de extras, como habían intentado escapar de esa condición aquellas teas humanas, y ahora tal vez sólo corrían los que no sabían qué hacer o qué gritar. Se trataba de un atentado terrorista y apuntaba, decía un sólido comentarista invitado, al grupo integrista islámico Jemaah Islamiyah, conectado con Al Qaeda, el grupo de Bin Laden. A pesar de que todavía no habían sido reducidas las llamas, el experto acusaba a la intransigencia de ambas partes por todo cuanto estaba sucediendo y recordaba que un primer ministro de Malasia había sido cacheado en un aeropuerto norteamericano como si fuera el último de los *espaldas mojadas*.

—O ponemos fin a esta sinrazón o viviremos en perpetuo estado de sitio, en toda la Tierra. Aunque Bali es una isla mayoritariamente hinduista, Indonesia es el país musulmán más grande del mundo, y hasta ahora parecían dominar el islamismo los musulmanes moderados, que se habrán quedado sin motivos a la vista del comportamiento norteamericano.

Se había reunido el gabinete gubernamental de urgencia presidido por la presidenta Megawati Sukarnoputri, y tras la imagen de la hija de Sukarno apareció la foto fija de un santón presentado como el profesor Abu Bakar Bashir por una voz en *off* que lo describió como un gurú no sólo respetado en Indonesia, sobre todo en la isla de Java, sino también conectado con los centros musulmanes de Filipinas y Malasia. Ya en el pasado había sido considerado jefe de Jemaah Islamiyah, la organización extremista de los musulmanes, pero a pesar de los interrogatorios policiales padecidos, no se había podido demostrar su vinculación. Todavía las llamaradas del incendio tenían la partida informativa ganada, a manera de ritmo paralelístico que interrumpía las demás imágenes desde la consistencia de su trágica hegemonía, y también se acentuaron las filmaciones de los heridos subidos a las ambulancias o en plena llegada a los hospitales, donde médicos y enfermeras estaban empeñados en un zafarrancho de combate ensayado, como si cumplieran a rajatabla los comportamientos experimentados en los cursillos para respuestas de emergencia.

—Sobre todo australianos. Hay muchos australianos —declaró una enfermera sin dejar de correr tras la camilla rodante.

En la pantalla apareció un plano de la zona afectada, a manera de centro ígneo en Kuta, que aminoraba a medida que crecía en dirección de los cuatro puntos cardinales. Aunque las noticias no eran todavía confirmables, otras explosiones se habían producido en otros puntos del país especialmente relacionados con la presencia norteamericana. El gobierno había ordenado el despliegue de soldados por todas las instalaciones multinacionales, muy especialmente los pozos petrolíferos de explotación norteamericana Exxon en Sumatra y los yacimientos de gas de la compañía francesa Elf en Borneo. La señora presidenta ya había declarado una sarta de obviedades, la principal: «Esta bomba es un aviso para todos nosotros de que el terrorismo es un peligro real y una amenaza potencial contra la seguridad de la nación.»

—En todas partes son iguales —musitó Carvalho.

Y ante los gestos de interrogación de Biscuter, precisó:

—La gente que gobierna. En todas partes son mutantes reproducidos y degenerados de una misma ameba original.

Nadie durmió aquella noche en Bali, sobre todo en el entramado turístico al sur de la capital Denpasar, en torno a las humeantes ruinas de diez edificios de Kuta, desde el centro radial del dinamitado *night club* de Sira, quinientos metros cuadrados cuarteados por la explosión, casi ciento noventa muertos, más de trescientos de heridos, siete futbolistas australianos del Perth entre las posibles víctimas, diversos políticos australianos trasladados a Kuta para hacer el censo de cadáveres —«ciento trece compatriotas están hospitalizados en Bali»—, y el gobierno preparando expediciones aéreas para repatriar cuanto antes a los heridos y a los muertos. Todos los estadistas del mundo, incluso los que habían iniciado su carrera política en el terrorismo o el golpismo militar, se habían pronunciado ya contra el atentado y su significación, especialmente duros los mensajes de Bush y Putin, y más o menos líricos o retóricos los restantes, entre los que destacaba la majadería pronunciada por Blair, el jefe del gobierno inglés. Dijo estar «horrorizado». «Horrorizado», repitió varias veces Carvalho en diferentes tonos de voz, y le pareció que los más sinceramente horrorizados eran los traficantes del turismo, que no se ponían de acuerdo sobre si Bali tardaría un año o dos en recuperarse de aquel golpe. La prensa insistía en la coincidencia de haberse producido cuatro atentados en dos semanas: Bali, Filipinas, Yemen y Kuwait, y dejaban de lado el caso de un camicace finés, tal vez un simple aprendiz de brujo. De momento Estados Unidos ya había aconsejado la repatriación de sus ciudadanos, independientemente del desarrollo de sus vacaciones, y Biscuter se animó a telefonear a la embajada española en Yakarta por si España había montado algún servicio similar.

—Es pura curiosidad, jefe —advitió Biscuter cuando Carvalho empezó a refunfuñar.

—Pero ¿acaso quieres volver a España?

La embajada quedó sorprendida por la llamada. No había víctimas españolas de momento entre las cenizas del infierno y los turistas hispanos podían esperar tranquilamente sus vuelos de regreso.

—No hay indicios de que los españoles sean objetivos prioritarios para el terrorismo. Entre los cadáveres no hay ciudadanos españoles. Australianos, norteamericanos, coreanos, griegos, japoneses, incluso peruanos. En cualquier caso, ya hemos recomendado que los españoles no viajen por aquí.

Biscuter se extendió en consideraciones sobre el destino de asesinado pasivo que podían correr los españoles por el simple hecho de bañarse en la misma playa que los norteamericanos, por ejemplo. Pero su interlocutora empezaba a estar cansada, lo felicitó cortésmente por su interés y colgó. Ya tenía motivos Biscuter para enfurecerse, salir a la terraza e increpar al casi estancado mar situado entre la playa y los arrecifes.

—El menor interés por repatriarnos, jefe. Yo creo que estamos como en los tiempos de Franco. Cuantos más españoles se vayan de España, mejor. ¿Y qué hacemos ahora? ¿Nos bañamos? ¿A usted le han quedado ganas de bañarse o de recorrer este paraíso explosivo?

No le contestó, pero se admitió a sí mismo que no, que todo el paisaje había dejado de atraerle y que el cuerpo se disponía a huir, pero no sabía cómo ni adónde.

—¿Adónde?

—A Australia. Para ver las Antípodas y comprobar si existe el *animalitus comepiedras*.

Le sonaba la mención antropológica de Biscuter.

—¿Recuerda lo del *animalitus comepiedras*? ¿No? Pues bien, si usted abre un agujero que vaya, por ejemplo, desde Barcelona hasta Australia, en las Antípodas, y por ese agujero tira una piedra, ¿qué pasará? ¿No se le ocurre? Pues que esa piedra llegará desde Barcelona a Tasmania, por ejemplo, sin interrupciones. Pero no, no llega. Y así una y otra vez. Una y otra piedra. ¿Qué ha pasado? No sabe, no contesta. Pues bien, esas piedras no han pasado porque en el agujero que une Barcelona con las Antípodas se ha instalado a medio camino un animal que se va comiendo las piedras, el *animalitus comepiedras*.

Revolvió Biscuter entre sus papeles clandestinos y extrajo dos carnets de periodistas miembros la Asociación de la Prensa de Barcelona, entidad desaparecida hacía veinte años. Sustituyó las fotografías, borró los nombres y los cambió por los propios, y a la empresa en la que constaba que cumplían sus trabajos le sucedió otra que los había contratado en 1992, un curioso diario ubicado en Barcelona y titulado *El Meridional Intransigente*. No estaba de acuerdo Carvalho en convertir la estafa en burda parodia, pero muy seriamente su ayudante le razonó la imposibilidad de que ningún extranjero pudiera entender el título y en cambio sonaba a diario histórico, a decano de la prensa al menos meridional. ¿Por qué meridional? Porque España llevaba asociado, lo quisiera o no, el imaginario del sur, y era totalmente verosímil que su diario decano indicara la dependencia. Tenía más ganas Carvalho de discutir la estrategia, pero por la televisión apareció el tan citado Abu Bakar Bashir, diríase que disfrazado de profeta islámico, de caber alguna duda sobre su condición de auténtico profeta. Sereno y distanciado, Bashir rechazó su implicación en el atentado, pero no lo condenó.

—Todos los que han muerto en el incendio irán al infierno; eran infieles. En cambio, los camicaces palestinos que arremeten contra los sionistas, ésos luchan por el islam e irán al cielo.

Carvalho consideró un delito racional lo que había oído, pero llegó a la conclusión de que todos los delitos contra la racionalidad habían periclitado y las palabras lentas del santón eran mercancías de uso justificadas por el simple hecho de que millones de seres las consumían y habían dividido otra vez el mundo entre fieles e infieles. El mercado del fanatismo avalaba al profeta.

—Qué asco. Vámonos a Australia o adonde sea.

Un equipo oficial de funcionarios australianos había abierto una oficina para la repatriación de los vivos y los muertos y emitían partes informativos periódicos en los que divulgaban el hallazgo de nuevos cadáveres o de insospechados supervivientes. Varios corresponsales negociaban con la posibilidad de viajar en uno de los aviones enfermería para poder transmitir en directo, al mundo entero, las altas emocionalidades que conllevaba aquella repatriación tan triste. Biscuter aportó una liviana documentación sobre su condición de corresponsales de un diario andaluz, *El Meridional Intransigente*, y consiguió plazas en un avión que partía hacia Darwin al anochecer, en el norte de Australia, a sólo tres horas de vuelo. No podían viajar en los Hércules C130, exclusivamente dedicados a los heridos más graves y a personal médico. Les quedaba medio día en Bali y lo mejor era huir de la habitación del hotel y de la morbosa esclavitud que ejercían los programas informativos de la CNN. Treinta mil australianos se habían manifestado en Melbourne contra la política norteamericana supuestamente antiterrorista, y el jefe de gobierno prometía perseguir el terrorismo allí donde se diera, aunque fuera en el extranjero. Por su parte, el presidente Bush anunciaba que Al Qaeda preparaba una acción criminal espectacular y que era imprescindible atacar Iraq porque allí sobrevivía el imperio del mal. El asunto estaba entre el amarillo y el naranja, colores de alarma, y máxima alarma según el código preventivo del gobierno federal de Estados Unidos. Todos parecían sorprendidos de la importancia de la trama terrorista en Asia, a pesar de haber asumido ya la importancia de la trama terrorista en los mismísimos Estados Unidos.

—Morir en Bali de un bombazo islámico, Biscuter. ¡Qué final!

Cumplieron como turistas y se apuntaron a una excursión a Pura Luhur Uluwatu, un templo que se cernía sobre el mar desde lo alto de un acantilado de cien metros. «Uno de los seis templos del mundo», según la religiosidad balinense.

—Ya te he dicho que los templos de Tailandia e Indonesia me parecen de decorado, maquillados o construidos por alguna asociación fallera valenciana, especialmente los nuevos o los restaurados, y los viejos, arruinados según diferentes aproximaciones a la condición de ruinas, adquieren la dignidad de las erosiones y las pátinas. Pero han de estar muy desmaquillados.

El espectáculo era el mar al final del precipicio y los surfistas aradores de olas emergentes en el horizonte, a docenas, tallando caminos verdes hacia una dorada playa rocosa, y ante tanto esfuerzo les subió el hambre y se fueron en autobús hacia Denpasar, donde estaba el aeropuerto de embarque. La ciudad parecía bien dotada de restaurantes chinos y escogieron el Makan Taliwang Baru, donde anunciaban «una especialidad incomparable»: el pollo Taliwang, pero no les convenció la obviedad de su aspecto de pollo, pollo, pollo, y optaron por una especialidad balinense, el *bebek betutu*, pato adobado y cocido muy lentamente, que respondía a la tradición picante de la comida de la isla. Había posibilidades de vinos australianos y neozelandeses, y se inclinaron por lo desconocido: un Merlot de Wellington, que abrió camino a un excelente sake helado.

Entonados y algo adormecidos, llegaron al aeropuerto, donde se había reservado una zona para el puente aéreo australiano y, tras enseñar sus pases, subieron a un gran avión militar cuya marca desconocían. En el interior se había dispuesto un sistema de asientos adosados a lo largo de la carrocería, por lo que los viajeros podían contemplarse cara a cara durante todo el vuelo. Abundaban los fotógrafos, a juzgar por sus cámaras, y las cronistas de guerra vestidas de asiáticas, lo fueran o no. Inmediatamente, Carvalho padeció el saludo y la conversación de su compañero de la derecha.

—Frank Lotimer, del *Philadelphia News*.

—Monsieur Bouvard, de *El Meridional Intransigente*.

—¡Qué gran diario!

—¿Lo conoce usted?

—¿Quién dentro de la profesión no conoce *El Meridional Intransigente*?

Parecía realmente asombrado por la desorientación ecoperiodística de su colega.

—*El Meridional Intransigente* se lee mucho en Estados Unidos.

Carvalho se inclinó hacia Biscuter, sentado a su izquierda:

—En este avión no somos los únicos farsantes. El pasajero de mi derecha también lo es.

—Y ¿cómo se ha dado cuenta?

—Porque me ha dicho que nuestro diario, es decir, *El Meridional Intransigente*, es excelente y muy leído en Estados Unidos.

—¿No será un terrorista de Al Qaeda?

Biscuter se inclinó hacia adelante y ofreció su mejor sonrisa al locuaz norteamericano, que ahora quería dialogar con una corresponsal sentada frente a él, capaz de cruzar unas piernas impresionantes como si estuviera cortando con una guadaña los ojos del mirón. Biscuter le hizo un guiño y el signo OK con los dedos. El corresponsal del *Philadelphia News* le gritó:

—¡Olé!, ¡olé! y ¡olé!

Darwin fue un anticipo modesto de lo que iban a ver en Australia: intentos de conservación de mansiones estilo georgiano, modernidades que presagiaban las futuras obras monumentales de un país rico y poco poblado, la irrupción de una naturaleza difícilmente domesticable e indígenas, muy pocos, tratados como especie protegida, a ser posible pintada de blanco para demostrar su religiosidad ancestral y su alegría por haber llegado a la condición de muestrario antropológico. Como principal atracción del aborigen libre en la naturaleza libre disponían del parque de Kakadu, tan bien descrito por Paganel como centro religioso, y podían acercarse a él si decidían hacer el viaje por carretera, casi cuatro mil kilómetros de buena carretera separaban Darwin de la costa del sureste, donde Australia tenía la cabeza en sus pies, en Sydney y todo lo demás. De momento se hospedaron en un motel situado casi en el centro de la ciudad, construcción que parecía haber sido realizada por algún decorador de Hollywood. No había que tocarlo más. Era el motel. Fuera estaba el mundo, es decir, las calles y los establecimientos llenos de chinos, tailandeses y malayos, confirmación del eslogan de que Darwin era la puerta de Asia, pero ¿en qué sentido se abría? Los australianos eran los ricos, los verdaderos ricos del Pacífico sur, y se gastaban el dinero como turistas en el sureste asiático, en Indonesia, en Bali, al precio de ser repatriados como cadáveres víctimas de un terrorismo que odiaba el turismo. A cambio de exportación de turistas, Darwin y Australia entera importaban mano de obra, y las ofertas de trabajo llenaban páginas y páginas de los diarios locales, así como artículos que denunciaban la inmigración ilegal desde todas las Asias y Polinesias pobres que Australia llevaba sobre su cabeza como una corona de vacaciones y mano de obra baratas.

—Darwin es famosa por sus casinos —los avisó el recepcionista del motel, incitándolos a cumplir con el rito de vaciarse los bolsillos en las ruletas, pero prefirieron irse a la playa a proseguir la conquista del bronceado interrumpido en Bali.

Fue una batalla inútil con las medusas, tantas vivas en el mar como muertas y amontonadas sobre la playa de Mindil. Así que reservaron el cupo de sol para cuando volvieran al motel y su piscina, y callejearon por un mercadillo antes de comer en un restaurante italiano, ilusionados por salir del círculo cerrado de la cocina indonesia del cacahuete. Tras la *saltimbocca*, preguntaron a un camarero si era fácil encontrar trabajo en Australia como cocinero o como guardaespaldas.

—Son los dos oficios con más porvenir. Pero les aconsejo que se acerquen a la tabla de anuncios del Youth Hostel, siempre hay ofertas de trabajo sorprendentes.

No sólo había ofertas de trabajo sorprendentes, sino también campañas de descrédito contra determinados establecimientos o productos, algo así como un *dazi bao* maoísta al servicio de la buena salud del capitalismo optimista y de su mejor sujeto histórico de cambio, el hombre fugitivo. También había anuncios de citas y declaraciones de amor, por lo que Carvalho opinó que había muchas variantes del sistema de mensajes de la botella del náufrago. Y de pronto sus cuatro ojos se concentraron en un mensaje en inglés, castellano y vasco en el que un tal Severo Oñate decía: «Navegante solitario vasco necesitaría dos o tres compañeros de viaje para la travesía del Pacífico de Sydney a Valparaíso. Velero en muy buenas condiciones y larga experiencia como navegante solitario. No se demandan conocimientos expresos de navegación, pero sí mucha paciencia y capacidad de resistir al sueño. Imprescindible partir de Sydney a comienzos de octubre, no más tarde del día 15. Razón en taberna Dimitrios, junto al Sydney Casino. Por las mañanas, preguntar por Ritzos.»

No se dijeron nada, pero Biscuter tomó nota del escrito y cuando se sentaron en el bar del Youth Hostel comprobaron que también allí se intercambiaban informaciones, anuncios y compromisos, a veces de mesa a mesa y en voz alta. Los viajeros empedernidos competían con el pregón maximalista de sus expediciones por Australia.

—Jefe, estamos viviendo un fragmento de un libro, *Boomerang*, de Xavier Moret. Fui leyendo libros de viajes antes de salir y en mi bolsa llevo alguno. Entre los que leí estaba el que le he citado y habla de esto, del Youth Hostel, y del tipo de conversaciones que estamos escuchando.

—Libros. Hace tiempo que no quemo ningún libro. Tampoco cocino. Tú has podido hacerlo en el crucero. Algún día quemaré un libro de esos cínicamente considerados fundamentales.

Tras las cervezas, Carvalho secundó a Biscuter en su proyecto de visitar la tienda llamada nada menos que Northern Territory General Store, donde se vendía todo lo necesario para disfrazarse de explorador o para serlo.

—¡Desde un alfiler hasta un elefante! —exclamó Biscuter al abarcar el muestrario de aquel negocio dedicado a la ensoñación de la aventura.

Se refería al anuncio de un antiguo bazar barcelonés en el que no podías comprar ni un alfiler ni un elefante, pero casi todo lo que superara al uno sin llegar al otro. De aquel bazar de Darwin podías salir montado en tu jeep de segunda o tercera mano, vestido como un cazador de cocodrilos, imprescindible un sombrero Akubra, marca australiana de más de ochenta años que ya se ha paseado por todo el mundo subida a la cabeza de cuantos actores australianos han poblado las pantallas cinematográficas, desde Mel Gibson, el intérprete de *Mad Max,* hasta Paul Hogan, el de *Cocodrilo Dundee.* Compraron sombreros y posaron con ellos sobre la cabeza ante todos los cristales de los escaparates de aquel barrio comercial.

—Realmente, jefe, sería de puta madre y barato.

—¿El qué?

—Atravesar el Pacífico con ese vasco y con este sombrero. Entonces sí que de turismo nada de nada. Somos viajeros y nos pondrán un anuncio en el pecho: «Carvalho y Biscuter, viajeros infinitos.»

—Parece el nombre de una campaña de guerra norteamericana. ¿Cómo vamos a atravesar el Pacífico como auxiliares de navegante solitario, vasco por más señas? Para empezar, ¿tú sabes nadar?

—Malamente, jefe, pero me defiendo.

—Te defiendes, claro. ¿Y si se te echa encima una ola de diez metros? ¿Tú sabes lo que es nadar entre olas de diez metros? Además, ¿cómo conservaríamos estos preciosos sombreros en la cabeza con los vientos que soplan?

—También es mucha chamba que te toque un mar de ésos. Pero reflexione: ¿qué otra oportunidad le queda de recibir una oferta semejante? ¿Cuándo llegará a Valparaíso sobre un velero conducido por un capitán vasco que se llama Oñate?

—Tampoco aprovecharía la de ir a la Antártida o al Ártico, al Polo Norte. Este viaje sólo lo planeé a medias y sé por ejemplo que no iré a Nueva York ni a Pekín y, sin embargo, me encantaría bajar hasta Tierra del Fuego, hasta un lugar que se llama Ushuaia, construido por presidiarios. Me quedé con las ganas cuando estuve por Buenos Aires.

—Valparaíso, Buenos Aires, Ushuaia.

—Tú lo tienes fácil para llegar a los sitios. Ni se llega a los sitios simplemente enunciándolos, ni se poseen las cosas llamándolas por su nombre.

Permaneció taciturno Carvalho durante tres manzanas y propuso ir a ver la puesta de sol en East Point, «la más hermosa puesta de sol del mundo», según decían los letreros distribuidos por los tablones de anuncios callejeros. A veces el mensaje no era tan contundente o excluyente: «Tal vez las dos más hermosas puestas de sol sean Cap Sunion, en Grecia, y East Point, en Australia. East Point la tiene más cerca.»

—¿Dejamos de ejercer como corresponsales de *El Meridional Intransigente*? Gracias a eso nos han traído a Darwin.

—¿Qué quiere hacer? ¿Contar los cadáveres de los turistas australianos repatriados?

—Lo que hemos hecho es una pillería. Tampoco quisiera que esta experiencia viajera, tan lejana ya de *La vuelta al mundo en ochenta días* como de *Don Quijote* o de *Bouvard et Pécuchet*, se convirtiera en *La vuelta al mundo de dos pilletes*, uno de los libros que más me han gustado en toda mi vida.

Sobre el mar, el sol se puso malva mientras se dirigía hacia el océano Índico y más allá, mucho más allá, hacia España.

—Estamos en las Antípodas, Biscuter. Realmente los Antípodas, mejor dicho: la Antípoda, existe. Y si hemos llegado a la Antípoda, tienes razón, ¿por qué no atravesar el Pacífico en un barco de vela?

—Tal como se lo plantea tiene lógica, pero no la tiene. No quisiera yo que nos ahogáramos y luego viniera usted con reclamaciones.

De vuelta en el motel, pidieron al recepcionista un plano de Australia y recibieron el más adecuado, el que describía todos los puntos de interés turístico que reunía el continente y muy especialmente los considerados patrimonio de la humanidad, el Kakadu National Park; la Gran Barrera de los Arrecifes; el Shark Bay o cobijo de grandes mamíferos marinos; el parque de Uluru-Kata Tjuta, lleno de aborígenes y dotado del monolito más grande del mundo; la isla de Tasmania; los yacimientos arqueológicos de Willendra Lakes, y los trópicos húmedos de Queensland. El dedo de Biscuter saltaba de objetivo en objetivo y se detenía especialmente allí donde había animales. El koala lo atraía especialmente, pero a Carvalho le parecía un animal tristísimo.

—Es de esos animales que ponen cara de haber comprendido lo brutal que puede ser el llamado Rey de la Creación. Biscuter, nunca volveremos a Australia.

—Nunca más podremos atravesar el Pacífico como navegantes solitarios.

—Vistos los plazos que nos concede el vasco, deberíamos ir a Sydney en avión, y me da rabia dejar tantas cosas sin ver allí abajo.

Parecía impactado Biscuter por el último argumento y nada más dijo hasta que al día siguiente Carvalho se presentó con dos billetes de avión para Sydney; se le llenaron los ojos de lágrimas.

—Gracias, jefe. Nunca he sido navegante solitario. Nunca atravesé el Pacífico en un barco de broma, supongo. Será como volver a nacer, pero yo le prometo que algún día, no tan lejano como usted pueda suponer, yo le proporcionaré una resurrección todavía más espectacular.

Antes de salir a la calle a dar las últimas vueltas por Darwin previas al traslado al aeropuerto, se asomó Biscuter a la ventana de la habitación y, tras merodear sobre los cuerpos de las tres bañistas rubias y doradas que adornaban la piscina, reparó en dos coches situados junto a la salida del parking al aire libre, pero dispuestos de tal manera que, entre el uno y el otro, quedaba justo la distancia de lo que era la puerta, de modo que cualquier vehículo que saliera del recinto del motel debía pasar entre aquellos dos guardianes. Además, en cada coche había el mismo número de viajeros: cuatro, y los dos sentados junto al conductor mantenían una conversación con las ventanillas bajadas. No todos parecían policías, pero todos lo eran. Pasó al departamento contiguo de Carvalho y le informó sobre la sorprendente presencia de coches y ocupantes tan simétricos. Se trasladaron a la habitación de Biscuter para observar la mezcla de quietud y conversación de aquellos ocho hombres.

—Tienen tal aspecto de policías que parecen hacer la propaganda del cuerpo. Los hay de la variante paquidermo musculado y los hay de la especie de elásticos expertos en artes marciales.

—No tienen por qué estar esperándonos a nosotros.

—Por si acaso, acerquémonos a recepción a ver qué clima se detecta.

Caminaba Biscuter delante, Carvalho a corta distancia, y ya cerca de recepción acortaron los pasos y transitó ante la puerta Biscuter sin hacer el menor ademán de querer entrar, pero captando de reojo que el recepcionista departía muy preocupado con otros cuatro hombres y en torno de un álbum que parecía el control de huéspedes. Dio marcha atrás Biscuter e instó a Carvalho a que retrocediera.

—Hay otros cuatro en recepción. Discuten con el recepcionista. Debe de haber más coches. Hay que dar la vuelta al recinto.

Por si se les ocurría escapar por la parte trasera, otros dos coches los estaban esperando, el uno vacío y el otro tan lleno como los que permanecían estacionados en la puerta.

—¿Estamos rodeados?

—No del todo. Al final del corredor que da a la piscina hay un seto alto pero no infranqueable.

—¿Y los equipajes? ¿Cómo los sacamos de aquí? Y luego hay que llegar al aeropuerto o atravesar un país de casi cuatro mil kilómetros.

—Podríamos dar la cara y negar que somos los que ellos piensan.

—¿Volvemos a *El Meridional Intransigente*?

—¿Con qué nombre nos registramos para el viaje desde Bali?

—Bouvard y Pécuchet.

—¿Y aquí?

—Sólo di mi nombre, José Carvalho. Tú entraste de paquete.

—Lo que me sorprende es que dieciséis policías no hayan dado ni un paso para venir a por nosotros. Además, ¿en nombre de quién vienen? ¿El mafioso de Monte Peregrino? ¿Los de la coca? ¿Un secuaz de Malena? ¿Un comando afgano en busca de los asesinos de un general? Jefe, salimos a un lío por cada lugar por donde pasamos.

—Aún queda otro. El marido burlado en Patna, que tal vez haya denunciado el secuestro de su esposa a cargo de... Ya no puedo controlar nuestro nombre como secuestradores.

—No hay otra salida que buscar un punto de observación de nuestras habitaciones y a ver si vienen a por nosotros.

—Primero saquemos los equipajes. Yo no les regalo mi Vuitton.

Con lentitud de conciencias tranquilas empujaron sus maletas rodantes y los bultos adheridos de Biscuter hasta la orilla de la piscina enfrentada a sus apartamentos. Allí se sentaron como dos viajeros distendidos que matan las horas sobrantes antes de la partida. Nadie salía de recepción y Biscuter decidió ir a descubrir qué se cocía, pero nada más había dado dos pasos cuando de la oficina brotaron los cuatro policías corriendo por el pasillo porticado y tomando posiciones dos a cada lado de la puerta de entrada de un apartamento. Por su parte, los ocho de la puerta delantera, tras abandonar los coches, se esparcieron por la zona de la piscina y obligaron a los escasos bañistas a retirarse hacia el seto o a tirarse al suelo. Casi empujaron a Carvalho y a Biscuter para que pegaran sus espaldas contra el seto y allí esperaron a ver cómo terminaba el acoso al departamento que no era el suyo. Las voces de los policías instaban a que abrieran la puerta y salieran los ocupantes con los brazos en alto. Entre los gritos de advertencia de los policías oyeron nítidamente los apellidos Bouvard y Pécuchet: «Señores Bouvard y Pécuchet, están ustedes rodeados. No compliquen la situación.»

—Se equivocan de apartamento —bisbiseó Carvalho.

—Es imposible. Se lo ha facilitado el recepcionista.

—Pero aquí consto como José Carvalho.

No tuvieron tiempo de proseguir el análisis concreto de la situación concreta porque un policía pegó una patada en la puerta y, cuando esperaban el más absoluto silencio y la irritación policial por el fracaso, dos balazos obligaron a uno de los asaltantes a tambalearse antes de caer al suelo y al otro a lanzarse más allá de la baranda para evitar ser alcanzado. Continuaron los disparos desde dentro y dos de los agentes mezclados con los bañistas los instaron a que abandonaran la zona. Así lo hicieron Biscuter y Carvalho con los equipajes por delante, hasta llegar a la calle y ponerse a buscar un taxi, pero antes de alejarse del motel, Carvalho preguntó a uno de los policías qué estaba pasando.

—Son unos secuestradores. Nos llegó la denuncia desde la India.

Los secuestradores eran ellos, según la lógica policial, pero los que habían disparado contra los agentes no eran ellos, por tanto, tenían otros motivos para disparar. No mostraron el menor interés por enterarse de las razones del tiroteo y le indicaron al taxista que los llevara hasta el aeropuerto. Biscuter utilizó el teléfono móvil para llamar al motel que acababan de abandonar y se quejó de la imposibilidad de acceder a recepción para pagar la factura porque estaba todo ocupado por la policía.

—Desolado. Desolado estoy, señores. ¿Cómo podríamos arreglarlo? No creo que dure mucho este zafarrancho.

—Pero es que hemos de llegar al aeropuerto dentro de media hora.

—Desolado, desolado. Y todo parece ser un error, porque los agresores no eran las personas a las que buscaba la policía.

—Pues algo habrían hecho para liarse a tiros. Menos mal que hemos salido a tiempo del jardín con la ayuda de un simpático policía. Por favor, díganos a cuánto asciende la factura, le daremos el dinero al taxista y él se lo llevará.

—Excelente idea.

Mientras el recepcionista sumaba o multiplicaba, se puso Carvalho de acuerdo con el taxista, previo anuncio de propina, para que llevara el importe al motel. Transmitida la cifra exacta de la cuenta, le pidió el recepcionista el número de licencia del taxi y Carvalho le pasó directamente al chófer. Mientras se entendían entre ellos y Carvalho reunía el dinero requerido, Biscuter repetía una y otra vez:

—Esto es la hostia, jefe. La hostia. ¿Se ha dado cuenta del lío que se ha montado?

—De lo que me he dado cuenta es de la gente tan rara que puedes encontrarte en un motel australiano, en cualquier motel, supongo. Plantéate lo siguiente: llaman a tu puerta y te dicen: «Señor Pécuchet, no se resista a la autoridad.» ¿Tú qué haces?

—Me rindo.

—Yo también. No se me ocurre salir a tiros. ¿Cierto, no? Entonces plantéate lo que habrían hecho los falsos Bouvard y Pécuchet como para enfrentarse a tiros con la poli. Sólo se puede disparar así desde la desesperación.

El taxista se mostraba tan locuaz como el recepcionista y mantuvieron una conversación llena de exclamaciones de sorpresa y de alguna risotada, sin que faltara media docena de «lo siento, lo siento muchísimo». Cuando colgó se volvió hacia sus pasajeros.

—Han tenido suerte. Se ha armado una verdadera batalla. Los dos delincuentes muertos, y dos policías heridos graves. Eran bandidos muy peligrosos, ladrones y violadores de carretera. Los han confundido con otros dos y, ya ven, la providencia es sabia, les ha castigado lo que han hecho por algo que no habían hecho. Muertos.

Llegaron al aeropuerto con cuatro horas de anticipación al embarque y minuto a minuto notaron cómo se les metía en el cuerpo el plomo del cansancio. Los separaban de Sydney casi cuatro horas de vuelo y diferentes zozobras: embarque previa identificación y cacheo riguroso, extremado desde el atentado de Bali; durante todo el vuelo, tiempo suficiente para que la policía se pusiera sobre su pista; al llegar a Sydney, en el aeropuerto; el hotel. Superó Carvalho los recelos iniciales, se sentaron en el bar y pidió vino tinto australiano para beber y algo sólido para comer. Rechazó lo primero que le ofrecieron, un sándwich de carne de canguro, pero no el vino, de marca Brown Brothers, un Cabernet Sauvignon de Victoria, la zona que cercaba a Melbourne. Finalmente consiguieron rollos de primavera calientes, algo parecido a una tapa de col agridulce y cebiche de un pescado durísimo y bastante sabroso.

—No hay que comer demasiado porque algo darán en el avión. Los australianos son ricos y los países ricos suelen dar bien de comer en los aviones. Bueno, eso era antes. Ahora los países ricos dan mejor de beber que de comer en los aviones. La osadía del catering y del Slow Food va a provocar más catástrofes aéreas que la vejez de los fuselajes y el cansancio de los controladores aéreos.

Biscuter estaba melancólico, y como Carvalho no le pedía la causa, no quiso reprimirse:

—¿Qué habrá sido de la chica, de la chica india?

—Paganel debe de estar con ella.

—No era mal tipo, pero si ella sigue con él, la tendrá disecada entre las páginas de uno de sus miles de libros.

—Biscuter, no te equivoques. Paganel era un hombre más sensual que sensible.

Buscaron hotel en los traseros del Darling Harbour, y nada más sentirse libres de equipaje y en la calle, tomaron un taxi hacia la taberna Dimitrios, cerca del Sydney Casino, y un taxista tan indio como dubitativo los paseó por medio Sydney antes de acertar con su destino. «Sydney es una ciudad muy grande —se justificaba—, muy liante, porque está llena de ensenadas.» Pero allí estaba la taberna Dimitrios, con grafía griega y una adelfa a cada lado de la puerta. Casi árboles, las adelfas no nacían de macetas, sino de la mismísima tierra, lo que demostraba la antigüedad de la taberna opuesta a la juventud de Ritzos, un camarero que nada más oír el nombre de Oñate se echó a reír y se fue a telefonearlo.

—Dentro de quince minutos estará aquí.

Pidieron un café griego y añoraron aquellos tiempos de viaje apacible, si es que el viaje había tenido algún momento apacible.

—Sigo sin entender por qué nos dejó madame Lissieux. ¿No cometerías alguna grosería con ella?

—Le juro que no. Se lo juro por mi madre.

Cuando Biscuter juraba algo poniendo a su madre por testigo se jugaba la vida y la eternidad en el empeño. Pero tampoco le reveló nada sobre el misterioso encuentro en Kabul, ni sobre las frecuentes llamadas telefónicas que se cruzaban.

—¿Y su aparición en televisión con aquel extrañísimo capitán Nemo?

—Es una mujer muy bien relacionada.

Apenas se habían tomado los cafés cuando Carvalho vio avanzar hacia su mesa a un evidente vasco, porque Oñate tenía cara de vasco, en el supuesto de que haya una mayoría de hombres vascos morenos, con la nariz asomada sobre los labios y una barbilla que les sobresalía casi tanto como el vuelo de la chapela. Pero sobre todo lo identificaron porque en pleno otoño austral llevaba la boina puesta y revisaba con las dos manos su instalación como si tuviera ante sí un espejo. No podía estar más moreno, ni más surcado de puertos y canales su rostro, donde lo que no eran paralelos eran meridianos, completados por antiguas heridas que habían cicatrizado bajo el sol y permanecido como una sombra de piel clara en aquel rostro tan bronceado. «Cuarenta y cinco años», dijo Biscuter en voz baja. Carvalho, en cambio, opinó que cincuenta. Cuando estuvo junto a la mesa, Carvalho tomó la iniciativa:

—Oñate, señor Oñate.

—Joder. Ese acento. ¿Ibéricos?

—Españoles. Es casi lo mismo.

—Falta el casi. Ser ibérico es una etnia; ser español es una obligación administrativa o una satisfacción imperialista o las dos cosas a la vez. Los canarios los llaman godos.

Estaban claras las cosas y se sentó el marino. Le informaron de que habían leído su demanda en Darwin y atravesado Australia hasta Sydney para ofrecerse como compañeros de travesía. Oñate se echó a reír.

—¿Pero es que ustedes se creen que éste es un crucero por el Egeo de los que organizaba la reina Federica de Grecia?

—Cincuenta largos —masculló Carvalho.

—Ya me doy cuenta, jefe.

—¿Qué es eso de cincuenta? ¿De qué están hablando?

—Calculábamos su edad, y ha de tener unos cincuenta años como mínimo si recuerda los cruceros de la reina Federica por el Egeo.

—No llego a cincuenta pero casi. En cualquier caso, soy más joven que ustedes, que por la edad no me sirven para grumetes. Sobre lo de la reina Federica, es que tengo mucha memoria y en la peluquería de mi madre en San Sebastián siempre había revistas en las que hablaban de los cruceros de las princesas por el Egeo, en los años sesenta, hasta el derrocamiento de la monarquía griega. No hay nada extraño.

No, no sabían navegar, pero estaban predispuestos a obedecer todas sus órdenes y algunos servicios podrían cumplir como, por ejemplo, el aseo y la cocina. Oñate decidió tutearlos.

—¿Pero vosotros os creéis que viajamos en una motora por el parque del Retiro? Hay casi doscientos metros cuadrados de velamen y eso no puede manejarlo un hombre solo.

Estuvo estudiándolos y de pronto preguntó:

—¿Quién de vosotros cocina?

—Los dos.

—Sabéis que la alimentación en este tipo de travesías es austera, de supervivencia, la madre que la parió, y yo tengo una cantina llena de latas, zumos y concentrados vitamínicos, y cuento con lo que pesquemos.

—Nada impide viajar con bacalao salado, por ejemplo, y guisar en alta mar un excelente bacalao a la vizcaína o al pil-pil. El paso de la mitad del viaje lo celebraremos con un pil-pil.

Se le desorbitaron los ojos a Oñate al escuchar la información de Biscuter.

—¿Os sobra tiempo? ¿El que yo quiera? Pues bien, necesitaremos unos tres días para que sepáis distinguir babor de estribor, proa de popa y todas las voces de maniobra de las velas. Lo de fijar los rumbos y comunicarnos por radio lo haría sólo yo. Tres días: desde el amanecer hasta el amanecer. A propósito, ¿sabéis lo que es un velero? ¿Sabéis qué clase de velero es el mío? ¿Sabéis algo del Pacífico? Beberemos para olvidar que no sabéis nada de nada. Estáis contratados.

Pidió Oñate una botella de vino tinto neozelandés que, según él, era mejor que el australiano.

—Y ahora viene lo difícil, porque estos tíos todavía saben menos que vosotros, y si les pido unas tapas me van a traer la tapa del váter, o si les pido unos montaditos igual me dan por culo.

Pidió que le llevaran algo para comer mientras bebían y le trajeron queso y unas albóndigas de canguro que se comió sorprendido por no ser secundado por sus contratados.

—Yo me niego a comer a un animal desconocido. Bastantes nos comemos ya.

—Demasiados —se solidarizó Biscuter.

—¿Sois de la sociedad protectora de animales?

Se abonó Carvalho al queso, husmeó sobre la barra del pub y finalmente se decidió a pedir pan, aceite y sal, tomates maduros, por supuesto, e improvisó un pan con tomate que fue muy aplaudido por Oñate y algo menos por Biscuter. «¡Lo que se os escape a los catalanes!», repetía una y otra vez el vasco, aunque se lamentaba de que los catalanes tragan demasiado del Estado español, se bajan los pantalones y, si es necesario, se dejan dar por culo para salvar la pela.

—Ahora son euros.

—Pues yo todavía no he visto un euro. No he vuelto a España desde antes de que cambiaran la moneda.

Le enseñaron billetes y monedas de euro.

—Joder, joder, joder. Pues parece moneda, cómo diría yo, más europea, menos zarrapastrosa. Pero dejémonos de leches, camaradas, vayamos al tajo. ¿Queréis ver el barco? Os enseñaré primero el mar y luego el barco.

Salieron de la taberna y caminaron por los muelles entre tinglados y talleres de remiendos o desguaces, hasta llegar al borde del mar, todavía encajonado por la ciudad, y descendieron por una escalera hasta una zodiac. Oñate retiró la amarra y puso en marcha la zodiac.

—Esto es un señor puerto y no se puede atracar en la puerta de casa. Aquel edificio monumental que veis desde aquí es la Opera House, el más singular de Sydney, en cierto sentido, su símbolo, junto con el Harbour Bridge, que pronto veremos. El barco está anclado un poco lejos, en Akuna Bay, y nos movemos en una bahía múltiple, muy honda y llena de calas y playas de puta madre. Pero esto es un charco del Pacífico. Si miráis hacia babor, por allí, coño, por ahí, ¿es que no sabéis siquiera la diferencia que hay entre babor y estribor? Pues si miráis hacia babor, allí está el Pacífico. Estamos en un océano serio, amigos. El doble que el Atlántico, y su anchura máxima es casi la mitad de la superficie de la Tierra. Un respeto, joder. Es el mar físicamente más interesante por la variedad de su relieve sumergido: fosas, dorsales montañosas y miles y miles de islas volcánicas y de coral. Especialmente cojonuda la dorsal montañosa que marca el paso del Pacífico occidental al oriental, porque todos los años se ensancha unos dieciséis centímetros y es la hostia, ya tiene cuatro kilómetros de ancho. Pero no se os ocurra bajar a verla: está a una profundidad de más de tres kilómetros. Sobre todas estas maravillas navegaremos y algunas las veremos. No os creáis que a este océano no se le saca pasta o que sólo se la sacan los piratas, que los hay, aunque todavía hay más en el Índico. Hay fondos de manganeso riquísimos a los que se puede acceder mediante dragas, y estuve a punto de proponer un negociete a un cuñado mío, pero él se buscó no sé qué apaño con un banco de la oligarquía vasca españolista y yo, con esa gentuza, nada.

Pensó qué otras maravillas debía comunicarles y se refirió entusiasmado al nacimiento de islas volcánicas que meses después ya tenían vegetación, pájaros y peces, o a la existencia de chimeneas hidrotermales que proyectan surtidores de agua caliente en el fondo del océano. Insistía una y otra vez en que sobre todo aquello pasarían, hasta que se le ocurrió exclamar:

—Pero ¿cómo?

No tenían respuesta adecuada ni Carvalho ni Biscuter, por lo que el vasco se vio obligado a continuar:

—Joder, es que sois mudos.

Llegaron por fin a la ensenada adecuada donde descansaban diferentes motoras y veleros, tratando de adivinar con la mirada cuál sería el de Oñate, y él lo señaló.

—¡Ahí está el *Idiazábal*!

Lo primero que percibió Carvalho es que la única bandera del barco era la ikurriña, la vasca, y a continuación captó que era la primera embarcación que había visto en su vida con nombre de queso.

—Tiene nombre de queso.

—Es una historia larga, que sólo entenderíais si conocieras un pueblo vasco que se llama Ordicia, una subasta de quesos de pastores que allí se hace y a una tal Yoyes, una ex etarra que fue ejecutada por sus antiguos compañeros, allí mismo, en Ordicia. Pues bien, el día de la fiesta del pueblo se hace la subasta de los quesos y muchos propietarios de restaurantes de postín pujan por ellos. Pueden llegar a pagar medio millón de piastras, es decir, de pesetas, por un quesuco que no llega al kilo. Yo no estuve en Ordicia aquel año... Bueno, me explicaron muy en directo lo que sucedió allí, después de más de veinte años de ausencia. Era el día de la subasta. Pero junto a los subastadores, el pueblo dividía su curiosidad en dos acontecimientos: una manifestación conmemorativa de lo que ellos llamaban «el asesinato de Yoyes», y otra que se pronunciaba a favor de la ejecución ya acometida. ¿Comprendéis? La guerra civil y el *Idiazábal*. Saqué la conclusión de que durante muchos años lo que más me interesaría era el *Idiazábal*, y aquí lo tenéis.

—¿Usted pensaba que matar a Yoyes había sido un asesinato o una ejecución?

—Entonces pensaba que había sido una ejecución irremediable, pero me dolía. Ahora sólo me interesa el mar. Recorrer ese cuadrilátero que va de Sydney a Valparaíso, luego costeo América, me acerco a la Polinesia, y por una derrota similar a la que seguí cuando iba hacia Valparaíso, llego a Filipinas y luego bajo otra vez hasta Sydney. Una y otra vez. De momento, no me canso.

El *Idiazábal* fue presentado como un velero originariamente inglés, hundido durante una fuerte galerna del Cantábrico y recuperado por la familia Oñate, sobre todo por un cuñado del navegante solitario que era «carpintero de ribera» y disponía de un pequeño astillero en Pasajes de San Juan. Allí lo trabajó con extremado esmero para que algún día pudiera navegar por los mares del mundo el prisionero de la familia.

—El prisionero soy yo. Se me escapa de vez en cuando y es mejor que les informe desde el comienzo. Me tiré casi veintiún años de cárcel. Me metí en lo de ETA ya en los setenta, siendo un crío, y me condenaron a todos los años de cárcel posibles y cumplí casi veintiuno. Entré en la cárcel a los veinte años y salí a los cuarenta. Toda una vida.

«Velero de unos once metros de eslora por casi tres de manga y dos de calado —declaró Oñate—, reforzado con el hierro suficiente como para que resista el embate de olas poderosísimas y capaz de deslizarse entre ellas.» Saltaron a la cubierta y Oñate aprovechó para darles las primeras lecciones: babor, estribor, proa y popa. La vela mayor. Mástiles, barómetros, termómetros, sistema de achique, anemómetros, los cabos más usuales, una simplificación de los procedimientos bastante automatizados de izar y arriar las velas. El timón y las posibilidades de pilotaje automático por si la salud, el tiempo y el viento se ponían de acuerdo. Se metieron en la cabina, y Biscuter examinó los fogones de alcohol con afición, ofreciéndose a completar las compras de alimentos para una travesía que, de ir bien, se ceñiría a un objetivo muy simple: procurar no ahogarse y jugar al rodeo con el mar.

—Esa sensación de que el cascarón resiste frente a la revolución de las aguas, eso vale todos los riesgos. Nos esperan unos treinta días de navegación y son inevitables siete de tiempo no muy bueno en el que el mar y el *Idiazábal* tratarán de rompernos el culo.

En el camarote adjunto, cuatro plazas para dormir, de dos en dos, separadas por un mamparo. Se fue Oñate a uno de los camastros, metió las manos bajo el tablero sobre el que descansaba el colchón y sacó un enorme bloque impreso que situó sobre la mesa del comedor cocina. Era un Atlas de *Pilot Charts* dedicado al Pacífico sur, y aunque tuviera veinte años de antigüedad y los aires y las aguas se hubieran vuelto locos, Oñate suponía que seguía siendo un indicativo válido para las tendencias generales de las corrientes y los vientos.

—Al menos yo hasta ahora no paro de hacer la misma cuadratura: Sydney, Valparaíso, Baja California, Hawai y otra vez Sydney. Ya lo he hecho cuatro veces. En cierta ocasión quise irme hacia el Índico y me entró una angustia tremenda. Como si me metiera en un espacio prohibido.

Buscó los meses de octubre y noviembre y estudió las cartas como un general estudiaría los planes del enemigo.

—Hay un viento dominante en dirección contraria a nuestra derrota desde Chile a Nueva Guinea y otro, que es el nuestro, el que nos empuja, que suele ir desde Australia hasta la parte más sur de Chile. Hay corrientes oceánicas casi paralelas, pero vientos y corrientes, sobre todo los vientos, pueden ser variables y hay que estar al tanto de estas previsiones fijas. Por ejemplo, no escasean los filones o los huracanes, es lo mismo, que acojonan, que acojonan de verdad. Abundan más hacia el norte y nosotros sólo debemos temerlos entre Australia y un poco más allá de Nueva Zelanda. En cualquier caso, no hay huracanes anunciados, ni a babor ni a estribor. Hemos de salir de Sydney, costear el norte de Nueva Zelanda* y atravesar la línea de las Kermadec, y así hasta el umbral del Pacífico oriental y Valparaíso. Es la ruta oceánica del Pacífico con menos islas de por medio, aunque hay que tener cuidado porque siempre emerge algún que otro islote volcánico y no es difícil quedar a la deriva y encontrarte o en la Antártida o en Perú. Tenemos un motor auxiliar bastante potente, pero de autonomía limitada, como es lógico, unos mil litros. Sólo lo uso en situaciones muy desesperadas y para atracar en algunos puertos.

Durante tres días Oñate trató de que memorizaran el lenguaje más convencional para que lo entendieran rápidamente cuando se refería a una amura, a un obenque o a una botavara, y las maniobras más sencillas y complementarias en las que debían ayudarlo, incluso sustituirlo. Aunque la travesía era larga y no podían confiar demasiado en la ayuda de otros barcos, la radio era un instrumento magnífico para viajar con confianza, «aunque analizada esa confianza —añadió Oñate—, es una mierda. En medio del Pacífico puedes salvarte si participas en una regata y hay un servicio de seguridad, pero si vas por lo libre te jodes y te jodes, o te pones a prueba a ti mismo como el náufrago más rodeado de agua de este mundo». No hablaba el vasco demasiado de otros tripulantes secundarios de sus viajes, y a veces atribuyó a su mal carácter lo poco que le duraban los navegantes solitarios cómplices.

—Es un tipo de gente muy rara, muy rara. Como autistas.

* Nos consta que el autor se documentó sobre la conveniencia de variar algún aspecto técnico relativo a la navegación entre Australia y Chile. (N. del E.)

Como un sobrino mío que es autista y no hay manera de entenderse con él. Yo también soy un poco así, pero antes no, antes era un tío muy divertido.

El propio Carvalho lo urgió a que partieran porque su vuelta al mundo debía producirse en un espacio de tiempo determinado, de lo contrario, se transformaría en un viaje sin retorno. Nada más decirlo, se encaró Oñate con Biscuter y le preguntó si había hecho las compras alimentarias complementarias. Al contestarle que sí, saltó el capitán al muelle y se fue a despachar el barco para la salida.

—Pero ¿qué prisa tenemos, jefe? ¿Usted se acuerda de lo que es una botavara, por ejemplo?

—Pues me parece que es eso que sostiene la vela por debajo. Pero en cualquier caso te juro que en plena mar nos espabilaremos en media hora.

Regresó el capitán y les encargó que se prepararan a largar amarras mientras él ponía en marcha el motor en la maniobra de desatraque y ya izarían velas más allá de la entrada en la bahía. Así lo hicieron, y Carvalho y Biscuter tuvieron que vencer la atracción por las bellezas de la ensenada y el decorado urbano de Sydney, progresivamente distante primero y disminuido después, cuando las primeras lanzadas del mar los avisaron de que había llegado la hora de la verdad. Así como a Biscuter le encantaba intervenir en cuanto le pedía Oñate, Carvalho cumplía las órdenes pero tenía que vencer su tendencia a la pasividad, a pesar de que se había tomado el viaje como un juego y progresivamente lo aplastaba aquella montaña de treinta días de constante atención a una bestia dormida que en cualquier momento podía despertar y tragárselos. Establecieron guardias nocturnas y repartición de servicios, por lo que a Biscuter le fueron atribuidos los de interior, ya fuera cocinar o desatascar las letrinas, y a Carvalho las ayudas más directas a Oñate y muy especialmente relevar al timón cuando el vasco se encaramaba por los palos de las velas para vigilar su estado. La calma de la primera semana propició algo parecido a conversaciones de los tres en la bañera, que empezaron con duras historias de mar que Oñate se sabía con precisión de detalles, así como el nombre de veleros históricos e incluso el de los astilleros que los habían construido.

—Hay veleros de once o doce metros, fijaos, once o doce metros que son de antes de la segunda guerra mundial e incluso de comienzos de siglo y, gracias a muchas recomposiciones, hoy día navegan, participan en regatas, se juegan la vida tripulados por navegantes solitarios.

Cuando no gobernaba o vigilaba las velas, se comunicaba por radio. Oñate nunca se estaba quieto, y era su actividad preferida pescar mediante variados sistemas, desde el fusil con arpón cuando veía un banco de peces, la fitora con la que trataba de ensartar a cualquier pez visible y hasta un sistema de caña con sedal lleno de diferentes anzuelos. Se excitaba sobre todo cuando creía estar sobre un banco de peces y recorría el barco de popa a proa por estribor y luego completaba el recuadro por babor hasta volver a popa. Así una y otra vez, intrigado Carvalho por la insistencia del recorrido, que de pronto supo relacionar con la manía del vasco de recorrer rectángulos en el Pacífico, Sydney, Valparaíso, Baja California, Hawai, Sydney. De rectángulo en rectángulo, Oñate reproducía los recorridos por sus celdas de las cárceles, como Carvalho también lo había hecho en su etapa carcelaria, y eso le había creado un hábito de buscar espacios ensimismados de perímetro rectangular reproducible allí donde estuviera. Habló de ello con Biscuter, y como lo vio muy escéptico sobre aquel análisis, se lo planteó directamente al capitán:

—He observado que usted recorre varias veces el barco como si trazara los lados de un rectángulo y, por lo que cuenta, su singladura del Pacífico es muy parecida: Sydney, Valparaíso, Baja California, Hawai, Sydney. ¿No será que usted crea jaulas allí donde está? ¿Aunque sea en el Pacífico?

—Pues bien podría ser. En efecto, los mayores recorridos de mi vida los he hecho en las cárceles, en mi celda o en el patio dedicado a los etarras. Los cuatro lados. Los cuatro horizontes del mundo. Los cuatro frustrados horizontes del mundo. ¿Qué les parezco? ¿Un mal tipo? ¿Un tipo peligroso?

Negaron Biscuter y Carvalho.

—Pues las apariencias engañan: lo soy. Me aceptaron en ETA porque, como *abertzale*, me había batido el cobre en la Universidad de Deusto, Facultad de Económicas. Luego, en el movimiento de masas, en los enfrentamientos callejeros, y un día me dijeron: «Oñate, has de dar un salto cualitativo en tu lucha por la independencia de Euzkadi y por la instalación del socialismo en nuestra patria.» Y me metí en ETA. Me enseñaron a disparar y a vivir organizado y a matar, no como algo truculento o motivado por el odio, sino como algo necesario. El muerto no era una persona, sino un obstáculo, y no valía el sentimentalismo individualista para ajusticiarlo, sino el objetivo superior ético: Euzkadi. Y así me encontré aquella mañana, siguiendo los pasos de un facha semijubilado, de no mucha nombradía, pero sin duda un cabronazo cuya muerte daría que hablar. Estudiamos el informe del comando de seguimiento. Me puse mi calzado deportivo nuevo, unas Adidas cojonudas con las que caminaba como sobre muelles, me metí la pistola en el bolsillo de la gabardina y me pegué al tío en el momento en que salía de la *croissanterie* de todas las mañanas. Durante diez, más, quizá veinte metros, seguimos caminando en la misma dirección y, antes de que llegara a la esquina, saqué la pistola, apunté a la nuca, y cuando disparé, el tío volvió la cabeza atrás, no sé por qué tuvo que hacerlo, y le volé media cara, porque le entró el tiro por aquí, entre la boca y la nariz, y le salió como un tapón por el occipital. Sólo recuerdo esa cara. La cara descompuesta, rota, y cuantas veces me planteé si estaba bien o mal lo que había hecho, me contesté que había sido necesario. A veces no se puede elegir entre lo bueno y lo malo. A veces sólo se puede elegir lo inevitable.

Biscuter convenció a Oñate de escabechar pescado para conservar el que no se consumiera frito o a la plancha, y el marino expresó una vez más su entusiasmo por las dotes culinarias del español.

—No hay nada como la mano que mece una cazuela. Mi abuela cocinaba como los ángeles, y mi madre no tenía rival en todas las formas de guisar la merluza, sobre todo a la donostiarra.

De vez en cuando Oñate conectaba partes de noticias y así se enteraron de que un comando de guerrilleros chechenos se había apoderado de un teatro de Moscú y retenía a muchos espectadores como rehenes.

—Que se den por muertos —sancionó Oñate, y añadió que Putin era, como su nombre indicaba, un hijo de puta cómplice de la violencia superestructural de la globalización y jamás consentiría que los chechenos le ganaran una batalla.

Días después el teatro fue bombardeado con gases tóxicos, murieron muchos rehenes, y los guerrilleros que no fallecieron de asfixia fueron rematados por las tropas especiales del Estado.

—Todo el siglo XXI será así. Las violencias guerrilleras, plurifoquistas, periféricas contra la violencia de los globalizadores. Es la nueva lucha de clases.

No le preguntó Carvalho por la connotación de *los obs-*

táculos, y tal vez llegaran a un acuerdo intelectual el Estado o los Estados y los terroristas para considerar a los rehenes como los peores obstáculos. Oñate desconectó de lo político, tras comentar que la descomposición del sistema se aceleraba, pero no al ritmo presumido en el siglo XX, y que ahí estaba el caso del terrorista camicace finlandés, de las continuas acciones de los palestinos contra Israel y su gendarmería del imperio, del atentado de Bali y ahora lo de Moscú. Luego se quedó absorto contemplando el mar observando la espuma de las olas para percibir la dirección del viento.

—De momento, los vientos, de puta madre.

Fueron favorables hasta rebasar la barrera de las Kermadec, al norte del faro del finisterre de Nueva Zelanda. Se pasaban el día Carvalho y Biscuter pendientes de los mandos del capitán, observando cómo aprovechar con el timón el ímpetu de las olas, incluso de las menos propicias. Aunque Carvalho se sentía cansado, consciente de que ya no tenía edad para subirse al palo mayor, si es que hubiera tenido que subirse, lo cierto es que, superadas con aspirinas las intensas agujetas de los tres primeros días, luego se reconcilió con su cuerpo y aprendió a dormir según el turno de guardias establecido generosamente por Oñate, porque él corría con la peor parte. Ante la seguridad que empezaban a manifestar sus aprendices, Oñate se atrevía a prometer tiempos peores, esos días en que las olas se cansan de tener seis metros y pasan a tener doce o quince, y el barco las contempla como si fueran a la vez una fuerza de expulsión que amenazara con engullirlo. Pero al vasco no le gustaba dramatizar sobre las cosas de la mar, y preguntaba a continuación:

—Y ese bacalao, ¿qué tal anda?

—Remojándose. Todavía le queda una agua. He empleado el sistema de remojarlo e ir cambiando aguas. El más perfecto es el de los *bacallaners* catalanes, que desalan el bacalao en picas de mármol dotadas de aguas continuamente corrientes. Poquito pero corrientes. Pasado mañana podremos comer bacalao al pil-pil.

Se había puesto el cielo de medio luto grave, entre el gris y el negro, y tras husmearlo más que otearlo, conectó Oñate con una estación costera presentada como neozelandesa, y previo intercambio de identificaciones, la locutora estudió la situación del *Idiazábal* y anunció tiempos borrascosos. «¿Tifón?», preguntó el capitán, y la mujer no se lo aseguró. «En cualquier caso, una tormenta importante. Pero no ha sido clasificada como un ciclón.»

Acababan de anunciarlo y el mal tiempo se presentó cuando alcanzaron la latitud más sureña, todavía lejos de la dorsal del Pacífico oriental. La media del viento era de cuarenta nudos, aunque de vez en cuando las rachas se saltaban este límite y las olas superaban los seis metros hasta formarse acantilados de aguas, ante los que pasaba el velero aterido y como disimulando su fragilidad. El agua encharcaba la bañera, pero no conseguía meterse en el interior del barco, y el propio sistema de achique sirvió inicialmente para el alivio. A gritos, Oñate les recordaba que el agua no debía llegar a las dependencias inferiores del velero y que a una señal suya tendrían que empezar a manejar las bombas de achique, pero parecieron inútiles sus premoniciones cuando dejó de soplar fuerte el viento, avalando una vez más, según Oñate, que el radio mayor de ese tipo de temporales no tenía más de cincuenta millas. En cambio, las olas se mantenían altas, dominadas por la pericia del vasco al timón, con la lengua fuera de los labios o dentro de la boca, ayudando a gritar una canción que otras veces le habían escuchado y que hoy era inaudible.

> *Yo la quiero pu...*
> *yo la quiero pura y hermosa, como una rosa,*
> *para que mi pi...*

para que mi pícara mano
le toque las te...
le toque las teclas del piano.

Se tranquilizaban los elementos y Oñate comprobó que, a pesar de todo, las olas balanceaban excesivamente la nave y que la vela mayor no recibía el viento correctamente. La enrolló, y puso el génova y la vela de mesana para coger velocidad y estabilidad. El cielo se cernía oscuro como un túnel, llovía con vocación de diluvio universal. De pronto cayó sobre el barco una catarata de agua, primer frente de un aguacero espeso y tenaz, precedido de truenos y relámpagos que otorgaron al océano la condición de escenario privilegiado para las petardadas valencianas del 19 de marzo. Pero no eran petardadas de fiesta, porque Carvalho y Biscuter vieron en el rostro de su capitán el diseño de la preocupación. Nada que hacer ante la lluvia, pero de pronto volvió el viento con una fuerza tal que escoró la nave hacia estribor hasta más de setenta grados, según confesión posterior del capitán, agarrado al timón y gritándoles que se aseguraran los cuerpos amarrándolos a los palos o a cualquier elemento sólido. Pero aún no había terminado de dar estas recomendaciones cuando una tromba de agua lo convirtió en un pelele aupado que, al caer, rodó por la cubierta hasta el borde del barco, mientras el viento insistía tratando de llevarse la mesana y romper el palo de la arriada vela mayor.

Oñate no reaccionaba y Biscuter, desde su posición, vio que se le había desgarrado el traje de goma y que estaba como aturdido. Reptó Biscuter procurando no romper el cordón umbilical que lo ligaba a la nave y llegó hasta el capitán para darse cuenta de que casi había perdido el conocimiento y lo miraba con ojos tan estúpidos que no lo reconocieron, mientras los labios repetían versos de la canción sobre la puta pura y hermosa como una rosa. Lo arrastró Biscuter y, al recobrar la condición de sentado, pudo el vasco hacerse consciente de la situación y precipitarse sobre el timón para recuperar el rumbo entre rayos y relámpagos absolutamente excesivos, mientras el *Idiazábal* reaccionaba y apuntaba su proa a favor del viento. La lluvia era tan fuerte que hería la piel, y los brazos trataban de proteger el rostro de aquellos taladros implacables.

—¿En qué podemos ayudarlo?

—No se caigan al mar. Con eso es suficiente.

Pero poco después pidió ayuda para repasar el estado de las velas flambeantes, y sólo apreciaron las averías de la botavara de la vela mayor; más tarde encareció a los dos legos que impidieran cualquier posibilidad de que el agua se metiera en el interior del barco. No cesaba el viento, ni la lluvia, ni la tormenta eléctrica, y ninguno de los dos aprendices se atrevía a preguntar cuánto solían durar aquellos excesos. Oñate sacó una botella de cuero escondida en una pequeña estantería cerrada junto al timón y los instó a que bebieran una ginebra perfumada y muy alcohólica que el vasco atribuyó a un destilador australiano clandestino, un viejo holandés productor de ginebras irrepetibles. Al reprimido pánico inicial siguió una desmesurada confianza de Carvalho y de Biscuter de que nada podía hundir la nave, ni barrerlos a ellos de su cubierta. Y en esa confianza permanecían cuando una ola total abofeteó el barco y Biscuter saltó por los aires para caer directamente sobre el agua, deshecho el nudo que él mismo había elaborado en el cabo que lo ligaba a un mástil. Se iba Carvalho a por el caído, con un cabo en la mano por si podía lanzárselo, pero lo contuvo Oñate:

—¡Espera a que salga! ¡Así sabremos dónde está!

Biscuter se sintió cansado e incapaz de bracear con la suficiente fuerza como para recuperar la superficie. Además, le pesaba el traje impermeable que les había dado Oñate, y se lo quitó con mucho esfuerzo, ya medio ahogado, desesperadamente dispuesto a asomar la nariz por encima de su miedo. Liberado del peso, subió con extraña facilidad, preocupado por darse un golpe contra la quilla de la nave. Sentía la proximidad del barco y pronto vio el empeño de sus dos compañeros por tirarle un salvavidas ligado a un cabo. Éste cayó junto a su cabeza y comprobó que la delgadez de su cuerpo le permitía sentirse dentro del aro como en una casa, en un estado de abrigada felicidad impropio de la situación. Arrastraron el salvavidas y al salvado desde el *Idiazábal*, y segundos después, un chorreante Biscuter se desplomaba en la bañera, sustituidos los ardores del forcejeo por un frío interiorizado que lo hacía castañetear los dientes. Oñate lo envolvió con una manta.

—Arrástralo hasta el camarote. Lo secas bien, lo dejas bien tapado y luego vuelves, que aquí hay trabajo.

Cuando Carvalho se marchaba a cuatro patas empujando a Biscuter, el vasco le tendió la milagrosa botella de cuero sin más palabras y, ya al abrigo de las aguas y el viento exterior, Carvalho ayudó a desnudarse a su amigo, lo cubrió con mantas, lo hizo beber un buen trago de aquella ginebra esencial y volvió a cubierta ajustando la escotilla por la que, de momento, poca agua se había metido en el interior de la nave. Allí estaba Oñate, de pie, tan alto como era, con las manos en la rueda forrada de cuero del timón, de vez en cuando desamparado para que el capitán dedicara cortes de mangas a lluvias, vientos, olas, rayos, truenos.

—¡Hijos de puta! ¡No me habéis enterrado en tierra, tampoco lo conseguiréis en el mar!

Reclamó a Carvalho para que se hiciera cargo del timón mientras él se iba a comprobar el estado de las velas.

—¿Y si se rompen?

—Tenemos un motor auxiliar que nos permitiría al menos no ir del todo a la deriva mientras termina esta mierda. Y, si no termina esta mierda, pues vosotros al cielo y yo al infierno.

Caminaba el vasco con el aplomo de sus largas piernas abiertas pese al balanceo de la nave y, en cualquier caso, con los actos reflejos a punto para agarrarse en cuanto sobresaliera y así compensar el maltrato de los elementos. Carvalho pensaba en la estupidez de la situación. No tenía edad para una aventura deseada durante toda la vida, desde que había leído las primeras historias de marinos y robinsones, y le molestaba la muerte en el agua, no tanto como la muerte en el fuego, pero sí la destrucción de toda una vida en una sustancia desagradecida hecha a la medida del instinto de vida de otros animales. Sin duda, la evolución del pez a anfibio, del anfibio a cuadrúpedo, del cuadrúpedo a bípedo y del bípedo a hombre había requerido un larguísimo proceso de adaptaciones y la contribución de irrepetibles mutantes. No tenía tiempo de adaptarse a la asfixia en el agua, y no cabía ninguna posibilidad de que a aquellas anchuras del Pacífico se produjera la suerte de una isla misteriosa, al igual que a aquellas alturas también era impensable el recurso de refugiarse en alguna ciudad sumergida gobernada por una diosa blanca, rubia y desnuda, a ser posible parecida a Ursula Andress o a Julia Adams, el animal acuático más hermoso que jamás había contemplado, nadando por un río y seguida devotamente por un hombre monstruo fluvial. Ironizaba temblando, porque a pesar del traje impermeable, el frío se le había metido por alguna rendija del cuerpo, tal vez por los ojos, diría que despellejados por la constante erosión del viento y la lluvia. Se le cerraban solos y utilizó toda su excitación para impedirse el sueño que el cuerpo le demandaba. De pronto dejó de ver a Oñate moviéndose entre las arboladuras y temió que hubiera caído al agua. Gritó su nombre y los ruidos confabulados de la naturaleza lo rebotaron y se lo devolvieron sin que el reclamado diera muestras de vida. ¿Y si desaparecía Oñate? Sin duda la aventura merecería pasar a la guía *Guinness* de absurdos impensables: un detective privado español y su ayudante se convierten en solitarios navegantes transoceánicos tras la desaparición del patrón del barco, un ex miembro de la banda terrorista ETA, que permaneció encarcelado en España durante más de veinte años. Incluso no faltaría quien tratara de establecer razones de complicidades tácticas para un viaje semejante, quién sabe si el establecimiento de una logística de apoyo al terrorismo que tuviera su eje entre Sydney y Valparaíso con la ayuda de Bin Laden. La puerta de la escotilla se abrió y reapareció Biscuter con el botellón de ginebra por todo equipaje y tratando de ver entre el zafarrancho la ubicación de Oñate y Carvalho. Por más que le gritó el detective, marchó Biscuter en dirección opuesta y tardó unos minutos en volver hacia el timón, protegido por un largo cabo cuyo punto de amarre se perdía en la oscuridad. Un bandazo estuvo a punto de devolverlo al agua, pero se lanzó sobre cubierta para ofrecer menos cuerpo al viento y consiguió arrastrarse hasta el timón, donde Carvalho luchaba contra los peores males y sobre todo contra su sueño.

—¿Has visto a Oñate?

—Se había dormido y tiene varias heridas en la cara y en las manos. Lo he atado bien al palo mayor, pero con un cabo largo, así, si se cae al agua, tendrá tiempo de reaccionar.

—Yo me estoy durmiendo, Biscuter.

Le tendió la ginebra.

—Todavía me dormiré más.

Biscuter se encogió de hombros.

—Duerma, jefe, duerma. Ya está bien de tanto zarandeo. No hay derecho.

Se reía Carvalho de la indignación pueril del otro cuando notó que el sueño le convertía en terciopelo los párpados ateridos y, durante el duermevela, en uno de los despertares fugaces, vio que ya no tenía el timón entre las manos, que estaba cubierto de mantas y que algo había que hacer, pero no sabía qué.

«Cielo sin pájaros y sin nubes», se informó Carvalho cuando abrió los ojos.

El *Idiazábal* avanzaba empujado por un viento frío, pero sin entusiasmo. No había término medio. Se incorporó. Oñate tenía el timón entre las manos y Biscuter era un olor que subía desde la cocina.

—Bacalao al pil-pil.

No tardó en emerger por la escotilla sosteniendo entre las manos una cazuela de barro de fondo plano y en el rostro una sonrisa todo lo extensa que le permitía su delgado rostro. Le acercó el marfileño trofeo a Oñate, éste lo olió y se limitó a comentar: «¡La madre que me parió!», para después perseguir con los ojos la cazuela que algo temblaba entre las manos de Biscuter.

—Esa cazuela, esa cazuela.

Pero ya estaba el cocinero alerta, la dejó en el suelo a salvo de deslices, volvió a meterse en la cabina y regresó con una cesta llena de platos, cubiertos, vasos y una botella de vino, «australiano», advirtió. Se sirvió el primero y comió su ración con excesiva rapidez, motivado para sustituir a Oñate en el timón y propiciar la comida más reposada de sus dos compañeros. Extasiado, Oñate sólo arrugó la nariz para decir que aquello picaba, no mucho, pero picaba, circunstancia debida, según Biscuter, a que no había encontrado en Sydney ni pimientos choriceros ni ñoras, sino guindillas.

—Pequeño detalle. Está exquisito.

—Es un plato hecho con las muñecas y los brazos, porque depende de la continuidad del remover que la piel del bacalao suelte la gelatina y se conforme esa gloriosa capa blanca aromatizada por el ajo y, en este caso, la guindilla.

—¡La madre que me parió! —insistía Oñate, y era tal el entusiasmo gastronómico de los tres que Carvalho esperó la hasta el momento aplazada confesión de Biscuter de que había aprendido a cocinar en la cárcel, a la que debería seguir la suya de que había conocido al cocinero en el mismo lugar.

Pero nada dijo Biscuter sobre las complicidades carcelarias, como si quisiera dejar aquel territorio de la memoria exclusivamente para el marino, como si la cárcel le perteneciera sobre todo a él, contento porque había comido un guiso mítico vasco y cantante de canciones en euskera, nunca enteras, una especie de popurrí del que Carvalho distinguió el himno de los *gudaris*, soldados vascos, y el dedicado al árbol sagrado de Gernika.

—Es que cualquier pescado que escojas, el más bueno, el que luego se paga más caro, no se puede comparar con un buen bacalao salado, luego desalado y guisado de veinte mil maneras extraordinarias.

—Ese tipo de pez, el bacalao salado, es otra cosa, no pertenece al reino animal, ni al vegetal.

Carvalho prolongó la reflexión de Biscuter.

—Es una momia resucitada.

Se quedó cortado el vasco y contempló a Carvalho para adivinar la cantidad de chunga que tenía su juicio y, por tanto, de ironía hacia la cocina del bacalao, especialmente hacia los platos vascos que él consideraba sagrados.

—Pero qué momia, hombre. Cómo se puede llamar momia a algo que te permite hacer una *zurrukutuna*, un pil-pil, un ajoarriero, a la vizcaína. Leche, pues vaya momia.

—Momia en el sentido cualitativo más asombroso, Oñate. Fíjese usted en la presencia misma de un bacalao salado en las tiendas de salazón. Parece una momia de pez con sospechoso perímetro algo vampiresco y, sin embargo, sumergido en agua, desalado, adquiere una consistencia casi de pescado fresco. Pero ojo, no hay que prejuzgar, porque en el fondo de su sustancia el bacalao ha asimilado el mejor paladar de la sal y, cuando se guisa, ni es pescado ni es carne ni es otra cosa que una excelsa momia resucitada.

—¡Vivan las momias! —gritó primero Oñate, secundado rápidamente por Biscuter y contenido Carvalho, algo molesto consigo mismo no por haber hablado demasiado, sino por haberlo hecho con vehemencia.

A partir de esta conversación puso especial empeño Oñate en pescar por si el mar les aportaba alimento fresco y para ir comprobando que ningún pez conocido superaba lo que Carvalho llamaba la momia salada del bacalao. Cogieron más de una docena de ejemplares parecidos al sargo, de excelente carne blanca, que consumieron a la plancha, y el resto lo guisó Biscuter con patatas y una picada a la que añadió una de aquellas terribles guindillas que había comprado en Sydney. La reserva de pescado estaba garantizada con la colección de escabeches elaborada por el cocinero, casi todos de pescado blanco para sorpresa de Oñate, convencido de que sólo los pescados azules son escabechables. Biscuter recurría a la cita de autoridad de eminentes cocineros anteriores incluso a la primera guerra mundial que solían recomendar escabeches de dorada, por ejemplo.

—¿De dorada?

—De dorada. Lo que ocurre es que entonces hay que tener mucho cuidado con la cantidad y la calidad de los vinagres. Preferibles, por ejemplo, los vinagres de champán o de vinos blancos ligeros, porque los tintos te hacen polvo el bouquet de la carne de los pescados blancos. Igual debería decirse de las hierbas aromáticas, ya que el laurel es excesivo para escabeches de dorada y yo prefiero el tomillo o el estragón, o ambos a partes iguales. Es recomendable, además, que en los escabeches de pescados blancos haya algo de tomate y corteza, o incluso alguna rodaja de naranja, siempre y cuando esos guisos no se produzcan en ambientes como el nuestro, donde las humedades y los cambios de clima pueden joderlos, joderlos, tal como suena, pudrir o corromper parcialmente el tomate o cualquier otro fruto aderezador.

Boquiabierto estaba Oñate con la sabiduría culinaria de cocinero, boquiabierto y agradecido, porque así como en las tareas físicas mal fiaba de Carvalho y tendía a asumir casi todas las responsabilidades, en las de estrategia culinaria, Biscuter era autosuficiente y se lo agradecía.

Apenas se levantó el mar amenazadoramente, pero tampoco fue un navegar tranquilo el que los metía en el Pacífico oriental y les ponía a su alcance la isla de Pascua o la de Juan Fernández, aunque ni la una ni la otra les interesaban, porque Oñate necesitaba llegar a Valparaíso dentro de unos plazos predeterminados para contactar con un curioso personaje, a su juicio, que pretendía acompañarlo en la navegación de la costa americana y luego en la travesía del Pacífico hasta Filipinas. No iba a ser el único viajero, pero sí el más especial, porque se trataba de un antropólogo muy interesado por la cuestión vasca y sostenedor de una tesis muy peculiar sobre la relación entre la conciencia de singularidad, de diferencia, de los vascos y la de pueblos isleños que, a pesar de meterse en la trama de las comunicaciones contemporáneas, han luchado denodadamente por conservar sus peculiaridades y su recelo geoemotivo, «¿geoemotivo dice?», «sí, geoemotivo, porque la tierra es una emoción».

—Si no habéis estado en Valparaíso, os gustará mucho,

eso espero, porque a mí me entusiasma, sobre todo ese aire que tiene de potente, muy potente ciudad marinera venida a menos y no ahora, sino hace casi un siglo. Hasta la construcción del canal de Panamá no había más cojones que pasar del Atlántico al Pacífico por el cabo de Hornos y detenerse en Valparaíso, y así lo hicieron desde mi paisano Elcano hasta cualquier transatlántico anterior a 1912. Pero en ese año ocurrieron cosas muy graves para Valparaíso, mucho más graves que los terremotos, los maremotos, los saqueos de los piratas, las guerras, y ocurrió simplemente que se abrió el canal de Panamá y dejó de ser el puerto imprescindible en el que recalaban todos los grandes barcos que habían atravesado el Atlántico. A veces me produce la impresión de que es una ciudad semivacía.

—Como Viena.

—¿Por qué Viena?

—Porque hasta 1918 fue la capital de un imperio que ocupaba media Europa o parte muy importante de Europa, y desde entonces sólo es la capital de una pequeña nación.

—No me había dado cuenta yo de eso, fíjate tú.

La última tormenta que consiguió convertir el barco en una cáscara deslizante entre olas que parecían querer aplastarla se produjo a pocas millas del punto donde la derrota que trataba de establecer Oñate coincidiría con la perpendicular de la isla de Pascua. Se amarraron a los palos con una destreza que en el caso de los dos intrusos resumía el miedo pasado durante el ensayo general de naufragio que había dado con Biscuter en las aguas. Oñate estuvo fabuloso y la seguridad de sus movimientos, sus decisiones y sus órdenes inculcó a sus pasajeros tanto la convicción de que nada podía pasarles como de que era la última vez que se prestaban a una experiencia semejante. Carvalho se lo gritó a Biscuter por encima del estruendo de las olas cuando rompían contra el *Idiazábal*:

—¡No tenemos edad para jugarnos la vida!

—¡El viaje nos sale gratis, jefe!

Al amanecer se quitaron las ropas empapadas con cuidado, como si estuvieran heridas, y cuando el sol se subió a lo alto, quedaron los tres casi desnudos para huir de cualquier posible contacto con humedades que les molestaban como un tacto ajeno. Oñate recordaba secuencias de otros viajes más difíciles, algunos de ellos casi temerarios, como el de la *Kontiki*, o una curiosa chaladura de Paul Theroux, que hizo largos recorridos por el Pacífico en un kayak desmontable, por Nueva Zelanda y Australia en las islas Trobriand o las Salomón, las Fidji, Tonga, Samoa, Tahití, la isla de Pascua, cincuenta y una islas en kayak, Meganesia, Melanesia, Polinesia y finalmente Hawai.

—¿Cuántas veces atravesó el océano en un kayak para poder cubrir toda esa extensión?

—Un momento. Quizá me he expresado mal. El kayak es una pequeña embarcación individual que puede ser plegable y se puede trasladar en otros medios de transporte. En realidad, este fabuloso viajero recorría los archipiélagos en kayak pero las grandes distancias las hacía en avión o en barco. De lo contrario, es como si se hubiera hecho el Pacífico a remo en una pequeña embarcación deportiva. Pero en sus recorridos encontró tormentas como las que hemos pasado, o esos tremendos desfiladeros entre dos olas que tratan de caerse encima tuyo. Cuando lees el libro de Theroux *Las islas felices de Oceanía*, te das cuenta de que todo lo que hizo se debió a una apuesta humorística consigo mismo. Hay tíos así. El libro está por abajo. Si queréis leerlo, está editado en español.

—No leo libros.

—Los quema.

—¿Quemas libros? ¿Por qué?

—Tal vez sea consecuencia de un impulso parecido al que lleva al señor Theroux a recorrer la Meganesia en kayak.

—Después de leer el libro se te quitan las ganas de ir a la isla de Pascua. A mí también me pareció tétrica y tristísima toda su historia, especialmente las salvajadas que hicieron con los isleños toda clase de colonizadores y conquistadores. Se llevaban a las chicas, y metieron al mismísimo rey a trabajar en los yacimientos de guano de Sudamérica hasta que murió. Los pueblos llamados colonizadores suelen ser genocidas. Pero todas las esculturas de la isla son extraordinarias, sobrecogedoras, y no las hizo ningún marciano. Los isleños, ellos solos.

Según Oñate, cada vez que pasaba junto a la isla de Juan Fernández, el lugar del supuesto naufragio de Robinsón, tenía la sensación de que el viaje había terminado, a pesar de las millas que todavía lo separaban de Valparaíso.

—Pero es como saltar el último obstáculo. Tengo la sensación de que me han aplicado un indulto o me han concedido otra vez la libertad condicional. Porque este viaje continuará. No puedo pararlo. Dos semanas, tres, tal vez un mes, y zarparé hacia Baja California.

Su comentario excitó inútilmente la voluntad de desembarcar de los dos polizones, como de vez en cuando los llamaba el marino, voluntad frustrada porque o bien la isla de Juan Fernández se había adentrado en el Pacífico y alejado de Chile o era todo el continente americano el que había cambiado de ubicación. Dos días, tres, a bastante buena vela, pero retenidos según Oñate por corrientes montaraces en una curiosa oposición no muy normal entre el viento y las vías abiertas en el mar. Pero cuando menos lo esperaban, Oñate gritó:

—¡Tierra a la vista!

Y, en efecto, el horizonte ya no era el mar, sino una todavía lejanísima línea costera que los hipnotizó, hasta el punto de que no le quitaron ojo hasta que adquirió consistencia, colores, aves, restos vegetales flotantes y los olores perdieron la concentración del mar para aparentar pluralidades que tal vez sólo existían en su imaginación.

—Mirad la cresta de la montaña. ¿No veis las casas de colores? Es uno de los *skylines* más bellos de la Tierra. No, no, no podéis verlas todavía, es cosa de mi imaginación o de mi deseo. Pero, lo juro, aquello es Valparaíso.

Oñate llamó por radio, comunicó su situación y añadió que estaban a punto de entrar en Valparaíso, él y sus dos ayudantes de crucero. Iba a dar los nombres, pero no los sabía o no los recordaba.

—Carvalho. Pepe Carvalho y su ayudante Biscuter, Jordi Biscuter.

Nada más oírlo lo transmitió y Biscuter se dio cuenta de que se habían convertido en esclavos de sus palabras. Había revelado sus verdaderas identidades. Se lo recordó a Carvalho, quien no le concedió demasiada importancia: «¿Quién nos conoce en la estación de radio? Nadie se va a fijar en un grupo más de chalados que han atravesado el Pacífico en un velero. Los hay a miles.»

Vigilaron la maniobra de aproximación porque el mar se llenaba de barcos que trataban de salir de o entrar en el puerto de Valparaíso, y el vasco se había metido en su camarote, para afeitarse, decía, pero quince minutos después apareció ante ellos el mismísimo capitán Ahab, con la camisa desabotonada para exhibir el tupé de pecho y encima un bien cortado traje de capitán techado por la inevitable chapela. A medida que se acercaban a puerto, la cadena que coronaba la ciudad se convertía en una paleta de casas de colores corregidos por el resol, y la fisonomía del vasco iba cambiando y se le desmayaba el habla, como si ensayara una manera de hablar menos rotunda y adoptara una personalidad de fatigado héroe del mar. Cinco minutos después, Carvalho adivinó la causa de tanto cambio, porque en el previsible lugar de atraque del *Idiazábal*, el muelle padecía un evidente exceso de público y algo parecido a cámaras de televisión asomaban entre la multitud o desde embarcaciones próximas, hasta que se dio cuenta de que habían sido filmados desde una chalupa que navegaba a babor casi pegada a ellos. También se fue concretando la música, una canción vasca sobre el árbol sagrado de Gernika interpretada por toda una banda, sin duda la municipal, o de parecida envergadura, demostración de que no era la primera vez que Oñate era recibido en Valparaíso y de que, además, existía una colonia vasca en la ciudad, cómplice de los gustos patrioticomusicales del marino solitario. Con complejo de polinesios que habían realizado con éxito la travesía del Pacífico, Carvalho y Biscuter experimentaron el síndrome del descubridor, como si Valparaíso no hubiera existido hasta su llegada y tomaran posesión de la ciudad en nombre de los reyes de España, Juan Carlos y Sofía, o del matrimonio que presidía el gobierno, José María Aznar y Ana Botella. Y como complemento de su abordaje colonizador, resultó que en el puerto los esperaba el cónsul de España dispuesto a honrar la hazaña de tres compatriotas que habían convertido, dijo, el Pacífico, en un lago español. Hizo una mueca Oñate cuando oyó la palabra «español».

—¿Lo mandará usted a tomar por culo? ¿Será consecuente? Según usted, es el representante del Estado opresor de Euzkadi.

—Es un godo de mierda, cierto, pero...

Embarulladamente y en voz baja le contó que pretendía pedirle al cónsul apoyo estratégico y económico para seguir el recorrido de su madriguera oceánica, trazada con la ayuda de los cuatro puntos cardinales. Cuando los periodistas los cercaron, por cortesía, Oñate insistió varias veces en que compartía el mérito de la doble hazaña con Pepe Carvalho y su gerente, el señor Biscuter, lo que motivo más fotografías y filmaciones sobre los dos comparsas.

—Mañana saldremos en la primera página del *New York*

Times y pasado mañana caerán sobre nosotros la mafia, Monte Peregrino, Malena y el Mossad, la CIA y los pastunes, el marido hindú y sus parientes, la policía australiana y los gángsters amigos de los que murieron en nuestro lugar. Confiemos en que la noticia sólo tenga interés para los medios locales.

Pero cuando bajaban del *Idiazábal* con el equipaje a cuestas, un solícito periodista les pidió una entrevista para el diario español *El País*; en realidad, una entrevista y una posible narración en primera persona de cuanto habían vivido.

—Con lo que me cuesta a mí redactar.

—Ya les corregirán el escrito.

—¿Lo pagan por adelantado?

—Nunca se paga un trabajo de prensa por adelantado. Podría negociar un anticipo.

—¿Como cuánto?

Se encogió de hombros el corresponsal, algo alterado, y los dos pretextaron cierta urgencia: ya le abrirían las puertas de su hotel en cuanto lo tuvieran. Oñate era el centro de atención de los periodistas y no quisieron compartirla, por lo que dejaron al vasco a su suerte de navegante solitario posando de perfil ante los flashes y trataron de enterarse de qué había que hacer en Valparaíso para salir cuanto antes de Valparaíso. Ante todo, encontrar el hotel que les había recomendado el vasco como asequible y tranquilo: Residencial Lily.

A la mañana siguiente comprobaron que eran portada en todos los diarios de Chile, no ocupaban un lugar muy relevante en la compaginación, pero el suficiente para que el trío que completaban con Oñate mereciera titular a tres columnas, foto y pie introductor de un reportaje en las páginas interiores: «Tres españoles redescubren América.» No podían ir al aeropuerto sin exponerse a ser localizados, ni confiaban en transporte alguno que no estuviera controlado en un país donde Pinochet había gobernado casi veinte años y los militares desfilaban a la prusiana sin pedir permiso al gobierno socialista. O continuar la obsesiva vuelta al Pacífico de Oñate o dejar pasar los días hasta el olvido.

—No hay que exagerar, jefe, tampoco hemos visto una orden de caza y captura contra nosotros al pasar la aduana o al llegar al hotel.

Aceptó Carvalho el optimismo de Biscuter y callejearon por la empinada Valparaíso, que desde el puerto hasta la cadena de casas de colores que componían la cresta de su cornisa descendía por sus traseros hacia la tierra llana donde esperaba la carretera hacia Santiago. La descripción enamorada de Oñate se correspondía con la realidad de un puerto venido a menos en el que fondeaban grandes transatlánticos en rutas oceánicas y se ensayaban nuevos tráficos y comercios con la esperanza de un renacimiento. Allí estaba el *Jeanne,* navío escuela de la marina chilena, y acababa de marcharse el *Queen Elizabeth II.* Valparaíso seguía siendo puerto necesario para los transatlánticos que se arriesgaban por el cabo de Hornos y renunciaban a la comodidad del estrecho de Panamá, itinerarios cada vez más lúdicos, para pasajes de la tercera edad rica. El pinochetismo económico había otorgado el distintivo de puerto franco a Valparaíso y se predisponía a una resurrección que no había llegado del todo y aún pesaban más los ochenta años de decadencia tras la inauguración del canal de Panamá que los veinte de diseño de nuevas expectativas que marcaban el final de siglo. Tanto los bares como los hoteles portuarios parecían haber servido a una ciudad que ya no existía, y cuando subieron hacia la cresta policromada y descendieron por el otro lado, el envejecimiento de poderosos edificios decimonónicos o nacidos con el siglo XX alcanzaba el dramatismo de arqueología contemporánea, de lo que Carvalho calificaba como ruinas contemporáneas, tan exageradas en la Corniche de Alejandría. Pero el hálito de la decadencia era el atractivo fundamental de la ciudad, en competencia con las posibilidades de que el crecimiento económico de Chile convirtiera Valparaíso en una capital tigre del neoliberalismo, enseñando las fauces desde aquel rincón austral a los tigres económicos de Singapur, como se especulaba en un editorial de *El Mercurio,* en las páginas especialmente dedicadas a la ciudad.

Regresaron a la residencia para planificar la salida, y a los escasos minutos de recoger las pocas cosas que habían sacado de las maletas y las bolsas, llamaron a la puerta de la habitación compartida y allí estaba Oñate, con la cara llena de tumefacciones, morados, grietas, recién salido, pues, de una paliza que no explicó hasta que le cedieron un asiento y superó un vahído con la ayuda de un vaso de agua.

—Tenéis que marcharos cuanto antes. Os están buscando.

—¿La policía?

—No he tenido tiempo de preguntarles. Se presentaron cuatro tíos, cuatro, cuadrados, en el barco, esta mañana, y los buscaban. Les dije que estabais ya por Chile, sin que yo supiera dónde, y me dieron todos los palos que quisieron. Nunca me habían dado una paliza igual desde los tiempos en que me detuvieron y la policía o la Guardia Civil me aplicaba lo que luego la prensa calificaba de «hábil interrogatorio». Pero algo me ha enseñado todo aquello. No les dije que yo os había recomendado esta residencia y, cuando me recuperé un poco, me puse a dar rodeos para que nadie pudiera seguirme. Y aquí estoy.

—Si no eran policías, ¿qué eran?

—Sicarios. Creo que eran sicarios. Ésos pegan o matan, según quién les paga.

No podían ser otros que los de Monte Peregrino, la larga mano mafiosa de Pérez i Ruidoms, o tal vez todavía el asunto de la droga, sin descartar a Malena y descartados, en opinión de Carvalho, los amigos o parientes del marido hindú.

—No, Malena no creo.

Opinaba Biscuter que el Mossad no habría recurrido a sicarios de aquel tipo. Disponía de agentes en todas partes. Oñate se llevaba las manos a la cabeza cuando los oía hablar de todos cuantos pudieran perseguirlos.

—Pero ¿a qué gente he permitido subir a mi pobre *Idiazábal*?

—No lo sabe usted bien. Y nos vamos cuanto antes o todavía le puede ir peor.

Oñate ya había contactado con sus nuevos compañeros de viaje y al día siguiente proseguía su peregrinación por el Pacífico.

—¿No volverá usted nunca a Euzkadi?

—No se puede decir nunca. Pero lo de Ordicia me dejó traumatizado y lo terrible es que no sé en qué sentido.

—¿Qué pasó en Ordicia?

—Os lo conté el primer o el segundo día de viaje. El mismo día, en la misma mañana, una manifestación de apoyo a Yoyes, militante etarra ejecutada por ETA, otra en contra de Yoyes por haber abandonado ETA y un concurso de queso Idiazábal hecho por pastores, subastado y comprado, supongo, por un buen restaurante. Banquete lúdico a continuación. Más de veinte años en la cárcel me autorizan a seguir dando vueltas por el Pacífico; además, tengo una novia por aquí.

—¿Dónde?

—Creo que en Filipinas.

Oñate les aconsejó que llamaran a un taxi desde el hotel y que dieran una dirección falsa en el momento de subir, pero que luego por el camino le indicaran al taxista que los dejara en una población límite, «no sé, cerca de la carretera nacional, pero no en un punto convencional, porque es posible que os tengan vigilados». Se despidió el vasco abrazando a Carvalho y siendo tan abrazado por Biscuter que se le volvieron a descomponer los huesos y a abrirse las brechas de la cara. Por la ventana de la habitación, Carvalho vio cómo Oñate cruzaba la calle y empezaba a pie el descenso hacia el puerto. El equipaje ya estaba casi listo, lo ultimaron, reclamaron urgentemente la cuenta y un taxi, porque debían llegar a Santiago cuanto antes y no había otra posibilidad que tomar un autobús en la carretera. Pero nada más subir al taxi, Carvalho vio un montón de folletos cobijados en la bolsa situada en el respaldo del asiento del conductor, en los que anunciaban un mercado de *brocanterie* junto a la autovía de Santiago.

—¿Qué tal está este mercado?

—Viene gente de Santiago y de Viña del Mar. Muy bueno y muy barato, dicen.

—Pues llévenos al supermercado de *brocanterie*.

—No se arrepentirán. Yo me compré una radio galena,

una maravilla, como las que hacían mi padre y mis tíos cuando yo era pequeño.

¿Cómo salir de Chile? Biscuter y Carvalho pensaban en lo mismo pero cada cual tenía su respuesta. Para Biscuter no había otra solución que ir hacia una ciudad fronteriza menor, dejar que cesara la búsqueda y atravesar la frontera, hacia Perú, por ejemplo. ¿Quién busca a quién en Perú? Carvalho rechazaba cualquier posibilidad momentánea de pasar por un control de fronteras donde constaran con sus nombres reales o como Bouvard y Pécuchet, o donde pudieran utilizar cualquiera de las documentaciones falsas como miembros de organismos internacionales, incluida la sociedad de Amics de la Sardana a la que pertenecía Biscuter.

—Es el único carnet que no hemos utilizado.

—¿A qué se refiere usted, jefe?

—Al de tu asociación sardanista.

—Pues por aquí hay catalanes desde el exilio de 1939, y más que llegaron después por la mucha hambre que se pasaba en España. No estaría mal contactar con algún centro catalán.

Transitar por el mercado con las maletas a cuestas era muy incómodo, de modo que buscaron el bar más próximo para tomar unos cafés y pedir que les guardaran el equipaje mientras daban una vuelta. No encontraron radios galena, pero sí radios antiguas con carrocerías de iglesia gótica o de edificio *art déco* con imaginería egipcia. Biscuter incluso halló un aparato de radio de los que funcionaban con monedas, tal como él los había conocido en su infancia. Había cajas de tabaco, lámparas de opal, estatuillas *liberty*, colecciones de cómics y de periódicos, libros, libros, libros, cerbatanas, imitaciones de la *Kontiki* y de las estatuas de la isla de Pascua, barcos de vela con apellido histórico. Del montón de libros, Biscuter había escogido uno de Volodia Teitelbaum dedicado a Pablo Neruda, y estuvo ojeándolo hasta que Carvalho se despegó del puesto en busca de otro dedicado a maniquíes de costureras y modistos.

—Yo no sabía que Neruda se había exiliado, jefe.

—Tuvo que marcharse de Chile por comunista.

—Y atravesó la frontera de Argentina a caballo. Qué tiempos.

Se le metió entonces a Carvalho en la cabeza la estampa de él y Biscuter cruzando la frontera de Argentina a caballo, y soltó un resoplido como si adquiriera la condición de equino, y por más que mirara y remirara los objetos ofrecidos por la feria, la estampa de Neruda a caballo atravesando clandestinamente una frontera como sólo pueden hacerlo los premios Nobel de Literatura le impedía cualquier otra consideración. Biscuter estaba tentado de comprarse una estatuilla de muchacha bañista anterior al biquini, con una graciosa pelota playera bajo el brazo, pero las consideraciones de Carvalho sobre los posibles más que reales excesos del equipaje le frustró su instinto comprador.

—¿Te imaginas que nos detengan y nos metan en cualquier checa con esa estatuilla?

—Podríamos decir que es un familiar.

Regresaron al bar donde les guardaban las maletas. Repitieron cafés, secundados esta vez por el casi siempre olvidado pastillaje preventivo de Carvalho y por dos aspirinas que Biscuter necesitaba para superar una migraña que lo rondaba desde que habían llegado a tierra. La cabeza de Carvalho, en cambio, estaba clara y, aunque Biscuter no lo percibiera, en ella se había hecho la luz.

Preguntó Carvalho al camarero con cara de propietario del local si había biblioteca pública en aquella población límite, y no la había propiamente, pero sí un ilustradísimo farmacéutico, con la botica abierta ahí enfrente, que tenía una biblioteca de más de dos mil libros, «dos mil», le aseguró el fondista.

—¿Y es hombre de izquierdas el farmacéutico?

—Pues de ni de izquierdas ni de derechas, creo. Farmacéutico, es farmacéutico.

Alto y algo verde de cutis, cabello canoso largo hasta el cogote, escuchó el farmacéutico la demanda de Carvalho. Las obras completas de Neruda o, en su defecto, cualquier texto donde se reprodujera su fuga de Chile a finales de la década de los cuarenta del siglo XX, perseguido por su condición de comunista.

—Creo que huyó a caballo y me interesaría seguir la ruta, por mera curiosidad literaria, no por otra comunión alguna.

—Lo comprendo, y yo puedo solucionarle el problema.

Se metió el farmacéutico más allá de sus tabiques de fármacos y regresó con varios libros sostenidos por los brazos unidos.

Un volumen de las *Obras Completas* de Neruda, su libro de memorias *Confieso que he vivido* y la biografía que le escribió Volodia Teitelbaum, ya ojeada por Biscuter en el mercadillo, libro por el que se decidió e informó a Carvalho de quién era el autor, un ex secretario general de los comunistas chilenos, uno de los que prepararon la fuga del país de Neruda en 1948. Repasaron a dúo las escrituras de Teitelbaum dedicadas a la travesía de la frontera con Argentina, cobijado el poeta bajo el nombre de Antonio Ruiz, especialista en ornitología y por ello empeñado en el conocimiento de los pájaros de la zona que había que recorrer. Tuvieron que descender hasta Valdivia, a unos ochocientos kilómetros de Santiago, y luego acercarse a caballo a la cordillera y a la frontera argentina para llegar a San Martín de los Lagos, a un paso de Bariloche.

—Es un viaje a la medida de las comunicaciones de los años cuarenta. Sesenta años han pasado, y desde donde estamos lo mejor es atravesar la frontera por la autopista, por el túnel del Aconcagua, que lleva directo a Mendoza, ya en Argentina.

—Yo quisiera experimentar de alguna manera la angustia del paso clandestino. Es que estoy escribiendo un texto sobre «poesía y clandestinidad». Pero es cierto, bajar ochocientos kilómetros hasta Valdivia es una pérdida exagerada de tiempo.

Estaba divertido el farmacéutico por el empeño aventurero del español, caviló y finalmente propuso una solución a su juicio salomónica:

—Lleguemos a un acuerdo: usted atraviesa la frontera a pie o a caballo, si quiere, muy cerca del túnel del Aconcagua, que está aquí al lado, cerca del paso del Indio, que en su día utilizó el general San Martín. A pocos kilómetros de la frontera se baja del vehículo que lo transporte y termina el viaje a caballo o a pie, insisto, por caminos secretos que todo el mundo conoce. No se haga ilusiones: la facilidad de la carretera, del túnel y las buenas relaciones que hay ahora entre Chile y Argentina convierten el tránsito en algo placentero. Pero si usted quiere dificultades, lo mejor es ir por carretera desde Valparaíso hacia Viña del Mar. Antes de llegar hay que torcer a la derecha hacia el Aconcagua, porque el túnel fronterizo está al mismito pie de la montaña. ¿Está usted dispuesto a pagar un guía arriero que al mismo tiempo aporte las caballerías?

—Dispuestos. En realidad, somos dos.

—Pues con mucho gusto yo se lo organizo e incluso los acerco con mi automóvil al encuentro con el arriero y sus caballerías. Así me libraré un cierto tiempo de vender píldoras y más píldoras. Primero he de hacer algunas averiguaciones sobre el arriero. Le ruego que vuelva usted aquí dentro de media hora.

Receló Carvalho, no fuera a ser el aplazamiento una trampa y así se lo expresó a Biscuter.

—De quien huimos es de ese *zumbao* de Monte Peregrino, de Pérez i Ruidoms, no de la policía chilena.

—Ese *zumbao* de Monte Peregrino, como tú lo llamas, tiene conexiones en todas partes.

Pasaron la media hora distraídos otra vez en el mercadito de *brocanterie* abierto al aire libre junto a la carretera, y desde el Valparaíso llano contemplaban con ternura el prodigio policromado de su cresta asomada al Pacífico. También se metieron en algo parecido a un colmado y las manos de Carvalho se fueron directamente a por unas latas azul claro que pregonaban la mercancía interior: *loco*. *Loco* chileno, para ser más exactos, y para pasmo de Biscuter, reunió Carvalho hasta diez latas y las compró.

—¿Carne de loco?

—Carne de abalone, Biscuter, para mí el producto más exquisito de los mares. Aquí lo llaman *loco,* y de pronto te puedes encontrar en un diario el siguiente anuncio: «Se levanta la veda del loco.»

Quedóse Biscuter con los equipajes en una cafetería tan venida a menos como el resto de la ciudad. Desde su velador podía ver con todo detalle la aproximación de Carvalho hasta la farmacia, y poco más tarde, la aparición del farmacéutico, que cerró el establecimiento con una puerta metálica corredera, cogió a Carvalho por un brazo y lo llevó hasta un coche japonés aparcado a poca distancia. Una vez subidos, según lo acordado, pidió Carvalho a su anfitrión que se acercaran al bar donde guardaba su equipaje y esperaba su compañero de viaje. Quedó extrañado el farmacéutico de la escasez de lo uno y del otro, porque a la delgadez histórica de Biscuter se restaban los kilos perdidos en el viaje, especialmente durante la travesía del Pacífico, y el equipaje se reducía ya a la Louis Vuitton y a la variedad de bolsas rotundas del ayudante.

—Habrá caballos, si es que saben montar a caballo

—¡Virgen Santísima! —fue todo lo que dijo Biscuter, y Carvalho no se dio por aludido.

«Lo que es la historia... Lo que es la historia...», repetía una y otra vez el farmacéutico, obsesionado por una no revelada fractura lógica.

—Al final de la década de los años cuarenta, Neruda atravesaba clandestinamente la frontera con Argentina porque era comunista. ¿Dónde están ahora los comunistas?

Le dio la razón Carvalho con la cabeza y, envalentonado, Rodolfo Dávalos —así dijo llamarse— expuso su teoría sobre la imposible muerte del comunismo, aunque él no fuera comunista, ni deseara el comunismo como sistema de poder.

—Si hay desigualdad pero no hay cultura, el comunismo no prospera, pero si hay desigualdad y cultura, el comunismo renacerá, ya está renaciendo, con otras formas, pero renaciendo. En enero se celebra en Porto Alegre el encuentro entre los movimientos sociales anticapitalistas, es el tercero, es internacional, y ha ido de menos a más. A ese encuentro van auténticas caravanas de autocares llenos de chilenos, y no se crean que Porto Alegre está aquí al lado.

Llegaron a las estribaciones de montañas que al norte anunciaban el Aconcagua invisible por lo nublado, y treinta kilómetros después los aguardaba el guía montañero a caballo y conductor de otros dos caballos y un mulo para la carga.

—Pónganse de acuerdo con el precio. Paguen la mitad de lo que les pide y quedará contentísimo.

Recibió el farmacéutico toda clase de homenajes verbales y manuales de sus dos huéspedes, especialmente manuales los de Biscuter, empeñado en retener entre las suyas una de las manos del boticario mientras le encarecía que, de pasar alguna vez por Barcelona, ya sabía dónde tenía unos amigos y su casa. Con la misma ligereza con que prometía amistad para toda la vida, se encaramó Biscuter al caballo que le atribuían mientras Carvalho negociaba el coste de la expedición, con éxito total del procedimiento aconsejado por el farmacéutico. Se despidieron de él con un brazo en alto, ya montados en los caballos, los equipajes en el mulo, seguro de su propio peso Biscuter y con el culo ya dolorido Carvalho. Y más aun que el culo le dolía una extraña zona, misteriosamente huesuda que había descubierto pegada a los cojones, donde la silla de montar, le recordaba que nunca había sabido montar y lo terrible era que el caballo tal vez ya se había dado cuenta y trataba de escoger todos los caminos menos el que proponía el guía. Tuvo que advertirle muy seriamente el hombre al animal, al que no le quedaba otro remedio que obedecer órdenes, y así anduvieron una hora montaña arriba y otra montaña abajo, travesía enervante durante la cual Carvalho no tenía suficientes manos para agarrarse a las riendas o a la crin de la cerviz del animal cuando estaba a punto de perder el equilibrio, en alguno de los constantes bandazos de un sendero lleno de piedras y precipicios. Finalmente salieron a algo parecido a un llano y casi sin transición apareció una carretera magnífica que poco más tarde vieron brotar de un túnel y señalar la dirección de Mendoza.

—Hasta aquí los traje, amigos. Vayan hasta aquella construcción, que es el mirador del Aconcagua, sobre todo cuando no está nublado como hoy y no dejan de pasar coches, autobuses y guaguas que llevan a gentes de Mendoza hasta la frontera de Chile.

Caminaron con sus valijas más a cuestas que rodantes y, a unos trescientos metros, vieron una columna de humo, como si alguien estuviera quemando excedentes vegetales o guisando. El olor era a asado, y hacia la fogata se dirigieron espontáneamente primero, como si merecieran el asado, y conscientes después de que podían obtener información sobre cómo llegar a Mendoza. La fogata llameaba sobre una barbacoa roja y negra, al lado de un coche caravana y bajo el cuidado de un hombre pulcrísimo aunque vestido de excursionista, cabellos blancos y bigote bien dibujado, de ojos inteligentes y escrutadores.

—Buenos sean.

—Queríamos preguntarle cómo es posible llegar a Mendoza.

El hombre los estudiaba, interesado.

—¿De dónde han salido?

Carvalho señaló la barrera montañosa y a continuación se presentó:

—Bouvard y Pécuchet.

El excursionista se echó a reír.

—¿Cómo lo han conseguido? Sus padres eran lectores de Flaubert, vamos.

Por fin se encontraban con alguien que había leído a Flaubert, alguien que les ofrecía su mano y su asado.

—Yo sólo he logrado llamarme Osvaldo Bayer. Soy profesor de Historia, o algo parecido, ejerzo en Alemania y Argentina. Los invito a mi asadito de tira, un modestísimo asadito de tira, y los llevaré a Mendoza, si tienen paciencia. Hay un tiempo para el asado, otro tiempo para Mendoza y otro, finalmente, para gozar de la compañía nada menos que de Bouvard y Pécuchet

—¿Viene usted de Chile?

—No, vengo del valle de la Luna, en el norte de Argentina, una de las regiones geológicamente más bellas del planeta, comparable con cosas similares que tienen en Estados Unidos, esos paisajes de Utah que tanto han salido en películas del Far West. Hago un extraño viaje por etapas de despedida de Argentina, quisiera que hubiera sido más completo, pero se me echan la vida y el curso escolar encima. Yo quería haber llegado hasta Ushuaia y pasar por los glaciares de Perito Moreno, pero he de contentarme con la península Valdés como fin de mi aventura, al menos por este año. Vale la pena.

—¿Qué hay allí?

—Ballenas, ballenatos, leones marinos, pingüinos y melancolía. Si son ustedes cósmicamente pesimistas, les encantará.

Asado de tira y morcillas argentinas, dulce de leche en lata, una botella de vino tinto de Mendoza, hierba mate... Bayer era un excelente aunque preciso anfitrión que nunca decía una palabra ni perpetraba un gesto de más. Le impresionaba descubrir y describir las Argentinas que había dentro de Argentina, a pesar del trabajo de uniformación que habían desarrollado los *blanqueadores*.

—Estamos en la América del Sur prácticamente blanqueada. El exterminio del indígena ha sido total. Primero la conquista, luego los criollos que querían la propiedad física y metafísica del país, y finalmente los colonizadores del siglo XIX y comienzos del XX, colonos generalmente europeos sin escrúpulos que exterminaron a los indígenas para que jamás pudieran reclamarles las tierras que les estaban quitando. Los colonos ingleses, por ejemplo, tenían grandes rebaños de corderos y los indios a veces les robaban uno, un robo irrelevante, para comer. Pues bien, los colonos ofrecían recompensas a todo el que hubiera matado a un indígena y llevara las orejas como trofeo. La historia más triste quizá sea la de los charrúas uruguayos, exterminados por militares y colonos; finalmente quedaron un puñado que fueron enviados a Europa para exhibirlos por los circos y teatros. Todos murieron menos uno. Un charrúa se escapó y nadie sabe adónde, incluso se concibió la historia romántica y mítica del charrúa que un día volverá, como el rey Arturo, a refundar su pueblo. La crueldad de la conquista y la colonización es la base de una dialéctica de la violencia que no ha cesado y que ha conducido a la miseria a pueblos y personas. Sólo faltaban ya los especuladores del neoliberalismo para dejar este país hecho un gruyer, con más agujeros que queso, en el que niños y ancianos se mueren de hambre, en una tierra que está a la cabeza de la producción mundial de ganado y trigo. Hambre. Contra el hambre va a luchar el nuevo presidente de Brasil, Lula, y contra el hambre se ha pronunciado el todavía desdichado presidente de este país, Duhalde. En Argentina, hambre. Es como imaginar el trópico nevado o el Polo Norte convertido en el centro playero del universo. Pero Buenos Aires es una Argentina irrepetible y casi artificial, como lo son las ciudades menores o la Patagonia y la Tierra de Fuego. Y Salta, y el valle de la Luna, y Misiones, y el Iguazú... Es la catarata más hermosa del mundo, la compartimos con Brasil. Y la diversidad en cuanto a tipología humana, social, es increíble. En un palmo cuadrado de Buenos Aires tienen a las madres de los desaparecidos durante la dictadura militar manifestándose, a los jubilados quejándose porque los matan de hambre, los cafés y las pastelerías más significadas, dentro de la Casa Rosada, el poder político y económico lleno de corrupción y capaz de las mayores maldades históricas.

Ya tenían la noche encima y Bayer les ofreció su caravana, donde podían disponer de dos camastros libres y tenían la posibilidad de que al día siguiente él mismo pudiera acompañarlos hasta Mendoza y, «háganme caso, la península Valdés, no se la pierdan, y si llegan a Perito Moreno les pido que brinden a mi salud. Es necesario; es imprescindible». Describió un inmenso glaciar con vida que implicaba una lenta autodestrucción y la formación de hielos fragmentados, desde el tamaño de un iceberg al de un cubito para enfriar el whisky.

—Lo maravilloso es llegar hasta el borde de las aguas y esperar a que los más pequeños hielos desgajados se pongan a nuestro alcance. Hay que tener la botella de whisky preparada y el vaso, a ser posible de cristal. Se coge el hielo flotante, se mete en el vaso, luego el whisky y... ¡a brindar por el viejo Osvaldo Bayer!

Bicuter se pasó casi una hora a la luz de una lámpara de gas butano, hojeando la veintena de libros bien alineados en una estantería de metal y estudiando, decía él, un mapa de Sudamérica y, muy especialmente, Argentina, para calibrar qué medios eran los más adecuados para viajar gozando de libertad y anonimato. Por la manera de mirar el interior de la caravana, calculando los espacios y las incomodidades que reportaría la convivencia de tres personas hasta la península Valdés, según se siguiera la ruta de retorno a Buenos Aires o la de costear la cordillera andina y bajar hasta Neuquén y desde allí Viedma y la península Valdés. Carvalho y Biscuter se miraron y, como dos damas de palco de teatro de la ópera ante una romanza brillante, generalmente de un tenor, asintieron, pero Carvalho esperó a que su ayudante supiera plantear la posibilidad de viajar en la camioneta caravana hasta el espectáculo melancólico, según Bayer, de las ballenas, los leones marinos y los pingüinos, en la península Valdés. Cuando la carretera llegó a Mendoza, Bayer frenó ante un desvío que marcaba la elección entre Buenos Aires, Neuquén y Bariloche.

—Yo me voy para Neuquén, evitaré Bariloche y seguiré en dirección a Viedma y la península Valdés. Ustedes tienen dos posibilidades. O que yo los deje en Mendoza y sigan por su cuenta o que me regalen su compañía en un viaje de dos días no siempre por buenas carreteras, porque de vez en cuando hay que meterse en vías de ripio y aquí las distancias son largas.

—¿Qué quiere decir «vías de ripio»?

—Carreteras sin asfaltar, de tierra y gravilla, de vez en cuando aplanadas por apisonadoras, pero no siempre.

—¿Pero un ripio no es un pareado, lo que en poesía se llama pareado? Es el sistema rítmico más fácil y más pesado.

—En efecto. Incluso se dice que un ripio es un poema de rimas facilonas o inútiles. Pero es riguroso aplicar la denominación a una carretera, porque la palabra probablemente viene del latín, tal vez de *replere*, rellenar, y se aplica a la operación precisamente de rellenar huecos con pedazos de ladrillo o piedras. Aunque, según el *Diccionario Etimológico* de Corominas y Pascual, se emparenta con *escombros* en griego, y hay quien la relaciona con formaciones del mozárabe, como *ripel*, que quiere decir «cascajo». Dar ripio puede ser interpretado como ayudar, y hay formas en otras lenguas romances. En catalán, por ejemplo, existe *reble*, que equivale a ripio, y en portugués *rebo* significa exactamente «guijarro». En España creo que ha perdido este sentido, sobre todo desde que ustedes son ricos. Siguen recurriendo al ripio en poesía, pero no en las carreteras; sus carreteras ya están todas asfaltadas.

—Se me sobresalta el corazón cuando oigo que España es un país rico. Será por la falta de costumbre.

—O será rico comparándolo con Argentina, no es ahora la cuestión más importante. ¿Vienen conmigo?

—Compartimos los gastos de gasolina.

—Ni hablar.

—Nos dedicaremos a solucionar la cuestión de la pitanza.

—Ése es otro cantar, porque la imaginación culinaria no es lo mío, y en cambio sí lo es el comer bien, cuando puedo.

—Vamos con usted a donde sea. ¿Verdad, jefe?

—Si no lo molestamos.

—Al contrario. Cuando viajo solo me paso kilómetros y kilómetros hablando en voz alta, conmigo mismo. Pero a veces, no siempre, es mejor hablar con los demás.

Quedó Mendoza a su izquierda y la carretera se pegó a las estribaciones de la cordillera andina.

—Lo lógico —opinaba Bayer— es que si ustedes no han estado nunca en Bariloche, no me sigan hasta la península Valdés, y se queden viendo la zona, muy bonita, con muchos lagos y bosques de araucarias, todo ya muy a la medida de un turismo organizado. Hasta se pueden llevar una araucaria pequeñita en una maceta, pero casi siempre es un infanticidio, porque la trasplantan mal en Europa. Es un árbol que tiene una fisonomía puntiaguda cuando es pequeño y luego adquiere la majestad del más poderoso de los abetos, pero lentamente, crece poco a poco y luego dura siglos. También lo verán por la ruta que seguiremos, pero en Bariloche es el rey. Volverán a encontrárselo en Perito Moreno y Ushuaia. Podrían ir a Bariloche, luego Perito Moreno, de allí a la península Valdés y en avión hasta Ushuaia, que está en el canal de Beagle. Es la ciudad más sureña del mundo.

Biscuter negaba la propuesta. Estaba decidido ya que seguirían la ruta del evidente sabio, pero no sabían en qué, probablemente en todo, lo que maravillaba al ayudante de Carvalho, que parecía alelado tras la disección etimológica de la palabra «ripio».

—Además —razonó Biscuter—, Bouvard ha dicho siempre que no conviene saturarse en la contemplación de lo maravilloso porque llega un momento en que eres incapaz de percibir tanta maravilla. O Bariloche o Perito Moreno. Escoja usted, señor Bayer.

—Perito Moreno, querido Pécuchet —se echó a reír el historiador—. ¿Cómo se les ocurrió adoptar esos nombres? Eso demuestra que son ustedes unos pesimistas porque llegaron a la conclusión de que en el mundo actual casi nadie ha leído *Bouvard y Pécuchet* o, en cualquier caso, los nombres no se han quedado en la memoria culta de la inmensa mayoría. Además es una novela inacabada. Hay demasiados nombres circulando por ahí. Incluso los frentes mitológicos más importantes, el cine y la canción, no consiguen instalar mitos que tengan valor de uso. Hace cincuenta años, una historia como la de la película *Thelma y Louise* hubiera consagrado una referencia simbólica y bastaría que dijéramos *Thelma y Louise* para expresar la tragedia de la mujer en busca de identidad al margen del yugo matrimonial y cómo esa búsqueda de identidad significa la sinceridad final del suicidio. Recuerden a Humphrey Bogart. Siempre lo imaginamos con gabardina y es un mito completísimo que quiere decir un montón de cosas. Pero Bogart pertenece a la edad de la inocencia de la cultura de masas, y Thelma y Louise nos pillaron saturados de mensajes, hechos unos zorros y unos cínicos.

«¡Cómo piensa y cómo habla este hombre!» Biscuter procuraba duplicar su número de orejas y la intensidad de su silencio. Carvalho se planteaba lo suicida que es la lucidez, la imposibilidad de sobrevivir sin el recurso del autoengaño o de placeres materiales inmediatos, previstos o imprevistos, un aperitivo, un lance sexual, una puesta de sol en el momento en que dejaban la espina dorsal del Aconcagua e iban hacia Neuquén. Bayer proponía detener la caravana junto a la ciudad final de la primera etapa o antes incluso; un lugar donde pudieran comprar algo, pero donde tuvieran libertad de instalación y librarse así de las trabas de los campings oficiales.

—Comprar o no comprar —recitó Biscuter.

—Ésa es la cuestión, porque si puedo comprar les voy a hacer una cena de rechupete, pero si no puedo comprar tendré que improvisar con lo que usted haya acumulado.

—Si se lo dijera, se echaría usted a llorar.

Aparcaron la caravana en un parque de Neuquén cercano al encuentro entre el río Negro y el que daba nombre a la ciudad, y salieron de compras culinarias, con un excitadísimo Biscuter como cabeza de expedición, buscando algo que se pareciera a un colmado a la española o a un supermercado. Aprovechó que Bayer se había detenido ante una tienda de electrodomésticos, muy sorprendido porque una nueva batidora alemana hubiera llegado hasta Neuquén, para musitarle a Carvalho:

—Este tío es un sabio. En la estantería que hay en la caravana he visto al menos cinco libros escritos por él. No se le ocurra hacerle ninguna broma sobre quemar libros; me parecería una grosería.

—O una gentileza. ¿Sobre qué son esos libros?

—Sobre Patagonia. *Sangre y Patagonia*, o algo así.

Ya en algo parecido a un supermercado gritó varias veces albricias Biscuter porque encontró paquetes congelados de bacalao desalado, y aseguró sólo necesitar patatas, huevos, aceitunas, cebollas y aceite de oliva para hacerles un plato memorable de origen portugués. Lo del aceite de oliva fue más costoso, habida cuenta de que se vendía en botellas de cuarto de litro a precio de Chanel número 5, pero decidido estaba Biscuter a triunfar, y compró hasta diez botellines, avisando a Bayer de que le dejaba la despensa algo surtida del mejor aceite del mundo, el conocidísimo aceite de Siurana, que se obtiene en una zona de Cataluña, en la provincia de Tarragona.

—Monsieur Pécuchet, ¿y cómo entiende tanto usted de aceites catalanes?

—Porque Cataluña está en Francia y en España y ha sido históricamente víctima de los repartos políticos entre los reyes de ambos países.

—Y ese acento catalán que yo le percibo cuando usted habla castellano, ¿cómo lo ha conseguido?

—Como un hobby. Me encanta hablar castellano con acento catalán.

—¡Asombroso! —comentó Bayer a Carvalho, quien contestó:

—Realmente asombroso. Monsieur Pécuchet es un baúl sin fondo donde caben toda clase de posos culturales. Es un especialista en sopas y salsas francesas, por ejemplo, y un gran conocedor de doctrinas marginadas, como la cátara. Lo sabe todo sobre los cátaros.

—Curioso cristianismo que nace en Bulgaria enfrentado al constantinismo institucional de Roma y que termina encarnándose en Francia como algo parecido al cristianismo progresista contemporáneo.

—¿Escribe usted libros sobre religión? Biscuter me ha dicho que los ha visto en la caravana.

—No, son libros de historia social argentina, pero lo religioso aparece con frecuencia. Muchas personas matan o se dejan matar por una fe revelada de la que se convierten en profetas. Mis trabajos se centran en algunas figuras del anarquismo y en la dialéctica entre emancipación y represión en la Patagonia de comienzos del siglo XX. Recientemente he publicado una novela, pero no la llevo conmigo. Novelísticamente soy muy tímido.

Por más que Biscuter estirara el cuello en busca de un edificio significativo o de alguna placa donde se pregonaran las excelencias de Neuquén para ser visitada, nada encontraba, y Bayer tuvo que explicarle que la importancia de la ciudad no era aparente. Ante todo era la capital administrativa de la región, y además una encrucijada de caminos, indispensable para el acceso a los Andes o a Bariloche y hacia el este para llegar a Bahía Blanca, Viedma y la península Valdés.

Nada más regresar a la caravana, Biscuter empezó a actuar como un director escénico dedicado a plantear la obra en la que él iba a ser el único actor. Pidió un fuego adecuado como si pidiera el bisturí a una enfermera y Bayer lo previno de que no podían encender fuego de leña porque estaba prohibido en general en todos los bosques, de lo que no hacía caso, pero muy especialmente en los vinculados a un extrarradio urbano, y ahí sí hacía caso. Pero tenía un fogón de gas y dos sartenes, la una para freír huevos y la otra para hacer guisos de mayor envergadura. Se concentró Biscuter en pelar las patatas y cortarlas en pequeños taquitos, troceó las cebollas en juliana, gustó el bacalao para ver si su desalación era la correcta y lo cortó en bastoncillos parecidos a la hechura de las patatas. Lo enharinó y lo sumergió en un aceite hirviente que a Bayer —comentó— le recordaba las películas medievales en las que inapelablemente alguna vez aparecía un caldero de aceite hirviendo dedicado a la defensa de un castillo. Frito el bacalao hasta dorarse, luego escurrido, al aceite resultante fueron a parar patatas y cebollas, y cuando quedaron humilladas por la fritura, añadió el cocinero el bacalao, aceitunas verdes sin hueso y finalmente un batido de huevo que fue formando pequeños tropezones amarillos en la prodigiosa fluidez del resto de la mezcla gracias a la contribución del aceite y la cebolla. Tenía el argentino las narices excitadas. «Ustedes lo comprenderán si piensan que yo o estoy a régimen, o como en Alemania, o cuando como en Buenos Aires, o bien estoy también a dieta, o bien esos trancazos de proteínas que constituyen la auténtica cultura de la alimentación cárnica argentina.» Más vino de Mendoza y lamentó el anfitrión que no estuvieran en la mejor época, el mes de marzo, para comprar manzanas de Neuquén, las más reputadas de todo el país. Preparó café para Bouvard y Pécuchet y se adhirió a su calabacita de mate como si la cánula fuera más un cordón umbilical que un aspirador.

Como Biscuter sacó de la alacena los libros por él escritos, el autor los tomó entre sus manos.

—Cuatro volúmenes dedicados a las luchas sociales en la Patagonia, muy emblemáticas para entender la especial evolución de la lucha de clases entre nosotros, en cierto sentido porque nunca se pasó de un estadio grandioso de rebelión primitiva o de socialismo utópico a otras fases políticas del movimiento obrero. Sindicalismo, sí, eso sí; gremialismo, como lo llamamos nosotros, pero el papel que han desarrollado en otras partes del mundo los socialdemócratas o los comunistas, no, aquí no ha tenido esa importancia y los comunistas, sí, fueron temidos y perseguidos, pero como en Brasil y otros países latinoamericanos, el comunismo argentino fue siempre una sombra fiel y dogmática del estalinismo. El peronismo se lo tragó todo. Perón decía que admiraba a fascistas como José Antonio Primo de Rivera y a revolucionarios como el Ché. Había y hay peronistas leninistas y peronistas fascistas. No quiero cansarlos. Mis libros hablan de una Patagonia rebelde, masacrada, humillada y ofendida, ensangrentada por el gobierno de Yrigoyen, por los militares y policías como instrumentos, porque aquí se dieron a comienzos de los años veinte unas huelgas rurales durísimas, reprimidas ferozmente. Un escritor argentino, David Viñas (un hijo suyo figura entre los *desaparecidos*) retrató la misma casta militar que se ha sucedido a sí misma hasta llegar al horror del Proceso y de las juntas militares de Videla y compañía. Le tengo mucho cariño a este libro, *Severino di Giovanni*, la desesperada épica de un anarquista de origen italiano, y por tanto, perseguido tanto por Mussolini como por el gobierno de Alvear, sí, es el mismo Alvear que da nombre a un hotel de Buenos Aires. Era un prohombre. En este país es terrible hasta la toponimia. Muchos lagos, ríos, montes y parques importantes tienen nombre de genocidas. Especialmente en esta parte y hasta Tierra del Fuego.

A la segunda calabacita de mate se tomó Bayer abundante medicación y Carvalho se sintió aludido, por lo que buscó sus pastillas semiescondidas en una bolsita de plástico, algunas tan erosionadas que se habían hecho polvo y, al recontarlas, se dio cuenta de que en un viaje de más de seis meses apenas había consumido un diez por ciento.

—Una caravana como ésta no puede correr mucho, y mañana tenemos demasiado camino como para llegar a la península Valdés. Además, sería de noche y de noche no se ven los pingüinos. Mañana dormiremos a poca distancia de la península, en Puerto Madryn o antes. Luego nos espera una jornada ecológica. Será un día horroroso para mí. Me deprime la brutalidad de los seres humanos, pero todavía más la fragilidad de los animales.

Biscuter mantuvo una lamparita de gas encendida mientras leía *Severino di Giovanni: El idealista de la violencia*, de Osvaldo Bayer. Por la contrasolapa supo quién era su compañero de viaje. Un profesor de historia que había huido de Argentina cuando se produjo el golpe militar y cuya casa fue asaltada y destruida, y de ella se llevaron sus libros, de tanto como odiaban al autor de *La Patagonia rebelde* y de guiones cinematográficos críticos. A Biscuter se le llenaron los ojos de algo que evidentemente eran lágrimas a la vista de las fotos en las que aparecía la mujer de Severino y sus hijos, Ilvo, Laura y Aurora, víctimas constantes de allanamientos policiales o esperando que llegara la ejecución de su marido y padre condenado a muerte. «El libro prohibido por excelencia en los años setenta», pregonaba la nota de contracubierta, y en una lectura a saltos, ansiosa, Biscuter llegó a tomar partido y su odio al general Uriburu, el que hizo ejecutar a Severino, llegó a ser tan fuerte como la piedad por la mujer del anarquista y sus hijos. Leyó varias veces un fragmento que para él representaba un texto demostrativo del final infeliz, no sólo de la vida, sino también de la historia. Aún de madrugada, Bayer los despertó para tomar café, mate y algún tentempié, y Biscuter seguía con *Severino di Giovanni* entre las manos, requiriendo la atención de Carvalho para que leyera un párrafo, sólo el que tanto lo había conmovido: «Luego el país volvió al ritmo de todos los días. A su normalidad, a lo que había sido siempre y seguiría siéndolo.

El general Uriburu había ganado, sin dudas, prestigio. Había sido capaz del escarmiento. Y eso siempre viene bien. Es inevitable para volver las cosas a su quicio. Los partidarios de esta frase tan escuchada, "En este país hay que empezar a fusilar a unos cuantos", habían sido tenidos en cuenta por fin. Es que ese italiano rebelde fusilado era la figura paradigmática del enemigo de esta sociedad, con ideología antiargentina, ateo, inmoral —recordad su amor adúltero hacia la adolescente—, y además que usaba de la violencia para expresar su rebeldía. Todo el pecado se da en él, sin atenuantes. Es como si Dios lo hubiera mandado para que esa sociedad argentina se mantuviera alerta. Y la sociedad supo responder. Arrancó de su seno al Mal Ladrón del Gólgota. Y estuvo hasta bien que éste no se hubiera arrepentido, que no hubiera aprovechado el último momento para prosternarse ante Dios y la sociedad. Que no haya sido un Dimas bíblico. Murió en pecado.»

Según el plan de Bayer recorrerían la carretera hasta Lamarque, en seguimiento del río Negro, y allí empezarían el descenso hasta Puerto Madryn, y entre el golfo Nuevo y la península Valdés los esperaría el espectáculo de lo que él llamaba la coartada de la animalidad. Poco hablador, tuvo mal viaje el escritor por culpa de Biscuter, que lo sometió a un interrogatorio cultural que siempre acogió con gentileza, aunque a veces con ironía, a la defensiva. Fascinaba a Biscuter que hubiera habido un rey de Patagonia y Araucaria, el francés Orélie Antoine I, amigo de araucanos o mapuches, que a mediados del siglo XIX trató primero de mejorar las condiciones civiles de los mapuches en Chile y, tras ser desterrado a Francia, volvió esta vez a Argentina y se proclamó rey de la Patagonia y de Araucaria.

—Cuando menos, era un hombre tozudo. Viajó a Francia a buscar apoyos económicos y políticos, y al regresar a Argentina fue detenido y de nuevo repatriado. En Francia, hasta su muerte, mantuvo sus derechos a reinar en Patagonia y Araucaria. Hace unos años, quince o veinte, no lo recuerdo, se le hizo una película, *La película del rey*, y así mucha gente pudo recordar que en el pasado hubo un pretendido rey francés de la Patagonia. ¡Qué belleza, la Patagonia! ¿No les entra por los ojos? Desde la andina hasta la atlántica, he aquí un prodigio de la naturaleza, aunque de vez en cuando te encuentres con jodidas carreteras de ripio.

El río Negro seguía la misma ruta que la caravana de Bayer hacia la Patagonia costera, y el conductor les anunció con tristeza la existencia de bosques petrificados más hacia el sur, en dirección a Puerto Deseado. «Hay que escoger. En toda una vida no podrían conocer todo lo que Argentina ofrece.» En San Antonio Oeste llegaron a la esquina nordeste del golfo de San Matías y la monotonía de la Pampa, a partir de los Andes, se convirtió en un aviso de la ya anunciada melancolía de su encuentro con el Atlántico, la impregnación de una luz puntillista y triste. Hicieron un alto para que Biscuter improvisara una espléndida tortilla con las sobras del plato portugués que les había servido de cena y además comieron latas de sardinas procedentes de la intendencia del profesor y más dulce de leche. Tenía Bayer una noche silenciosa que atribuyó a la proximidad del final de su viaje y a la sensación, que no había buscado, de argentino errante, en medio de un país en bancarrota del que buena parte de su población quería emigrar.

—Ustedes desde Europa construyeron el mito del tío de América, en aquellos tiempos en que seguían creyendo que América era El Dorado. Ahora el tío de América ha sido sustituido por el tío de Europa, ese tío de Europa que quisieran tener todos los argentinos. Hay que detener la marcha y esperar a que amanezca para iniciar el viaje hacia los pingüinos, los leones marinos y las ballenas con sus crías.

Acamparon cerca del mar, antes de llegar a Puerto Madryn, casi en el cruce de la carretera que los llevaría a Puerto Pirámide, en la península Valdés. Había suficientes calveros en el terreno como para que Bayer encendiera una fogata sin otro fin que contemplar las llamas como un móvil hipnótico propiciador de ensimismamientos, y a pesar de la plenitud del verano, los cuerpos enfriados por la humedad atlántica agradecieron el calor de la hoguera. Biscuter pagó su apetito lector de la noche anterior quedando dormido envuelto en una manta de algodón que Bayer le había proporcionado. En silencio Carvalho, en silencio Bayer, tal vez el argentino a la espera de que el otro se fuera a la caravana a dormir y así poder iniciar el trámite de recogida de enseres y extinción del fuego. Finalmente fue Biscuter el primero en retirarse, precedido por sus propios bostezos, luego Carvalho, y quedó Bayer como capitán de expedición recogiendo los restos de algún naufragio. Carvalho, ya en la puerta de la caravana, creyó oír que el historiador se reía solo y repetía varias veces en voz alta: «¡Bouvard y Pécuchet!»

Amanecía cuando iniciaron el viacrucis de la animalidad en peligro, fórmula que aquella mañana aplicaba Bayer a la descripción de las reservas de la península Valdés. Empezaron con un campamento de pingüinos situado junto al mar, dotado de un bajo bosque de matorrales adecuados para que las aves incubaran a sus crías con una gravedad disuasoria y, de vez en cuando, montaran expediciones hacia el mar, en grupos, como si fueran asociaciones de mayordomos pobres empeñados en caminar torpemente hasta el agua, allí zambullirse y luego volver como en tertulia, comentando la jugada. Los turistas llegaban con voluntad de disimular que lo eran, muy temprano y muy respetuosos con los animales, como si comprendieran que estaban pidiéndoles excusas por la hegemonía humana y aceptaran a cambio las reverencias de los pingüinos entre sí o a la otredad. La pingüinera más importante de la costa no era la de la península Valdés, sino la de Punta Tombo, más al sur de Trelew, camino de Comodoro Rivadavia. En cambio, la península tenía importantes asentamientos de leones y elefantes marinos, tanto en Puerto Madryn como en las dos puntas del noroeste y el suroeste, varados sobre las playas o sobre las rocas miles de animales que perdían la ligereza del mar para ir saltando, más que reptando, sobre las aristas de piedra hacia la playa, donde se amontonaban a miles, y podían aislarse con la mirada los duelos de titanes entre animales machos en disputa del harén en su conjunto o de alguna de sus titulares.

—¡Qué tristes los pingüinos y qué pesados los leones y los elefantes! Yo he visto leones marinos muy ligeros, por Cabo San Lucas, en México, y parecían crecer como estatuas sobre las rocas emergentes del mar. Ahí están esos animales de tan dura supervivencia y, sin embargo, sólo nos hemos emocionado ante la historia de cómo matan a las crías de focas los hacedores de abrigos de lujo. Especie protegida, ésa es la peor indicación para cualquier especie que deba ser protegida.

Se desentendía Bayer de los datos poblacionales de leones y pingüinos ante el espectáculo de centenares de ejemplares en la orilla, como si fueran la cabeza de puente de una invasión condenada al fracaso o una tropa de invasores frustrados a la espera de la repatriación en el mar.

—Es una escena más antigua que el hombre, y algo parecido a ese elefante marino evolucionó lo suficiente como para, miles y miles de años después, llegar a ser George Bush, el actual presidente de Estados Unidos. Toda la dramática carrera de obstáculos de la selección de las especies para llegar a eso. No es que los evolucionistas o Darwin mismo fueran de derechas, es que lo que llamamos creación es de derechas y apenas si habíamos empezado a soñar una alternativa cuando han vuelto los bárbaros y lo han arrasado todo. Pero esperen a ver lo de las ballenas.

Embarcaron en un ferry en Puerto Pirámide y dentro del golfo Nuevo ya vieron la primera ballena y hasta media docena en cuanto atravesaron el estrecho más o menos formado entre Punta Delgada y Punta Ninfas, siempre una ballena y su cría, interesado el cetáceo en ver a los navegantes que se les acercaban y descubrir sus intenciones, y junto a ella, el ballenato, imitando cuantos movimientos hiciera la madre.

Bayer les hizo ver que la ballena adulta nadaba cerca del barco y obligaba a la cría a marchar a su lado protegida por su cuerpo, por si de la nave salía cualquier agresión. Al cabo de un tiempo, tranquilizada y confiada, la madre empezaba a jugar emergiendo hasta medio cuerpo del agua en un salto imposible o dando la vuelta sobre sí misma, lanzando surtidores de agua, siempre secundada por la cría, repetitiva de cualquier movimiento de la madre. Estaban ante una de las reservas de cetáceos del mundo y en un período de restricción universal de capturas, pero la belleza de la situación aparecía coloreada por la melancolía a la que se había referido Bayer. Y aunque casi todos los viajeros estaban dispuestos a adoptar un ballenato y llevárselo a su casa para meterlo en la pecera, los japoneses no expresaban emoción alguna, más partidarios de su carne y de su aceite que de las ballenas como *elan vital*, «como hubiera dicho Bergson», concluyó Bayer su explicación.

—Recuérdenlas como las víctimas mayores del tríptico más triste de los supervivientes de la evolución de las especies.

—Pero aún debe de ser más desesperante para la iguana: que de ser un dinosaurio, ahora es casi un lagarto.

No quiso entrar Bayer en discusión con el tenaz Biscuter, capaz de eternizar conversaciones sobre cualquier tema, aunque fueran las plagas del cerezo, a causa de lo mucho que ignoraba —se justificaba— y de lo que lo admiraba el saber de los demás. Si tenían tiempo, valía la pena que fueran a la reserva de pingüinos de Punta Tombo, hasta medio millón de aves se habían censado en uno de los asentamientos migratorios.

—Piensen que los pingüinos de toda esta zona son de una clase especial, el conocido como pingüino austral. Los pingüinos tienen la ventaja de que no se pueden comer: la carne sabe horrorosa. Sólo puede amenazarlos seriamente o una hambruna cósmica o la malsana curiosidad de los gourmets.

Bayer miraba el reloj y la concurrencia de las parejas de ballenas, como si le pidiera al tiempo una amnistía para seguir contemplando un juego que le parecía patético.

—La ballena madre protege con su cuerpo el del vástago y siente una gran curiosidad por lo que hacen los hombres, por eso es tan fácil capturarla, salvo en algunos casos límites, como el del pesadísimo capitán Ahab de *Moby Dick*. Con respecto a los peces, los anglosajones son muy boludos. O se lo toman como un combate entre machos como Hemingway en *El viejo y el mar*, o como un hercúleo esfuerzo moral como Melville en *Moby Dick*.

—Hay una tendencia femenina o infantil en mí, jefe, porque las despedidas me dejan hecho polvo y me echaría a llorar.

Ya había algo parecido a las lágrimas en las mejillas de Biscuter. La *roulotte* de Bayer los había dejado en el aeropuerto de Trelew, y el conductor les recordó el compromiso del whisky *on the rocks* de glaciar con medio cuerpo asomado a la ventanilla. Luego, mientras se alejaba hacia el norte, mantuvo medio brazo fuera para alargar la despedida o la compañía. Había regalado a sus acompañantes los cinco libros comentados y les prometió el envío de otro, *Exilio*, escrito en colaboración con un poeta, según él, importantísimo, Juan Gelman. Su amigo Gelman hacía más o menos dos años que había renacido al recuperar a los nietos que le había robado la dictadura después de matar a los padres. Carvalho y Biscuter tenían que descender la Patagonia en dirección a Tierra del Fuego y utilizar Río Gallegos como punto de salida hacia El Calafate y los glaciares de Perito Moreno, luego regresar a Río Gallegos y volar otra vez a Ushuaia, en el extremo más austral de Argentina, separado por territorio de Chile apellidado Magallanes y la Antártida chilena. Sus destinos en tierra argentina eran lugares muy presentes en las conversaciones que Carvalho había escuchado en Buenos Aires entre Alma y sus amigos, enamorados de un sur que casi ninguno había visto, como solía ocurrirles a la inmensa mayoría de los bonaerenses, poseedores de un espíritu a la vez cosmopolita y caldeo, universalista, y en cambio convencido de que el mundo terminaba con los límites de la ciudad de Buenos Aires, al igual que los caldeos pensaban que el fin de la Tierra estaba en las últimas montañas que podían ver en el horizonte. O tal vez fuera una calumnia contra los pobres caldeos que Carvalho recordaba de algún chascarrillo de información histórica de los lamentables periódicos de su infancia.

A pesar de la distancia entre Trelew y Río Gallegos, los viajeros no recibieron otro alimento que caramelos, ni siquiera un café, o esos inevitables zumos de naranja aéreos que las compañías de aviación se intercalan mediante malvados naranjaductos espaciales. *Clarín* y *Página 12* insistían en lo mal que estaba el país y en la poco convincente esperanza del presidente Duhalde. Las colas de argentinos ante las embajadas, sobre todo la española y la italiana, indicaban una voluntad de retorno a las tierras originales de donde habían emigrado sus padres en busca del tío de América. Ahora, en cambio, había llegado el momento de buscar al tío de Europa, tal como les había anunciado Bayer. Preguntó Biscuter a una azafata si el precario alimento de unos caramelos era consecuencia de la crisis económica, y la muchacha se echó a reír.

—Creo que es consecuencia de la crisis económica de esta compañía, una crisis que dura unos cincuenta años. Jamás se repartió en este vuelo otra cosa que no fueran caramelos.

En Río Gallegos los esperaba un pequeño autobús que atravesaría los trescientos kilómetros que los separaban de El Calafate, «de cuatro a cinco horas —advirtió el chófer—, más el tiempo de una parada, ustedes comprenden, necesaria para toda clase de aguas, mayores, menores y embotelladas, con gas y sin gas». El Calafate era la puerta de acceso a la compleja tramoya del espectáculo de Perito Moreno. Después del almuerzo ya podrían abordar la contemplación del glaciar, y al día siguiente, navegar por los lagos entre promesas de icebergs y de whisky *on the rocks*. De momento, el camino parecía alargarse por la bella monotonía de un casi desierto de llanuras aventadas, apenas arbustos y garrigas, inmensos rebaños de ovejas que venían de o iban a estancias que finiquitaban el paisaje como si allí empezara la libertad privada de la tierra. De vez en cuando, guanacos que provocaban la admiración del pasaje europeo o avestruces ya de granja que corrían a una velocidad de campeones etíopes de maratón, y así transcurrieron kilómetros y kilómetros hasta la parada en un restaurante que se llamaba La Esperanza, y más kilómetros hasta que, de pronto, retornó la magia del agua, esta vez del lago Los Argentinos y del verdor de bosques implacables que disputaban al hielo la hegemonía del espectáculo. Disponían de habitación en el hotel Paso Verlika, en el centro de una ciudad a la medida de su función, levantar el telón para el espectáculo de luz y sonido de los glaciares y, por tanto, aplicada a las últimas ventas o a la exhibición de un vestuario de montaña de cosmopolitismo estándar o de los chocolates fabricados en Casa Guerrero, Libertador, 1251, que a Carvalho le parecían a priori improbables, y que en cambio tuvo que admitir como excelentes. En el mismo pequeño bus que los había llevado hasta allí recorrieron los kilómetros que los separaban de los miradores sobre los hielos en movimiento dentro del Parque Nacional de Los Glaciares, seiscientas mil hectáreas que englobaban los lagos de Viedma y de Los Argentinos, respaldados por las construcciones de hielo color azul turquesa, hielos eternos que se mueven en un frente desgajable, anunciados rompimientos mediante sonidos, diríase que ensimismados, como si su lenguaje algo tuviera que ver con el de los animales insospechadamente locuaces. Una naturaleza armónicamente ruidosa avanzaba a una velocidad no perceptible, salvo cuando tras la ruptura el glaciar navegaba sobre las aguas del lago y hasta las orillas llegaban auténticos cubitos de hielo que los viajeros metían en toda clase de vasos para enfriar toda clase de alcoholes. Whisky Knockando para Carvalho y Biscuter, tres vasos de riguroso cristal se habían traído del hotel, Osvaldo Bayer de convidado de piedra que habría contemplado algo ceñudo pero emocionado cómo Bouvard y Pécuchet daban cuenta de su whisky enfriado con cubitos prehistóricos.

Les habían aconsejado llegar hasta el bautizado con el nombre de Perito Moreno, el gran geógrafo de la Argentina austral, y allí estaba la sinfonía helada de más de treinta kilómetros de largo, ochenta metros por encima del nivel de las aguas, cinco kilómetros de ancho, con una superficie —decían los folletos— superior a la de Buenos Aires, acantilados esculpidos de hielos entre el rosa y el azul, que seguían creciendo año tras año a pesar de los desgajamientos. El gran ruido, el esperado, era el que señalaba más o menos cada treinta años la rotura del glaciar como consecuencia de la presión del agua, ruido total que llegaba hasta El Calafate y que no se había producido en el mes calculado, febrero de 1992, como si la bestia helada fuera consciente de que iba a estallar en un país al borde de la deconstrucción. Contemplaron los glaciares desde los amplios bancales acondicionados como anfiteatros o descendiendo por las pasarelas que otorgaban la ilusión de una proximidad, incluso peligrosa, a los hielos amenazantes.

Regresaron al hotel dispuestos a dejar lagos y glaciares para el día siguiente y de momento cenar en el restaurante El Refugio, escasa carta para una cocina suficiente argentina e italiana o italiana y argentina. Aquella noche, Carvalho alternó sueño profundo con iluminaciones azuladas, como si el glaciar estuviera en la habitación anunciándose con los sonidos de sus rupturas, un cuerpo vivo y helado que se metía en sus sueños como una aparición. A pesar de que a Carvalho le parecía caro, subieron finalmente al barco que recorría el lago Argentino durante unas ocho horas, excitados por la promesa de que durante la navegación sortearían icebergs de increíbles azules y gozarían de la ilusión óptica del terror de los viajeros del *Titanic*. Y, en efecto, los icebergs aparecieron, hermosos en su azul marcado por el blanco y el rosa de incontroladas reverberaciones de las aguas y los cielos. Aunque los glaciares avistados e incluso acostados no tenían la imponente grandeza del de Perito Moreno, el hecho de que el barco se detuviera a apenas cien metros del Spegazzini compensaba las diferencias cuantitativas. Luego, en la bahía Onelli, la nave fondeó y saltaron a tierra para un recorrido fantasmal por un bosque de lengas muertos o a punto de morir, demasiado crecidos sobre la delgada capa de tierra depositada por los glaciares y amenazados además por un hongo parásito: *llao llao*; un paseo casi necrofílico que Carvalho atribuyó al sadismo de los programadores de turismo deseosos de que contemplaran una agonía geofísica. Biscuter preguntó si no se hacía nada para frenar la acción al menos del hongo parasitario y la guía culta y salteña le respondió enigmáticamente:

—Los expertos dicen que la naturaleza es sabia.

Les mostró otros glaciares: Onelli, Bolado, Agazzis, enormes aunque menos impresionantes que el Perito Moreno, la vedette indiscutible de aquella ópera. El glaciar Upsala, tres veces más grande que Buenos Aires, reconsagraba una vez más la excelsitud de la capital de Argentina, el eterno referente para medirlo todo, incluso glaciares que pudieron nacer antes que las primeras amebas. Pero aunque sea tres veces mayor que Buenos Aires, con la calle Corrientes incluida, el Upsala, a diferencia del Perito Moreno, va a menos, decrece, se rompe en cubitos de hielo para whiskys más o menos buenos, y no recupera hielos que permitan ser optimista sobre su supervivencia dentro de mil, dos mil, tres mil años, en el supuesto caso, Biscuter, de que haya gente para comprobarlo dentro de mil, dos mil, tres mil años.

—Sigue en su pesimismo biológico.

—Pesimismo histórico. No podemos hacer nada para frenar las destrucciones. Recuerda el viaje que hemos hecho y no sólo por Argentina, donde hemos ido del pingüino al glaciar como dos especies protegidas. Ni siquiera el hombre ha accedido a la condición de especie protegida, especialmente si nace en Afganistán, en Etiopía o en Iraq, quién sabe, mañana. Si alguna vez volvemos a lo que hemos llamado normalidad para impedirnos la angustia, ¿cómo vamos a contemplar la lógica de los tiempos y las cosas? Hemos hilvanado casi las mismas desgracias que un viajero romántico del siglo XIX, pero nosotros lo hemos hecho en avión, y tú te pasas el día telefoneando, no sé a quién ni para qué. Sobre todo el para qué me parece enigmático. Que alguien se plantee todavía el para qué es asombroso o religioso. Y ante estos glaciares comprendo la afirmación de Paganel cuando se proclamó ateo pero creyente en la geofilia, una creencia emocional, tierna, como la que sienten por su madre casi todos los hijos de viuda.

Más glaciares podrían haber llegado a ser una pesadilla, como para Carvalho lo era visitar demasiadas ruinas sin descanso o museos tan excesivos como el Ermitage, donde la abundancia de cuadros impresionantes no consigue ocultar la escasez de paredes y de tiempo para aislarlos. El retorno a Río Gallegos significó un abaratamiento de las emociones ante el paisaje, difícil que los guanacos, los avestruces o las entradas de hierro historiado de estancias alejadas sustituyeran la magnificencia de los glaciares, en movimiento hacia la expansión o la muerte. Pero sobre la postal souvenir *hectacrome* del glaciar de Perito Moreno ya empezaba a superponerse la de Ushuaia, la ciudad más sureña del mundo, decían los argentinos, en competencia con Puerto Williams, rebatían los chilenos con la cinta métrica en la mano, desde la consideración de que Ushuaia era poco más que un poblado precariamente asomado al canal de Beagle. Haber navegado por el lago Argentino y quedarse a cien metros del glaciar había sido la consecuencia de todas las lecturas estimulantes de su vida, las que implicaban misterios de la naturaleza por descubrir gracias a hombres esforzados y preparados como Ciro Smith, el héroe de *La isla misteriosa*, un sabio que ayuda a sobrevivir a sus compañeros gracias a sus conocimientos útiles de cómo se puede aprovechar lo que existe y que a buen seguro ante el Perito Moreno habría desplegado una esperanzada homilía sobre el sentido de finalidad de los hielos más vetustos. Aunque todos los héroes positivos de sus años de formación estaban tramposamente respaldados por su confianza en la Providencia, la misma que experimentaban los jugadores de la selección nacional de Croacia porque Dios les había permitido quedar cuartos en los campeonatos mundiales de 1998, jodiendo Dios en cambio a los españoles, que no pasaron de octavos de final a pesar de los méritos históricos contraídos por España en defensa de la catolicidad del universo. O acaso cuando Ciro Smith, a pesar de todo lo que sabe de física, química y botánica, se confía a la Divina Providencia se trata sólo de un lapsus retórico, lapsus que no se hubiera permitido el capitán Nemo, sin duda el más progresista de los antihéroes geoliterarios de la burguesía imperialista del siglo XIX, Nemo, incapaz de confiar en la Providencia y tal vez por ello castigado a la autodestrucción. Todas las soledades que acumulaba Tierra del Fuego eran consecuencia del poder de la otredad frente al hombre, y ahora viajaban a Ushuaia a comprobar si existía el fin del mundo o si existió para los argentinos y los chilenos de finales del siglo XIX, cuando empezaron a estudiar, depredar, blanquear, corregir la punta sur de América, sabedores de que las expediciones geográficas y científicas anglosajonas habían demostrado la fragilidad de los indígenas propietarios de aquel ecosistema. Leyenda o realidad, Bayer les había contado que, en una de las expediciones inglesas del Beagle, se habían llevado a jóvenes indígenas para exhibirlos en la capital del imperio y no se supo qué ocurrió con aquellos buenos salvajes hasta que años después otra expedición británica a Tierra del Fuego encontró como líder de los yámanas a uno de los supervivientes del viaje a Londres del circo colonizador. Hablaba un perfecto inglés y conocía el rito del té, por lo que se especula que el indio fue más integrado que apocalíptico. Desde el avión, Ushuaia era una mínima ciudad al borde del canal de Beagle dentro de la isla Grande de Tierra de Fuego, compartida por chilenos y argentinos, situada frente a la isla de Navarinos, en el comienzo de una explosión de islas australes previas al cabo de Hornos, a la ruta del Pacífico y al descenso hacia la Antártida.

Nada más descender en Ushuaia, Biscuter expresó dos deseos: ver el agujero de la capa de ozono, que no podía estar muy lejos, y comprobar si era posible llegar hasta la Antártida, proyecto factible y que implicaba seis días de navegación. Carvalho lo redujo a una cuestión de presupuesto y seguridad, porque ninguna prisa tenían que no estuviera condicionada por los avances en la descapitalización del viaje y porque no quería volver a oír a hablar de que Biscuter estuviera dispuesto a darle sus ahorros. Entraron en el hotel de Ushuaia, el Canal Beagle, convencidos de que la ciudad iba a ser el puerto de salida hacia la Antártida, pero por la noche, cuando Carvalho empezó a opinar sobre la estrategia del viaje, Biscuter lo interrumpió:

—He pensado, jefe, que es mucho merodeo ese de bajar a la Antártida, total, para ver más hielos, ni siquiera el agujero en la capa de ozono, días y días de oleaje y todo para que sólo te enseñen una ensenada o un pingüino, que estamos ya hartos de ensenadas y pingüinos.

Estupefacto, Carvalho deducía que algo había pasado para que Biscuter cambiara tan súbitamente de finalidad en la vida, y en estas consideraciones estaba en el hall del hotel cuando el botones reclamó la presencia de monsieur Biscuter al teléfono, tratamiento que hizo ruborizar al requerido. Fuese a telefonear monsieur Biscuter, bien para atender una consulta sobre sopas y salsas francesas, bien a ponerse en comunicación con la guadianesca madame Lissieux, que para Carvalho constituía una compañera fantasmal de viaje que nunca los había dejado realmente, como si Biscuter fuera su prolongación en el espacio y el tiempo. Más tarde no le preguntó quién lo había llamado, a pesar de que lo notó distanciado, disperso, en el primer recorrido por Ushuaia hacia el canal, a plena luz del día, aunque ya se cumplía la tarde. Estaba la ensenada bastante poblada de embarcaciones deportivas, más los catamaranes que hacían las excursiones por el canal hacia las islas previas a isla Aguirre, islotes saturados de leones marinos disfrazados de esculturas relucientes, apenas móviles sobre los roquedales.

De momento, Ushuaia se parecía a las pequeñas ciudades comerciales contra natura, como impuestas a la naturaleza para que los viajeros pudieran comprar botas de excursionistas, esquís, chocolate de Tierra del Fuego, jerséis, maquetas de barcos insignes, ropas deportivas y supuestas artesanías de indígenas ocultos. Exhibía algunas muestras de patrimonio inevitables, especialmente el puerto, el Museo del Fin del Mundo y la cárcel, un centro magnético que atraía especialmente a Carvalho y a Biscuter como si formara parte de su educación emocional. «No se pierdan la cárcel —les había advertido Bayer—. Piensen que buena parte de lo que verán y de lo que no verán lo hicieron los presos a base de trabajos forzados. Lo que no han hecho ellos lo han conseguido los castores, los bellísimos castores que con sus dentaduras envidiables amenazan, según los expertos más convencionales, la reserva forestal en torno de los canales. Imaginen a los presos. Traten de ver a los castores.»

Les daba tiempo de ir al Museo del Fin del Mundo, un intento de Ushuaia de recordarse a sí misma antes de adquirir la condición de presidio de seguridad, y allí se exhibía la proa del barco *La Duchesse d'Albany*, mostradores de farmacias y de tiendas de ultramarinos, aves y pájaros locales disecados, recuerdos y estampas de los últimos yámanas que habían vivido por allí, un diccionario inglés-yámana redactado por un tal Thomas Bridges, estanciero, postales que permitían presumir de haber estado en el fin del mundo, incluso les sellaron el pasaporte para que quedara testimonio de viaje tan terminal. Prefirieron reservar la prisión, los castores y los lobos marinos para el día siguiente y dejarse atraer por el hechizo del canal y las presumibles navegaciones.

—La mitad del canal es chilena. Es decir, la costa de enfrente es Chile. Si subiéramos el canal hacia el mar, por allí se va hacia el cabo de Hornos, la isla de los Estados y, ya mar abierto, llegaríamos hacia las Malvinas. —recitaba Biscuter con un folleto en la mano—. ¿Sabía usted, jefe, que hay un falso cabo de Hornos y que el de verdad está un poco más abajo, en la isla Hornos, junto a las islas Wollaston? Después de haber atravesado el Pacífico con Oñate, puede imaginar mejor qué debía de significar pasar del Atlántico al Pacífico a través de estas tierras. Aquí dice que los vientos pueden ser terribles, los que vienen del Atlántico y pasan por aquí hacia el Pacífico.

Biscuter había conseguido información sobre los indios yámanas, acusados durante mucho tiempo de ser antropófagos hasta que se demostró la falsedad de esta atribución, utilizada por los colonizadores para justificar su política de exterminio. Carvalho tuvo que escuchar la historia del banquete de Cabo Domingo, festín organizado para los indios por un tal MacKlenan, un colonizador más escocés que la madre que lo parió y conocido en la zona como Chancho Colorado. Cuando los indios estaban hartos de comida y ebrios, el escocés y diez o doce cómplices dispararon sobre ellos para exterminarlos, y muy pocos consiguieron superar el estado de embriaguez y hartura para poder huir. Ése era uno de los ejemplos más claros del genocidio sistemático contra los indígenas, que legitimaba la reciente propiedad de las tierras ocupadas por los colonizadores, temerosos de que los indios, a pesar de ser nómadas, pudieran reclamárselas algún día. Biscuter empezó a dar saltos de alegría cuando encontró mención expresa de la historia del indio que hablaba inglés contada aproximadamente por Bayer.

—Es la hostia, jefe, es la hostia. Uno de los navegantes ingleses, el capitán Fitz Roy, en el primer viaje del *Beagle*, aprovechando que los yámanas le habían robado, según decía él, una ballenera, secuestró a cuatro indígenas y les puso nombre inglés: Boat Memory, York Minster, Jemmy Button y Fuegia Basket, y se los llevó a Inglaterra. Nada más llegar, Boat Memory murió de viruela, los otros tres fueron entregados a religiosos que les enseñaron diversos oficios y la muchacha, Fuegia, recibió una cofia, un anillo y bastante dinero para que empezara a adquirir un ajuar que la ayudara a casarse. El regalo casamentero se lo habían hecho, jefe, los mismísimos reyes de Inglaterra, que se llamaban Guillermo y Adelaida. Estaban los reyes exultantes porque les habían dicho que los tres indígenas supervivientes hablaban muy bien el inglés y eran simpatiquísimos, estaban como encantados por haber sido secuestrados. Ahora, agárrese. Dos años más tarde vuelve el *Beagle* a Tierra del Fuego y devuelve a los tres indios anglosajonizados, para que constituyan un ejemplo ante sus paisanos, en compañía de un cura que se instala en un poblado con el fin de iniciar la evangelización. Pero de pronto el poblado desaparece. Los indígenas britanizados vuelven con su pueblo, y aquí la historia cambia con respecto a lo que nos habían contado. Jemmy Button, el de más entidad de los salvajes *arrepentidos*, ya integrado otra vez con los yámanas, fue invitado por Fitz Roy a tomar un té, supongo que en el *Beagle*, y el tío va, vuelve a hablarles un inglés de puta madre según un protocolo de chico de la buena sociedad, pero luego deja el barco y vuelve con su pueblo. ¿Qué versión le gusta más? ¿La de Button luchando contra el imperialismo o la de Button tomando el té como un buen salvaje con un buen colonizador?

—¿Y a ti?

—Depende. Tal vez si Button escogió la vía de tomar el té, se salvó y así pudo llegar a los cuarenta y ocho años. Murió a esa edad, y se decía que los yámanas eran longevos.

Tribus nómadas acosadas, militares argentinos expansionistas, geógrafos, científicos, buscadores de oro, colonizadores europeos, cazadores de lobos marinos y ballenas, misioneros de distintos hábitos y estancieros conformaron un paisaje fin de siglo en Tierra del Fuego y en torno al canal de Beagle. Las primeras construcciones de Ushuaia fueron una misión conocida como Casa de Hierro, posteriormente desguazada, y una subprefectura que iniciaba el sistema de control político de Tierra del Fuego desde Buenos Aires. A final de siglo, Ushuaia estaba compuesta por dieciséis casas poco confortables, cinco almacenes, una escuela con pocos niños, un aserradero de vapor, una misión anglicana, la subprefectura, la bahía y ochenta habitantes que, según los documentalistas de la época, «viven a seiscientas leguas de Buenos Aires, bostezando y aislados». Todo cambió cuando se construyó un penal de seguridad para presos peligrosos que convenía mantener en la periferia de la nación, sin otra posibilidad de fuga que caer en el abismo del cabo de Hornos. La cárcel definitiva, hoy base naval, sigue siendo la construcción más importante de la ciudad a comienzos del siglo XXI, y la acción de los presos, el factor que explica casi todas las transformaciones del paisaje y la infraestructura de Ushuaia.

Muy de mañana se subieron Carvalho y Biscuter al tren del Fin del Mundo, construido en recuerdo del que habían hecho los reclusos para trasladarse a los bosques, cortar leña y conducirla a Ushuaia. El tren llegaba al parque de Tierra del Fuego a través de forestas compactas donde los castores se comían primero las cortezas de los árboles, luego sus maderas más propicias y finalmente los derribaban y construían diques necesarios para la contención del agua. Con sus pequeños pero constantes dientes, aquellos roedores casi tan bellos como las ardillas modificaban la morfología de la naturaleza herida por sus dentelladas. El tren parecía de juguete, a la medida de aquel *cul-de-sac* del universo en el que los penados habían abierto caminos, construido edificios, talado árboles e intentado fugarse desesperadamente por aquel laberinto de canales, dejando finalmente una memoria como difusa en la atmósfera de aquella población, retaguardia del mundo, y viajar en un tren que les rememoraba y que jamás saldría del ámbito de Ushuaia era como sentirse poseído por lo que quedara de sus almas de imposibles fugitivos.

—Es como si los tuviera dentro, jefe.

—¿Qué? ¿Quiénes?

—A los presos. En un momento dado había en esta cárcel más presos que habitantes en Ushuaia. En cierto sentido, son los autores de todo esto.

—Desde que el mundo es mundo, casi todo lo han hecho los presos.

Las locomotoras del tren del Fin del Mundo eran de vapor y parecían de atrezo, una parte más del decorado nostálgico de la ciudad en el que se integraban los siete kilómetros de ferrocarril que la separaban del parque de Tierra del Fuego, a través de un muestrario de bosques de langa, de guindo, de canelos o suelos de turbera, sazonado el paisaje con flores de calafate, de chocolate, campanillas, matas negras y la presencia de los aborígenes del bosque una vez exterminados los yámanas, el guanaco, el zorro colorado, el castor, el conejo o las nutrias, a ras de suelo o de río, mientras remontaban vuelo por el boscaje aves de agua dulce y aves playeras. Los compañeros de viaje eran argentinos maduros que habían tardado toda su vida en llegar a aquel fin del mundo, o extranjeros fruto de la relación entre geografía y mitología o de las lecturas del *National Geographic* y que se habían jurado llegar algún día a Tierra del Fuego, unos y otros gentes apacibles, ya algo condenados a la vejez los más, y a muerte, una relativa minoría.

Por la tarde había que embarcarse para recorrer en catamarán el canal de Beagle en dirección hacia el Atlántico, rodeando el faro del Fin del Mundo, para acceder a la isla de los Lobos, refugio de lobos marinos sabedores de que formaban parte de un espectáculo al servicio de la melancolía ecologista, o también la isla de los Pájaros, cubil de cormoranes, gaviotas, gaviotines, albatros, petreles y skuas. Llovía levemente, a la manera vasca, una lluvia chirimiri que velaba ligeramente la ya de por sí luz triste del canal de Beagle, y como siempre Biscuter propuso que se quedaran más días, ya no para ir hasta la Antártida, sino para acercarse a la isla pingüinera de los Martillos o al cabo de Hornos, sólo a ciento cincuenta kilómetros de distancia. Pero cuando Carvalho se refugiaba en sí mismo para deducir si valía la pena prolongar o no el viaje, Biscuter ya había cambiado de disposición y no, no, no merecía la pena prolongar la estancia en Ushuaia, con todo lo que había que ver en este mundo y no podrían ver aunque hicieran veinte veces un viaje similar.

Volvieron a Ushuaia y, como si las moratorias apuntadas por Biscuter se hubieran transformado en urgencias, propuso correr hasta el presidio para visitar lo que suponía la ruina de la cárcel, que resultó ser una base naval instalada sobre la mayor parte de lo que había sido establecimiento penitenciario. Como arqueología de su función, el presidio enseñaba una galería completa de planta y primer piso, con celdas a medio camino entre la mazmorra y la prisión de alta seguridad contemporánea. Los visitantes entraban y salían de las celdas, se encaramaban por las escaleras metálicas, contemplaban el centro de control desde las barandillas del piso superior, como si estuvieran en una parte especialmente tétrica de cualquier ciudad Walt Disney, en una Disneylandia austral en la que habían reservado un sitio para la nostalgia de la mazmorra. Pero, como ex presidiarios, Biscuter y Carvalho rememoraban el ritual que había presidido la vida de aquellos penados, casi todos previamente condenados a pena de muerte o a cadena perpetua, y con la naturaleza alrededor como un muro más disuasorio que el de la propia cárcel.

En las naves vacías, y diríase que de bajo techo, como si la población reclusa de antaño fuera de más baja estatura que los turistas de hoy, permanecían restos de las auras de los presos más famosos, fantasmas que constaban en el censo de las atracciones turísticas. Así por ejemplo, el *Petiso Orejudo*, Cayetano Santos Godino, que a los ocho años ya era un delincuente y a los dieciséis había matado a gente suficiente como para que lo condenaran a cadena perpetua, treinta pasó en la cárcel de Ushuaia hasta que murió en 1944. O Saccomano, víctima de su despiste cuando confundió a una telefonista en retirada en plena madrugada bonaerense con una prostituta a la que asaltar, matar y robar el botín, porque a aquellas horas las mujeres decentes no iban por las calles. También tenían su mérito los hermanos Lionelli, asesinos de sus acreedores y capaces de haber escondido algún cadáver en los sótanos de su restaurante de Mendoza. Un tríptico patético lo constituían el penado Herns, más conocido por *Serruchito*, por haber troceado con una sierra el cuerpo de su socio; Mateo Banks, *el Místico*, asesino de ocho miembros de su familia, y el Mexicano, delincuente de Tucumán, experto en motines carcelarios, finalmente recluido en Ushuaia, donde siguió provocando levantamientos desde su estatura y corpulencia hercúleas. El Mexicano consiguió evadirse con otros tres presos en 1921 y fue atrapado al día siguiente para poner a prueba otra vez su capacidad de resistencia a las palizas recibidas durante todo su cautiverio, atraídos los funcionarios por la realidad y el deseo de poder machacar impunemente a Hércules.

De todos aquellos prestigios carcelarios destacaba el anarquista de origen ucraniano Simón Radowisky, asesino de Falcón, jefe de policía de Buenos Aires, implacable torturador, represor de las revueltas obreras. Radowisky era un joven idealista de dieciocho años cuando arrojó una bomba al policía Falcón al salir en carroza de un entierro en el cementerio de la Recoleta, en Buenos Aires. No podía ser fusilado por la edad, pero sí condenado a perpetua, rodeado siempre del respeto y del apoyo del anarquismo argentino y chileno, propiciadores de su breve fuga de Ushuaia en 1918, disfrazado de funcionario de prisiones. A los veintiún años de reclusión en el Fin del Mundo fue amnistiado, y en el momento de despedirse iba saludando a la gente, haciendo regalos a los niños, y fue invitado a hacer el saque de honor en un partido de fútbol que estaba a punto de empezar. La amnistía conllevaba la prohibición de volver a Buenos Aires, y Radowisky se instaló sucesivamente en Montevideo, España, Francia y México, donde murió en 1956, como si hubiera seguido la estela completa de las derrotas de la clase obrera. Al guía lo habían monopolizado un grupo de franceses y Carvalho pasó junto a ellos en el momento en que eran informados de todo lo que habían hecho los presos por Ushuaia.

—El paso de los presos en el pequeño tren que los llevaba a la tala de los bosques era como el hecho cotidiano que marcaba el antes y el después. Además, muchos eran trabajadores manuales especializados o se especializaron aquí, por lo que eran indispensables como carpinteros, aserradores, impresores, mozos de farmacia, panaderos y carniceros, y en la prisión llegó a haber una buena biblioteca. Fueron una mano de obra indispensable para la construcción de la ciudad, que en toda Argentina era conocida como la Ciudad de los Presos. Ahí estaba la ventaja y la desventaja de que Ushuaia fuera una ciudad carcelaria, porque el trabajo de la mano de obra presidiaria era muy rentable y, en cambio, la fama de la Ciudad de los Presos alejó el interés de argentinos y extranjeros por instalarse y sacarle provecho a estas tierras. Ya en los años cuarenta, toda la población de Ushuaia, incluidos los presos, los funcionarios, los familiares de funcionarios, soldados y población civil, apenas llegaba a mil doscientos argentinos. En parte fue la causa de que se cerrara la cárcel en 1947, y aún hoy sigue siendo el edificio más notable de la ciudad. Notable como edificio arquitectónico, notable como museo de una memoria tristísima.

Le gustó a Carvalho la última frase del guía y, en cierto sentido, lo ayudó a entender la sensación de ausencia, también de melancolía, que había sentido desde que pisó Ushuaia. Faltaban todas las promociones de presos que durante medio siglo habían hecho posible la vida en una de las puntas del mundo, y cuando Carvalho recordaba biografías de presos comunes con los que había cohabitado en dos prisiones de Franco —la Modelo de Barcelona y la cárcel de Aridel—, le parecían calcomanías de muchas historias carcelarias de Ushuaia, como si la transustanciación del vencido social en delincuente obedeciera a pautas muy similares en todas partes.

—Aquí hay que probar «centolla a la fueguina» que, por la descripción de la receta, recuerda al xangurro vasco.

—Los presos y las centollas casi siempre reciben tratamientos equivalentes.

Mientras Biscuter recitaba la receta, Carvalho preguntaba dónde podía comer cocina del mar, cocina hecha con lo que se pescara por allí. Según Biscuter, el relleno se hacía con mantequilla, harina, dos tazas de pulpa de centolla, leche, perejil picado, mostaza y media cucharada de rábano picante.

—Me parece que en este plato se ha colado un japonés.

—Sigue.

—Ya está. Se cuece este relleno y se mete en la cáscara vacía de la centolla en compañía de pan rallado.

Los encaminaron al restaurante de Tía Elvira, pero estaba lleno y Biscuter tuvo que exhibir los carnets de la FAO para que les improvisaran una mesa junto a la cocina.

—Estamos haciendo un estudio sobre nutrición marinera y todo el mundo nos ha hablado de la cocina de Tierra del Fuego como una experiencia necesaria.

En el restaurante, la centolla estaba hecha «a la tía Elvira», y se parecía a la receta que Biscuter había leído. Desde el ventanal veían el edificio del museo y una casa gris de gran consistencia. El maître captó la curiosidad de Carvalho.

—Esas dos construcciones vienen de lejos, de antes, yo creo, de la segunda guerra mundial. Las hicieron los presos. Ya se habrán enterado de que Ushuaia era conocida como la Ciudad de los Presos.

Alzó Carvalho su copa llena de vino argentino y brindó con Biscuter:

—A la memoria de aquellos desgraciados que hoy se han convertido en reclamo turístico.

Durante el largo viaje de Ushuaia al aeropuerto bonaerense Jorge Newbery, tres mil doscientos kilómetros sin otro alimento que caramelitos ácidos, nada parecido al hambre los asaltó en la travesía de Buenos Aires en dirección al hotel Bauen, esquina Corrientes y el Callao. Aunque en seguida se echaron a la calle porque a Carvalho le urgía recuperar una ciudad que le había creado adicción, se daba cuenta de que el impacto de la estancia por la Patagonia y Tierra del Fuego lo soportaba como un pringue. Necesitó un día para que de sus ojos cayeran las cataratas de tristeza que se les habían pegado en la península Valdés y Ushuaia a manera de sustancia austral con la que el mundo se despedía de sí mismo. Al anochecer ya estuvo en condiciones de servir de guía a Biscuter por el Buenos Aires que le había mostrado Alma durante las indagaciones de *El Quinteto de Buenos Aires*, y allí estaba la gente en las librerías y en los teatros, pero era innegable que las noticias de los diarios sobre las muertes de niños en Tucumán por inanición habían dejado un rictus amargo en los bonaerenses, que se veían de pronto abocados como etíopes al agujero negro de las hambrunas. Entre Borges y las hambrunas, entre las librerías Gandhi y las hambrunas, Buenos Aires, la reina del Plata, mi Buenos Aires querido, Fulgor de Buenos Aires, Abraham Buenosaires. Niños de cuatro años pedigüeños en todas las esquinas; incluso pedían limosna a los taxistas. Carvalho recuperó un excelente restaurante de San Telmo para que Biscuter debutara en los rituales del asado y el chimichurri, pero comieron con una ligera desgana y Carvalho consiguió parafrasear con una cierta fortuna una afirmación de Sartre sobre la libertad trasladada al territorio del hambre y el comer: «Mi libertad, sin la de los otros, es inútil», había dicho en algún momento el filósofo francés. En la prensa seguía la polémica sobre la culpabilidad del inversionismo depredador-extranjero, muy especialmente del español, en la crisis argentina o sobre el protagonismo casi exclusivo de una clase política corrupta y de un capitalismo argentino apátrida. Luego, en el cruce de Callao con Corrientes, los anocturnados mirones más que clientes de librerías casi étnicas, habitantes de las aceras, les regalaron la impresión óptica de que todo seguía igual que alguna vez en que aquellas gentes se sintieron dueños de la ciudad, es decir, de sus vidas. Se metieron en el espectáculo de Cecilia Rosetto, en el que la *showwoman* glosaba las excelencias de compartir ciudadanía durante años con víctimas y verdugos, con milicos y desaparecidos, para descubrir de pronto que la división fundamental se establecía entre *Ladrones y desesperados*. Así se titulaba el monólogo y la extraordinaria vis cómica de la actriz arrancaba risas y complicidades melancólicas hasta el aplauso final, momento que la Rosetto aprovechó para dirigirse al público:

—Muchas gracias por vuestra compañía en esta última sesión de *Ladrones y desesperados*. Víctima, como todos o casi todos ustedes, de la globalización, mañana me voy a España en busca de mi tío de Europa, la única esperanza que nos queda a los argentinos después de haber sido durante tanto tiempo los tíos de América. Espero poder cantar, bailar, reír y llorar en España, pero sepan que desde allí cantaré, bailaré, reiré y lloraré por todos nosotros, por los argentinos, especialmente por los miles y miles de argentinos que no merecimos ni esta vida, ni esta historia.

Lloraban algunos espectadores, aplaudían casi todos, aunque algunos gritaban:

—Vos te vas y los demás, ¿qué?

La pregunta perseguía a Carvalho mientras trataba de dormir en el hotel Bauen, pintado de marrones no muy atrayentes, pero de habitaciones espaciosas y precios todavía pagables. Todos los horarios del mundo se rebelaban en su cerebro y no se le pegaron los ojos hasta que Biscuter se los despegó porque quería conocer el Tigre, el Buenos Aires fluvial o lacustre del que tanto había hablado.

—Pero hoy es un día de manifestación. No sé si la de las Madres de la Plaza de Mayo, que reclaman la reencarnación de sus hijos desaparecidos, es decir, exterminados por los militares, o la de los jubilados ante el Parlamento, desde la esperanza de morirse lejos de su propia miseria. Cualquiera de las dos vale la pena, como psicodramas de la derrota.

Tal vez podrían ir al Tigre por la mañana, si Carvalho vencía los desastres de una extraña sensación de destiempo, creadora de insomnio, como si padeciera un *jet lag*, y llegar a tiempo de ver a los jubilados en camiseta, ya bronceados por todos los soles que habían contemplado sus inútiles protestas. No formaba parte el Tigre del Buenos Aires obligatorio, pero sí del mundo obligatorio, porque pocas veces había contemplado Carvalho tamaño despropósito en la belleza de la relación hombre-naturaleza, salpicado el omnipotente, de pronto laberíntico Paraná por algún caserío de fisonomía inglesa, por deterioradas casas aisladas a las que sólo se podía llegar en barca, amenazadas casi todas por la dejación de un país empobrecido y por todos los crecimientos de las aguas y las selvas.

—En realidad, el Tigre sólo puede gozarse plenamente en barca o desde un helicóptero.

Alquilaron una motora con conductor que recorrió los canales centrales y se asomó a los laterales, incluso a algún estrecho sendero acuífero que ya se convertía en premonición de selva. Fueran de quien fueran, las casas gozaban del aura intangible del abandono, tal vez era ésa su más idónea espiritualidad, casas náufragas en una naturaleza excesiva, millas y millas de canales hacia el mar a partir del centro radial de un club rigurosamente inglés en sus orígenes, desde esa pulsión de la mitad de los argentinos que, a pesar del pleito de las Malvinas, preferirían ser ingleses sin dejar de ser argentinos. Fue en el Tigre, al recordar otra visita, probablemente con Alma o en torno a Alma y sus amigos, cuando se le ocurrió la posibilidad de contactar con la mujer para recuperar no sabía qué, seis años después, tal vez una parte del relato adonde habían ido a parar ella, su ex marido y primo de Carvalho, los compañeros de derrotas y salvamentos, la hija recuperada y el siniestro capitán de los *incontrolados*, los amigos. Después de una comida de paso volvieron a Buenos Aires y frente al Parlamento estaba aparcada la manifestación semanal de los jubilados, que durante años habían protestado por la escasez de sus pensiones y ahora lo hacían por el miedo a desaparecer, a convertirse en cuerpos gaseosos. A pesar de tan larga brega, aún quedaba espacio para las consignas y las proclamas en megafonía proveniente de una furgoneta semioxidada y que Carvalho supuso sin ruedas, porque la multitud de viejos le impedía verla del todo.

—Compañeros, si durante años y años luchamos contra la escasez, contra la vejez como un territorio de exterminio más o menos lento, hoy luchamos contra el hambre cotidiana. Nos pidieron calma hasta encontrar soluciones, nosotros pusimos la calma y ellos no han puesto las soluciones. Los ladrones de siempre se suman a los ladrones de ahora y formarán un frente compacto con los ladrones de mañana. Nosotros sólo tenemos el poder de la razón y hemos de conseguir un poder social que acabe con un sistema económico injusto que nos desiguala y nos impide la libertad real. ¡Duhalde! Te llaman presidente de la República Argentina, pero

¿qué presides realmente? Presides nuestra hambre y el intento de que ellos, los de siempre, no pierdan ni un peso, ni un peso de los que todavía conservan aquí, porque ya están perdidos los que han depositado en el extranjero. No opongamos sólo palabras, quejas. Organicémonos en comités de base que se conviertan en una fuerza politicosocial alternativa.

Maravillado estaba Carvalho de que el discurso provocara más aplausos que caras de escepticismo, aunque éstas abundaron para indignación de Biscuter, que formuló una sentencia ya muy oída:

—El peor enemigo del obrero es el obrero, y el peor enemigo del pobre es el pobre.

—Un clavo saca otro clavo.

—No lo entiendo yo así. Estas gentes tienen suficientes experiencias como para comprender que o se ponen farrucos ahora o les vuelven a dar por culo.

Carvalho le describió cómo era la manifestación de las madres de desaparecidos, frente al palacio presidencial, la Casa Rosada, en esa misma avenida de Mayo, que se abría ante el Parlamento, pero más al sur, casi junto al mar y un puerto remozado que planteaba de nuevo la contradicción de ese país entre sus excesos de saber y riquezas potenciales y su condición real de pueblo esquilmado. Con este propósito guió a Biscuter a buena parte de los Buenos Aires posibles, desde Barracas o Boca, Caminito que el tiempo ha borrado, hasta los Palermos o la zona residencial del norte, el Olivo, también el Buenos Aires escindido por Ribadavia, reservado San Telmo para el inmediato domingo, como si fuera un barrio sumergido para reaparecer los fines de semana. Si a Biscuter le había maravillado la capacidad de diagnóstico y protesta frente a la miseria de los jubilados, lo desconcertaron los centros comerciales por la osadía de sus propuestas y porque estaban llenos, sobre todo, de mirones.

—Lo de las madres ha de ser muy bonito.

—Imagínate un círculo de señoras cada vez más añejas, con un pañuelo distintivo en las cabezas, desfilando a unos metros del palacio del poder donde se legitimó la desaparición de sus hijos, las más horrorosas torturas padecidas antes de morir de muertes horrorosas. En algunos casos ya han pasado casi treinta años y algunas siguen buscando a sus nietos robados por los militares o los paramilitares, como en esa historia de los de Juan Gelman que nos contó Bayer. Hay otra organización dedicada expresamente a los entonces niños secuestrados, las Abuelas de la Plaza de Mayo. Todos estos militares que propiciaron la masacre de la izquierda en el Cono Sur de América estaban respaldados por Estados Unidos y eran admiradores de Franco.

El discurso le había salido demasiado político y tal vez por ello Biscuter se había colocado a la defensiva, aunque emocionado.

—Esta lucha durará lo que duren ellas, y ya son viejas.

—Dentro de cincuenta años los turistas vendrán a la plaza de Mayo a contemplar sus vacíos. Una lápida. Incluso es posible que un monumento, si no han ganado definitivamente los bárbaros.

Quiso cenar Biscuter en un restaurante de Puerto Madero y, durante la cena a la italiana, Carvalho le comunicó su intención de llamar a Alma, y le dejaba libertad para sumarse al encuentro o no.

—Jefe, yo vengo de oyente. Y no puede usted imaginar todo lo que he aprendido en este casi medio año de viaje. Algún día le comunicaré mis conclusiones, pero puedo anticiparle que ese día está ya cercano y que enlaza con la cuestión de la resurrección de la carne, pero sin curas ni dioses.

—Cuando llegues al cielo, guárdame un sitio en la zona menos aburrida.

—En verdad, en verdad le digo que usted se sentará a mi lado, incluso es posible que a mi derecha.

A pesar de la crisis, Buenos Aires conservaba su red de cafés majestuosos, cafés cafés, tal como se entendían los establecimientos antes del invento de la cafetería. Al lado mismo del Bauen los citó Alma, en un local *déco* al que Carvalho ya se había aficionado durante su larga estancia en busca del primo desaparecido, y allí esperaron la aparición de la mujer, en plena duda sobre si desayunar convencionalmente o dejarse ganar por una carta de chucherías del espíritu, pastelería selecta y chocolates balsámicos. Estaba decidiendo Carvalho su opción cuando se abrió la puerta para Alma, seis años después, algunos kilos de más con respecto a la silueta casi de muchacha que exhibía con los cuarenta años cumplidos, tal vez la cara menos enigmática, insertos los pómulos en unas mejillas redondeadas, los ojos de terciopelo de siempre, la melena de miel, los labios como una fruta, los brazos más redondos, el escote más profundo para dos senos más reunidos o simplemente más anchos, el mismo bien andar como creando o ganando espacios propios, y al final, junto a la mesa, con un Carvalho a medio levantar y un Biscuter en posición de firmes.

—¿Éste es Biscuter?

—Ni él ni yo hemos podido evitarlo.

La risa de Alma tenía la misma música que su entonación, y ya sentados, en silencio, en busca de la frase más afortunada para reiniciar una conversación seis años después de la despedida, fue ella la que suspiró ante lo irremediable y dijo:

—¡Soy abuela!

Biscuter aplaudió la noticia porque le gustaba la vida en general, pero a Carvalho algo lo emocionó, porque conocía a los personajes, y recordó a la hija desaparecida que de pronto toma cuerpo ante su madre, ante un padre fuera de juego y ahora se deja preñar y deposita su cría en los brazos y en la memoria herida de Alma.

—¿Hay padre o es cosa de ingeniería genética?

—¡Ingeniería genética, hijo de la gran chingada!

Se le escapaban expresiones mexicanas adquiridas durante su exilio en México, pero volvió en seguida a Buenos Aires.

—Boludo, una hija preciosa y va a necesitar de un laboratorio. El padre fue aquel chico tan bien intencionado, tan progresista, que la acompañaba.

—¿Tu ex marido?

—Está loco con la nieta, es una niña, pero no tiene demasiado tiempo para dedicarle. Si volvieras a verlo no lo reconocerías. Recuperó la coherencia al reencontrar a la chica, dejó la investigación y ejerce la medicina porque dice que lo acerca a las personas reales. ¿A que no sabes dónde está?

—En alguna *bidonville*, supongo.

—Casi correcto. Se ha convertido en una autoridad en cuestiones alimentarias y está trabajando como médico en Brasil, especialista en diabetes sobre todo, y también como organizador de frentes terapéuticos. Argentina se le caía encima, y más ahora, que se le cae encima a casi todo el mundo. Últimamente estaba muy ilusionado por la victoria de Lula en las elecciones presidenciales, es un hombre de izquierda y ha prometido luchar contra el hambre.

Carvalho recuperó dos secuencias de su memoria visual. La primera fue el final de *Tal como éramos*, cuando el escritor de éxito, Robert Redford, años después vuelve a ver a su ex mujer, Barbra Streisand, con una pancarta en las manos, porque para ella el combate no ha terminado y sigue siendo tal como era. La otra, un documental yanqui sobre la Brigada Lincoln, los voluntarios norteamericanos que habían participado en la guerra de España contra Franco. El más joven era octogenario y, sin embargo, pregonaban ante la cámara que militaban en frentes a favor de todas las causas presuntamente perdidas. Contra la guerra del Golfo, por ejemplo, el punto de referencia entre el bien y el mal en el momento de hacerse el reportaje. Le preguntó a Alma si ella también se dedicaba a combatir, por ejemplo, el Sida.

—¿El Sida? En Argentina es un problema menor, si lo comparas con la psicosis de decrepitud, la enfermedad, la escasez, incluso el hambre. Entre la doble o triple Argentina que vos dejaste hace seis años y la de ahora se ha producido un cambio cualitativo. Ahora sabemos que nos han hundido pero que, frente a ellos, frente a los de siempre, sólo nos queda la rabia y la posibilidad de asustarlos. De asustarlos hasta que empiecen de nuevo a matarnos. No, ya no estoy en la nostalgia montonera. Ahora trabajo en esos comités de base que se han creado en tantos sitios para presionar y vigilar la política del gobierno, también en la ayuda para compensar la nueva pobreza, no os podéis imaginar cómo ha decrecido el censo de burgueses en este país, y no se han quedado en el nivel de proletarios: se han ido directamente al lumpen, al puto lumpen. De los barrios aposentados al *bidonville*, porque no tienen con qué pagar los alquileres y los servicios, o se han de vender el apartamento para compensar la miseria de las pensiones. Imaginaos en vuestra España, en esa nueva rica tal como la vemos desde aquí, que miles de familias que han vivido en un Madrid o en una Barcelona aposentada y tranquila de pronto no tienen qué comer, ni adónde ir a refugiarse. Primero fue la llamada aristocracia obrera la que se quedó sin bife y sin casa, y ahora son las capas medias las que se joden, gallego, las que se joden a veces sin merecerlo, pero muchos de ellos se tragaron la lengua cuando la dictadura nos estaba machacando y ahora están pagando las consecuencias.

—Creo que es la segunda vez en este viaje que recuerdo un poema de Brecht. Pero no es el mismo.

—¡Cómo has cambiado! De quemar libros a recordar a Brecht.

—Es aquel poema del alemán despreocupado cuando ve que los nazis vienen a detener a los comunistas, a los judíos, a los progresistas en general, sin sentirse afectado, hasta que un día van a por él.

—¿Sigue quemando libros? —preguntó Alma a Biscuter para darle entrada en la conversación.

—Sigue, sigue. Ya sabe que a mí no me gusta que los queme, pero él sigue, sigue.

—Ya es pura retórica. Ya quemo sin argumentar. A veces incluso compro para quemar, pero sin pasión.

—Quemar libros es una pasión inútil.

—Ya salió la profesora de literatura.

—Todavía doy clases, pero dedico casi todo mi tiempo al activismo. Ahora estoy con el grupo que organiza y coordina el encuentro de Porto Alegre, al final de enero, ya sabes, esa especie de senado crítico del capitalismo multinacional y su sentido de la vida, la historia, la muerte. Siempre que no estalle antes cualquier guerra, o la de Iraq o la de Corea. Ese loco retrasado mental y juguete del *lobby* armamentista nos mete a todos en una guerra, por si no le salen las cuentas al capitalismo especulativo.

Hablaba contra el emperador con pasión de mitin y Carvalho lamentó carecer del impulso de comulgar, de establecer una comunión de los santos. En su opinión, el nuevo orden mundial al que le ponía rostro George Bush era la comprobación de la criminalidad nata del sistema, pero pensarlo, creer en ello, en nada afectaba a la estrategia de los vencedores, y el cuerpo no le pedía meterse en ningún frente de combate que no fuera ponerse a salvo de la persecución de los traficantes de blancas o de drogas, de los ángeles exterminadores del Mossad, de maridos hindúes burlados, de la trama internacional de Monte Peregrino, de los militares afganos.

—¿Tú sigues de voyeur? ¿Has venido a resolver algún caso?

—Estamos dando la vuelta al mundo.

—¿Así como suena? ¿Como si fuerais dos ricos jubilados de la historia?

—Digamos que estamos dando la vuelta al mundo porque no se nos ha ocurrido otra cosa, ni tenemos ganas o dinero para hacer otra cosa. Hemos pasado del casi verano europeo al verano austral y sólo hemos pasado frío en Afganistán.

Alma se enganchó a la palabra «Afganistán». Todo lo que sabía se lo debía a la edición argentina de *Le Monde Diplomatique*, pero le faltaba la vivencia de lo cotidiano, y a Carvalho se le vinieron a los ojos de la memoria el desfile perpetuo de cojos y mancos, las mujeres convertidas en garitas andantes, las destrucciones, todo lo que en Kabul había sido y ya no era, los vacíos de los Budas gigantes ocupados por los aviones de combate y bombardeos de la llamada fuerza aliada, la latencia islamista de desquite en las gentes, el retorno a la lógica feudal de los señores de la guerra y de los súbditos cobijados en madrigueras tribales, el ámbito de protección desesperada que podía ser una familia como la de Herat, capaz de convertirse en una célula adiestrada para la supervivencia.

—Pero había deseos e impotencias más universales, más comunes. Por ejemplo, el muchacho que quería ser actor de cine, el Omar Sharif afgano, pero no se atrevía a ir a la India a aprender el oficio porque allí ya no formaría parte de una mayoría islámica. Religión. Religión, fanatismo e Imperio norteamericano. En todas partes, como si hubiera terminado la Edad de la Razón.

Alma no le proponía establecer ninguna relación con sus compañeros de antaño.

—¿Y tus amigos?

—No los veo. El actor está por España, a ver si le dan trabajo, y los otros se han metido en lo suyo. Te diré que casi no he vuelto a verlos desde que te fuiste. Aquello fue como una saturación, como un final o un comienzo excesivo.

—¿Y el capitán y su mariachi?

La simple mención del capitán nubló la frente de Alma y distrajo la mirada entre las tazas y los restos de croissant.

—Ése está por ahí. Me han dicho que en España. Su mujer acabó mal, en un frenopático. Mi hija va de vez en cuando a verla, para ella ha sido como una madre. Ya ves. Al final te compadeces hasta de los verdugos. En cuanto a la cuadrilla del capitán, se deshizo. Al gordo lo mataron en Paraguay o por ahí, y los demás estarán en cualquier mafia. No faltan.

Alma partía hacia Porto Alegre al día siguiente para ultimar la infraestructura de la delegación argentina.

—Será una gloria, será una gloria porque es el primer año del poder de izquierdas en Brasil, de Lula, un auténtico símbolo para América Latina. Es como si Marcelino Camacho o Nicolás Redondo hubieran llegado a jefes de gobierno en España.

—Es un misterio saber cómo podrán gobernar las izquierdas sin quitarles ni un peso a las derechas, porque de lo contrario las izquierdas serán degolladas y si algo cambia para que nada cambie, las izquierdas perderán el poder y, además, habrán dejado de ser una esperanza.

—¡Gallego! ¡Vaya lógica! Entonces, ¿qué? ¿La lucha armada otra vez? Yo me apunté a eso cuando era adolescente y ya viste. Hay que construir nuevas posiciones de fuerza. Ampliar la presión social sobre los poderes factuales de siempre y romper su recurso al ejército y la policía.

Levantó los brazos Carvalho como si se rindiera y propuso brindar por el encuentro.

—¿Con café con leche?

—No, con una mimosa.

Pidió una botella de champán, argentino, por qué no, y zumo de naranja natural. Mezcló a partes iguales y secundaron el brindis de Alma.

—Por la esperanza.

Ni Carvalho se sumó a la propuesta de acompañar a Alma a Porto Alegre, ni ella a la de secundar un viaje a Iguazú. De buena familia, de una familia incluso rica, y no había estado nunca ni en Iguazú ni en Ushuaia.

—Y tengo que ir. Vaya si tengo que ir. Iguazú, ¿y después?

—Hay que seguir el viacrucis. O subir por América y volver desde allí a Europa o saltar a África y subir desde allí a Europa.

—A casa.

—Eso no lo sé. No sé si podré volver a casa. Pero a Barcelona vuelvo, porque allí empezó nuestra vuelta y allí debe terminar. ¿Y Adriana? ¿Adriana?

—Está por las nubes. La reclaman de todas partes. Es la tanguista de moda.

—Si la ves...

—Desde luego.

—Esta noche cenamos en la Costanera, si te apuntas.

—Es que hago de *baby sitter* de mi nieta. Y ya no puedo cambiarlo.

—Déjalo. Pero allí estaremos. En el mismo lugar al que me llevaste tú por primera vez.

Recuperó el tacto de Alma cuando se sostuvieron las manos en la despedida, también el volumen y el calor cuando se abrazaron lentamente, como si tuvieran toda una vida para hacerlo.

—Gallego, esta vez no cocinaste para mí. Añoro tus arroces con bacalao. Cuídate mucho. Biscuter, cuídelo mucho.

—No se preocupe, se hará lo que se pueda.

Se marchó Alma por Corrientes en dirección avenida de Mayo y respetó Biscuter la voluntad de quietud y silencio que emanaba del cuerpo estatua de Carvalho. Salió de su ensimismamiento y propuso una serie de rutas que pasaban por la visita a San Telmo y por poder ir a ver un partido del Boca contra el River, un amistoso para la beneficencia, y cenar en la Costanera. Luego, simplemente, debían decidir si quedarse o marcharse a por el capricho de Misiones e Iguazú. Calculó Biscuter la diferencia de horarios con Europa y advirtió de que a las doce de la mañana, hora argentina, tenía que telefonear, sin falta, sin recibir el menor comentario de Carvalho sobre a quién o para qué. Incluso era posible que no telefoneara a nadie y que se hubiera inventado durante todo el viaje un vínculo inexistente, como si el medio fuera el mensaje. Pero madame Lissieux había reaparecido en Kabul y en evidente complicidad con Biscuter; en Kabul, un lugar diríase que inadecuado para las reapariciones a no ser que estés dispuesta a cantar canciones de Barbara a las tropas francesas de ocupación. Mañana de sol y por tanto de gente, al norte, la fiesta gaucha con boleadores, caballos, divisas y reses, y en la barriada aparentemente más vieja de Buenos Aires, San Telmo, *brocanterie* en la calle y en las tiendas en casas de planta baja o de planta baja y piso, venta de libros y de flores, en las casas de antigüedades ya los restos de la riqueza desaforada de la ciudad a comienzos del siglo XX, lo que era vanguardia en Europa se importaba sin voluntad de que durara, y junto a esta evidencia, el café de Gardel, decorado de los tiempos del tango repetidos en las calles, una pareja disfrazada de espectáculo bailarín, medias de malla, fular y un sombrero ladeado como la mirada del hombre con patillas de hacha, el tango, vocalizado por casi un anciano, bajo el brazo cancioneros de Gardel, Libertad Lamarque, Hugo del Carril, el Polaco, Rivero, Nacha Guevara.

Comieron empanadas calientes, morcillas argentinas, chinchulines, y salieron corriendo hacia el campo del Boca, diríase que el mismísimo Dresde después del bombardeo durante la segunda guerra mundial: destrucciones, basuras y desguaces acumulados en torno al estadio del Boca, el estadio donde las sucesivas tribunas se asomaban a un acantilado sobre el que colgaban las piernas de los espectadores, diríase que suicidas sentados en el canto. La temporada estaba en suspenso, pero se trataba de un partido organizado por Maradona para recoger dinero contra el hambre, y allí estaban Boca y River, sus hinchadas; las del Boca diríase que clones del mismísimo Maradona, con compactos de un metro cuadrado al hombro, y las del River disimuladas, como espías en un país peligroso, y policías como si se estuviera protegiendo la vida de algún rey con problemas, policías con cara de descarga de pelotas de goma y de saber que se la estaban jugando frente a la vanguardia de los públicos feroces.

Hizo el saque de honor lo que quedaba de Maradona, que era mucho, porque el futbolista se había duplicado más que hinchado, y sorprendía que en cambio sólo tuviera dos piernas, las de siempre, cortas pero infalibles. Carvalho y Biscuter lo sabían cardiópata y se preguntaron cómo podía sobrevivir desde una vida de excesos. No se les escapó el comentario a algunos espectadores y uno tuvo la respuesta adecuada:

—Fidel Castro lo curó. Le dijo: «Mira, pibe, o dejas de allanarte con la nieve y el alcohol o te envío *pa* Siberia.» Y aquí está.

Tras el partido malo y bronco, quiso Biscuter ver la calle

más tanguera del mundo y fueron a Caminito, donde no salía de su entusiasmo más que de su asombro.

—Y es que es de cojones, jefe, que una calle tan canija y pequeña la puedan convertir en una de las más famosas del mundo. ¡Qué colores tan bonitos!

Un taxi los llevó a lo largo del puerto y de las aguas más turbias de todas las aguas turbias hasta Costanera Alta, que olía a carne quemada y a hierbas aromáticas. A Biscuter el ambiente le recordaba los merenderos de la Barceloneta o de Les Planes, y tuvo así el pretexto para teorizar sobre la desaparición de la Barcelona popular y su sustitución por otra cosa, «por otra cosa que no sé qué es, jefe, ¿qué es? Porque claro que hay restaurantes, un montón junto al mar o en la Barceloneta o en el Puerto Nuevo de la Villa Olímpica, pero no es lo mismo».

—Le falta cutrez a la cosa. Antes había algo cutre que estaba bien. Quizá porque nos representaba a un sector cutre de Barcelona y ese sector ya no existe o se ha exiliado o lo han pasteurizado.

Biscuter reflexionaba sobre la cantidad de depuradoras y productos descontaminantes que necesitaría el anchísimo río para poder ser otra vez playa de Buenos Aires y poderlo contemplar sin prevención. Durante fracciones de segundo sintieron una presencia junto a la mesa y no era el camarero, sino un bien trajeado y sonriente personaje que, al descubrir lo que tardaba Carvalho en identificarlo, le facilitó las cosas.

—Disculpen, soy Biedma. ¿Me recuerda? Alma me dijo que iban a cenar aquí y más o menos me orientó bien.

El casi ministro Biedma, el casi ex ministro Biedma, por tanto, estaba allí, ya cenado, pero con ganas de recuperar aquella relación tan compleja y a la vez enriquecedora del episodio del capitán y de la reaparición de la desaparecida hija de Alma.

—Mal día hoy para recuperar a los amigos, un domingo,

pero tampoco ayuda el año, ni el lustro, porque la mayoría no están aquí. Fluyen por los espacios exteriores huyendo de la Nueva Argentinidad. ¿Recuerda usted el eslogan medio fachota? ¡La Nueva Argentinidad!

Había dejado la política y tenía un negocio de *consulting*, zozobrante como el concepto mismo de negocio en la Argentina actual, pero saneado si tenían en cuenta la salud de los demás.

—Ya ve usted. Me beneficia mi pasado revolucionario y mi inmediato pasado contrarrevolucionario a las órdenes del presidente Menem. Una confusión de códigos de este tipo sólo puede darse en Argentina. Pues se lo quiere bien a usted, Carvalho, y se lo recuerda, tal vez por la fuerza que tuvieron aquellos días. ¿Me permiten que los invite a cenar? ¿Me dejan representar el papel de anfitrión? Yo me tomaré un whisky si es que tienen el que a mí me gusta, un Talkien sin hielo.

Lo tenían, y el casi ex ministro fue secundado por sus dos invitados.

—Sentía una gran curiosidad por saber cómo ha contemplado usted, Carvalho, todo lo que nos ha pasado. ¿Le ha sorprendido?

—No del todo. Recuerdo que mientras yo estaba por aquí un ministro de Menem declaró que, si los argentinos dejábamos (lo dijo en plural) de robar durante dos años, podríamos llegar a ser el pueblo más rico de América.

—Cierto.

—Y el de un alcalde ilustrado de Buenos Aires, creo que incluso doctor en Letras, que afirmó que se había llevado hasta las veredas, las aceras para nosotros.

—Cierto, pero no es suficiente.

—Y luego sólo se les ocurre a ustedes privatizar con la ayuda del capitalismo español.

—Cierto, cierto. Pero no es suficiente explicación. Aquí ha

habido como una dejación, una desfachatez colectiva, un reduccionismo de la argentinidad a sentirte partidario de la selección nacional de fútbol o de la reconquista de las Malvinas. Como si éste fuera todavía un país de aluvión, de recién llegados, no siempre convencidos de que han de quedarse. ¿Han visto ustedes las colas ante las embajadas de España, Italia o Israel? Es como un referéndum. Y menos mal que los de origen polaco no confían en vivir mejor si vuelven a Polonia, y los chinos no saben a qué atenerse con respecto a las diferencias entre el capitalismo de China continental y el de Formosa, porque de lo contrario estarían en fila ante esas embajadas.

A continuación hizo una radiografía de su promoción de luchadores montoneros o trotskistas treinta años después del inicio de la lucha:

—Estamos entre la inanición y el anonimato, algo parecido a una nueva clandestinidad, como si viviéramos en una catacumba no material, disfrazados de supervivientes sin memoria ni deseos. A veces me digo: «Tienes complejo de culpa», pero lo rechazo, porque lo último que debe hacer cualquier víctima de El Proceso es admitir su parte de culpa. Además, la situación es nueva. El ejército se ha quedado sin moral y el capitalismo argentino se esconde por las esquinas más ricas de Buenos Aires para no enseñar su rostro de traidor y apátrida. Lenin hubiera dicho que era el momento de dar el golpe, de asaltar el Estado y plasmar el cambio. Pero miremos alrededor. Mirémonos a nosotros mismos y contemplemos con estupor eso que llamamos globalización, eso que se parece tanto a una merienda de negros, frase equívoca porque dudo de que sea una constatación racista de canibalismo negro y me inclino porque seamos nosotros quienes nos merendemos a los negros. ¿Qué cambio? ¿Hacia dónde? ¿No fue usted el que, medio borracho, en aquel asado con Mario Fiermenich, dijo que el problema para montar una nueva internacional era dónde instalar el fax?

En vuelo hacia Iguazú, Biscuter no dejaba de expresar su admiración por Biedma, por lo bien que hablaba, por lo clara que estaba la oscuridad después de sus argumentaciones, o a veces lo oscura que resultaba la claridad. Carvalho quería limitarse a ampliar la postal de las cataratas que tenía en la cabeza, sentir el frescor de la caída del agua y marcharse cuanto antes con su presa, exactamente, como un cazador de cataratas importantes, o del Taj Mahal o del Pacífico, en un día de tornado.

—Es usted un culo de mal asiento. Empieza a marcharse de los sitios en cuanto llega.

—Mi madre era igual. Cuando iba de visita se sentaba en el canto de las sillas, siempre como si estuviera a punto de marcharse y le molestara permanecer demasiado tiempo en un sitio.

—A eso en catalán se lo llama *ser el cul d'en Jaumet*.

En cambio, una vez coleccionada la catarata, lo atraía la convocatoria de lo que quedaba de las misiones jesuitas, de un intento de Ciudad de Dios adaptada a los indígenas, en unos tiempos en que los jesuitas eran la vanguardia de la regeneración del catolicismo. Y lo atraía Ciudad del Este, Paraguay asomado a las cataratas a través de una población de frontera donde se podía ver lo que se vendía en cualquier puerto franco con abundancia de marcas falsificadas y, sin embargo, era muy difícil de percibir el tráfico de drogas o de armas. El agua empezó metafóricamente a encharcar los cielos y a empañarles los ojos a medida que el avión sobrevolaba el encuentro del Iguazú con el Paraná. Con el hotel en la parte brasileña, el aperitivo de perspectivas tan cenitales les forzó el ritmo de dejar las maletas y correr hasta el primer helicóptero libre para acercarles las cataratas casi tanto como podría habérselas acercado el cine en relieve o el sistema Todd-Ao de uno de los cien mil maridos de Elisabeth Taylor. Disciplinadamente, las aguas se desparramaban dentro de un límite para luego precipitarse desde una altura máxima de ochenta metros, a lo largo de un frente de casi tres kilómetros, y caer con precisión de piernas de *rockette* en el escenario de la RKO Radio de Nueva York. A Carvalho le vino a la memoria la secuencia de una tarde en la RKO, un Liberace de mantequilla y disfrazado de madame Recamier al piano y las *rockettes* entre la sutileza y el tracatrá irrechazable, y así las aguas terrosas adquirían categoría de espumas esenciales sin perder su peso rotundo en el choque al final del abismo. Aquella superproducción acuática contemplada de cerca los convertía en exclusivos protagonistas del espectáculo, carente de animadoras como Jean Peters o Marilyn Monroe en *Niágara,* la película que trató de inutilizar la posible magia magnética de las aguas en busca repentina del nivel del mar. El cine había convertido las cataratas más impresionantes del mundo en efectos especiales de la naturaleza, y a lo vivo las del Iguazú les devolvían una inquietud similar a la que les había provocado el mar cuando jugaba con el *Idiazábal* sin compasión.

Terminado el sobrevuelo que incluía asomarse a la caída de las aguas casi desde el borde de la catarata, se embarcaron en una motora cubiertos por impermeables sólidos, y esta vez fueron río arriba, acercándose al tabique de agua, como en Perito Moreno los había acercado a los secretos convulsivos del gigante de hielo. Tenían las narices empapadas de una humedad fangosa, emanada de aguas marrones en cuanto se tranquilizaban y dejaban de ser salto, torrente o espuma y luego, de nuevo en los senderos que rodeaban el escenario acuífero, el olor persistía como si fuese casi sólido e impregnaba de hecho el paisaje. Se bañaron en la piscina del hotel y a Carvalho le sorprendió que Biscuter merodeara por los establecimientos comerciales ubicados en las galerías, muy especialmente en torno a Stern, una joyería omnipresente en América Latina y sobre todo en Brasil. Atraía a Biscuter ante todo un reloj de oro y lapislázuli, como si fuera un fuego móvil que lo obligara a permanecer frente al escaparate por si aumentaba, menguaba o se salía de cauce.

—Es el reloj más bonito que nunca he visto. Pero eso al menos cuesta un millón. ¡No, no pregunte el precio!

Pero Carvalho se había metido en la tienda y se enteraba del coste, cercano a los cinco mil dólares, a pagar a plazos si eran brasileños, aunque siempre les quedaba la posibilidad de comprarlo mediante tres o cuatro plazos de tarjeta de crédito. «Ni que estuviera loco», le dijo Biscuter a Carvalho en catalán, pero cogió el reloj entre los dedos, alienado por el convencimiento de que aquel objeto debía de medir el tiempo de manera suficiente.

—Es de mujer, claro.

—Hoy día, ¿qué diferencia lo que lleva el hombre de lo que lleva la mujer?

El argumento de la vendedora ruborizó a Biscuter.

—No, no. He pensado en una mujer, pero aún queda mucho viaje para hacerlo con esto.

—Podemos remitírselo a donde usted quiera, sin necesidad de que haya allí una sucursal de Stern. ¿De dónde son ustedes?

—De Barcelona.

—*Salut i força al canut!*

La muchacha había dicho con toda naturalidad que les deseaba muy buena salud y que el falo se les empinara con toda su fuerza, por lo que ellos no pestañearon y se lo tomaron como un elogio al país de su infancia, pero nada más salir de la tienda, Biscuter dijo que iba a volver a entrar para explicarle a la muchacha qué quería decir lo que había dicho.

—Algún catalán cabrón que ha pasado por aquí le ha dicho que era un cumplido muy fino, por ejemplo, «a su disposición» o «beso a usted sus pies». Recuerdo que en mis tiempos juveniles de Andorra a algunas camareras recién llegadas, preocupadas porque todavía no sabían catalán, yo les enseñaba que lo mejor que podían decirle a un cliente catalán era: «*Tens una cara de cul brut que fa fàstic.*» Y picaban. Vaya si picaban. Imagine esa chica, tan bonita, tenía tipo de modelo, rubia.

—Teñida.

—Pero muy bien teñida.

Carvalho dejó de caminar hacia el restaurante a la espera de que Biscuter cumpliera su deseo de desencantar a la doncella, pero no se atrevió, y así llegaron al comedor, donde cenaron sin entusiasmo, según una carta que no era ni brasileña, ni argentina, aunque sí francófona, porque los nombres de los platos estaban en francés. Al día siguiente los esperaba la excursión programada hacia las misiones de los jesuitas en torno a Posadas, el reencuentro con ruinas algo advenedizas, ruinas del siglo XVII y XVIII que pertenecían exclusivamente a la memoria del conquistador, del colonizador, del inmigrante, pero casi una anécdota para los indígenas que habían construido sus ruinas mucho antes. Lo que quedaba de las misiones jesuitas impresionaba por el correlato de poder, en el sentido moderno de la palabra «poder» que implicaba la construcción y la destrucción del imaginario colonial de aquellos curas de vanguardia y el recelo de los colonos que habían recibido encomiendas y veían con malos ojos las prerrogativas de los indios que trabajaban en las misiones, su alianza con los poderes fácticos de la monarquía española y del Vaticano, ante lo que consideraban una incontrolable peripecia experimental. Las ruinas o estaban cubiertas de selva, como en Santa Ana, o tenían poca relevancia, como en Loreto, y en cambio conseguían evocar un ámbito y una experiencia en San Ignacio, ruinas restauradas después de la segunda guerra mundial, consideradas por la Unesco Patrimonio de la Humanidad, el lugar en el que durante un siglo indígenas y jesuitas consiguieron concertar un modo de producir y de creer antes de ser arrasada la experiencia y prohibida la actuación de la Compañía, primero en América, y finalmente expulsados de España por Carlos III.

—¿Entonces estos curas eran progres, jefe?

—Empezaron siendo los guerrilleros de Cristo Rey del siglo XVI, armando la Contrarreforma y considerándose soldados de Cristo. Pero eran inteligentes y se adaptaban a la lógica de los lugares y las circunstancias. En España fueron siniestros hasta que algunos de ellos descubrieron la Teología de la Liberación, incluso a Freud y a Marx. Pero ya tenía la Iglesia su ejército de reserva integrista, el Opus Dei. Es posible que éstos no dejen otras ruinas que los bancos y las universidades que controlan. Es una secta implacable de vencedores.

Las ruinas de San Ignacio permitían descodificar la estructura de la misión, las viviendas de los indígenas, los lugares de trabajo y religión, e insinuaban un espacio en el tiempo como se podía percibir en Grecia en el ámbito de Epidauro y su teatro. El trópico había luchado tanto como los reyes de España y el Vaticano contra aquel intento de racionalización de una absorción espiritual, y no sólo la selva trataba de tragarse las piedras, sino que algunos árboles habían extendido su corteza por encima de columnas fagocitadas. Lo que no había destruido la alianza entre el abandono y la selva lo hicieron los ejércitos nacionales nacidos de la independencia, y la de San Ignacio fue demolida por tropas paraguayas, destruida hasta la invisibilidad y desbrozada antes que restaurada a partir de su redescubrimiento en 1897. Los indios guaraníes en la zona de Misiones correspondiente a Argentina y a Brasil fueron prácticamente exterminados, sin embargo, sobrevivieron a través del mestizaje dominante en Paraguay.

El guía hacía una lectura de la existencia de las misiones jesuitas en parte basada en la historia real, en parte en la película interpretada por Robert De Niro, obligado porque los turistas todo cuanto veían lo relacionaban con lo que habían visto en el cine y se sentían algo defraudados porque las misiones quedaban muy lejos de las cataratas de Iguazú, y en cambio, en la película parecían estar al lado. El trabajo del monitor, que se había presentado como profesor de Antropología, acababa siendo o una adaptación de la película a la realidad o de la realidad a la película. No sólo había que ver las ruinas o la reaparición de las aguas del Paraná, ya río importante con ganas de llegar a Buenos Aires aunque fuera putrefacto, después de ser laberinto en el Tigre, para acabar mar en el río de la Plata. Biscuter vivía la experiencia como si viajara junto a un río normal que acabaría siendo el Amazonas o, más modestamente, como cuando había ido a las fuentes del Llobregat y luego lo había visto desembocar en el Mediterráneo como una cloaca.

—Las dimensiones son diferentes, pero la regla es la misma. ¿Están contaminadas las cataratas, jefe?

—Hemos llegado a tiempo. Creo que no. Pero nada puedo asegurarte con respecto al inmediato futuro. Contemplemos los hielos, los ríos, los campos de mate, las orquídeas, los abalones y las cataratas con compasión, Biscuter, porque es evidente que no son eternos.

Por la carretera pasaban junto a campos dedicados al té o al mate y casi todos los hombres argentinos que viajaban en el autocar sacaron su calabacita del bolsillo de la chaqueta o de las bolsas de viaje, también el termo donde sobrevivía la ponzoña milagrosa y la caña de plata con que absorberla, y volvieron a las cataratas de Iguazú bebiéndose tal vez un paisaje que sólo ellos veían.

Y se fueron a Ciudad del Este a pesar de la no muy entusiasmante propaganda turística convencional sobre una población antiguamente llamada Puerto Presidente Stroessner, en alabanza al entonces dictador de Paraguay, ahora presentada como una horrible y contradictoria —por lo destartalada— ciudad comercial, perteneciente a la geografía universal de las ciudades mercado de mercancías sin impuestos. En uno de los folletos se recomendaba no permanecer en la ciudad pasadas las horas comerciales, porque eran frecuentes las agresiones y los robos, y además porque buena parte de quienes trabajaban en el comercio residían en Foz de Iguazú y se apoderaban de los autobuses de regreso a casa como si fueran vagones del metro de Tokio. Los atraía la otra Ciudad del Este, la de las grandes marcas internacionales falsificadas, la de las tramas de traficantes de armas, de drogas, de blancas, conectadas tradicionalmente con los altos cargos militares paraguayos. Abigarrada presencia de tenderetes, tiendas y almacenes en calles que eran fangales, cuando no cloacas al aire libre, correlato objetivo a los estuches de las mejores marcas al servicio de la piel humana, fueran perfumes o vestuarios. Buscaba Biscuter perfumes que había visto en la propaganda televisiva española, francesa, de nombres sugerentes como Farenheit o Egoïste, carísimas en España, según su opinión, y aquí muy baratas, al igual que los abrigos Armani, peletería de bebés de foca y de hipopótamos en flor, jamones enteros de Westfalia y robots de cocina alemanes. Pudo Carvalho convencerlo de que no se comprara ningún abrigo de pieles, ni siquiera Armani, entre otras cosas porque dudaba de que fuera de Armani, ninguno era de su talla y no pasarían por lugares donde el abrigo cumpliera una función o les diera tiempo para adaptarlo a la estructura física de su dueño. Pero dos botellines de Farenheit y otros dos de Egoïste pasaron a la mochila sin fondo de Biscuter. No se dejó convencer Carvalho para hacer lo propio y consiguió sacar a su compañero de almacenes cúbicos y desalmados, por más que estuvieran llenos de marcas estelares, para recorrer las calles despavimentadas por diferentes causas, cuando no congénitamente embarradas y cauces de toda clase de líquidos de desperdicio. Abundaban más los establecimientos parecidos a tabernas que a cafeterías y en uno de ellos pidió Carvalho una cachaça y Biscuter una caipirinha, dos maneras de estar en Brasil sin salir de Ciudad del Este, mientras asumían la quietud de las gentes allí sentadas, gentes de aluvión por las características de la ciudad. Escasa la presencia de algún turista intruso en la jerarquía de paraguayos o de apátridas, todos los diseños humanos parecían en armonía con los colores y las materias que conformaban el espacio interior de una taberna procedente de las ruinas arqueológicas del laminado plástico, las sillas tubulares. En aquella caverna, en cierto sentido prehistórica, las estalactitas eran tiras insecticidas llenas de moscas comunes pero también de insectos, diríase que de coleccionista; en las paredes, calendarios de bellezas locales o anónimas, cuando no carteles, uno de toros de 1979 y otros dos de propaganda de Asunción y del Chaco.

Sin necesidad de explicitarlo se pusieron los dos la mentalidad de regreso, y nada los invitaba o los inducía a buscar otros tráficos, desde la evidencia de que tal vez su aspecto fuera un poco atractivo sistema de señales para los traficantes. Ya en la calle recibían propuestas de almacenes o de tiendas de cueros presumidas de tener los mejores de toda América, superiores a los argentinos, uruguayos y brasileños. No estaba el taxi en el punto acordado o se equivocaron de lugar de cita, y se vieron rodeados por la estampida de vehículos dispuestos a atravesar el puente fronterizo en una y otra dirección.

—¿Y ahora, qué?

Como si tuvieran el mapa de América a disposición del dedo índice, Ciudad del Este a sus espaldas y el imperativo de dar la vuelta al mundo, quedaron en el arranque del puente de la Amistad, un puente de la amistad más, qué importa, que los devolvía a territorio brasileño.

—De momento, el equipaje. Hay que recuperar el equipaje.

Con un mapa de Sudamérica en la mano, Biscuter señalaba la ruta del norte hasta el Amazonas y Manaos o la del este, hacia São Paulo, Río de Janeiro, Bahía, San Salvador de Bahía.

—¡Oh, Bahía... hiá! —cantaba Biscuter en homenaje a Carmen Miranda o a *Los Tres Caballeros* de Walt Disney, pero el cuerpo sentía la llamada del agua y proponía o el Mato Grosso para ver el pantanal de São Lourenço o, más arriba, el Parque Nacional de Araguaia.

—Un puro charco.

—La naturaleza todavía no domada.

—¿Y por qué no nos metemos en Paraguay y subimos hacia Perú, Ecuador?

Biscuter tardó en contestar, como si le costara reunir las palabras adecuadas, y al fin dijo:

—Porque necesito estar en África a mediados de diciembre, si es posible, antes de Navidad, desde luego.

Carvalho no quiso asombrarse, ni enfadarse.

—Tus citas con los relojes son sorprendentes, y siento una gran curiosidad por saber qué se te ha perdido en África, supongo que en algún punto concreto de África.

—Me parece habérselo insinuado en alguna ocasión. Ese punto concreto es Ouarzazate, en el valle del Draa, un río que baja del Atlas, al sur de Marruecos. No puedo decirle mucho más, jefe, pero debe confiar en mí. Si usted me dijera que sabe adónde ir, yo iría sin preguntarle nada. Pero usted no sabe dónde ir.

—Cierto. Ni siquiera sé si ir contigo a Ouarzazate, donde, si no recuerdo mal, se ubica el Hollywood marroquí.

—Allí mismo.

—¿Algún contrato?

—No se ría, jefe, pero algo hay de eso. Cuando lo sepa todo, se quedará maravillado, estará ante una auténtica sorpresa y ya apenas quedan sorpresas.

Caminaban por la acera tratando de recorrer a pie el puente de la Amistad, colapsado por el tráfico y un repentino celo de la aduana paraguaya, cuando Carvalho creyó oír que alguien lo llamaba, y a la tercera vez que sonaba su nombre fue Biscuter quien le señaló a un motorista, diríase que con armadura de luto, que se había alzado medio casco para poder gritar el nombre.

—¡Carvalho!

Tardó un segundo en ubicar aquella estampa, seis años atrás, en Buenos Aires, cuando en torno al siniestro capitán revoloteaba su guardia de corps de motoristas negros y claveteados, como con luces de plata. Se acercaba la moto a la acera, Carvalho se llevó la mano a la pistola insinuada en el bajo vientre y previno a Biscuter:

—Cuidado con este tío.

Llegó el motorista a su altura, se quitó el casco y apareció el cabezón trapezoidal de un hombrón canoso lleno de ojeras y de labios caídos, tristes. Se quitó el guante derecho y tendió la mano a Carvalho.

—Usted no me conoce por mi cara, pero nos hemos visto muchas veces, hace años, en Buenos Aires, a raíz de aquellas historias del capitán y los desaparecidos. No me guarde rencor. Yo era un mandado. Los he visto callejear por Ciudad del Este y he dudado en identificarme, pero me jode no recuperar parte de mi historia, y aquí me siento como desterrado. Los hombres del capitán no hemos tenido suerte. El gordo se quedó en este puente con el corazón roto. El capitán anda por Europa, Dios sabe en qué historias, y los demás nos ganamos la vida como podemos en distintos lugares de América, aguantando trabajos no demasiado buenos, de rompehuelgas o mercenarios de estancieros. He visto a auténticos jinetes de moto, caballeros de moto, al servicio del orgullo argentino, convertidos en guardianes de cafetales en Guatemala. Yo aquí, otros en Venezuela o Brasil. No podemos volver a Argentina porque allí pagaríamos los platos rotos por el capitán. ¿Viene de Buenos Aires? ¿Está linda la ciudad? ¿Ha visto a la señorita Alma?

Lo preguntaba como si Alma fuera una perdida amistad, y era probable que aquel hombre hubiera participado en los secuestros y vejaciones que había sufrido la muchacha. Incluso podía ser el que se le había orinado encima cuando estaba en el suelo semidesnuda, pero Carvalho le había dado la mano maquinalmente y apreciaba un cierto afecto en el habla del sicario, como si realmente formara parte de su mejor memoria.

—¿Y por qué se van tan pronto? ¿No les ha gustado Ciudad del Este? No todo es como lo que han visto. Hay barrios residenciales mejores y yo tengo en uno mi casita, con mi señora y mis niñas, pequeñitas, son gemelas y nacieron hace tres años. ¿Por qué no se vienen a cenar con nosotros? Sería un honor, señor Carvalho. Cuando se encuentran los viejos soldados alemanes y norteamericanos, toman copas y se limitan a recordar tiempos en que eran enemigos, pero más jóvenes.

Biscuter estaba emocionado. Carvalho, receloso pero divertido, oponía a la oferta del sicario la dificultad de salir de aquel puente fronterizo colapsado, lo que provocó una sonrisa satisfecha en el motorista, que oteó el horizonte y vio a un aduanero paraguayo que regresaba a casa.

—¡Patricio!

Miró alrededor y detrás de él el aduanero, y llegó a la conclusión de que no había ningún Patricio.

—Yo no soy Patricio. Me llamo Solvente.

—Eso es, Solvente. Soy Medina Campos, el capitán Medina Campos, y estos amigos míos necesitan volver cuanto antes a Ciudad del Este. Necesitan un coche y paso.

Se cuadró Solvente y con toda energía detuvo un coche que iba en dirección a Paraguay y obligó al conductor a aceptar la compañía de Carvalho y Biscuter. El supuesto capitán Medina Campos se caló el casco, colocó la moto como ariete para abrir pasillo a la acelerada marcha del coche donde iban sus invitados, lanzó una estruendosa sirena contra el ruido total del tráfico y consiguió vencerlo, así como la dificultad de abrir espacio, casi adheridos los coches y los autocares para permitir el cumplimiento de aquella emergencia. Una vez en Ciudad del Este, conminó el motorista a que lo siguiera el coche, y marcharon por un pequeño valle lleno de casitas con mínimo jardín alrededor y un riachuelo torrencial en sus traseros. Allí estaba la casa de madera verde de Medina Campos, y ante ella se encontraban de pie Carvalho y Biscuter con ganas de marcharse y de quedarse.

—Perdonen que me haya presentado como capitán, pero sólo así funcionan las cosas. Los tenientes ya no impresionan, y mucho menos los sargentos.

Avanzó hacia la casa gritando: «Dulce, Dulce de Leche, Dulce, Dulce de Leche», y al rato salió una joven guaraní preñada, tirando de una niña en cada mano y componiendo una sonrisa en la que faltaban tres dientes.

—¿Qué hacemos aquí, jefe?

—Otra vez la tentación de las Antípodas.

Improvisó Dulce, Dulce de leche, una cena de fríjoles fritos, costilla de puerco a la brasa y papaya con zumo de lima que fue del agrado de los invitados, asaltados primero por una botella de caipirinha con el zumo de lima incluido. Bastaba echar unos pequeños planetas de hielo en el vaso y la botella eliminaba la función del barman, era puro cóctel. No cenó la mujer con ellos, atenta a la disciplinada contemplación del televisor en compañía de sus niñas, mientras el falso capitán Medina Campos iba empapándose de caipirinha y de nostalgia, preso de un ataque de logomaquia a propósito de sus hazañas de juventud en el gremio de transportistas de Rosario, luego en Buenos Aires y finalmente coaptado para la guardia privada del capitán.

—Era uno de los hombres con más poder en Argentina. Nos hizo a su medida y cuando se marchó nos dejó en la miseria, no desde el punto de vista económico, en la miseria, miseria, es decir, no sabíamos ni para qué servíamos. La nuestra era una función aséptica, profiláctica, nos decía, de la que dependía la salud de la patria, la salud de la patria de los buenos argentinos dispuestos a dar la vida por una Nueva Argentinidad. Se me erizan los vellos sólo de recordar sus arengas, con aquella voz seca, dura, inapelable. Y aceptábamos los trabajos más duros, a veces más sucios, sólo porque él, nuestro capitán, nos lo pedía.

Brindó hasta en cinco ocasiones en memoria del capitán y a Carvalho empezó a agriársele la caipirinha. Los brindis ya no le sonaban a ironías de la historia, sino a canalladas de la historia, porque el capitán real era un canalla, y el falso capitán anfitrión también. Pero de la verbalidad alcoholizada del hombre empezaron a salir informaciones sobre los movimientos de mercenarios paramilitares por toda América Latina.

—Hasta hace unas semanas estuvimos barajando la posibilidad de ir a armar un cirio a esa reunión de Porto Alegre, a esa reunión de los rojos de todo el mundo, de los nuevos y viejos rojos de todo el mundo. Ese Fórum Social a finales de enero, eso de los antiglobalizadores que a mí me la trae floja que se sea globalizador o antiglobalizador, pero toda mi vida he estado contra los rojos, y ésos de Porto Alegre rojos y bien rojos son. Pero, no. De momento, nada de Porto Alegre, porque acabará por entonces de tomar posesión el nuevo presidente de la República del Brasil, Lula, y no ha llegado el momento de desestabilizarlo, hay que esperar a que se ahorque con su propia cuerda, porque ése es rojo, de lo más rojo, por mucho que disimule ahora.

Se fue el falso capitán a por un mapa de América, de cuerpo entero y presente, lleno de anotaciones y trazos, como si se estudiara un plan de ocupación del continente de México para abajo, y con un rotulador subrayó un trazado que unía Brasil con Venezuela y Cuba.

—Lula, Chávez y Fidel Castro. ¿Se acabaron los bolches? ¡No se acabaron los bolches! Ahí está este trío de bolches, de bolcheviques, que pueden volver a incendiar América, como cuando tuvimos que zurrarles y arrojar sus cadáveres desde los aviones, sobre el río de la Plata. Compañeros míos se mueven por Venezuela zarandeando a ese militar bolche disfrazado de Bolívar, y no tardaremos en aparecer en Brasil y para eso se cuenta conmigo porque yo conozco muy bien lo que pasa aquí al lado. Lástima, lástima.

Tenía los ojos llorosos Medina Campos y con las manos se repasó el cuerpo.

—Ya no es lo que era. ¿Qué edad me echan ustedes? No, no se molesten. Sesenta. Sesenta años y padre de dos niñitas de tres. ¿Qué va a ser de ellas si me pasa algo?

—¿No tienen un seguro o un fondo de pensiones?

Las palabras de Biscuter parecían azucenas colgantes sobre la inicial perplejidad del mercenario, pero poco a poco las admitió y señaló hacia su invitado con un entusiasmado dedo índice.

—Usted piensa por su cuenta. Pues no, no tenemos un seguro o un fondo de pensiones que no se haga cada cual, y sólo hay como una confianza ciega en que, si caes por ahí en acto de servicio, los compañeros se preocupan por los que dejas. Pero no siempre es así y menos ahora, cuando todo es más frío, más profesional y esto se ha llenado de mercenarios recién llegados de Yugoslavia o de la URSS, y ésos no tienen ni edad para recordar, fíjense ustedes, ni edad para recordar. Y precisamente eso, recordar, es lo que distingue al hombre de los animales.

Ya estaba Biscuter investigando sobre posibles planes de seguros para el matarife cuando Carvalho lo interrumpió y le señaló el reloj al tiempo que le lanzaba una mirada disuasoria.

—¡Quédense a dormir! ¡Háganme este honor! No es que sea la casa muy grande, pero las niñas dormirán con nosotros.

Ya estaba en pie Carvalho sonriente pero reclamando un taxi con energía y el capitán también recuperó una tambaleante verticalidad, ratificada con una manaza sobre un hombro de Carvalho y la otra sobre otro de Biscuter.

—Nada de taxis. Entre compañeros, las cosas se resuelven de otra manera.

Salió al breve porche de su casa y gritó cuanto pudo el nombre de Belisario, hasta que se encendió una luz en la casa de enfrente y apareció Belisario en estado de alarma y calzoncillos en tecnicolor.

—Saca la moto, que hay que acompañar a mis amigos.

En vano las protestas de Carvalho. Biscuter con Belisario y él con Medina, subieron a las motos adosados a las espaldas de los jinetes sin más vestuario ahora que una camiseta sin mangas, calzoncillos Belisario, y pantalones de paracaidista el falso capitán. Carvalho tuvo que abrazarse al cuerpo de su conductor porque muchos eran los baches y algunas las eses que hacía la moto de un Medina cantor de *Alma, corazón y vida.*

> *Alma para conquistarte,*
> *Corazón para quererte*
> *y Vida para vivirla junto a tiiiiii.*

En la puerta del hotel quiso Medina improvisar un mitin sobre la amistad por encima de las fronteras geopolíticas e ideológicas, y al no permitírselo la precipitada retirada de sus invitados, se dedicó a estrujarlos mediante abrazos de atleta sesentón peso pesado que demolieron a Biscuter y dejaron a Carvalho impresionado, sobre todo porque era más perceptible el pistolón que el mercenario escondía en los pantalones que la pistola que Carvalho amagaba en los calzoncillos. Pasivamente, Belisario contemplaba lo que suponía despedida fraternal fascista, y se marchó ligero en cuanto comprobó que a Medina Campos no le quedaban abrazos. Ya en sus habitaciones, Carvalho y Biscuter oían el ronroneo de la moto de Medina, resistiéndose al regreso, y por la ventana semiabierta pudieron ver al motorista ensimismado, como rumiando las caipirinhas o la verborrea vertida, y de pronto arrancó como si se le acabara el tiempo, en pos del horizonte de su casita y de sus gemelas. Carvalho pasó entonces a la habitación de Biscuter.

—Mañana hay que marcharse cuanto antes. Ese cabrón

despertará de su sueño solidario y mañana volverá a darse cuenta de que él es un fascista y nosotros no. Estos tíos son más peligrosos que las mangostas y las cobras juntas y sumadas.

—Pero si estaba emocionado, el hombre.

—De eso se trata. Estos tíos piensan y matan emocionalmente. Los vi actuar durante mi estancia en Buenos Aires y no tienen piedad.

El exceso de caipirinhas lo hizo dormir intensamente durante hora y media, pero ese mismo exceso lo despertó y lo dejó desvelado y con resaca. Por la televisión daban un madrugador serial brasileño con más de diez años de edad y consiguió captar la selección de noticias de Televisión Exterior de España, fundamentalmente las razones del presidente Aznar para solidarizarse con Bush en la cantada guerra contra Iraq, sin la menor voluntad de aceptar que las conclusiones de los expertos de la ONU fueran absolutorias. Iraq era un peligro, dijera lo que dijera la ONU. Por un momento se interesó Carvalho por los excesos del voluntarismo histórico del jefe de gobierno de su país, pero pasó a la conclusión de que su proyecto personal e histórico no tenía nada que ver con la guerra de Iraq, sino en cómo acabar la vuelta al mundo, con qué dinero y por dónde. Hacer cuentas a las seis de la mañana con las caipirinhas en el galillo lo obligó a beberse aguas y refrescos de la nevera de la habitación, y a medida que se rehidrataba, las cuentas le salían más amenazadoras. Casi no le quedaban *travellers*, y si bien podía sacar dinero con la tarjeta de crédito, eso era como proclamar dónde estaba, como señalizar el trayecto de sus cobros. Le parecía poco ético y sobre todo poco estético recurrir sistemáticamente al dinero de Biscuter, por lo que no quedaba otra solución que pedirle un préstamo a Charo a cuenta del dinero que él seguía conservando en la caja. Mal trago el llamar a Charo con un propósito económico y peor el encargar a Biscuter que lo hiciera.

Se puso el traje de baño y se lanzó a las aguas de la suficiente piscina con leve catarata vertida desde una concha de hormigón y se quedó bajo el torrente de las aguas por si le limpiaban el cerebro de alcoholes y prevenciones. Después de nadar dos o tres largos, Carvalho tuvo un ramalazo de placer, el del cuerpo en un medio propicio, el de la piel en contacto con el frescor del agua bajo una bóveda de amanecer y brisa tibia, y desde esa sensación agradable fue el primer cliente del hotel que accedió al restaurante donde servían un bufete como desayuno.

Era portador de mapas, bolígrafo y papel en blanco. Calculó recorridos y expectativas, y decidió plantear a Biscuter el dilema de subir hasta Manaos o acercarse a la costa atlántica para dar el salto hacia África. Diciembre enseñaba sus fiestas en cualquier calendario y el debut cinematográfico de Biscuter en Ouarzazate podía empezar en la mismísima Navidad, tal vez desempeñando el papel de Virgen María o de Niño Jesús en algún belén de telefilme italiano. Si el avance era hacia la costa no había más remedio que ir hacia São Paulo, y desde allí escoger objetivos según las urgencias de Biscuter. Después del Hollywood marroquí, ¿qué? Llamó a su compañero por teléfono desde el comedor y, cuando llegó diezmado por las tempestades internas de la caipirinha, diríase que a granel, le expuso el proyecto de avanzar hacia el este, así como la situación económica que exigía una reserva de dinero, por lo que pudiera pasar, reserva que sólo podía pedirle a Charo. Se sacó Biscuter un puñado de papeles y documentos del bolsillo de su sahariana amarilla, escogió un papel y lo puso ante la consideración de Carvalho.

—Jefe, es el balance o saldo o lo que sea de mi cuenta de la Rambla, sólo de mi cuenta de la Rambla.

Calculando los últimos ingresos y gastos del mes de mayo, Biscuter conservaba doscientos mil euros, unos treinta y cinco millones de pesetas. Carvalho le exigió que aceptara un pagaré a cuenta del fondo que le quedaba en la Caja de Vallvidrera, y un cuarto de hora después pasaba a manos de Biscuter un documento manuscrito que decía:

Don José Carvalho Tourón adeuda a don Josep Plegamans Betriu, alias Biscuter, *la cantidad de tres mil euros que se irán gastando en función de los gastos del viaje de Vuelta al Mundo.*
Foz de Iguazú, 3 de diciembre de 2002.

Pagada la cuenta, el recepcionista les entregó un paquete que les había dejado el capitán Medina Campos una hora antes. Carvalho sugirió abrirlo antes de subir al coche de línea, no fuera una bomba de explosión retardada y matara a gentes más inocentes incluso que ellos. Abierta la caja, en su interior había dos botellas de caipirinha, y Carvalho sintió un retortijón en el estómago y otro en el corazón. Los seres humanos no sólo son peligrosos, sino además contradictorios. De Foz de Iguazú a São Paulo debían recorrer poco más de mil kilómetros, es decir, quince o dieciséis horas de viaje, contando dos paradas anunciadas, las dos sanitarias y una de ellas a la vez alimenticia. La segunda estación era Curitiba, nombre que le sonaba a equipo de fútbol de su memoria adolescente, y allí los viajeros que lo desearan podían enlazar con autobuses hacia el litoral, concretamente hasta Paranaguá, ciudad cafetera que conservaba un centro histórico y desde la que se podían hacer excursiones a las islas que cerraban su bahía. También en Punta Grossa se iniciaba una posible excursión hacia el Parque Nacional de Isla Velha, que entretuvo un tanto la imaginación viajera de Biscuter, atraído por el anuncio de un parque geológico lleno de esculturas creadas por la naturaleza y de cuevas que a veces tienen cien metros de pared y están unidas por una laguna subterránea llamada Dourada.

—Te esperan en Marruecos.

—No se puede ver todo. Hay que dejar cosas para otra ocasión. Algún día haremos otro viaje parecido y veremos cosas nuevas.

Carvalho, en cambio, se despedía de los lugares sin melancolía pero para siempre. Era consciente de que nunca más volvería a ver y a vivir lo que estaba viendo y viviendo. Durante un trecho recorrieron el parque de Iguazú y luego comenzaron la travesía del estado de Paraná con la ayuda de dos películas programadas, la una antes del almuerzo y la otra por la tarde, más un documental de noticias atrasadas sobre las elecciones presidenciales brasileñas, los primeros recorridos del nuevo presidente Lula y la plaga de secuencias cómicas agresivas que estaba inundando las programaciones de aviones, trenes y coches de línea. En esta circunstancia, un gamberro provisto de una manguera oculta en sus ropas regaba a cuantos pasaban a su lado, con el desagravante de que eran días de verano en una ciudad centroeuropea o nórdica y que sólo un joven asaltado por las aguas se revolvía contra el bromista dispuesto a darle con un confuso objeto cilíndrico y contundente. La película era norteamericana y versaba sobre una agente del FBI que se infiltra en un concurso de belleza femenina porque les llegan noticias de una conspiración con atentado incluido. Era una de las películas más imbéciles que jamás había visto, por sí misma justificaba una guerra de Iraq contra Estados Unidos, y que los iraquíes no dejaran piedra sobre piedra en Hollywood. Indignado por el tiempo perdido y por la sospecha de que la protagonista, Sandra Bullock, apenas tenía tetas, Carvalho contempló obstinadamente el paisaje cada vez que le hicieron alguna nueva oferta audiovisual, y allí estaba la naturaleza enmendando los excesivos verdores y las repetidas aguas de Iguazú y Misiones, ahora cafetales, campos de trigo, maizales, algún bosque de araucarias. Salvo el parque de Isla Velha y la propia ciudad de Curitiba, lo que quedaba de Paraná reservaba su interés en el litoral, antes de que se metiera en el estado de São Paulo.

Almorzaron en un parador de carretera pasada Guarapauva, un establecimiento mestizo de churrasquería y de restaurante a kilo, variante de *self service* en el que pagabas según el peso de lo que ibas a consumir. Media hora dedicada a masticar carnes sabrosas pero algo duras, empanadas de jamón y queso, fritos combinados llamados *salgados*. Por la tarde, la película estaba mejor que la de la mañana e iba de voyeurismo, el de una pareja abandonada por sus novios que se dedica a contemplar cómo les va la vida a los dos ingratos que se han juntado en un *loft* y en su cama. Carvalho se la tragó entera y luego se tomó dos latas de guaraná fresco que le balsamizaron los ardores herederos de los abusos nocturnos y lo ayudaron a dormitar primero, luego a dormir intensamente, aunque de vez en cuando los vaivenes del coche lo hacían abrir los ojos alarmado, como si tuviera la sospecha de que lo habían cambiado de itinerario y de país.

A las once de la noche se detuvieron en la estación central de autobuses de São Paulo, después de haber pasado por desfiladeros de rascacielos turbios por el filtro de las contaminaciones y los vapores de un día húmedo. Había una parada de taxis cercana a la estación y llegaron al hotel casi a media noche, todavía São Paulo bloqueada por un tráfico excesivo y a medio iluminar por las restricciones eléctricas.

—Te confieso que no me veo disfrazado de turista carioca en pos de las muchachas de Copacabana o de Ipanema. Tal vez me reconozco más asistiendo a los entrenamientos de las escuelas de samba, pero cada vez me siento menos vinculado con los tópicos de los países, incluso cuando son tópicos imprescindibles como la samba.

—Viaja demasiado agarrotado, jefe. Tiene que concederse la libertad de ver y de sentir, siempre y cuando no lo persiga toda la gente que se ha echado encima. Tampoco eso es normal.

—Soy demasiado finalista. Me han educado en la existencia de finales lógicos y, por tanto, si estoy en plena vuelta al mundo, tengo que terminarla donde ha empezado, metro más, metro menos. Pero ¿cuándo? Nada me obliga a darla en ochenta días, ni en ochenta horas y sé que no puedo darla en ochenta años. Pero los músculos de mi cerebro tienen prisa. ¿Qué quieres hacer en São Paulo? ¿Ver museos? Es lo más notable que tienen, porque lo que podría ser un centro histórico apenas existe, aquí todo está machacado por el crecimiento urbano moderno y hay tanta contaminación como en México, D. F.

—En casi todas las ciudades hay algo inevitable que hacer, jefe: marcharse.

Haber llegado a São Paulo para marcharse le parecía a Carvalho una imbecilidad y dejó para el día siguiente la disciplina de un recorrido de la ciudad, y después ir a Parati, una villa marinera conservada como en el siglo XVIII, situada más cerca de la ciudad paulina que de Río de Janeiro.

—Puedes subirte a un barco pirata, navegar entre islas, lanzarte al mar desde la borda. Nadie nos pedirá explicaciones. Las calles están llenas de pequeñas tiendas artesanales o de establecimientos donde venden cachaça local, muy buena, dicen los expertos.

El hotel estaba en el límite del centro urbano y callejearon por la escasa parte vieja de la ciudad, iglesias, algún convento, la catedral y por la avenida Paulista pasaron ante los museos tan reputados y por el parque Siqueira Campos, recibiendo una tal vez preconcebida impresión de ciudad que aspiraba a ser Nueva York, a pesar de la pátina del monóxido de carbono y de las restricciones eléctricas. De pronto Biscuter señaló hacia la acera de enfrente y Carvalho no coincidía con el objeto de su dedicación. Por fin afinó la vista y pudo leer el anuncio: «África más cerca. São Paulo-Bamako, el vuelo de la solidaridad. Debate sobre la programada destrucción de África. Frei Betto y reverendo Gedeón Byamugisha. Mañana, a las ocho de la tarde.» Estaban a las puertas de una iglesia convento de la orden dominicana, y bajo el anuncio del encuentro de mañana, es decir, de hoy, la proclama de uno de los ponentes, el reverendo Gedeón Byamugisha: «Cuando le dije al obispo que yo era portador de la terrible enfermedad, en lugar de despedirme como yo esperaba, se arrodilló y rezó por mí, diciéndome que tenía una misión especial en la Iglesia. Necesitamos integrar el VIH y el Sida en el día a día de la Iglesia. Los líderes religiosos no sólo deberían condenar el sexo fuera de la ley, sino también el sexo no seguro. Esto es lo que deseo aconsejar en Brasil como antes lo aconsejé en África. Algunos líderes religiosos sienten vergüenza de hablar del

Sida, pero si queremos tener éxito debemos ser conscientes de que hay mucha actividad sexual en nuestra comunidad. Incluso el sexo ilegal debe ser seguro. Predico una cultura donde el sexo seguro sea fácil, aceptable y rutinario.»

Quedó Biscuter perplejo al oír lo que le traducía Carvalho. El reverendo ugandés recomendaba comprar preservativos, porque él estaba enfermo de VIH y era un hombre casado.

—¿Pero se pueden casar los dominicos?

—No, por la Iglesia, no. Todavía no. Debe de ser un cura protestante, pero le han dado cobijo en esta iglesia católica para que hable.

Biscuter leyó la letra pequeña situada debajo de la firma del convocante y quiso que Carvalho le ratificara:

—¿No dice aquí algo sobre el puente Brasil-África y que la gente se apunte al viaje de la esperanza?

—Tú lo has dicho.

No quería Carvalho adivinar lo que estaba pensando Biscuter, y las neuronas de su ayudante buscaban las palabras más adecuadas para traducir sus deseos sin que fueran rechazados.

—No perderíamos nada entrando ahí dentro.

—¿Como qué?

—Como estudiosos de la OMS, yo de procesos alimentarios y usted de solidaridad.

—¿De solidaridad entre brasileños y africanos?

—Déjeme hacer, jefe.

Entraron en la iglesia con sigilo de no creyentes, a la espera de que estuviera vacía, pero estaba asimétricamente poblada, como si todos los feligreses se hubieran concentrado frente a una capilla situada en el lateral de la derecha. Allí pasaba algo importante, y en la travesía hacia el ábside, Biscuter hizo la genuflexión hasta tres veces mientras se santiguaba, convencido de que la lucecita del sagrario lo obligaba a tan extraña gimnasia. Se limitó Carvalho a hacer el mismo recorrido con la cabeza gacha y al llegar a la capilla sitiada vieron que allí iba a celebrarse un bautizo o algo parecido, porque un recién nacido se exhibía en brazos de una matrona negra y tres curas estaban evidentemente en capilla, vestidos de hábitos blancos y dirigidos por el que estaba en el centro, un fraile con cara de niño y cabellos algo canosos. Era el fraile aniñado quien estaba a punto de verter las aguas bautismales sobre la frente del neonato, y así lo hizo mientras decía con voz suficiente:

—María de la Solidaridad, yo te bautizo para que te integres en la causa de todos los condenados de la Tierra y en la esperanza de todos los que aspiran al reino de los cielos.

Cantaron alguna salmodia los parientes de la niña y luego el bautizador bendijo a todo el mundo y los instó a que se dieran la paz por el procedimiento de mojarse la mano en agua bendita y ofrecerla lateralmente a quien estuviera al lado, ritual que no formaba parte de la memoria eclesiástica de Carvalho, ni de la de Biscuter, pero se saludaron con sus vecinos de la derecha y de la izquierda, con demasiada euforia en el rostro de Biscuter, a la espera de que los padrinos empezaran a tirar peladillas y confites e incluso cantando por lo bajín pero con la suficiente voz como para que lo oyera Carvalho.

Tireu avellanes
que són corcades,
tireu confits
que són podrits,
i si no els tireu...
el nen es morirà!

—Esa canción, más que una celebración de bautizo, siempre me pareció una salvajada.

—Pero no fallaba. Lo cantabas en las puertas de las iglesias después de un bautizo y te hinchabas de peladillas.

A uno de los frailes comparsas, ya desgajado de la celebración, se acercó Biscuter para pedirle información sobre el puente afrobrasileño, y fue remitido al bautizador.

—Frei Betto podrá informarlo y, si no, la señorita Recamier en sacristía, porque él está muy ocupado.

Departía Frei Betto con los parientes de la bautizada y pasó una mano sobre los hombros de Biscuter para facilitarle que le susurrara al oído sus intenciones, en un portugués de tan mala filiación, que el dominico lo instó a que lo hiciera en español porque lo entendía perfectamente e incluso lo hablaba con sus amigos mexicanos y cubanos.

—Me presento como experto en relación entre salud y alimentación de la OMS, precisamente en viaje de experiencias por distintas geografías atormentadas del mundo. Éste es mi compañero, el especialista en comportamientos sociales terapéuticos, doctor Pepe Carvalho. Hemos visto con gran interés que ustedes preparan un puente con África, que debe de ser un viaje, supongo. Con mucho interés, porque tal vez nosotros podríamos sumarnos a la expedición.

Cabeceaba rítmicamente el fraile, en una gesticulación aprendida en la soledad de la garita del confesonario mientras asumía los pecados ajenos, y al final del discurso de Biscuter, cerró los ojos, abrió los brazos, devolvió su mirada al mundo y sonrió como si le resplandeciera el rostro.

—Providencial. Esta mañana, mientras desayunaba en el convento con el reverendo Gedeón, hemos lamentado y a la vez elogiado que el viaje no tenga ningún patrimonio oficial y, por tanto, no sea manipulable desde una falsa lectura de la globalización. Pero si ustedes se suman a título particular, enriquecen con su punto de vista la expedición y se enriquecen a sí mismos como perceptores de un viaje lleno de esperanza. Y digo esperanza en el doble sentido de esta virtud, que no sólo es teologal, sino también laica.

Carvalho intervino para preguntar cuándo era el viaje, dónde debían inscribirse, el itinerario previsible.

—Ni yo ni el reverendo los acompañaríamos, pero la expedición la dirige un santo y sabio hombre, Farak Nair, un higienista ugandés. Es algo complicado el viaje, como todo viaje barato, a la medida del presupuesto de la buena gente. São Paulo, Río, Dakar, Bamako, la capital de Mali, Tombuctú, donde se celebra el encuentro. No podemos incluirlos gratis, porque ya ha costado mucho esfuerzo conseguir plazas para congresistas pobrísimos.

—Por favor, padre, lo comprendemos.

—Junto a la sacristía hay algo parecido a una oficina de reclutamiento.

—Lo sabemos muy ocupado y no quisiéramos robarle tiempo.

—Ustedes no me robarían tiempo. Me lo darían.

—Tal vez a la hora del almuerzo.

—No les aconsejo el comedor de este convento, si son ustedes sibaritas.

—Déjese enriquecer por nuestro criterio —sentenció Carvalho para complacencia del fraile, y solos de nuevo, Biscuter confesó que lo atraía comer en el refectorio del convento, como una experiencia que nunca había tenido.

—Creo que leen cosas mientras comen.

—Por casos similares que he vivido, he podido comprobar que a las gentes de Iglesia les encanta comer fuera de conventos y restaurantes similares, porque pasaron aquellos tiempos en que los pobres sólo conseguían comer como cardenales metiéndose a frailes.

Recamier Gonçalves Egito, para servirlos, llevaba la oficina de reclutamiento con eficacia y cien kilos de peso. Captó inmediatamente la singularidad de los personajes, altos funcionarios internacionales que respaldaban un proyecto en el que tanto empeño habían puesto Frei Betto y el reverendo Gedeón, «como un puente que unía —recitó la Recamier— el propósito de lo ecuménico y lo solidario». En suma, la globalización tal como podía entenderla la Teología de la Liberación. Quinientos euros por cabeza, ida y vuelta, precio de saldo aéreo, de gran liquidación fin de temporada.

—Pero es que nosotros no necesitamos la vuelta. Nuestra misión seguirá por África y más allá, más allá.

Con una sonrisa asumió Gonçalves Egito el reparo de Biscuter, previsto, porque los africanos de la expedición también se quedarían en África, aunque algunos de ellos ya habían venido a Brasil con billete de ida y vuelta.

—En casos como el de ustedes, estoy autorizada a hacerles un veinte por ciento de descuento.

—Necesitamos sus servicios, madame Recamier, para una cuestión aparentemente aleatoria pero muy delicada. Quisiéramos invitar a Frei Betto a almorzar para seguir hablando de sus proyectos apostólicos, y ¿dónde podrá ser? Ignoramos sus gustos y desconocemos São Paulo.

Se le humedecieron los ojos a la mujer, agradecida por aquella deferencia hacia el dominico y los enfocó hacia el Sertão, un restaurante de cocina brasileña muy en la línea de los sobrios gustos de Frei Betto, de paladar educado por la cocina popular de su madre, que había cocinado para el mismísimo Fidel Castro. El Sertão estaba relativamente cerca de la iglesia, faltaba una hora para el inicio convencional de los almuerzos en América Latina, y salieron hacia el restaurante para examinarlo y reservar mesa, al tiempo que dejaban encargada a la Recamier de avisar al fraile y a un posible invitado del fraile. «Usted misma, si lo desea.» Reía la Recamier ante la oferta de Biscuter, y se levantó para que apreciara los cien kilos de peso que removió como si estuviera ensayando en una escuela de samba y no en una sacristía.

—¿Y dónde meto yo lo que me coma? Me paso el día con una bolsita de alimento para gordos y a lo sumo un poco de jamón dulce y queso por la noche.

—¡Qué mal repartido está todo! —se quejó Biscuter a Carvalho en cuanto recuperaron la calle—. Yo puedo comer por cuatro y no he engordado un gramo desde que terminé el servicio militar, mejor dicho, desde que dejé de fumar y durante medio año apenas aumenté de peso. En cambio, esta pobre chica de ojos tan bonitos, y ya la ve usted, con un biomanán o lo que sea al día.

—Cualquiera de los teólogos de la liberación que la rodean debería hacer un milagro. No se conoce ningún milagro tan útil como adelgazar a los gordos, ni siquiera a cargo de un santo tan pragmático como el fundador del Opus, san Josemaría Escrivá de Balaguer, Sociedad Limitada.

El restaurante olía a buena comida y el recetario era un compendio de los platos más singulares de la cocina brasileña, presidida por la *feijoada*, *pot au feu* que entusiasmaba a Carvalho por lo contundente de sus sabores y lo agresivo de sus ofertas.

—Es como un cocido con fríjoles negros, en el que interviene el tasajo y todas las partes del cerdo que no se comían los señores y dejaban para los esclavos. Ya lo puedes suponer: patas, rabos, menudos. Es un plato contundente que puede acabar con nosotros.

—Dejémoslo en manos de Dios.

De momento las manos de Frei Betto repasaron la carta y comentó las ofertas con su invitado particular, Gedeón Byamugisha, alto, delgado, enfermo de VIH y líder africano de enfermos marginados. Explicaba Frei Betto los orígenes africanos de muchos de aquellos platos decantados por los esclavos, otras recetas eran en cambio mestizas, muy interesantes las de Bahía, y había que contar con la influencia portuguesa y la cultura de la carne, de los asados, común a todo el Cono Sur de América. Escogieron platos de cocina de Bahía y muy especialmente les recomendó el fraile el *quitande*, porque ilustraba sobre las raíces difíciles de la alimentación popular, en la que intervenían siempre los fríjoles y la carne o el pescado secos por las dificultades de conservación.

—Es uno de los platos más raros y poco frecuente en los restaurantes. Fríjoles, cebolla, camarón seco, almendras, aceite de *dendé*, cilantro, ajo, jengibre y sal. La clave, como en muchos platos brasileños, es el aceite de *dendé*, que tiene un sabor final muy diferente de otros aceites. Mi madre siempre decía que la cocina brasileña en buena parte depende del aceite de *dendé*.

—Creo que su madre llegó a cocinar para Fidel Castro.

—Hace casi veinte años publiqué *Fidel y la religión*, y allí se inició una buena relación personal con Castro que llegó a la cocina. Él se jacta de ser buen cocinero.

—¿Lo es?

—Yo no pienso ponerlo en duda.

Gedeón callaba, desconectado de la lengua utilizada por los otros comensales, y sólo habló cuando Frei Betto le explicó la condición de funcionarios internacionales de sus compañeros. Estudió el reverendo los rostros de ambos y aseguró no haberlos visto nunca por África, pero África era muy grande y el África enferma de Sida, VHI o ébola también cada día era más grande.

—África nos falta en nuestros itinerarios. Venimos de Asia y el Pacífico, donde hemos detectado hábitos alimentarios muy precarios.

Se echó a reír Frei Betto.

—No hay duda de que son ustedes funcionarios internacionales. Al no comer o al poco comer lo llaman «hábitos alimentarios muy precarios». El capitalismo empezó ganando la batalla cultural posterior a la guerra fría practicando una constante designificación del lenguaje. La misma palabra «globalización» es, aparentemente, sólo descriptiva de unas relaciones de producción e intercambio realmente globalizadas. Pero no lo dice todo. Porque en esa supuesta obviedad enunciativa, unos son los globalizadores y otros los globalizados.

Se prolongó una sobremesa a veces incluso teológica, porque era especial el empeño del fraile brasileño en que no se olvidara su condición de creyente, más pendiente quizá de Cristo que de Dios Padre o el Espíritu Santo, pero no habría emancipación real del hombre sin el acceso a cierta gracia que tal vez fuera algo diferente de la diseñada por los teólogos *ancien régime*. Regresaron a la iglesia a pie, a buen ritmo, acelerado el de los curas, algo más lento el de los funcionarios de la OMS. Carvalho seguía oponiendo reparos al viaje a África en aquellas circunstancias, por muy barato que les saliera, no por la relativa estafa que significaba presentarse como funcionarios internacionales, sino por la cantidad de ética y religiosidad que iban a mamar durante todo el viaje.

—Y después, una vez allí, ¿cómo nos separamos de ellos?

—Tenemos tiempo. No hay por qué separarse inmediatamente.

—¿Qué vamos a hacer en África? ¿Un safari de fotos? ¿Cinco semanas en globo? ¿Contemplar las nieves del Kilimanjaro antes de que se derritan? Nada de eso. Veremos enfermos de Sida y tú les recomendarás qué deben comer.

Biscuter le oponía que la oferta de Frei Betto no sólo les permitía hacer el viaje más barato, sino que les daba un motivo ético que debían agradecer, porque con el dinero de sus pasajes contribuían a que la expedición fuera posible y con su presencia estimulaban las buenas intenciones de los convocantes. Biscuter expresó su entusiasmo por una experiencia que, algún día lo comprenderían, podía ser decisiva en sus vidas. No quiso Carvalho secundarlo en sus premoniciones, decidido como estaba a no interrogarlo sobre sus llamadas telefónicas ni sobre sus citas en el Hollywood marroquí. Así que se fueron a la oficina de ayuda a afectados del Sida (AIDS Support Organization), improvisada por madame Recamier Gonçalves Egito en la sacristía de la iglesia de los dominicos, y se inscribieron como Misioneros de la Esperanza, calificativo publicitario del viaje que debían asumir incluso técnicos como ellos, al servicio de la OMS. No dejaba Carvalho de despotricar sobre el sentido religioso de la palabra misionero y todas las estúpidas metáforas que el apostolado católico había metido en sus vidas. El vuelo hacia Dakar, capital de Senegal, era el salto al Atlántico previo al desplazamiento hasta Bamako, capital de Mali, territorio amenazado por el Sida pero todavía no tan contaminado como los de África central, la oriental y finalmente la República de Sudáfrica. Mali era tierra de misión y profilaxis preventiva, según les dijo el doctor Farak Nair, que estaba presente en la oficina. Profeta de diseño, diríase que escapado de una película norteamericana sobre la materia y jefe de la expedición por su condición de médico, africano, misionero y santo, estaba dotado de la suficiente habilidad como para que el aura no se le arrugara jamás y lo acompañara en todos sus ligeros movimientos auxiliados por una túnica de algodón blanco, que culminaba en un rostro negro como la otra cara de la luna y contrarrestado por unas poderosas gafas de sol de montura abrillantada por falsísimas piedras preciosas.

—Además, conseguiremos que representaciones de países del norte de África vengan al encuentro, y no sólo países, ya que, por ejemplo, habrá una representación marroquí o argelina o egipcia o tunecina, pero también... el Polisario. Y sin que Marruecos se oponga, porque la lucha por la salud en un territorio en disputa es la lucha por el futuro.

Pasaron a la nave de la iglesia repleta y se dispusieron a escuchar y tal vez a ver las intervenciones de Frei Betto, el reverendo Gedeón y finalmente Farak Nair, que se limitaría, decía el programa, a dar instrucciones prácticas sobre el viaje. El brasileño presentó a los otros dos como grandes instrumentos de esperanza en un continente sometido a toda clase de destrucciones ante la indiferencia interesada de los señores de la globalización. Gedeón Byamugisha dijo que el Sida no sólo estaba en África, sino en todas partes, y que era un síntoma de que algo no funcionaba bien en el seno de la familia global.

—No es sólo una enfermedad: es un síntoma de un fracaso civilizatorio, y la pobreza ha ayudado a extenderla y a instalarla en el seno más pobre de las sociedades. En mi país, Uganda, hay veintidós millones de habitantes y no sabemos cuántos están enfermos de Sida, por el propio miedo que los enfermos tienen a reconocerse como tales. Temen la marginación social y sobre todo la marginación en la mirada de los otros. Hoy sabemos que, si hay dedicación, sinceridad, deseo de innovar y pensar, la enfermedad puede detenerse, especialmente si por encima de intereses de hegemonía económica o farmacéutica se impone el mandato moral de la necesidad.

Para el ugandés todo empezaba recuperando las relaciones rotas entre los enfermos y los otros, y de ahí que hubieran escogido Mali como lugar de encuentro, porque la reunión adoptaría un carácter preventivo, dado que el Sida se extiende menos a medida que te acercas a las arenas del Sahara.

—Como si fueran las arenas de un reloj más seguro de su sentido del tiempo. Tiempo, he aquí una palabra clave para los que sabemos que ya no nos queda demasiado.

La trascendencia de las palabras de Gedeón fue rebajada por el comunicado estrictamente informativo de Farak Nair: hora de convocatoria en el aeropuerto, largo viaje hasta Dakar, dudoso todavía el salto a Bamako, necesidad de que llevaran algunos alimentos porque la baratura de los dos vuelos chárter no propiciaba el uso del catering de la compañía. Agua, refrescos, cafés, caramelos, eso sí estaba garantizado. Nada más oír esta información, saltó Biscuter de su asiento y se dirigió hacia el púlpito, del que ya empezaba a descender el jefe de la expedición. Carvalho vio muy gesticulador a su ayudante y muy sorprendido a Farak Nair, luego se sumó Frei Betto a la conversación y pareció que se había llegado a un final feliz para Biscuter, radiante, en busca ocular del lugar donde estaba ubicado Carvalho, y hacia allí partió.

—Jefe, me he comprometido a cocinar yo esta noche el catering en la cocina del convento de aquí al lado y financio yo el coste de algo barato para unas trescientas personas. Usted puede darse una vuelta por la ciudad, pero si quiere sumarse a la juerga, se necesitan pinches.

Biscuter añoraba su papel de gobernador de la cocina del *Queen Guillermine* y volvía a sentirse necesario. Pero a Carvalho no lo seducía someterse a una actividad muy próxima a la del voluntariado adolescente; se hubiera sentido como un intruso, y prefirió sumarse a un viaje solidario por las favelas de São Paulo, menos famosas que las de Río de Janeiro, pero realmente existentes y tan pertenecientes al paisaje que sería difícil, imposible, imaginarlo sin favelas. Pero un español que hubiera vivido la larga posguerra civil en una ciudad estaba preparado para no sorprenderse ante las favelas, porque le recordaban zonas y zonas de barraquismo en su propia tierra, hasta los años setenta, incluso algunas reservas supervivientes en Barcelona hasta los mismísimos Juegos Olímpicos de 1992. El exotismo de las favelas de São Paulo lo ponían las músicas que salían de barraquitas destinadas al comercio de todo lo que sonara y la vegetación en lucha con la pisada de los que trepaban por empinadas y estrechas escaleras de tierra que ejercían la función de calles, o los colores de las gentes, en la piel y en el aire que movían, caminaban con color, bailaban con color, y contemplaban desde las colinas la ciudad normalizada sobre la que todos los días lanzaban su desespero no sólo de ladrones o mendigos, sino de mano de obra barata para los más duros oficios. No obstante, comparadas las favelas de São Paulo con las de Montjuïc de Barcelona, en el barrio de Can Valero o en el Bogatell de Poble Nou, al menos en el recuerdo de Carvalho eran más lacerantes las barcelonesas, tal vez porque el color brasileño y el sentido del ritmo de sus pobres podía darle a la miseria el papel de un decorado de ficción. Pero tanto Frei Betto como Farak Nair tenían direcciones concretas donde ejercer su apostolado, familias donde constaban enfermos de Sida y visitas de terapia psicológica, más alguna promesa concreta de hospitalización y un sobre con dinero corto pero de urgencia. De pronto, ante Carvalho la historia y la vida retrocedieron casi cincuenta años y se vio niño, acompañante obligatorio de los curas que predicaban la Santa Misión previa al Congreso Eucarístico de Barcelona, visitas a las familias más miserables de su propio barrio miserable, a los ancianos que peor habían envejecido y a los jóvenes que peor agonizaban, y entonces, el mismo ritual asistencial estaba cargado de contaminación religiosa, sin que el cura respetara en qué creían o en qué no creían aquellos vencidos sociales. Frei Betto y Farak Nair sólo hablaban de religión cuando sus clientes espirituales planteaban el tema, y trataban de expresarse en un lenguaje escasamente sobrenatural, con muy contadas referencias al papel de Jesucristo, nunca de Dios, en el reparto de esperanza.

A la vuelta al convento, la cocina aparecía como un espectáculo en tecnicolor que tenía en Biscuter en traje de baño a su principal intérprete, en situación de introducir quinientas raciones de pollo con setas chinas y de fideuá de camarones en recipientes de papel de estaño, que eran inmediatamente sellados por una cadena productiva de mulatas de precisión fordista, y todo ello sin dejar de cantar o canturrear o simplemente tararear canciones del *hit parade* brasileño del siglo XX, desde *Oh, Bahía hiá...* hasta las canciones de *Orfeo Negro* o de Astrud Gilberto. Si las voluntarias mulatas colaboraban con Biscuter en guardar los platos de fondo, en cambio, palidísimas damas rubias con extensas pecas de misteriosos sustratos raciales trabajaban las últimas macedonias de frutas y pastelillos de chocolate para convertirlos en postres aceptables para una expedición de más de trescientos peregrinos solidarios con los enfermos africanos. Las damas rubias o insuficientemente canosas sólo cantaban cuando callaban las mulatas, como si se reconocieran comparsas en una fiesta en la que eran más paisaje solidario que solidaridad misma. Pero Biscuter las incitaba a participar y se iba hacia ellas como un fauno escuchimizado, y trataba de iniciar o secundar canciones con su terrible voz de gallo en fase de estrangulamiento; además, insistía en el error de pensar que las canciones excursionistas que había memorizado desde su infancia y adolescencia en diferentes correccionales formaban parte del acervo universal de las canciones de fiesta.

> *La tiraron al barranco,*
> *la tiraron al barranco,*
> *la tiraron al barranco,*
> *la tiraron al barranco.*
> *Fin de la primera parte,*
> *fin de la primera parte,*
> *y ahora viene la segunda,*

que es la más interesante.
La sacaron del barranco,
la sacaron del barranco,
la sacaron del barranco,
la sacaron del barranco,
Fin de la segunda parte...

Los dos vuelos chárter partían con media hora de diferencia, dispuestos a una de las travesías más breves del Atlántico sur, São Paulo-Dakar, para luego volar a Bamako tras casi un día de estancia en la capital de Senegal. Frei Betto despidió las expediciones a pie de avión, dijo algunas palabras sobre la lucha contra las limitaciones del hombre y suscribió la afirmación del electo presidente de la República del Brasil, Lula, sobre la lucha contra el hambre y a continuación contra la enfermedad, que era como combatir la muerte. Volvían Carvalho y Biscuter al África, esta vez central, y la escala de medio día en Senegal removía los posos de la memoria culta de Carvalho en pos de algunas secuencias de una película francesa, *SOS Dakar*, interpretada por una dama de sus preferencias, Michèle Morgan, y por la ninfa constante de Jean Cocteau, Jean Marais, un precedente de Rock Hudson en el prototipo de varón falsamente heterosexual. Una película en blanco y negro, cine Padró, comienzos de los años cincuenta tal vez, Dakar, aviación, como si la sombra de los primitivos aviones de Saint-Exupéry marcara el imaginario de la capital de Senegal. De su etapa universitaria conservaba el concepto de *negritud*, ligado al de dos poetas francoafricanos, Aimé Césaire y Léopold Senghor, el segundo un afrancesadísimo presidente de la República del Senegal y hombre lúcido en varias fases de su vida. Así, por ejemplo, cuando le preguntaron si conocía la cocina senegalesa, respondió: «Lo suficiente como para preferir la francesa.» Uno de los éxitos del viaje fue la comida urdida por Biscuter, aplaudida por aquella concentración de apóstoles y técnicos sanitarios, más algún que otro sociólogo de las plagas posteriores a las que adquirieron fama en el Egipto bíblico. Biscuter se había convertido además en el anfitrión, al menos en el avión en el que él volaba, pero consiguió que el capitán le permitiera conectar con el otro vuelo chárter para dar instrucciones y llegar más tarde a la conclusión, ya sobre el Atlántico, de que el menú había sido un éxito. Algo le había pasado a Biscuter en el largo semestre que llevaban de viaje, porque a las preguntas de los viajeros sobre cómo era posible que la comida aérea fuera siempre tan mala y él hubiera hecho aquella sencilla, barata exquisitez, el rey del catering respondió:

—Porque todo lo que hemos comido está cocinado con amor.

Para olvidar la frase publicitaria de Biscuter, tal vez extraída de la propaganda de algunos caldos concentrados, se tomó Carvalho cuatro cachaças con hielo y consiguió dormir hasta que las azafatas abrieron las ventanillas para que la luz del amanecer creara un ambiente de desayuno, macedonia de frutas tropicales, tortilla de un huevo adornada con pedacitos de un extraño jamón ahumado y pastelillos de chocolate. Si el vuelo duraba cinco meses y Biscuter garantizaba una intendencia semejante, daría por bien invertidas Carvalho las incomodidades del viaje y el derrotero cancionero que de vez en cuando asumían los profetas, porque, debía comprenderlo, es imposible que un centenar y medio de profetas atraviesen por los cielos un océano sin que canten de vez en cuando alguna tontería. Además, debido a su pertenencia a una especial comunión de los santos, aquel avión más parecía un autocar entre dos santuarios que un aeroplano entre São Paulo y Dakar. Farak Nair iba recorriendo diferentes asientos para relacionarse con los viajeros, y cuando le tocó Carvalho lo examinó con mucho afecto y con la cara muy próxima, como suelen hacer los miopes.

—Todo parece conducir al éxito, y lamento no haber podido hablar con usted. Mi intención nada más llegar a Bamako es organizar una expedición fluvial por el Níger, así podremos visitar distintos poblados que viven diferentes desarrollos del Sida, y esa primera expedición tendría en Tombuctú su gran lugar de llegada y un minicongreso. Allí nos esperan amigos de toda África convocados por el hermano Gedeón, que como usted sabe viaja en el otro avión. No sé si usted tiene en la cabeza la geografía de Mali, pero se habla allí de «la curva del Níger», un recorrido que desde Mopti, en Mali, hasta las tierras del estado también llamado Níger significa un baño en todos los problemas de África, desde los humanos hasta los geográficos, si es que hombre y geografía pueden separarse en África. ¿Conoce Mali?

—No.

Los ojos de Nair se abrieron para que en su mirada cupiera toda la belleza que quería transmitir.

—Es un país tan extraordinariamente bello, tan duramente bello, donde el Níger bordea el arranque del Sahara como si no se enterara de que se trata de un desierto, y el ojo humano pasa por todas las *facies* de la arquitectura más elemental y hermosa de la tierra, porque parece ser eso, tierra misma que haya tratado de alcanzar dimensión de vivienda y de arte.

—Tal vez lo he visto en alguna película.

—En Mali esa arquitectura tiene una fuerza magnífica, pero también se asemeja a la que encontraríamos en Marruecos, debajo del Atlas, y en el Sahara. Hay allí kasbas inenarrables, casas de adobe y revestimiento en barro que pueden ser auténticos palacios o centros de vida familiar. En Dakar sólo estaremos durante el día y, por desgracia, se ha quedado con la imagen de ser la meta del rally París-Dakar. ¿Se apuntan ustedes al descenso del Níger? ¿Al menos hasta Tombuctú? Hoy día es una ruta incluso turística a bordo de unas piraguas fueraborda, *pinazas,* donde incluso se puede comer y que van hilvanando los lugares más interesantes donde pernoctar. Yo mismo no sé qué haré después de ese recorrido, si continuaré el viaje por el río o cambiaré de medio. La navegación tenía para mí un carácter simbólico, porque los ríos nacen de un manantial y desembocan en el mar, es decir, van del origen al fin, ojalá que ese fin sea el paraíso. Pero luego está el río concreto. Esa agua en movimiento en la que cada cuerpo alcanza su singularidad. Cada cuerpo que se mete en el río lo percibe desde su singularidad. ¿Ha contemplado las inmersiones en el Ganges?

—Sí.

—Ahí está clarísimo. Por otra parte, el Níger es un río absolutamente navegable, no tiene desniveles y carece de saltos de agua.

Fue al llegar a Dakar donde Carvalho comprobó el daño irreparable que le había causado la película de la Morgan y Marais, porque nada de la realidad que lo envolvía era en blanco y negro, pero tampoco estaba al día el mestizaje entre la occidentalización y el africanismo. Había una parte que recogía la estética de un afrancesamiento duradero que reflejaba la solidez del vínculo colonial y lo demás era el África modificada por su condición de gran centro de comunicación. No estaba del todo a gusto en Dakar, porque su emocionalidad seguía dependiendo de la posibilidad de realizar la ruta de *Cinco semanas en globo* y en globo, pero Zanzíbar quedaba demasiado lejos y Biscuter tenía una cita en Marruecos inapelable, aunque tal vez era el momento de dividir su viaje y algún día reencontrarse en un destino imprevisible, por ejemplo, otra vez el despacho de la Rambla de Santa Mónica.

—¿Sabía usted, jefe, que ésta fue y es la tierra de los mandingas? ¿Recuerda usted aquella serie de televisión sobre el tráfico de esclavos, «Kunta Kinte»?

—Vagamente.

—Pues Kunta Kinte era un mandinga, porque se trataba de los esclavos de más calidad. Estaban repartidos por Senegal, Gambia y Guinea, habían formado imperios y tenían minas de oro. Eran unos ejemplares guapos y fuertes, fíjese en la palabra que pone aquí, «ejemplares», como si hablaran de caballos de tiro.

En la prensa se hacía especial propaganda de pases de modelos de ropa interior de señora de la diseñadora Nafy Tour, gloria nacional que exportaba a toda Europa y había conseguido convertir algo parecido al salacot en sombrero femenino de moda. Los nombres de otros diseñadores internacionalizados aparecían en el reportaje, así como el contrapunto de que Senegal seguía siendo uno de los centros africanos de la escisión o ablación del clítoris de las niñas. Lencería fina y amputación de clítoris, ésta era la verdadera modernidad globalizada. La vida nocturna más estimulante de África y la sordidez de barcos anclados en el puerto y retenidos como sospechosos del nuevo tráfico de esclavos hacia los frágiles mercados de trabajo africanos y hacia Europa. En las horas que iban a permanecer en la ciudad cabía la posibilidad de ir hacia el norte, al Parque Nacional de la Langue de Barbarie, o hacia el sur, al no menor Parque Nacional del Sine Saloum, limítrofe con Gambia. Escogieron caminar por Dakar, visitar la medina, los mercados, y llegar hasta el puerto desde donde emprenderían el regreso hacia el aeropuerto y el vuelo a Bamako. Si los grandes mercados de la India o Tailandia emitían sobre todo la sensualidad de los olores y la variedad de lo exhibido, dominado todo por el intenso olor a cilantro, el primer encuentro con el mercado africano, especialmente con el de Tilene, en plena medina, subrayaba la idea de caos por encima de cualquier otra posibilidad de aproximación, aunque el caos estuviera perfectamente organizado en recorridos bajo parasoles o techumbres de uralita que maltrataban la belleza de las gentes y de los productos. Todos los mercados africanos repiten sus ritmos de parasoles envejecidos de tela o de paja, uralitas cuarteadas, mujeres cubiertas de estampados absolutos, cabellos recogidos por pañuelos encendidos, vendedores capaces de acumular la mercancía de cincuenta toallas sobre su cabeza. Campamento o mercado cubierto, la sensación de nomadismo era la dominante, y a Carvalho le parecía ver exagerados aquellos mercados todavía callejeros de su infancia, cuando en plena posguerra civil algunos rincones de Barcelona adquirían la teatralidad y a la vez la poquedad de zoco de país pobre. Las mismas aceras del Paralelo con sus mercancías de hebra obtenida de colillas, ungüentos para sabañones que nunca más se habían visto, aceites que parecían mantequillas rosas, vendedores tragafuegos o tragasables al servicio de la venta de cuchillas de afeitar o de cables eléctricos de edificios desguazados, echadores de cartas, ruletas hechas con cajas de galletas, rostros de un proletariado de inmigración o retirada durante la guerra. Rostros insuficientemente europeos que, con el tiempo, se fueron pareciendo cada vez más y más a los de los profesores de orquesta suizos o los ingenieros nucleares japoneses. Luego llegaban los olores a todas las especias, y el estallido de todas las flores de África o los tintes de estampados exaltados en las ropas de las mujeres o la insistencia de los productos mágicos de curandería vendidos por chamanes normalmente delgados y arrugados como la buena salud y amuletos hermosos, de plata, toda la gama de cruces tuaregs llegadas de Mali y del Sahara que fascinaron a Biscuter, una por una, cada joya lo era por su belleza, no por la riqueza del metal que la hacía posible. Poco competidoras con el espacio todavía vacío de su magro equipaje, compraron varias piezas, explicadas una a una por el vendedor como símbolos de rituales animistas. Consiguieron salir del Tilene sin que prosperaran los tres intentos de tirones del bolso de Biscuter, alertados de la costumbre de los ladronzuelos de mercado de intentar el tirón, salga o no salga, aunque eran mucho más molestos y diestros los que ejercían el oficio en el mercado de Sandaga. Diríase que mercado subterráneo en buena parte, bajo el techado secundado por celosías, y en el exterior, por la penumbra originada por las vegetaciones y los tejadillos de uralita, donde Carvalho creyó ver una pared llena de rostros de bandidos en busca y captura y, al acercarse, vio que la mayor parte de aquellas cabezas rapadas enseñaban el cogote, no la cara. Perplejo estaba cuando Biscuter le dio un codazo. A su lado ejercía al aire libre su oficio un barbero y lo que estaban contemplando era el muestrario de sus trabajos. El barbero les sonrió y apuntó con su máquina llena de cuchillas a las cabezas de los dos extranjeros, entre las risotadas del cliente víctima que tenía sentado en un alto taburete.

De otro zoco, el Kermel, instalado en el exterior y el interior de un edificio colonial remozado, salieron con los ojos llenos de flores, flores en los puestos de ventas, en los brazos y sobre las cabezas de las mujeres, y los oídos repletos por todos los tonos de tambores y timbales. Ya en la Corniche que recorría el Dakar abierto al mar, en Village Artisanal quinientos creadores senegaleses exponían lo que conseguían hacer con la piel de cocodrilo y con el ébano, con la malaquita y el bronce, y a pesar de tratarse de un centro de venta oficializado, el regateo formaba parte del espectáculo, especialmente cuando lo perpetraba el comprador occidental. Los del lugar negociaban mediante susurros y juegos de párpados. Junto al Village Artisanal, en un mercado de pescado, comprobaron la realidad original de la cantidad que se importaba en España procedente del Atlántico africano, y allí estaban, como pertenecientes a una familia entrañable, merluzas, sepias, salmonetes, calamares, langostas, en buena parte procedentes de la isla de Gorea, ahora centro turístico con voluntad de llegar a ser el Saint-Tropez africano antes del año tres mil, en el pasado centro emisor de esclavitud, adonde iban a parar tráficos que llegaban desde toda el África occidental y en el que participaron negreros españoles y catalanes.

Ya en el puerto vieron los barcos regulares que unían la capital con Ziguinchor, capital de Casamance, y unos niños les dieron prospectos anunciadores de un barco singular, *African Queen*, que desde Djifer hacía un recorrido por el río Saloum sin que los viajeros padecieran ninguno de los mitos fluviales africanos. El barco se abanicaba con aire acondicionado, los camareros llevaban pajarita, y el capitán, guerrera con galones y chorreras. Si el nombre de *La reina de África* les evocaba el inefable viaje de Katharine Hepburn y Humphrey Bogart por un río africano custodiado por un barco alemán de guerra, de pronto los ojos de Biscuter se detuvieron en el nombre de uno de los tres barcos atracados junto a los que cubrían el trayecto con Casamance, barcos al parecer bajo vigilancia, porque al pie de la pasarela montaban guardia dos soldados senegaleses por nave. El nombre no era otro que *La Rosa de Alejandría* y figuraba en castellano.

Nada sabían los jóvenes soldados por qué estaban los barcos atracados bajo vigilancia y no podían subir a bordo sin permiso especial, pero les indicaron una taberna del puerto situada a unos doscientos metros donde solían ir los tres miembros de la tripulación que habían quedado defendiendo los derechos de la compañía. En el bar Corniche había una docena de personas, ninguna de ellas disfrazada de marino, pero los ojos de Carvalho se detuvieron en un hombre casi sesentón que se parecía a una imagen que no acababa de salirse del baúl de la memoria. Primero le llegó un nombre, Ginés, y lo asoció con el nombre del barco *La Rosa de Alejandría*. Se sentaron a una mesa cercana a la que habitaba en soledad el hombre semiidentificado. Carvalho recitó sin música dos versos de *La Rosa de Alejandría*:

Eres como la rosa de Alejandría,
colorada de noche, blanca de día.

Luego recordó en voz baja, pero suficiente para Biscuter, aquel caso del asesinato de una mujer respetablemente casada de día, pero algo pután de noche, cuyo cadáver había aparecido troceado, haría unos veinte años. Víctima de un crimen pasional cometido por su amante, un joven y enfebrecido oficial de marina, Ginés Larios Pérez.

—¿Y dice usted que se parece a ese tío de ahí?

—Pues en algo me lo recuerda, y no te olvides de que estamos a doscientos metros de *La Rosa de Alejandría*.

—¿Y eso qué tiene que ver?

—Era el nombre del barco en el que trabajaba Ginés Larios y fue detenido en Barcelona, en el puerto, cuando bajaba a tierra. Pero aunque el nombre sea el mismo, el barco que hemos visto poco tiene que ver con el carguero enorme que yo vi en el puerto de Barcelona cuando presencié la detención del presunto asesino. Creo que lo condenaron a un montón de años, pero es que ya han pasado un montón de años. Cuando vi bajar a Ginés por la escalerilla del barco, evoqué unos versos de García Lorca en *Poeta en Nueva York*. Algo así como que «la noche es interminable cuando se apoya en los enfermos», y añade: «Y hay barcos que buscan ser mirados para poder hundirse tranquilos.» Eso me pareció aquel hombre: necesitaba ser mirado para poder hundirse.

—¿Y cómo sabremos si es él?

Carvalho volvió la cabeza hacia la próxima mesa donde el hombre solo repasaba con el tenedor una montaña de arroz y oscuridades de otros guisados, sin atreverse a buscar el primer bocado. Reparó entonces en que estaba siendo observado y se quedó de estatua con el tenedor a media asta.

—¿Ginés? ¿Ginés Larios Pérez?

No pareció afectarle el nombre, sino la dedicación de aquel extraño. Recuperó el control del tenedor para dejarlo abandonado junto al plato.

—¿Me conoce?

—De oídas. Me parece que sólo lo he visto una vez.

—¿Usted se llama?

—Mi nombre no le dirá nada: Carvalho, Pepe Carvalho.

—¿Dónde nos hemos visto?

—En Barcelona. Tal vez en circunstancias molestas para

usted. Fue al pie de la escalerilla de un barco que se llamaba *La Rosa de Alejandría.*

El hombre miró alrededor, como si calculara por dónde podía marcharse o de dónde podrían llegarle palabras diferentes.

—Lo siento. No quiero molestarlo, pero hemos visto en el puerto un barco que se llama igual y que no es el mismo. Es toda una casualidad.

Finalmente empuñó el tenedor y afrontó la primera paletada de comida que se llevaba a la boca, y luego siguió comiendo como si fuera lo único que le importara. Dejó el plato limpio con la ayuda de varios pedazos de pan untados en la salsa y se tomó de un solo trago media jarra al parecer de cerveza Flag, según podía leerse en el cristal acanalado. Se volvió entonces a Carvalho, que estaba examinando con curiosidad la ración de comida que habían colocado ante él.

—Está bueno. Tiene un aspecto un poco extraño, pero está bueno. Se llama *chep-diap* y se hace con carne, pero también con algo de pescado seco que le da ese sabor rancio de fondo. Además lleva tomate, repollo, zanahorias, berenjenas, pimiento, cebolla, nabo, y está guisado con aceite de cacahuete.

—Tengo las narices especialmente sensibles para el aceite de cacahuete después de pasar por Indonesia.

Biscuter ofreció al marino que viniera a su mesa. Carvalho insistió, y Ginés Larios Pérez recuperó la estatura para ir a sentarse al lado de los recién llegados.

—*La Rosa de Alejandría.* Siempre me gustó el nombre de aquel barco, y me enteré de que lo habían desguazado, hace unos siete u ocho años, después de haber terminado como carguero por el mar Negro, más allá del Bósforo. De hecho, ya estaba vendido a una compañía griega cuando yo me apeé en Barcelona. Hace unos cinco años compré este pequeño barco almacén, precisamente de pescados secos y otros productos, aunque también llevo de vez en cuando pasajeros, trayectos cortos hacia Gambia o Mauritania o hacia abajo, Guinea, pero nunca llego al golfo de Guinea, demasiado lejos para la vejez de mi barco. Se llama *La Rosa de Alejandría*; así lo bauticé.

—He visto que lo vigilaba el ejército, junto a otros. ¿Ha pasado algo?

Se echó a reír pero sin demasiadas ganas.

—La noticia de que había tráfico de esclavos, mujeres y niños entre diversos puertos de África occidental los ha puesto nerviosos e inspeccionan todo lo que pasa por aquí y todo lo que ha transportado mujeres y niños.

—¿Usted ha transportado?

—Legalmente. Sí, señor. Tenían papeles legales y yo no sé qué será de ellos cuando lleguen a Gambia, a Mauritania, a Marruecos, a España o a Francia, ¿comprenden? Hay quien los embarca ilegalmente y, cuando temen una visita de inspección, los echan al agua y a nadar.

A Biscuter se le había quedado atravesado el último bocado de *chep-diap* y el hombre borró lo que había dicho con las manos, como si las palabras hubieran quedado en el aire.

—Estamos en África. Aquí se vive y se muere de otra manera. Las esperanzas de vida máximas están en los cincuenta años y cada vez hay más pesimismo, como si todo esto estuviera condenado a desaparecer, devorado por la arena del desierto o por enfermedades y hambres terribles. Todo el que se sube a un barco es porque quiere escapar. ¿Son esclavos? ¿Es eso tráfico de esclavos?

Comieron Carvalho y Biscuter en silencio. Ginés pidió otra jarra de cerveza y estudió el gusto o disgusto con el que sus compañeros de mesa engullían el aromático engrudo.

—¿Está bueno, verdad?

—Se puede comer.

—Pues está bueno.

Se levantó el marino y abordó directamente a Carvalho:

—¿Qué hacía usted aquel día, en el puerto, pendiente de mi barco, de mi *Rosa de Alejandría?*

—Lo esperaba a usted. Era, o tal vez soy todavía, detective privado.

—¿Privado?

—Privado. Yo sabía que usted pasaría por Barcelona y que la policía lo estaría esperando.

—Estuve cinco años en la cárcel y casi diez en psiquiátricos más o menos carcelarios. Luego salí, reuní lo que me habían dejado mis padres, lo vendí casi todo y me compré ese barco.

Se llevó dos dedos a la sien y salió del Corniche sin volver la cara.

—¡*Collons*, jefe! *Collons!* ¡Qué fuerte! O sea, que este tío mató a su amante y la troceó.

—Sí, por ahí fue la cosa. Era sórdido el procedimiento de eliminar el cadáver, pero era consecuencia de una historia de amor en la que el asesino había puesto toda su inocencia y ella, la víctima, toda su angustia y desencanto. Lamentable encuentro. Una mujer hermosa y algo vengativa y un hombre bueno pero asesino. Tú conoces este tipo de mezclas.

—Pero ella no lo mató, fue al revés.

—Eso es evidente.

—¿Y usted cree que se dedica al tráfico de esclavos?

Carvalho repitió cerveza porque el guiso le había llenado de sed el estómago, el esófago, las fauces, tal vez excesiva la parte de pescado seco. Pero estaba bueno y teorizó con Biscuter sobre las comidas profundas que podían hacer en África y muy ilusionado por los guisos a la cazuela *tayine*, que podrían comer a partir del Sahara y muy especialmente en Marruecos. Dibujó sobre un papel el diseño del fogón y la cazuela de tapadera cónica de la *tayine* y dijo que era el origen de los estofados españoles resultante de la cohabitación de moros y cristianos durante ocho siglos. Cuando pidieron la cuenta resultó que estaban invitados. «El capitán extranjero —dijo el camarero— pagó por ustedes.» Al salir de la taberna dudaron entre volver hacia *La Rosa de Alejandría* o tomar un taxi ya de regreso al aeropuerto. Se fueron hacia el barco hasta que vieron al capitán acodado sobre la barandilla de cubierta. Fumaba y aparentemente estaba ensimismado, como contemplando todas las cárceles que tenía dentro y fuera. Nada se dijeron, frustrado el impulso inicial de agradecerle la invitación. Biscuter detuvo el primer taxi que avistó y Ginés Larios Pérez fue disminuyendo progresivamente su presencia, a sus espaldas, como si fuera un pretexto cada vez menos importante para el espejo retrovisor.

Se notaba que a Farak Nair Mali lo fascinaba, y nada más pisar suelo de Bamako y recibir la pleitesía de autoridades locales y representantes de las ONG que colaboraban en el proyecto, su talante amable y a la vez protocolario se convirtió en pasión por lo que decía, hablaba y tocaba. Buena parte de la expedición se repartió por la ciudad en una fase previa de toma de contacto con los objetivos sanitarios de la empresa solidaria, sobre todo médicos y auxiliares que iban a dividirse por diferentes localidades de Mali y de Burkina Faso, el casi ignorado Estado delimitado por el propio Mali, Costa de Marfil, Nigeria, Níger, Ghana, Togo y Benin. Gedeón marchó a Tombuctú para acelerar los preparativos del encuentro, y Farak Nair se quedó al frente de la expedición más espectacular y propagandística, un recorrido asistencial por el río Níger hilvanando Ségou, Mopti, Niafounké y Tombuctú. A Nair lo acompañaron una cincuentena de voluntarios, la mayor parte extranjeros, con el fin de que se concienciaran sobre el estado real de una zona todavía no contaminada como otras de África ecuatorial o de la propia República de Sudáfrica. Entre esos cincuenta especialistas figuraban los nombres de Bouvard y Pécuchet, y era empeño especial de Nair que sobre todo Biscuter aceptara formar parte de la comitiva porque eran de sumo interés los aspectos nutricionales de las enfermedades que iban a tratar. Opuso reparos Biscuter, condicionado por la necesidad de estar en Marruecos al menos diez días antes de Navidad.

—Pero si ya estamos en esos diez días antes. Yo le aseguro que usted, mejor dicho, ustedes estarán en Marruecos en esas fechas, a no ser que el presidente Bush nos meta en una guerra con Iraq y esa guerra nos lo complique todo. Y les prometo una sorpresa, una sorpresa que deja de serlo en este momento: una delegación del Frente Polisario vería con muy buenos ojos que ustedes visitaran algunas de sus instalaciones sanitarias, y ellos mismos les facilitarían la entrada en Marruecos. Aunque parezca increíble, sin riesgos, porque el Sahara no soporta las fronteras.

El embarque hacia Tombuctú estaba previsto al caer de la tarde, y desde la duda sobre la decisión que debían tomar, Carvalho y Biscuter recorrieron la capital de Mali excitados por la excitación de Farak Nair pero advertidos sobre lo que podían esperar de Bamako.

—Es una ciudad planeada por los colonos franceses y desbordaba por el *boom* demográfico indígena. Lo mejor que tiene es el río, y Níger arriba empezarán a ver el verdadero Mali. Aquí en la capital hay funcionarios y mosquitos anófeles. Visiten la Medina Koura, pero vayan en grupo a ser posible y yo les pondré uno o dos guías. Cuidado con los bolsos y las maletas; aquí los ladrones son mucho más hábiles que en Dakar. Otra cosa que pueden hacer es cruzar a pie el viejo puente del Níger.

Buena parte del andar y desandar entre casas de adobe rebozado con barro por un barrio donde lo que más abundaban eran mujeres haciéndose historiadas trenzas y artesanos textiles, o vendedores de máscaras e iconos adheridos a la fachada del negocio a centenares, como si fuera un panel de exvotos, la emplearon en reflexionar sobre su falsa capacidad de elección. Permanecer en Bamako por lo libre sería estúpido, a no ser que frenaran el ritmo del viaje o se dividieran, Carvalho a su aire y Biscuter forzado por sus misteriosos compromisos en Marruecos. Carvalho vivía la más absoluta sensación de inutilidad, como si estuviera de paso entre la nada y el infinito, y la sexta vez que se quedó más inerte que absorto ante una puesta de sol al otro extremo del viejo puente del Níger, desde el que se divisaba una perspectiva a la vez plácida y absorbente del río, decidió que era el último poniente que presenciaba desde aquel lugar, y forzó a Biscuter a salir volando hacia el embarcadero, donde fueron recibidos por los abrazos de Nair. Insistieron en la necesidad de llegar pero también de salir de Tombuctú a tiempo de cumplir el compromiso marroquí y Nair los situó ante un mapa de África sobre una mesa de la sala comedor de la barcaza. Hasta Tombuctú, Níger abajo, y de Tombuctú a Tindouf, en el Sahara argelino, pero un punto límite con el Sahara marroquí y occidental, serían transportados por un Fokker argelino. Allí quedaban en manos de los enviados sanitarios del Polisario, y dos días después, Marruecos.

—Marruecos. No lo duden.

Insistió Nair en que no era un capricho remontar el Níger, sino un medio de comunicación casi obligatorio en Mali, y además era necesario examinar los avances del Sida en los villorrios de las orillas o de las zonas donde la mancha de humedad del río propiciaba asentamientos humanos. Hasta tres grandes lanchas se habían fletado para que los cincuenta expedicionarios se repartieran con comodidad, y Nair ofreció a Biscuter un puesto en la intendencia alimentaria y a Carvalho que cumpliera como observador europeo del drama sidático, la plaga que no había figurado entre las de Egipto, pero que ocuparía un lugar de excepción entre las crueldades del siglo. Cuando Nair pronunciaba la palabra «siglo», arrastraba el vocablo hasta el borde de un abismo que sólo él veía. Carvalho había cambiado de talante y respaldaba el viaje ante Biscuter.

—La ventaja que tienen los ríos es que no hay ciclones.

Abordaron la cuestión de lo que faltaba de viaje para cumplir el propósito inicial de dar la vuelta al mundo y Biscuter planteó su nueva urgencia:

—Es indispensable que vaya a Ouarzazate, jefe.

—Y eso, ¿dónde está?

—Más o menos en el sur de Marruecos, rodeado de desiertos y camino de Marrakech. Pero allí han instalado el Hollywood marroquí y han hecho muchas superproducciones, incluso norteamericanas.

—Te metes en lo del cine, vamos, como Herat, nuestro guía por Afganistán.

—No es eso. En su momento le explicaré un proyecto fabuloso.

Tal vez Biscuter iba a encontrarse en Ouarzazate con la intermitente madame Lissieux o con un productor coreano que le ofrecería la cabeza de cartel de una película sobre cocineros intrépidos.

—Lo cojonudo sería pasar unos días en el desierto, jefe, antes de mi imprescindible viaje a Ouarzazate. Lo necesito, por higiene mental. En cuanto nos dejen los del Polisario, ya en Marruecos. En el desierto las fronteras no existen.

De momento había que tramitar un breve papeleo para navegar río abajo, enseñar la prueba documental de que estaban vacunados contra la malaria, y cuando se fijó la hora de salida, Carvalho fue a pasear brevemente por las orillas del Níger, como si estuviera en condiciones de conocerlo y convocar su alma de río mito que lo había acompañado desde la infancia, como la del Congo, el Amazonas, el Mississippi, el Nilo o el Ganges. El río se civilizaba a su paso por Bamako y los esperaba a las cinco de la mañana como si aún estuviera medio dormido y obligara a los expedicionarios a hablar en voz baja cuando se instalaban en las barcazas en torno a calderos de café y bandejas de dulces de calabaza y rodajas de mango verde, dispuesto todo por Biscuter como maestro de intendencia alimentaria nombrado por el mismísimo Farak Nair. También disponían los viajeros de un abundante aprovisionamiento de insecticidas contra los mosquitos, que si bien no llegaban a la condición de colonias aromáticas, tampoco recordaban demasiado los efluvios de los desinfectantes presentes en los retretes públicos de Bamako. Se rebozaron todos con tan providencial elixir y durante horas no tuvieron en la nariz otra cosa que la lucha entre las podridas vegetaciones que el río arrastraba y el escudo aromático antimosquitos que llevaban sobre la propia piel. Salidos de la estación fluvial, punto de origen de líneas regulares que unían la capital con la curva del Níger, fundamentalmente hasta Tombuctú, las orillas enseñaban casas emergentes de adobe recubierto de barro, como si las viviendas hubieran brotado de la misma tierra, y cuando los edificios alcanzaban proporción de escuela, mercado o mezquita, se limitaban a emerger más y más, como el fruto de una desmedida fecundación geológica. Luego el río se quedaba a solas, dueño del paisaje, y sobre todo por su orilla izquierda, no se inventaba sólo franjas de vegetaciones exuberantes como podía hacer el Nilo, navegante por un pasillo vegetal de atrezo; por aquella orilla izquierda se asomaban los ocres, los rojos, los amarillos de una tierra árida que ya cerca de Tombuctú se convertirían en duna y desierto, geología razonada por Nair dentro de los tres Malis diferenciados: el desierto al norte, el marcado por la curva del Níger y el Mali forestal, selvático, del sur. Como si fueran dueños de un viaje romántico, recién salido de una estampa de libro de viajes del siglo XIX, espectadores de barcazas prediluvianas, de vaporcillos y de barcos al carbón y, por tanto, al vapor, al servicio de las líneas regulares, de *pinazas* fueraborda al servicio del turista occidental. Nair oyó las opiniones de Carvalho acerca de la relación entre la tierra y la casa, y le advirtió que no había visto todavía nada y que se merecía una excursión, antes de llegar a Tombuctú, hasta Djenné para ver su mezquita, aunque no les faltarían provocaciones visuales a lo largo del viaje, en Mopti o Tombuctú.

—A partir de Mopti, el Níger se convierte en lago y se inicia una curiosa retícula acuífera a la que llamamos el delta del Níger, pero no es un delta de desembocadura; es como un delta interior.

Carvalho pellizcaba conversaciones de los especialistas y Biscuter se movía al más alto nivel, tomaba notas, opinaba valiéndose de su francés bastante bueno y le guiñaba un ojo como confirmando complicidades. En un cartel pegado en un lateral del salón central se decía que Mali tenía una población de once millones, esperanza de vida para cincuenta y tres años, un dieciocho por ciento de mortalidad infantil y un cero coma cero seis por ciento de médicos por habitante. Había camarotes sin puertas y podrían dormir con una cierta comodidad, aislarse en una cubierta suficiente, comer en una mesa colectiva guisos en los que intervenía el aceite de cacahuete y sobre todo experimentar el placer del deslizamiento sobre las aguas casi lacustres. Y, sin embargo, la corriente del río aceleraba el avance hacia Ségou, la capital del que había sido reino de los bambaras y caserío ocre y rojo, no siempre modesto, porque súbitamente aparecía la casa con pretensiones dotada de un amplio patio interior con cauces de agua y vegetaciones entre el esmeralda y un verde botella. Sobre las fachadas de los edificios importantes figuraban incrustaciones rítmicas, «de fetiches», las calificó Nair, que conseguían efectos visuales misteriosos, a manera de mensajes que interrumpían lo obvio y que eran imposibles de descifrar, como si hubieran sido incorporados para producir sombras móviles sobre la arenisca de la fachada. En Ségou se escenificó por primera vez el ritual de las tres visitas sanitarias programadas Níger abajo. En el embarcadero fueron recibidos por una representación de las autoridades locales y un médico portador de la lista de centros sanitarios o de escuelas o lugares religiosos donde se había concentrado a los enfermos que todavía se valían por sí mismos, y Farak Nair se apoderaba de la cuestión como si fuera un atleta capaz de llegar el primero a todas partes, de saber más que nadie, de experimentar las ternuras más profundas ante los enfermos más hirientes, y al mismo tiempo señalaba animales, les ponía nombres, también a los árboles, y casi siempre acertaba porque casi todos eran mangos.

Si en los locales públicos Farak Nair había dialogado con unos y con otros, utilizado certeras notas que llevaba escritas en unos apuntes y demostrado un conocimiento irrebatible de la enfermedad, se superaba a sí mismo cuando entraban en una casa particular, apenumbrada hasta la oscuridad, casi sin muebles, protegida del sol por gruesos muros de adobe y barro, con el enfermo convertido en un objeto de solidaridad, casi de culto si lo cuidaba su madre. Protagonista de su tragedia, el enfermo singularizado acababa dependiendo de Nair como si fuera el extranjero providencial, el conductor del drama y el único que tal vez podía conseguirle el final feliz. Más que prometer hospitalizaciones milagrosas, el profesor les juraba la asistencia sin retrasos ni traiciones de los cócteles farmacéuticos de contención que tanto habían tardado en regularizarse en África, e insistía en el preservativo como el único instrumento que a veces conseguía separar el placer de la muerte. Había enfermos tan disminuidos a la condición de esqueletos que sus madres los llevaban en brazos, no sólo cuando era necesario lavarlos o darles de comer, o sacarlos de la casa para que tomaran el aire, sino incluso cuando ellas se iban a la compra o al río para la colada, a veces cargadas con el hijo, el hermano o el marido sobre la espalda en una improvisada mochila para recién nacidos. Tanto en los locales públicos como en las casas particulares abundaba la proclama «Rompe el silencio», porque era argumento frecuente que la solución de la lucha contra aquella plaga de la modernidad empezaba el día en que el enfermo aceptaba que lo era, asumía el nombre de su enfermedad y se ponía en contacto con quienes podían curarlo.

—Hacia Tanzania, Uganda o República de Sudáfrica, las causas son más complejas, pero en esta zona de África hay menos extensión y casi siempre es por contagio intermatrimonial, aunque también influya la drogadicción y menos la homosexualidad, que ha sido presentada como la gran causa original de la epidemia, muy especialmente por los críticos religiosos. La han querido significar como un castigo de Dios por los excesos de tiempos de pecado.

Los despidieron con música y canciones unos doscientos jóvenes con camisetas blancas en las que podía leerse, o bien: «Misioneros de la Esperanza», o bien: «Rompe el silencio.» Y contra la opinión de Nair, el capitán del barco propuso no detenerse para dormir en algún rincón propicio de la ribera, sino seguir navegando de noche y llegar al amanecer al punto previsto para una excursión no del todo terrestre, pero sí menos acuática, a Djenné. Era promesa del jefe de la expedición que Carvalho y Biscuter pudieran contemplar una de las más impresionantes demostraciones de aquella ensimismada arquitectura de barro y adobe que conseguía edificios capaces de remontar los siglos, mezquitas tan antiguas como la de Constantinopla.

—Pero es una arquitectura que necesita constantemente trabajos de conservación porque las esquinas, por ejemplo, son mucho más frágiles que las de las construcciones de piedra, y la impresionante mezquita de Djenné fue completamente rehecha en 1907.

Cada embarcación tenía radio y teléfono, pero también su especialista en tamtan, capaz de comunicarse con los pueblos y simples comunidades de las riberas y de enseñar a los viajeros códigos lingüísticos anteriores al uso del lenguaje hablado. El tamtan era un lenguaje común, igual que algunos signos visuales, como la cantidad de nudos de los cinturones que transmitían comunicaciones convencionales, y al cabo de un día de cohabitación algunos viajeros, sobre todo los brasileños, ya se atrevían a palmear sobre el cuero tenso entre las risotadas y los consejos del especialista. Naturalmente, Biscuter no tardó en intentar interpretar un mambo al tamtan, y sólo Carvalho entendió que se aproximaba a un *bayón* famoso de Silvana Mangano: «Tengo ganas de bailar el nuevo compás...», pero los restantes miembros de la expedición cavilaron para entender qué trataba de transmitirles aquel hombrecillo tan concienzudo que se pasaba el día tomando notas y discutiendo con Nair sobre la relación entre necesidad y placer a la hora de fijar hábitos alimentarios, incluso para enfermos de Sida. Carvalho percibió a ramalazos que Biscuter se había apoderado de sus tesis sobre la crueldad de la creación fundamentada en el hecho de que la vida exige la muerte, de que todos los seres vivos se alimentan de otros seres vivos.

—Necesidad y placer y, por tanto, cultura. La cultura como máscara.

«La cultura como máscara», insistía una y otra vez Biscuter a un fascinado Farak Nair, y el resto de la expedición se conmovía ante lo que no era un concepto sociológico o sanitario. Coches todoterreno acudieron a la orilla del Níger a la espera de los viajeros que debían ser transbordados hacia el afluente del Níger, el río Bani, donde se ubicaba Djenné. Buena parte del trayecto se haría por caminos más que por carreteras, y finalmente llegarían a la ciudad santa en canoa, ignorante Carvalho sobre si no había otro medio posible o era el estéticamente más adecuado según el evidente esteticismo de Nair. Lo cierto es que, en cuanto se aproximó a la ciudad y pudo preverla, le dio la razón al organizador de la excursión. Era una de las ciudades más hermosas que jamás había visto, donde la arquitectura se integraba en la orografía, era orografía de pronto racionalizada por las necesidades del hombre, un paso más allá de la caverna y la demostración de una exquisita maestría para convertir el adobe y el barro en monumento, como si el río hubiera entregado sus limos para hacer posible la ciudad humana. Sin misiones sanitarias que cumplir, Nair fue un guía perfecto por la Djenné que amaba, y tuvieron la suerte de sorprender a un grupo de albañiles restaurando erosiones de fachadas y aristas sin otra ayuda que una paleta y un ojo que tenía propiedades de plomada. «Allí estaba la mezquita, por ejemplo», dijo el guía de la arquitectura sudanesa, que no era un concepto ligado al Sudán como Estado, sino una extensa región política y cultural que implicaba la federación del Mali y el arranque del Sahara. Cien columnas de madera soportaban el peso de adobes y revoques con una voluntad angélica, de creación de espacio interno, equivalente al de las catedrales góticas y una terraza convertida en mirador de la ciudad, de la sabana circundante de los cursos acuíferos de los que se vale el río Bani para más abajo precipitarse en el Níger. Ante el santo edificio, un mercado al aire libre salpicado por las policromías de los vestuarios y las mercancías, inmersión en una posible teoría del color, contrapunto importante de lo que había sido el viaje por África. Se detuvieron con especial atención ante la llamada Casa de Pama Sinatoa, una artesana del bogolán que se dejó ver con toda su familia y permitió que subieran a una terraza indispensable para comprender la relación entre arquitectura y orografía presente en todo el Mali que habían recorrido hasta entonces. Otra mansión recogía influencias yemeníes, altas fachadas con ventanas caladas, propiedad de un morabito muy respetado. Llegar a esas maravillas difícilmente aislables del contexto era el resultado de recorridos por laberintos de callejas llenas de talleres artesanos, presente ya una importante alfarería que rompía el corazón de Biscuter porque era imposible comprarla y acarrearla durante el viaje.

—Espera a que El Corte Inglés de Barcelona proponga una «Semana del Mali» y allí tendrás toda la alfarería y todo el aceite de cacahuete que quieras.

—No es lo mismo.

Tras el recorrido por el mercado, Nair les planteó la posibilidad de ir a ver la llamada «Tumba de la muchacha enterrada en vida por la prosperidad de la ciudad», aunque les advirtió de que lo más importante de la experiencia era el titular. La tumba era una tontería. Estaban saciados de ciudad y nadie quiso tener aquella experiencia necrófila. Camino de regreso, Carvalho retenía las estampas del caserío de Djenné, del mercado a la sombra de la mezquita, como los viejos mercados europeos, a la sombra de las catedrales, sus edificios más singularizados, y era consciente de que acababa de contraer imágenes para toda la vida y un deseo de volver también para toda la vida, deseo que se incrementaba a medida que aumentaba su conocimiento de Mali, a pesar de la dualidad y en cierto sentido falsedad de la experiencia. En lo que quedaba de recorrido de cruzada sanitaria, las estampas de seres humanos agonizantes desde una delgadez tantas veces contemplada en el *National Geographic* no lo conmovía tanto como el reflejo de esa situación en la tristeza de quienes rodeaban al enfermo, tristeza, impotencia, otras veces tesón, rabia, *esperanza* lo llamaba Nair. Adultos en cuclillas ante palanganas mientras eran lavados por enfermeros o familiares, a veces transportados en las mismas carretillas que servían para el trabajo del campo, medicinas calculadas por ojos que parecían cuentagotas, de vez en cuando la alegría, también de vez en cuando la muerte, como cuando en Mopti llegaron a tiempo para asistir al entierro de cuatro enfermos, rectangulares tumbas excavadas en la tierra casi roja por las palas y los picos más determinantes.

El Bani se juntaba con el Níger cerca de Sofitel Kanaga y las aguas se volvían abundantes, lujuriosas, para que Mopti fuera llamada la Venecia de Mali, punto importante para el carácter concienciador de la expedición, y estuvieron varias horas con la atención repartida entre las succiones sensoriales de la ciudad y el viacrucis sanitario de Nair. «Ciudad del pescado» era un eslogan promocional, pero cuando se materializaba en la escena en que a un moribundo de perfil se le ofrecía un pescadito asado parecía un sarcasmo. La tristeza era mayor en algunos ambulatorios donde las camas insuficientes propiciaban enfermos yacientes sobre colchonetas en los suelos, envueltos en una atmósfera de desinfectante con la que se plantaba cara moscas y mosquitos. Cinco niños con síndrome acostados a un palmo de distancia de su padre agonizante, terror en algunos ojos y listeza de gestos en la muchacha cadáver que trataba de mejorar con un peine la rebelión de sus cabellos ralos, concentraciones de enfermos a veces transportados en brazos por sus familiares y Farak Nair negándose a hablar de muerte, ni de esperanza en sentido religioso, duramente opuesto a cualquier concesión a santeros o curanderos, aunque no lo molestaran como paisaje, «como consuelo», insistió varias veces.

—Pero lo que cura es la higiene y esto.

Y enseñaba un bote de medicinas en una mano y un mango en la otra.

Con los ojos y el galillo llenos de fragilidades ajenas y propias, tuvieron tiempo para un breve recorrido por Mopti, ciudad resultante de la unión de tres islas mediante diques que le servían de puentes sobre las aguas expansivas, ciudad de astilleros para la demanda del río, herreros y calafates herederos de un saber antiguo. Nair les concedió una hora de libertad para que visitaran el mercado del pescado de agua dulce o el de las especias, o para que navegaran en piragua por el inicio del delta interior configurado definitivamente entre Mopti y Tombuctú, cuando el Níger se desparramaba en lagos y reticulaba de canales a lo largo y ancho de una llanura verde. Biscuter y Carvalho consiguieron cumplir las tres propuestas y comparaban las perspectivas que les ofrecía el Níger renovado con la que les había ofrecido el Nilo en su crucero, aunque estaba por ver el encuentro entre el río y el pleno desierto a medida que se acercaran a Tombuctú. De regreso a la barcaza, Nair los avisó de que el viaje no daba para más, pero se perdían la belleza del país dogón, pueblos enteros colgados de acantilados o pegados a la tierra como si fueran sus secreciones, «costumbres de una África profunda —añadió irónico—, casi intocada por los turistas y los viacrucis».

Las escalas asistenciales cumplieron los ritos asimilados, y cuando desembocaron en Tombuctú sabían ya que llegaban a una ciudad mítica, ciudad mercado, de encuentro de caravanas oferentes de historia y belleza, pero que había sido desbordada por Djenné o Mopti. Punto de confluencia del río y del desierto, ofrecía una de las mezquitas terrosas más antiguas, la de Sankoré, del siglo XV, que no conseguía desplazar del recuerdo la de Djenné, aunque Carvalho la consideró más a la medida de ojos humanos. Mercado de la sal, su peso en oro, en tiempos en que se valoraba la sal de la tierra o se negaba el pan y la sal, extraída de minas horrorosas donde la esclavitud era la garantía del lucro de productores y traficantes. Hasta Tombuctú habían llegado andalusíes al mando de un almeriense de Cuevas de Almanzora, Yuder Pachá, expulsado de la península Ibérica musulmana y que se elevaría al cargo de Caid de Marrakech. Estos andaluces musulmanes atravesaron el Sahara para conquistar Tombuctú e iniciar su leyenda de capital del Sahara y de Mali, en la que trabajaron los más principales arquitectos y artesanos desde finales del XVI hasta el XVII. Todo figuraba en un folleto introductorio de las autoridades locales, ilustrados informantes de la expedición fluvial la conducían hasta la carpa donde se iban a celebrar las sesiones y la destruían en distintas habitabilidades, desde las plazas que quedaban en los hoteles ya ocupados por expedicionarios que habían llegado antes, hasta los domicilios particulares más presentables del voluntariado de la ciudad. Los informantes estaban muy esperanzados con la batalla contra el Sida, y eran muy pesimistas con respecto al futuro de Tombuctú.

—El Níger ya no crece como antaño y en su retirada se lleva campos húmedos y fértiles, que eran la base de la riqueza de esta zona. Ni agua ni comercio. Otras ciudades de Mali parecen más privilegiadas.

Otros, en cambio, lamentaban la cultura de la queja. Tombuctú era una ciudad de quejicas, según ellos, porque en los últimos tiempos las crecidas habían vuelto y, sin embargo, no había recuperado la condición de cabeza de Mali.

—No, las crecidas no son como las de antes.

Las discusiones de los aborígenes sobre las crecidas se eternizaban tanto que Nair echó a andar, se metió en la carpa y recibió la ovación de los congresistas ya llegados, Gedeón al frente, más enfermo quizá, no por más pálido, lo que era difícil de detectar en su rostro negrísimo, sino por la mayor profundidad de sus ojos cada vez más amarillos. De momento, el congreso empezaba con una fiesta al tamtan en la que participaban los percusionistas acompañantes en las barcazas, más cuerpos de baile de Tombuctú, que inmediatamente despertaron el esqueleto bailarín de los brasileños, nostálgicos porque las fechas eran propicias para iniciar los entrenamientos en las escuelas de samba. Las músicas de los africanos parecían ser las raíces o la continuidad del jazz, del reggae o del rock, y eran eso, origen y continuidad, pegadizas, como si la fiesta ya no se desligara nunca más de sus movimientos. Sin embargo, el orden del día que les pasaron a Carvalho y a Biscuter incluía varias sesiones de estudio: una ponencia de Biscuter sobre «Enfermedad, felicidad y alimentación», y al día siguiente le tocaba intervenir a Carvalho: «Globalización y desorden internacional», título que lo dejó estupefacto, al borde de un bloqueo mental absoluto.

—¿Qué coño les voy a decir de todo esto?

—Salió muy airoso en Kabul, jefe.

—¿Quieres que les hable de literatura y diminutivos?

—Algo hay que hacer.

Ante todo, hablar con Farak Nair, enseñarle las manos vacías de archivo, de documentación, con lo que era imposible montar una conferencia ante público tan especialista. «Es público especialista en técnicas sanitarias y en solidaridad, pero tal vez les falte una visión de conjunto que ustedes pueden facilitarles.» Asentía Biscuter para indignación de Carvalho, que se quedó solo y mudo cuando, con una incontestable sonrisa, Nair le dijo:

—Todos les ayudaremos. No son conferencias; son conversaciones. No olviden una cosa fundamental: el contacto de esta noche con los del Frente Polisario. Podríamos aprovechar la ocasión de la cena, hacemos un pequeño aparte. Pueden ir preparando sus intervenciones de mañana. En esta parte de África, las horas desde el mediodía hasta media tarde son de una pesadez ambiental temible, y nadie puede hacer nada, ni siquiera los más aclimatados. Pero hay que aprovechar la luz solar: no hay alumbrado público.

La vida debía de empezar a las seis de la tarde, porque los anuncios de proyecciones cinematográficas señalaban las dieciocho treinta y las veinte treinta como la doble sesión cotidiana de películas anunciadas por carteles viejos y erosionados, como si siempre se proyectasen los mismos filmes o como si los carteles viajaran de cine en cine, de pueblo en pueblo, al servicio de historias generalmente de acción, indispensable una pistola y una rubia en la iconografía. A las seis empezaban las sesiones, luego la cena y una fiesta cultural en la que mujeres del lugar enseñarían la teoría y la práctica de la transmisión de literatura oral, propuesta que entusiasmó a los brasileños, porque ese sistema de perpetuar y transmitir historias seguía vigente en amplias zonas de América Latina. Biscuter ocupó una silla plegable en primera fila durante las ponencias, y Carvalho pellizcó más que siguió las charlas, hasta captar que, más que un encuentro científico, aquello era una operación de concienciación social y la emoción tenía incluso más importancia que la comunicación. Cenaron en un barracón adlátere a la carpa, un plato de arroz con briznas de pollo y pescados secos y rehidratados, sorprendente comida junto a un río que daba sentido a diferentes mercados del pescado.

—Es un problema de intendencia y conservación; aquí no hay grandes frigoríficos. Lamento la precariedad, pero en Tombuctú se puede comer bien, incluso un *mechoui* de carne de camello que es una exquisitez pantagruélica: una cría de camello se rellena con un cordero que a su vez cobija un pollo, y en el interior del pollo, una paloma a su vez repleta de dátiles, piñones y frutas en conserva. Y no le pongan demasiados remilgos cuando vean que la gente come con las manos. Para la expedición disponemos de cubiertos de plástico.

A Biscuter se le habían abierto los ojos prodigiosamente, teniendo en cuenta su pequeño tamaño inicial, y tomó apuntes sobre la forma de cocinar el *mechoui* de camello, plato que le recordaba una receta que Carvalho a veces le había referido, pero más ambiciosa. Todo empezaba por una vaca que se debía rellenar con un cerdo, etcétera, etcétera, hasta completar una muñeca rusa de proteínas y sabores. Bebieron cervezas de mijo y cafés aromatizados, para ser luego conducidos por Nair a un aparte en el que los esperaban un trío de espigados y ralamente barbados jóvenes vestidos de tuaregs que se presentaron como representantes del Frente Polisario. Estaban especialmente interesados en que dos tan altos expertos de asociaciones internacionales presenciaran los difíciles servicios asistenciales de los saharauis que habían huido del Sahara occidental ocupado por Marruecos y habitaban una zona —según ellos— en el interior de su país usurpado, aunque a veces ocuparan espacios del desierto cedidos por Argelia. Tindouf era la ciudad argelina instalada en un ángulo de frontera entre Argel, Marruecos y Sahara occidental, y hasta allí podrían llegar en un avión especial aportado por Argel, el mismo en el que ellos habían viajado hasta Tombuctú. En media hora les transmitieron los problemas alimentarios y sanitarios que padecía un pueblo que luchaba por su identidad desde 1975, cuando se produjo «la marcha verde» de ocupación marroquí y el abandono de España, hasta entonces potencia imperial.

—Nos interesaría mucho que vieran unas nuevas instalaciones de tratamiento oftalmológico, a cargo de un doctor español que viene de vez en cuando y financiada por una sociedad española filantrópica.

Biscuter dirigió las negociaciones. Podían estar dos días dedicados al Polisario, pero luego debían pasar a territorio marroquí, hacer algo de vida en el desierto, convencional, de turistas occidentales, y acabar en Ouarzazate, la ciudad del cine. Se lo aseguraron: no había problemas; bastaba con concertar un servicio turístico en Marruecos y ellos los llevarían hasta el lugar.

Biscuter y Carvalho disponían de una habitación doble en el campamento Bouctou, a trescientos metros de un hotel Sofitel, famoso por sus excelentes y carísimas cervezas. Mosquitera, ventilador, mejor cocina que la ya comida, un repentino frescor que venía del desierto oscurecido para poder contemplar mejor la estrellada, total bóveda celeste, todo invitaba a caminar, a pesar de que la única iluminación era la que emanaba de los edificios hoteleros. Llegaron hasta el Sofitel para tomar las famosas cervezas, holandesas, checas, belgas, y asumieron el impacto de cierto colosalismo de hotel de lujo ubicado al borde del desierto.

—¡Es como si fueran a aparecer Deborah Kerr y Stewart Granger en el rodaje de *Las minas del rey Salomón*!

—El cine se ha tomado con demasiado cachondeo a estas gentes.

A Biscuter lo extasiaba la piscina.

—¡Bañarse en diciembre! Eso es tener poder.

Ya era tarde y sólo un cuarteto, dos parejas de aparentes norteamericanos, altos, altas, rubios, rubias, aunque tal vez teñidas, se bañaban con los cuerpos encendidos por los bourbons de sobremesa. Visto y no visto, Biscuter se metió en las aguas y Carvalho advirtió que había dejado sus escasas ropas bajo la tumbona.

—Te bañarás en calzoncillos, supongo.

—En pelota picada, jefe. ¡Qué gusto!

Trató de desnudarse Carvalho con el sigilo empleado por su compañero, pero era tal su torpeza que estuvo a punto de meterse en la piscina en calzoncillos acompañados de calcetines y zapatos de lona. Ya al borde del agua, se quitó las sobras de vestuario y se metió por la parte donde no cubría para luego ganar nadando el centro de la inmensa alberca. Biscuter no se había movido de la escalera de acceso y, cuando Carvalho le reclamó mayor audacia, respondió en catalán para que nadie lo entendiera:

—*És que no sé nedar, ja ho va comprobar al Pacífic!*

Era como si lo hubiera dicho en castellano, pero Biscuter se sentía a salvo detrás de la fonética, y siguió sintiéndose seguro hasta que el cuarteto de supuestos norteamericanos se descompuso y una de las mujeres les preguntó:

—*Que sou catalans? Nosaltres també. Estem fent un tomb per l'Àfrica.*

Admitieron ser de Palafrugell, en la provincia de Girona, y que todos los años aprovechaban diciembre, Navidades y Reyes, para hacer un viaje interesante.

—*Cap a on aneu?*

—*Cap al nord.*

—*D'allà venim. Maco, eh? Però tot, tot desert. D'on sou vosaltres?*

—*De Barcelona.*

—*Ah, de Can Fanga.*

—¿Han pensado ustedes que, después del asado, el *pot au feu* es el procedimiento culinario más primitivo, y que tanto el asado como los cocidos ocupan buena parte de la memoria gastronómica de todos los pueblos?

Biscuter esperó a detectar el impacto de la primera frase de su lección magistral para comprender con qué público se las tenía. Un público inocente y poco alertado en cuestiones de comidas y bebidas, si no era desde un punto de vista alimentario, nutricional, escuchaba complacido la crítica de aquel experto sobre el insuficiente saber que condiciona las dietas de los enfermos.

—Las principales víctimas de una dietética represiva son los gordos, los obesos, porque en el médico funciona una moral de castigo y pocas veces sabe lo suficiente como para combinar cocina placentera con modificación de la gordura. Si esta represión se dirige contra su enfermo privilegiado, imaginemos la poca consideración placentera que tiene un programa alimentario para otros tipos de enfermos.

Biscuter se hizo proyectar sobre una pantalla dos mapas de África, coloreado según problemas de hambruna uno y según la extensión del Sida otro. Con un puntero larguísimo que sostenía con sorprendente bizarría, capaz incluso de hacer molinetes y juguetear con él como si fuera una herramienta habitual en su existencia, denunció la falsa conciencia con la que el mundo sin hambrunas contempla los males de África como irreversibles y, en cambio, pregona el enfrentamiento contra el pesimismo cuando la enfermedad o la amenaza se da en el llamado mundo civilizado.

—¿Por qué?

Silencio denso y absoluto.

—Porque la sanidad y la alimentación en el mundo civilizado son un espléndido negocio y, en cambio, en África todo indica que debería ser asistencia. Con la cantidad de pasta que hay en el mundo y con lo que saben los científicos, buena parte de las calamidades que padecen centenares de millones de seres humanos desaparecerían.

Sentados los principios filosóficos, boquiabierto Carvalho y, por ello, impedido para gritar lo que iba a gritar: «¡Teórico! ¡Que eres un teórico!», Biscuter leyó en voz alta una nota sobre la alimentación aconsejada a los enfermos de Sida e ironizó sobre los aspectos más represivos que conseguían eliminar todo lo que podríamos llamar «la memoria del paladar, como la calificarían —añadió— mis amigos y maestros de Slow Food», y mostró los libros que habían viajado con él desde Roma.

—No nos movamos de Tombuctú y analicemos qué ha formado parte de la memoria del paladar o del paladar de la memoria, de todos los enfermos o enfermos potenciales: mijo, arroz, sémola, sorgo, huevos, verduras, tomates, pescado, carne, especias, cereales que se comen molidos o en grano, salsas, como la que sirve para preparar la *alabadja*, una delicia hecha con carne y mantequilla de cacahuete. Desde este plato sublime y sencillo hasta el fastuoso *mechoui* de camello relleno, toda la gama de la alimentación recibida o soñada debería formar parte obligatoriamente de los hábitos del enfermo, porque todas, todas las enfermedades, pero sobre todo ésta, conspiran contra el principio de identidad, destruyen la identidad y el orgullo de ser. ¿Qué mejor medicina que la memoria y, dentro de sus muchas formas, la memoria del paladar?

Convocó Biscuter a los gastrónomos y científicos del mundo para que la cultura del placer o de la consolación enriqueciera las dietas y les quitara su carácter represivo. Citó a una veintena de cocineros reputadísimos y les reprochó que se hubieran metido en el territorio de los precongelados o de los precocinados.

—Pero ¿quién se ha aventurado en el territorio de una cocina de la solidaridad?

Los rostros de los presentes se hicieron la misma pregunta y, ya sin respuesta, rompieron en un estruendoso aplauso que elevó los acentos emocionales de Biscuter y la voluntad asamblearia, ejercida desde ese momento mediante repeticiones de las frases más brillantes del conferenciante, aplausos, incluso un conato de samba de Portela a cargo de un grupo de sociólogos brasileños. Biscuter ya había dicho cuanto sabía, cuanto formaba parte de su memoria culinaria adaptada a una teoría de la necesidad alimentaria para los enfermos en general y los de Sida en particular y, consciente de que su intervención apenas había durado media hora, se alzó sobre unos imaginarios tacones, señaló con el mismo dedo rotatorio a todos los presentes y los conminó:

—Preguntadme. Ha llegado el momento de las preguntas, pero no sólo de las que podáis dirigirme a mí bajo esta carpa, sino de ¡las que debéis dirigiros a vosotros mismos!

La salva de aplausos de los congregantes puestos en pie, los ojos emocionados de Farak Nair abrazado a Biscuter y el complejo de culpa que se había apoderado de buena parte de la sala presagiaban un coloquio intenso que el conferenciante afrontó sentado ante una mesa, copia de la pose atribuida a Goethe por su retratista más afamado, en la que el pensador conseguía sostener el peso de su repletísima cabeza con apenas dos dedos, posados más que adosados en la sien. Biscuter parecía tener respuesta para todo, y sólo quedó algo desconcertado cuando Gedeón le preguntó si, en la actual encrucijada de la globalización, los cánones alimentarios en relación con las necesidades condicionadas por la enfermedad no corrían el peligro de *globalizarse* y no fijar el derecho a la diferencia. Carvalho vio el horizonte abierto por donde salía el sol antiguamente, por Antequera en España, y pidió la palabra. Dijo su nombre, recordó que su intervención, precisamente sobre globalización, se anunciaba al día siguiente y que debido a una inesperada urgencia no podría actuar como conferenciante.

—Pero sí puedo actuar hoy, solidario con la brillante conferencia de mi paisano, y en situación de abordar la cuestión de la globalización.

Se quedó contemplando al público fijamente, con algo de ironía en los ojos, y cuando el silencio estaba a punto de llegar al medio minuto, reunió su mejor voz y preguntó:

—¿Qué es la globalización?

Silencio.

—¿Una situación?

Silencio.

—¿Una ideología? Si es una situación, vale, asumámosla. Pero si es una ideología, ¡cuidado! Esa ideología puede ser la falsificación de las relaciones reales de dependencia entre... ¡globalizadores y globalizados!

«La tensión dialéctica entre globalizadores y globalizados», repitió Carvalho varias veces, como si padeciera una obsesión, hasta que se levantó un joven voluntario brasileño y se dirigió a todos los presentes, no a Carvalho en particular:

—¿Acaso no utilizamos palabras como globalización para desdramatizar y deshistoriar el lenguaje? ¿Qué queremos decir cuando hablamos de norte y sur, centro y periferia?

—Explíquese —lo instó Biscuter, que formalmente seguía siendo responsable de la conducción del debate.

—Para mí, globalización es un eufemismo que enmascara la significación real, vigente, de la fase actual del desarrollo del imperialismo capitalista, eso que balsámicamente llamamos capitalismo multinacional.

Se expresaron opiniones, si no contrarias, sí discrepantes con la idea de que el imperialismo no había sido superado por una nueva síntesis, sino simplemente maquillado. Nadie volvió a resucitar la cuestión alimentaria, el debate había pasado a manos de Carvalho, que con un mínimo esfuerzo, fundamentalmente el de escuchar, asumía su dirección, cabeceaba afirmativa o negativamente, concedía la palabra, respondía mediante silencios cargados de intenciones inescrutables a las preguntas que le exigían precisión en la respuesta.

—¿Seguro que usted no me está haciendo una pregunta que ya se ha contestado en el fondo de sí mismo?

No fallaba: todos los que hacían preguntas se las habían contestado desde el fondo de sí mismos.

—Los añoraré —comentó Nair cuando hicieron un alto en el debate—. Ustedes dos son grandes animadores de coloquios. Tienen el don de la contradicción o de la mayéutica, es decir, preguntan lo que evoca su contrario o bien lo que necesita el interpelado para lucirse o contribuir positivamente con su respuesta.

Los del Polisario los habían convocado a una reunión de expedicionarios después de la cena, y Biscuter vio así imposibilitado su deseo de volver a meterse en pelota picada en la piscina del hotel Sofitel y tal vez de recuperar a los catalanes para preguntarles a tono con el paisanaje, por ejemplo, ¿cómo está el Barça? ¿Cómo le va en la Liga de Campeones europeos o en la Liga española? Hasta diez viajeros acompañarían a los tres polisarios en un Fokker argelino hasta Tindouf y, excepto Carvalho y Biscuter, los expedicionarios eran médicos: tres de ellos especialistas en oftalmología y dos en varices, dispuestos a quedarse una temporada asistiendo a los enfermos en diferentes ambulatorios del Polisario. Nair estaba muy triste por la brevedad del encuentro, abrazaba a Biscuter muy cariñosamente, y a Carvalho le dijo que pertenecía a una especie de hombres que siempre lo habían impresionado.

—Los que saben tanto que no hace falta que lo digan; les basta con comportarse.

Aguantó Carvalho la mirada del profesor por si traducía la sorna posible en aquellas palabras, pero era una mirada franca y entregada, experta en suscitar confianza, como no podía ser de otra manera en un creador de redes de casi nada que acababan pescando cosas importantes.

—Usted, en cambio, me ha impresionado porque todavía cree que un encuentro de voluntariados de Brasil y Mali puede impedir, incluso, la próxima guerra de Estados Unidos contra Iraq.

Nair se puso muy serio y empujó las palabras que precedieron a su mutis como si fueran muy pesadas:

—Llegará un día en que podremos impedir los imperios.

La altura de vuelo del Fokker les permitió captar todas las paletadas que diseñaban un desierto, las texturas de las piedras y las dunas, los colores del amarillo casi blanco a los malvas, manchas de oasis que presumían vida, algunos poblados de jaimas, asentamientos nómadas dedicados al pastoreo y al comercio. Uno de los polisarios se arrodilló en el asiento de delante y se asomó sobre el respaldo para ofrecerse como guía de Carvalho y Biscuter, intérprete de los códigos terrestres del desierto convertido en un sistema de señales que podían percibir desde el avión. Las cubetas salinas *sebja*, las *kamadas* tierras de rocas desnudas delimitadas por acantilados tubulares, o los *erg*, crestas de dunas separadas por corredores, a veces de una extensión que se convierte en espacio geográfico con nombre, como el Gran Erg Occidental o el Gran Erg Oriental en Argelia. Entraron en el desierto argelino por Tarhmanant y percibían de pronto círculos misteriosos en la arena, enigmáticos cercados que se reducían a palmerales protegidos por dunas o tierras pedregosas de forma circular, trincheras defensivas de la asfixiante desertización.

—Oasis, hoyas salinas, pozos de agua donde se encuentran pastores y comerciantes, a pie, a camello o en todoterreno, algunos pozos petrolíferos, dunas, crestas de montañas que arañan la vista, dunas, dunas, dunas, cuando no una mezcla de arena y cantos rodados, el *erg* del que les he hablado antes. Pero si descendemos verán vida. Jaimas habitadas donde serán bien recibidos con leche, agua y dátiles, campamentos apenas visibles desde altura porque tienen color de tierra, gentes que caminan o que van en camello o en jeep de un lado para otro, por rutas no señalizadas, las autopistas del desierto que sólo los saharauis saben interpretar porque es su territorio. Haremos largos recorridos por esas autopistas y jamás olvidarán la sensación de libertad que proporciona correr entre cuatro horizontes sin límites. Entre los cuatro puntos cardinales.

No había apenas presencia militar en Tindouf, o al menos en la zona donde aterrizó el Fokker, que fue recibido por un representante del Polisario y cuatro jeeps que los llevarían a un centro de acogida, a manera de fuerte rectangular con un hangar central enmarcado por los dormitorios. En una habitación compartida dejaron sus equipajes Carvalho y Biscuter y pasaron al hangar, donde les informaron sobre los intensos recorridos que deberían seguir y que incluían diferentes experiencias sobre las vivencias del Frente Polisario y su lucha en pro de la independencia del Sahara occidental frente a los propósitos expansionistas de Marruecos y a la realidad anexionista de la ocupación política, militar y administrativa incumpliendo las resoluciones de las Naciones Unidas. La palabra del expositor se complementaba con vídeos, reflejo de la vida real del pueblo saharaui en los territorios liberados por el Polisario, o en zonas de exilio en territorio argelino. No faltó un capítulo dedicado a las contradicciones de los políticos democráticos europeos, y sobre todo españoles, en el pasado comprometidos radicales con la causa polisaria y hoy flirteando con las posiciones marroquíes y las de su aliado, Estados Unidos de América. Espectacular una intervención televisiva de un jovencísimo Felipe González antes de ser jefe de gobierno, en la que instaba a un compromiso total entre España y la causa de los saharauis. La visita de dos días incluía un recorrido por la zona dominada por el Polisario, relación con campamentos poblados de saharauis, muestra de presos marroquíes, inspección de instalaciones sanitarias, muy preferentemente las de última adquisición dedicada a la oftalmología y a las que tuvieran relación con el Sida, fiesta de la solidaridad en pleno desierto y diferentes salidas para los viajeros, tanto si regresaban a Mali, permanecían con el Polisario o tenían otros destinos. Para demostración de su eficacia más allá de sus trincheras militares, uno de los jóvenes dirigentes del Polisario concretó el plan para Carvalho y Biscuter, consistente en una travesía de frontera y contacto con una empresa turística que desde Zagora normalizaría su estancia en Marruecos, ignorante de que era el Polisario el *tour operator* inicial. El muchacho tenía sentido del humor, y dos horas después, Carvalho y Biscuter se preguntaban por qué. Cómo era posible conservar el sentido del humor como miembro de un pueblo acampado, en buena parte exiliado, acosado por el potencial militar marroquí, escasamente defendidas sus razones en los foros internacionales, a punto de cumplirse los treinta años de expropiación de su territorio tras la retirada de los anteriores ocupantes imperiales, los españoles. Iniciados en el viaje en jeep por las invisibles e intangibles autopistas del desierto, Carvalho y Biscuter experimentaban el efecto eufórico de vivir en un infinito sin límites terrestres ni celestes, a lo sumo humanizado por el propio rodar de los jeeps o por el paso distante de breves caravanas o el pastoreo de cabras y corderos, casi siempre en las cercanías de pozos excavados en la arena o en las piedras. Humana también la presencia de habitantes del desierto, distantes, en cuclillas, defecando, representación tal vez turística de la figura del *cagón*, en los pesebres navideños de España e Italia, conocido en Cataluña como el *caganer*, y pieza tan indispensable como la del Niño Jesús en la representación simbólica del natalicio de una religión. Vida y escatología tenían en el desierto y en las filas de un ejército precario el extraño interregno de la comida, refugiados en unos matorrales y bajo algo parecido a un toldillo de tela, protegidos de un excesivo sol de invierno, mientras en torno a una fogata sus guías cocinaban largamente una paella de arroz con sardinas de lata, crónica de una agresión gustativa a la que tanto Carvalho como Biscuter debían prestarse, investidos como estaban de los mejores ropajes de la solidaridad. Pudieron comer aquella pasta arrocera salada y a la vez algo ácida porque tenían hambre, y además porque disponían de un cerebro propenso a todos los formatos de lo que se podía comer y no comer en este mundo, aunque no era en esta ocasión un problema de formatos, sino de texturas, porque a cualquier italiano le hubiera parecido aquel plato una variante de la polenta con picadillo de pescado indeterminable. La leche sabía a cabra vieja porque estaba contenida en odres cabrunos, al igual que el agua, y sólo los dátiles sabían a dátiles, según el registro gustativo que operaba en la memoria del paladar de Biscuter y Carvalho. Pero era tal la solicitud, la amabilidad, la complicidad solidaria de sus guías, que comieron con gozo de participación y bebieron como si el sabor a cabra fuera el más adecuado para las leches y las aguas. Incluso cuando se acercaban a algún pozo para que los chicos del Polisario pegasen la hebra con los pastores que abrevaban el ganado o se rehidrataban ellos mismos, el agua que salía del pozo tardaba en desprenderse del *bouquet* cabrío que habían aportado las aguas anteriores. Invitados de nuevo a la misma leche, a la misma agua, en jaimas, diríase que inscritas en un itinerario turístico reivindicativo donde espléndidas señoras de la guerra actuaban de anfitrionas sobre un mar revuelto de alfombras variadas y a la vez totales. A veces sorprendían en los pozos encuentros plurales de soldados, pastores y vendedores que convertían el lugar en un foro de intercambio de mensajes dentro de la unidad del desierto como un ámbito inevitable, un ámbito que convidaba a la presunción de libertad terrestre, pero que en aquel caso estaba acotado por la representación, más o menos simbólica, del enfrentamiento entre el Frente Polisario y el Reino de Marruecos. Dentro de esta evidencia era inevitable ver algunas piezas de artillería ligera empleadas en la guerra, también prisioneros de edades indefinidas, por lo que podían ser prisioneros almacenados a lo largo de veinticinco años, siempre dentro de un canon, diríase que convencional, de prisioneros de guerra.

En el tránsito del atardecer al anochecer, los cinco jeeps en línea se entregaron a una carrera libre por el desierto libre que, a juzgar por los comentarios de los invitados, era una de las experiencias más hermosas que jamás habían vivido, y así lo pensaba Carvalho, comulgante en la sensación de liberarse de la relación espacio tiempo al carecer la tierra de límites que no fueran los horizontes, y por ello perder la presión del tiempo entre dos puntos. Era como navegar por un espacio sin distancias y como si los cuerpos pudieran aprovechar esa libertad de situación para soñar, imaginar, recordar, desde una impresión de eternidad sensorial. De noche ya, entraron en un poblado de tiendas de campaña, acogidos por el ritual de los gritos palatales de saludo en boca de las mujeres, y allí estaba el primer ambulatorio nómada, plural, aunque con unos tiempos e instalaciones especiales dedicadas a la oftalmología, bajo la dirección científica del doctor Borja Corcóstegui y económica de la fundación Ulls del Món, presidida por un político catalán, el doctor Rafael Ribó.

La información sobre Ulls del Món, en su versión local, «Ojos del Sahara», entidad asistencial solidaria que ya operaba en Chiapas, Bolivia y Mozambique, ocupó buena parte del encuentro al que asistían dos médicos del Polisario y enfermeras. Durante el año 2002 se habían desarrollado ocho comisiones médicas y programas de formación de enfermeros, optometristas y técnicos, tanto en Tindouf como en España. El sistema de trabajo en los campamentos consistía en que, mientras un oftalmólogo operaba, otros pasaban consulta en las *wilayas* o en las instituciones sanitarias oficiales. Habían sido espectaculares los avances en la operación de cataratas, y por las consultas habían pasado más de mil setecientos pacientes. Al mismo tiempo, se había trabajado para que los dispensarios de las *wilayas* fueran centros de diagnosis, y estaba en fase de consumación el equipamiento de los dispensarios, así como cubrir las necesidades de lentes y monturas.

—Está prevista una campaña contra el tracoma.

Los abastecieron de algunos datos sobre las campañas de Ulls del Món en Mozambique, pero insistieron mucho en el papel liberalizador cumplido entre la población saharaui. Nombres de doctoras y doctores, enfermeras y enfermeros españoles salieron de la boca del informador como si estuviera hablando de gente amiga, y Biscuter estaba entusiasmado con aquellas pruebas de solidaridad.

—¿Qué mueve a la gente a ser solidaria, jefe?

—A veces lo he pensado. Entre los creyentes de religiones bífidas, podría ser el mandato de Dios, que exige a sus fieles ser todo lo bueno que él no ha sido. Entre los no creyentes, quizá una mezcla de lucidez y de miedo. Lucidez ante la propia fragilidad y miedo a padecerla. Los otros serían entonces como uno mismo.

—¿Y la compasión?

—Acabo de describirte lo que, yo creo, es la compasión.

Experiencias sanitarias preventivas de aquel tipo habían solucionado problemas gravísimos, porque la reverberación de las arenas del desierto convertía a sus habitantes en enfermos potenciales condenados a la ceguera sin remedios a su alcance.

—No todos los árabes, como nos llaman en Europa, podemos viajar a los grandes centros oftalmológicos de Barcelona o Milán para que nos quiten unas simples cataratas o nos detecten y traten un glaucoma. ¿Qué imagen tienen ustedes de nosotros? No se molesten, yo se la facilitaré y lo haré sin ironía, sin ganas de molestar. Ustedes nos ven o como esos ricos jeques petrodólares que ocupan hoteles europeos enteros para curarse cualquier indigestión o como esos náufragos de patera que buscan en la misma Europa satisfacer hambres fundamentales y luego se convierten en ladronzuelos de bolsos por las capitales de España o Italia. Somos más cosas. Pero también, sin duda, los opulentos saciados hasta el escándalo y los hambrientos hasta la muerte.

En el turno de preguntas y respuestas abundaron las intervenciones sobre el falso descontrol de los movimientos migratorios hacia el norte, hacia Europa.

—¿Hasta qué punto no son promovidos por los propios Estados para quitarse de encima población conflictiva y para instalar ese conflicto en la sociedad europea? Una cosa son las necesidades objetivas de pueblos que miran al norte porque no ven salida a su alrededor, y otra el uso que de esa pulsión migratoria hagan los gobiernos, preferentemente el de Marruecos, que podría utilizar el descontrol como un factor de presión sobre el gobierno español, muy especialmente por su anterior toma de posición antimarroquí en el problema del Sahara.

—África ha estado muy mal colonizada, mal descolonizada, mal gobernada y mal insertada dentro de lo que los economistas llaman el Orden Económico Internacional.

El más joven de los guías ponentes tenía sus datos, y atribuyó a la economía depredatoria de las grandes potencias la fase de carencia de todo por la que estaban pasando la mayor parte de los Estados africanos.

—Estamos mal gobernados, cierto, a veces por aventureros sin escrúpulos, pero son peores esos capitalistas extranjeros que tratan de volver a esclavizarnos mediante la deuda externa.

Tal vez para compensarles sufrimientos del espíritu motivados por el complejo de culpa, inmediatamente se les anunció una cena especial que podían interpretar como Fiesta de la Solidaridad: un cordero asado, músicas y bailes del desierto, el despliegue de un frente de ojos negrísimos de niños y niñas que se acercaban a los extranjeros imbuidos de su condición de pequeños ministros de asuntos exteriores de una causa que sólo conocía travesías del desierto y desiertos. Una fase del encuentro consistió en una visita de los pacientes operados por el doctor Corcóstegui o sus compañeros de fundación, y ante los extranjeros aparecieron una cincuentena de saharauis de ambos sexos abriéndose los párpados con los dedos para extremar la superficie de ojo ya sano que enseñaban. Algunos agitaban las monturas de sus gafas nuevas y las mujeres seguían poniendo la música de fondo de sus gritos, expresión de alegría y salutación. Los extranjeros indagaban detalles sobre la fundación que había provocado aquel prodigio, muy interesados por los diferentes frentes abiertos en Chiapas, Mozambique y Bolivia.

Habían levantado tiendas para los invitados, alejadas del poblado, con una palangana, jarra de agua y vasos en su interior, y la inmensidad de las arenas como cuarto de baño. Por la tarde, la simple visión de las mantas a su disposición los hicieron sonreír, pero cuando llegó la noche el tacto visual de la lana los consolaba. Refrescaba hasta hacer necesario el único jersey que cada uno llevaba en su equipaje, y el asado del cordero se eternizó, hasta el punto de que se les echó encima el frío y la madrugada, saciados los ojos de la repetida belleza de la estrellada y casi tocable bóveda celeste, pero vacío el estómago y convocado por los aromas que les llegaban desde la fogata. Se refugiaron en las tiendas que admitían con comodidad hasta ocho habitantes, y finalmente llegaron los pedazos de cordero asados a las hierbas, regados con agua y leche de odre, con más sabor a cabra que las carnes del asado tenían a cordero, pero habían decidido que era una fiesta, y la ocasión de compensar el esfuerzo logístico que representaba montar en el desierto un ámbito de conferencias y de asados. Ya arrebujados entre mantas, en suave duermevela, Carvalho creyó notar el movimiento de algo vivo que se le pegaba al cuerpo y lo comentó con Biscuter sin encender la linterna.

—Me parece que hay ratas.

—Son gatos, jefe. Yo tengo a tres durmiendo conmigo.

Igual cantidad de gatos había buscado el calor del cuerpo de Carvalho, y cuando salió de la tienda para orinar sobre la arena contó hasta una cincuentena de mininos que se movían entre unas breves ruinas en busca de restos de la cena. Más audaces eran los que se habían cobijado en las jaimas, desaparecidos a la mañana siguiente, como si la experiencia hubiera consistido en una fabulación de gatomaquia. Pero los guías les aclararon que la compañía de los gatos era habitual, porque son animales frioleros que mal soportan los cambios climáticos del desierto de noche y buscan el calor, incluso el calor humano.

—Aquí la gente los trata bien.

Carvalho deseaba subir a los jeeps y acometer nuevos recorridos terrestres absolutos en busca de ambulatorios y reductos de enfermos que justificasen la lógica del viaje. Biscuter estaba inquieto por si se cumplían o no los planes de acceso a Marruecos según lo convenido, y la paciencia sonriente de los guías lo convenció de que todo estaba en buenas manos. No tenían a demasiados enfermos de Sida que enseñar, pero sí una serie de medidas preventivas para diagnósticos rápidos y una partida asistencial escasísima. Los tres contaminados que les mostraron ocultaban las carencias de sus cuerpos entre chilabas excesivas y no transmitían los mensajes de degradación y muerte que habían recibido en Mali, incluso a veces, si se quedaban quietos, con sus pómulos sobresalientes, los ojos hundidos y una boca cerrada sobre encías sin dentadura, semejaban cadáveres vivos precipitadamente amortajados. De vez en cuando aparecían jaimas aisladas y, siempre dentro de ellas, una mujer recia que les ofrecía hospitalidad, leche, agua y dátiles, auténticos prodigios en aquel desierto total. Aunque no se trataba de un viaje político, los polisarios no rehuían las fortificaciones que recordaban su guerra contra el invasor marroquí y la dificultad de instalación en una tierra difícil de enmarcar dentro de Marruecos, Sahara occidental o Argelia. Tuvieron una reunión en la cumbre antes de retirarse a unas tiendas ubicadas en otro lugar indeterminable de aquella inmensidad de arena, y recibieron las últimas indicaciones sobre la justicia de la causa polisaria y las estrecheces en que se movían sus reivindicaciones torpedeadas por Marruecos y sus aliados, y muy preferentemente por la seguridad que le daba a Marruecos el respaldo de Estados Unidos y lo deslizantes que eran las posiciones españolas.

—Sabemos que el pueblo español respalda nuestra libertad, pero sus gobiernos, sean del signo político que sean, temen la confrontación con Marruecos.

Tuvieron Carvalho y Biscuter que actuar como presuntos anfitriones de una expedición de niños saharauis que en el verano siguiente viajarían a los lugares más frescos y húmedos de Cataluña y del País Vasco para ver ríos, lagos, agua corriente, el elemento que más los maravillaba desde la creencia de que las aguas eran la auténtica joya de la Tierra. Ninguno de aquellos niños hablaba ya español, y la lengua iba retrocediendo también entre sus mayores, casi treinta años después del fin de una colonización. Habían olvidado Carvalho y Biscuter si eran ellos mismos o Bouvard y Pécuchet, para darse más o menos por aludidos ante las remembranzas del pasado en el que el Sahara occidental era una colonia española.

—Me parece que salimos de Brasil como Bouvard y Pécuchet.

—Creo que no, y en cualquier caso, a estas gentes les da lo mismo si somos Carvalho y Biscuter, Bouvard y Pécuchet o Bud Abbott y Lou Costello.

El hecho de que hablaran en español entre sí motivó que les buscaran a los más viejos de la diáspora, nacidos y crecidos bajo dominación española, y algunos incluso soldados subalternos en la milicia, como un octogenario cabo del ejército colonial en El Aaiún, que enseñaba su carnet de identidad como ciudadano español, procedente del tiempo en que las últimas colonias hispanas en África se convirtieron en provincias integradas dentro del Estado franquista.

—Amigos, el cabo Arafat os saluda como solidarios en la gran causa de la independencia de nuestro pueblo frente al imperialismo marroquí.

Cumplido el saludo, quiso el casi nonagenario saharaui que Carvalho y Biscuter le mirasen los ojos, y no asumía las advertencias de los guías de que no, no eran oftalmólogos aquellos extranjeros, sino amigos. El viejo se señalaba tozudamente los ojos enfermos desde una explosión que había vivido en el frente de Teruel cuando, muy joven, servía a las órdenes de Franco durante la guerra civil española.

—Es un problema de edad, no de enfermedad.

—Antes de aquella explosión, veía como un halcón y ahora estoy casi ciego.

Entre las raíces de aquellas gentes también estaban los colonizadores, y habían tenido la mala suerte de ser colonizados por una subpotencia venida a menos, pobre y dinamitada por sus propios problemas internos. Aquella noche Carvalho y Biscuter fueron trasladados a una tienda más pequeña, siempre en compañía de un guía, ya que debían partir muy de mañana hacia la frontera marroquí, y no era cuestión de despertar ni de alertar a los compañeros de expedición.

Sobre un mapa de precisión militar, trazaron el recorrido a seguir hasta Zagora donde contactarían con un servicio regular de turismo marroquí, desconocedor de su punto de partida en territorio argelino o polisario.

—Ustedes han hecho un recorrido con unos amigos marroquíes y a partir de Zagora deciden continuar por su cuenta. Dos noches pernoctando en el desierto, visita a algunas *kasbahs* camino de Ouarzazate y luego un recorrido muy convencional, Marrakech, Essaouira, Casablanca, Rabat, Tánger. Les hemos fijado un día por población y todos los hospedajes han sido solucionados por la agencia. El vehículo que les llevará es un jeep con matrícula oficial marroquí y toda su documentación legal en regla. Ya hemos hecho unos pagos de anticipo para el servicio de agencia, si pueden, les agradeceríamos que los abonaran.

No le pareció barato a Carvalho el resto del viaje por Marruecos, pero no era cuestión de discutirlo y no se quedaron a solas en la tienda sino que la compartieron con el guía. No clareaba del todo cuando fueron despertados e invitados a tomar té con menta. El guía más habitual les despidió especialmente cariñoso, como si con ellos se fuera una parte indispensable de su vida, y en el jeep que les esperaba estaban dos conductores jóvenes que nunca habían visto.

—No van a tener ningún problema. De un millón de viajes de este tipo, en uno podrían ser interceptados por una patrulla marroquí. Dejen hacer a los compañeros; ellos ya saben cómo salirse. Y ustedes refúgiense en su estatuto de extranjeros.

Nada más entrar en territorio marroquí aparecieron asentamientos humanos allí donde hubiera un ralo charco de agua y los oasis reunían a los nómadas y a pequeños rebaños de ovejas y camellos vigilados por niños y adolescentes. Era inevitable que nada más entrevisto el jeep, fuera cual fuera la distancia entre el vehículo y los pastorcillos, éstos empezaban a correr con voluntad de récord olímpico, niños o niñas, incluso adolescentes, sabedores de que nunca podrían alcanzar el vehículo, pero necesitados de despegarse del paisaje y alcanzar singularidad humana ante los ojos del extranjero.

—¿Por qué corren de esta manera?

—Es como si vivieran un sueño. Como si pudieran alcanzarnos y viajar hacia el norte.

En Ouarzazate, el urgente destino de Biscuter, se juntaban los valles del Dades y del Draa, el riachuelo que pasaba por Zagora y que abandonarían transitoriamente para acampar en el ángulo formado por los dos valles. El resto quedaba en sus manos y podían alterar el ritmo del viaje. Los oasis conseguían verdes adherentes, sedientos, entre el esmeralda y el azul, a veces, como si la vegetación quisiera agrandar la superficie de las aguas. De entre las dunas emergían todavía modestas kasbas que recordaban el forcejeo de la tierra por convertirse en arquitectura que ya habían percibido en Mali y esperaban a sus hermanas mayores por el valle del Dades, camino de Ouarzazate. Llegaron a Zagora y en una posada encontraron a los representantes de la agencia, el guía, un joven vestido de hombre azul, de tuareg con una perfección de percha y atuendo que lo emparentaba con los posibles figurantes de los estudios cinematográficos de Ouarzazate y un chófer igualmente joven, pero rubio, berebere como buena parte de la población de aquella zona del Atlas. La primera propuesta recibida fue la de montar en camello y recorrer algunas dunas, proposición que secundaron hasta que llegaron a una camellería y Carvalho contempló con angustia la indignación moral de los animales yacientes, obligados a ponerse en pie para pasear turistas en horas ya de reposo. Renunció Carvalho a su irritada montura, pero Biscuter se encaramó con la agilidad que le había distinguido durante todo el viaje sobre las gibas de animal y durante una hora hizo de Lawrence de Arabia, duna tras duna, con el culo dolorido, informó más tarde, porque nada duele tanto en los huesos del culo como la giba de un camello y nada hay tan azaroso como descender una duna a lomos de un animal de ojos tan alarmados y piernas tan patosas.

—Es como muy cabrón el camello, jefe, porque paso que da lo hace como recordándote que le pesas y que no hay ninguna razón para que te hayas subido a él. Y menos en nuestro caso.

Otra vez en el jeep, la anchura de la tierra ilimitada se ofreció amalvada por el atardecer y por aquella senda avanzaron más de una hora por arenales y pedregales hasta llegar de pronto a un desierto de decorado cinematográfico, a la espera de Lawrence de Arabia o de Alí Babá y los cuarenta ladrones, el imaginario mismo del desierto, y allí estaba un gran todoterreno del que habían brotado hasta cuatro hombres dedicados a construirles el campamento. Una tienda de color rosa, con mosquitero y dosel en su interior, un velador con mantel y cubiertos, y a unos metros una cabina también rosa sobre la que se inclinaba una regadera llena de agua y no muy lejos una comuna también de vestido rosáceo y fosa aséptica excavada en la arena. Tras haberles dispuesto aquel *living room* para *ladies* inglesas desertizadas, el equipo trabajaba en torno a una hoguera de la que emanaban aromas de *couscous* o algo parecido. Dentro de una *tayine* cocían cordero y hortalizas aderezadas con cúrcuma y el intenso herbolario de los oasis, pero antes les esperaba un sopa de sémola y después dulces de dátil y miel, té con menta y agua casi fría sin sabor a cabra, agua de restaurante al menos tres estrellas.

—El desierto, ¿o el desierto falsificado?

—Un desierto posible, en cualquier caso.

Durmieron como una joven pareja que pasa su luna de miel en una jaima rosa y, al despertar, ya tenían agua caliente en la improvisada ducha y un desayuno continental con mermeladas rigurosamente caseras y el inevitable, aunque deseado té con menta. Arrastrar una maleta Vuitton por la arena le parecía a Carvalho lo más parecido a la secuencia de *Modesty Blaise* en la que el malvado y sibarita personaje interpretado por Dirk Bogarde, con el cuerpo enterrado en la arena y la cabeza expuesta a los cuatro soles de los cuatro horizontes, no pide agua, como suelen hacer los náufragos de desierto, sino champán. Otra vez en el jeep renovaron las autopistas tan libres que no tenían límites y se acercaron a las rutas de las kasbas fortificadas, verdaderos castillos de barro de gruesos muros en cuyo interior les esperaban cabras de la familia, té con menta, la exhibición de formas y útiles de vida anteriores a cualquier memoria, siempre las kasbas cerca de algo verde, aunque fuera un ramalazo de paisaje, un resto de palmeral, asomada la vegetación desde el interior donde se componía algo parecido a los patios aguados, floridos y verdes de la reconocida como arquitectura árabe presente en toda la España andalusí. Una vez termi-

nada la dosis de desierto y el paso por el colosalismo hotele-
ro de Querzabat, los guías les prometían hoteles familiares
que aprovechaban antiguas mansiones urbanas a manera de
cubos herméticamente cerrados y en cambio abiertos en su
interior a patios policromados de azulejos, verdores y pequeñas piscinas, diríase que de damasquino. Una cosa eran las
riads, residencias abiertas de enjundia que estaban siendo
restauradas para servicios públicos y otras aquellas casas
cúbicas de medina que ocultaban en su interior patios de
lujo. Todo un día de kasbas en *ksar*, por la Ruta de las Kasbas,
de té con menta en té con menta, comida en una fonda de
poblado, diríase que construida a medias por los almorávi-
des y por los decoradores de películas del Far West, y de nuevo el rodar por el desierto de regreso a la tienda rosa, a la ducha con regadera y al excusado pensado para adolescentes
sensibles de buena familia psicológicamente dificultados
para defecar libremente en el desierto libre. Aprendieron a
distinguir las kasbas de los *ksar*, las primeras concebidas como
viviendas familiares y las segundas como fortificaciones
madres o herederas de los castillos de piedra. No todo era
previsible en aquel desierto programado, incluso la desaparición del omnipresente rey de Marruecos, retrato obligado en cualquier habitación más o menos pública, obligación
política o moral de la que se salvaban en los arenales, porque a nadie se le había ocurrido cómo colgar retratos de los
reyes en el infinito. La omnipresencia gráfica del rey le recordaba a Carvalho los tiempos inmediatos al final de la guerra
civil española, cuando el general Franco y el inacabado líder
fascista José Antonio se asomaban a los muros más ejemplares e incluso se reproducían en tintas indelebles en las fachadas de las casas. La presencia del joven rey contemplaba las
propias excelencias de la monarquía, poseedora de palacios
reales por doquier, de una extensión superior a la de las viejas medinas, como si hubiera sido expresa manifestación de

poder y majestad el que un solo hombre tuviera más espacio vital que todos sus súbditos juntos. «Ya verían, ya verían», prometían los sobrios guías, empeñados en vender a priori las escenografías de Ouarzazate, Marrakech y la mezquita azul de Casablanca, construida por el rey Hassan II con la aportación económica de todos los marroquíes.

—¿Aportación voluntaria?

—Necesaria.

Durante el día habían repetido el espectáculo de los niños y niñas al cuidado del ganado en los oasis o en las riberas del río Dades, nómadas o sedentarios, corrían esperanzados hacia el jeep como si consiguieran despegarse del paisaje y la explicación de aquella imposible carrera llevaba al *hombre azul* a describirles el espectáculo de las ciudades marroquíes, cuando atardecía y las gentes empezaban a habitar las calles, repletas de jóvenes que miraban hacia el norte, hacia América o hacia Europa, con alma de fugitivos.

—Para nosotros es lo mismo. Todos ustedes viven en América.

El guía había recorrido la España andalusí, porque de vez en cuando le salían excursiones de ricos locales que querían recuperar fugazmente la España perdida por culpa primero de los Reyes Católicos y luego más perdida todavía con la expulsión de los mozárabes. No soltaban prenda sobre islamismo los muchachos. Ni opinaban sobre sus monarquías, sus mezquitas o sobre un islam gigantesco que algún día daría la vuelta al mundo desde Filipinas a Brasil, de Brasil a África y de África a toda el Asia central, a Pakistán a Indonesia. Muy profesionales, los guías opinaban sin pasión, pero tenían los ojos pendientes de los cuatro horizontes y sabían que algún día tal vez se cumplirían sueños de reconquista y hegemonía o quedarían para siempre enterrados en las arenas de un desierto en expansión. El conductor bereber había vivido experiencias mágicas en relación con el centro cinematográfico de Ouarzazate.

—Cuando estaba rodando una película en los estudios, yo era el encargado de llevar todos los días a Brad Pitt al trabajo.

Pidió explicaciones Carvalho sobre quién era el merecedor de tal suerte y recibió una suficiente explicación de Biscuter:

—Parece mentira, jefe, que no sepa usted quién es Brad Pitt. Es un guaperas con cara de niño, pero que pega unas hostias colosales y algo neuróticas siempre. El sex-symbol del cine actual.

—¿Más que Gregory Peck?

El nombre de Gregory Peck sonó como una vieja señal acústica que sumió en la perplejidad al tuareg y al berebere.

—No le hagan ustedes caso que está bromeando. Gregory Peck ya hacía cine cuando Marruecos era en parte un protectorado español.

Según el berebere, Pitt era un hombre muy simpático y le había prometido ayudarle si algún día quería trabajar en Estados Unidos conduciendo jeeps por los desiertos de allá.

—Porque aquello está lleno de desiertos.

Enumeró el bereber una lista de desiertos norteamericanos suficientes para ejercer allí su oficio, con la ventaja previa de que casi todos los conocía gracias a las películas del Far West, y por ellas había comprobado que los desiertos se parecen, se den donde se den. La llegada a las instalaciones desérticas rosas y nocturnas cortó la conversación y Biscuter tenía ya impaciencias múltiples para llegar a Ouarzazate, por lo que miraba el reloj con impaciencia, como si de las miradas dependiera acercar el encuentro. Comió con desgana de la inevitable *tayine* y aceptó un transistor con el que consiguió conectar con Radio Nacional de España, casualmente una retransmisión deportiva en la que se informaba de la crisis acumulada por el Barcelona, acumulada y contradictoria, porque el equipo estaba excelentemente clasificado en la Liga de Campeones de Europa y en cambio iba de desastre en desastre en la Liga española.

—Guerra en Iraq pronto y el Barça está en la cola.

—Un año terrible.

—Y sin embargo esperamos el arreglo de la rueda con impaciencia.

—¿De qué va ahora, Biscuter?

—Es ese poema que usted recita, a veces. Un hombre ha tenido un pinchazo en una rueda, creo. No sabe de dónde viene. No le gusta adónde va. ¿Por qué entonces espera el cambio de la rueda con impaciencia?

—¿Por qué tienes tú tanta impaciencia por llegar a Ouarzazate?

Pero Biscuter fingió estar repentinamente dormido y no le contestó.

Antes de entrar en Ouarzazate les llevaron a la *kasbah* del Glaoui, un señor feudal casado con una francesa, personaje político determinante en los años de las luchas por la independencia, con el destierro transitorio de Mohammed V urdido por Francia y la España de Franco. Desde el siglo XIII la *kasbah* de Taourirt pertenecía a aquella familia feudal y hoy sobrevivían restaurados las muestras del esplendor de su residencia, punto dominante de la medina de sus súbditos, todavía habitada. En algunos salones privados, el Glaoui había tratado de introducir esplendores afrancesados versallescos, en homenaje a su esposa y el resultado era un fresco mestizaje acorralado, tres o cuatro dependencias acorraladas por la lógica vencedora de la *kasbah*.

El sur del Atlas era una zona de expansión y defensa, en el pasado salpicada de instalaciones militares que ahora se disfrazaban incluso de oferta turística con dos centros inevitables, Ouarzazate como resultante de las rutas de los valles de Dades y de Draa y Marrakech. A pesar de que el guía azul consideraba artificial el prestigio de Ouarzazate, en su opinión condicionado por las instalaciones amuralladas de la Atlas Corporation Studios, estudios cinematográficos en pleno desarrollo a partir de 1984, aunque Ouarzazate tenía las pistolas llenas de muescas de filmaciones importantes desde 1963 cuando fue el paisaje de *Lawrence de Arabia*. El guía les facilitó la lista de películas importantes, «de arte y ensayo» sentenció Biscuter a la vista de títulos que nada le decían, pero era una minucia la aportación de directores europeos o americanos importantes al lado del multiuso de la Atlas Corporation para producir películas más comunes, marroquíes e incluso de otros países de África sin la menor infraestructura cinematográfica.

Les llevaron hasta el hotel, que más parecía instalación de película sobre califas y visires, como trasplantado cartón piedra por cartón piedra, entre la egiptología y las superproducciones cinematográficas de Cecil B. De Mille, arquitecturas blanquiarábigas conseguidas por algún champú biodegradable, de pronto asombradas de la magnificencia de la piscina tal vez mayor de África, una provocación en aquel día soleado aunque no estaban en el trópico, sino en una latitud por encima de las Canarias y Agadir y les llegaban vientos fríos, unas veces del Atlas, otras del mismísimo Sahara. Se empeñó y desempeñó Biscuter en bañarse y decidido estaba esta vez a ponerse un traje de baño, cuando Carvalho le recordó lo mucho que tenía que hacer en aquella localidad, tal vez relacionado con el Hollywood, porque había llevado el empeño con total secreto. Volvió la gravedad al rostro del ayudante y estableció un plan de acercamiento al recinto de la Atlas Corporation, a tres kilómetros de la ciudad por la carretera de Marrakech. No podían entrar los ajenos al cine en aquellos estudios amurallados y rodeados de estatuas colosales que habrían tenido su película, pero tanto pugnó Biscuter por compensar la frustración de no haber visto nunca Hollywood, que los guías movilizaron a propios y ajenos relacionados con la agencia turística y llegó el permiso de recorrer las instalaciones acompañados de un guía responsable y siempre que no se interrumpiera ningún rodaje. Se abrieron los portones y con cuatro guardias de seguridad apareció la guía, una muchacha marroquí que les abordó en inglés y no los abandonó en todo el recorrido, por lo que Carvalho tuvo que hacer de intérprete para un Biscuter sublime que adoptó maneras de potentado cinematográfico catalán sorprendido a veces, pero las más ya conocedor de la lógica interna de unos grandes estudios cinematográficos. Coexistían cuatro rodajes aquella mañana, una casi superproducción egipcia sobre los jóvenes oficiales que hicieron posible el nasserismo, dos películas marroquíes de costumbres, «de muy buenas costumbres» añadió la guía, en las que se abordaban problemas diferentes: en una el problema de la familia que se queda sin cabeza porque el padre se ha ido a trabajar al extranjero, y la segunda sobre las diferencias primero culturales y después sociales que se crean entre el hijo que estudia y los padres que permanecen en su estatuto original. Finalmente una productora norteamericana estaba dando los primeros pasos situacionales para una película basada en las hazañas de un comando norteamericano solo, en el desierto de Kuwait, rodeado de iraquíes por todas partes y dispuestos a emplear con ellos toda clase de armamento bioquímico. La cuarta producción aún estaba en fase de logística previa y así pudieron ver a figurantes desempeñando el papel de los ausentes actores principales, agitándose agónicamente en una trinchera abierta en una duna artificial mientras esperan que la aviación les arroje un contraindicativo a la epidemia que acaban de inculcarles. Las dos piezas marroquíes se filmaban en interiores y los actores se comportaban muy dramáticamente, a tenor de los problemas fundamentales que se debatían, tratados desde una perspectiva humana. «Humana —insistió la presentadora—, porque no se trata de inquietar a la gente sino de ayudarla a ser mejor sin eludir los problemas fundamentales, según las últimas propuestas culturales del gobierno.»

—Pregúntele si el padre de familia que se va se vale de una patera o no y si se va a España o a otro sitio.

343

A la guía no le gustó la pregunta, abandonó el inglés y se dirigió a Biscuter en un castellano irreprochable.

—¿Pero qué patera quiere usted ver? Aquí no queremos problemas de pateras.

—Pero es que ha dicho que van a hacer un cine sobre problemas reales.

—El problema no es que el padre de familia se vaya en patera, sino que se vaya.

—En eso tiene usted toda la razón.

Durante el resto del recorrido, la guía estuvo incluso simpática y juró que amaba a España más que muchos españoles, porque para ella ir a Granada era como ir a La Meca o a Fez y estaba convencida de que su familia procedía de los expulsados mozárabes que en el siglo XVI tuvieron que marcharse de la Alpujarra y que ella cada vez que visitaba la Alpujarra tenía una crisis de llanto. Biscuter estaba conmovido y espontáneamente trató de pasar un brazo por encima de los hombros de la chica, sólo trató, porque ella era más alta y además se apartó asustada mirando a derecha e izquierda por si alguien había visto el acto audaz del extranjero. Consiguieron salir con las mismas ganas con que habían entrado y Biscuter se quedó en la puerta, silencioso, conversando secretamente consigo mismo.

—¿Tanto te ha impresionado la visita?

—No, pero me quedo hecho polvo cada vez que compruebo el desfase que hay entre lo que hacemos y lo que necesitamos hacer.

—Ánimo. Eso es muy profundo.

—¿Usted cree que tal como está el mundo se han de producir películas tan inutilizables? ¿De qué se abastecen todas las películas de que nos han hablado?

—No te sitúes en tan rigurosos niveles de exigencia de una cultura de la necesidad. Te fusilarían cualquier día de estos.

Indagó Biscuter sobre una ciudad residencial que se estaba construyendo en la cercanía de los estudios y finalmente les encaminaron hacia un descampado también en dirección a Marrakech y allí, en la excavación resultante de siglos y siglos de búsqueda de fango para los alfareros, apareció un sorprendente conglomerado de viviendas prefabricadas que trataban de imitar el estilo de las casas locales con revestimiento de barro. A la entrada figuraba el rótulo: «La gran indagación» y como subtítulo: «Tal vez la solución esté en las estrellas», y los pobladores de aquel conato de urbanización no parecían marroquíes o a lo sumo vestían como si acabaran de llegar de una expedición de profesores y profesoras estadounidenses en año sabático. Biscuter se metió en la oficina de información. Dijo su nombre real y le introdujeron en un despacho del que salió un cuarto de hora después para advertirle a Carvalho que estaría ocupado todo el día, que él hiciera lo que conviniera y utilizara el coche según su conveniencia. Nada le objetó Carvalho, se metió en el jeep y pidió a sus acompañantes que le llevaran a la *kasbah* más bonita del mundo. Se echaron a reír y viajaron hasta el *ksar* de Aït Benhaddou, una ciudad fortificada en la que los edificios extramuralla habían conseguido ser tan hermosos como los históricos. Carvalho se metió en la ciudad por la única puerta que tenía y a la media hora de recorrerla se sentía una extraña presencia de convidado de piedra, como si él mismo fuera tierra emergente de alguna antigua muerte.

En el hotel le esperaba una nota de Biscuter: llegaría tarde y le comunicaba que a primera hora de la mañana debía partir para Francia. «Ya hablaremos, aunque será difícil que sea esta madrugada.» Cumplió su aviso y desde las cinco de la mañana estuvo ultimando sus azarosos equipajes mientras Carvalho fingía dormir y le dejaba hacer sin darse por aludido. Antes de marcharse Biscuter escribió algo sobre uno de los papeles de la carpeta del hotel faraónico, luego se quedó en pie junto al cuerpo aparentemente dormido de su jefe y nada dijo antes de salir de la habitación. Carvalho trató de permanecer en duermevela, incluso de dormir, pero finalmente saltó de la cama convocado por el alba y se fue en busca de un vaso de agua fría y de la nota que le había dejado su hasta ahora compañero de viaje: «Jefe, contactaré con usted dentro de dos días en el hotel Ville de France, de Tánger. Así podrá visitar Marrakech.»

Aprovechó el forzado insomnio para llamar antes al chófer y al guía y pedir un adelantado arribo a Marrakech, así como la suspensión de la escala pensada en Al Jadida para llegar a Tánger al día siguiente. Fue el primero en desayunar en el hotel y vio el restaurante sitiado por una docena de gatos tan tenaces como los del desierto, con los que repartió los croissants, a la vista de que rechazaban el pan normal pero no el croissant, el jamón en dulce y el queso. El viaje a

Marrakech lo hicieron de un tirón porque el día anterior ya habían visitado Aït Benhaddou y la ciudad les recibió al pie del Atlas anunciada por el minarete de la Koutoubia asomado por encima de las murallas, como una Giralda a la sevillana o las torres de arquitectura árabe que todavía permanecían en Granada. Las murallas fueron recorridas nada más llegar para que Carvalho empezara a metabolizar el color y la ubicación de la ciudad. Tampoco le entretuvieron demasiado antes de situarlo en una todavía insuficientemente poblada plaza Jemaa-el-Fna, entre la medina y los zocos cubiertos, escenario central de la teatralidad de Marrakech a la que asomaban las terrazas de cafés legendarios, como el de France, Glacier o Argana. Sin gente, la fama de la plaza era inexplicable, por lo que Carvalho fue a parar al hotel prometido, casona cúbica de la medina que de pronto se abría a un espectacular patio de azulejos, vegetaciones y pileta, cubierto por un techo transparente de cristal movible en caso de lluvia. Inmensa estancia llena de muebles fugitivos probablemente de habitaciones más viejas y más grandes y ya casi en la calle el saludo de los propietarios y recepcionistas, franceses, quizá suizos francófonos extraídos de algún relato de viajeros románticos del siglo XIX que habían conseguido sobrevivir, allí, hasta el XXI. Recorrieron los zocos de la medina con especial detención en el edificio donde los tintoreros elaboraban sus tintes contenidos en albercas terrosas, de pronto expresadas en sus colores más profundos que teñían hasta la cintura a los artesanos y si en la factoría de tintes eran los colores casi sólidos, en la de curtidores los olores parecían empeñados en pudrir la nariz de los visitantes, podridas ya la de los trabajadores dotados de pieles contagiadas por los curtidos. Se repetía el inexplicable despliegue de miles de bolsos y maletas desde el plástico hasta el infinito, percibido ya en los zocos de Senegal, así como de los puestos dedicados a las especias o a las aceitunas amontonadas en palanganas o en lebrillos de barro según el ritmo impuesto por sus tamaños, colores y texturas, esplendor aceitunero que Carvalho ya había percibido en los mercados griegos y del Mediterráneo oriental. Fue casi asaltado por vendedores de azafrán auténtico y de alfombras voladoras, todo aderezado con el inevitable té a la menta y el concurso de un guía especial experto en mercaderías que la agencia ponía a su escasa disposición, porque no quería comprar nada y trataba de que se notara que no quería comprar nada, sin que los vendedores lo asumiesen y alcanzaran unos niveles de insistencia desproporcionados. Quizá era una obligación que no debían graduar según el interés o desinterés del presunto comprador, como si hubieran sido educados según el imperativo de la constancia.

Solicitó que le liberaran de los zocos estables hasta que se produjera el milagro de Jemaa-el-Fna después de las siestas y emplearon la mañana en la visita de palacios, la mezquita y su minarete espacial, las medersas, mezquitas menores, jardines reales y una breve excursión a la Menara, un palacete entre jardines en torno a un estanque respaldado por el Atlas, lugar utilizado por los habitantes de la ciudad para recuperar los fines de semana una enquistada memoria de su relación con la naturaleza, posible recuperación de una benévola sensorialidad. Desde que habían llegado a Dakar, Carvalho iba incubando la certeza de que volvía a oler y ver como cincuenta años atrás, ignorante de si olía y veía mejor cuando era un niño o un adolescente o era una cuestión de la relación entre historia y geografía, tal vez la ciudad de su infancia, el país de su infancia tuviera entonces colores y olores más cercanos de África que de Europa. El guía le hablaba de almohades y andalusíes y las dos palabras le evocaban lecciones concretas del bachillerato, incluso declamaciones en las que era capaz de decir el nombre de todos los reyes almohades que habían interesado al autor del libro de texto, don Santiago Andrés Zapatero:

«Historia es la ciencia que trata de los hechos que forman parte de la vida de la humanidad a través de su desarrollo, explicando también las causas que los han motivado.»

—¿Decía usted?

—Recordaba una definición de historia. No tiene importancia.

Espía de sus fijaciones de caminante, el guía había comprobado las tentaciones de Carvalho ante los puestos donde se vendían cazuelas y fogones de barro, las *tayines* donde hacer los guisos de carnes que acompañaban el *couscous*. Al igual que los colores y los olores, diríase que sin filtros, aquellos fogones le ayudaban a recordar la cocina de su infancia, en su minúsculo piso del barrio Chino barcelonés, sin electricidad ni gas, cocina al carbón y mangual en un fogón de barro y sobre él cazuelas al servicio de una cocina del sur que no estaba muy alejada de la que se ofrecía en Marruecos como autóctona.

—Puede comprar una, si le gusta.

—¿Cómo viajar con eso? En coche todavía, pero ¿y si cojo un avión?

—Pueden facturársela.

—¿Adónde?

—A su casa.

¿A qué casa? Se encogió de hombros y a partir de entonces procuró no mirar nada que pudiera comprarse, decidido a tomarse unas vacaciones, lo que durase el almuerzo solo en un restaurante recomendado por el guía, el Djar Mounia, instalado en un palacio de un hijo del Glaoui, donde podía tomar la mejor «pastilla de pichón» de la ciudad, así como otras exigibles muestras de la cocina marroquí. Se fue luego a por la siesta dejando el encargo de que le despertaran en cuanto la plaza Jemaa-el-Fna estuviera a punto y a las cinco de la tarde vino a buscarle el guía, previniéndole de que la plaza es especialmente espectacular cuando el mundo rico está de vacaciones, es decir, en las proximidades del verano, porque tampoco el verano es aconsejable.

—... para ustedes... —se había puesto excluyente el hombre.

La plaza estaba ya hasta los topes de vagabundos complementarios, los que representaban el espectáculo y los que lo recibían. Entre los mercados al aire libre experimentados en el África presahariana y aquél mediaba el influjo de una poderosa cultura de la teatralización que concedía al de Jemaa-el-Fna un diseño sofisticado en el que ejercían los mejores especialistas en la venta de ungüentos, en el cuerpo a cuerpo con serpientes aparentemente malintencionadas, tragasables y surtidores de fuegos bucales, pastores de cachorros de todos los animales posibles, sobre todo de monos que se encaramaban sobre lo vivo y lo muerto conocedores de la lógica de la propina.

—He aquí el mayor espectáculo del mundo —presentó el guía local con el mismo énfasis con el que Bob Fosse presentaba a la hija de Judy Garland en *Cabaret*.

—A mí me parece más auténtico, más esencial, todo el ámbito del zoco y la medina de Fez. Aquello es Marruecos. Pero Marrakech se ha instalado en la ruta del Marruecos imaginario y aquí lo tiene. Los tiempos cambian. En esta plaza se ejecutaba a los criminales hace un siglo, para ejemplarizar al pueblo.

—Se hacía lo mismo en España.

Zumo de naranja *in situ*, puestos dedicados a la venta de diferentes azúcares o legumbres, cacahuetes, ungüentos y elixires para la salud o el amor, músicos, adivinos, echadoras de cartas, lectoras de todas las palmas de las manos, aguadores vestidos de rojo y con sombrero cónico negro, serpientes, zorros, alimañas diversas ignorantes del horror que inspiran, restauradores de todo lo restaurable, lámparas de acetileno y monos de color lila, poblados de alfarerías y músicos de percusión y flauta, pedigüeños de diseño horroroso, pedigüeños de diseño tierno, mutilados de todo excepto de cabeza, vendedores ambulantes de caracoles cocidos, pinchitos morunos, *brochettes* de cordero o de *harira*, sopa de lentejas humeante, *echarpes* de oveja de desierto auténtico, jerséis de altas montañas para toda clase de inviernos probables, vendedores de dentaduras postizas y amuletos, acróbatas, contorsionistas, titiriteros, encantadores de serpientes que tocaban la *gahita* y traspasaban al animal a los hombros del mirón desprevenido, contadores de historias, escribanos para analfabetos o curiosos, lámparas de gas a medida que anochece en la llamada Plaza Loca.

—Todos los figurantes que usted pueda contemplar, incluso los que le parezcan más extraños, son gentes de aquí o de la región inmediata, que convierten la plaza en su lugar de trabajo, en el mercado de su especialidad, trafique con serpientes o con abalorios o juguetes de plástico o eléctricos, para niños. ¿Tiene monedas?

—No muchas.

—Cambie. Porque uno de los placeres de esta plaza es convertirse en dador de monedas, sean o no vagabundos o mendigos sus receptores.

Se hizo Carvalho con dos puñados de monedas y fue repartiéndolas hasta acabarlas y, enardecido, volver a llenarse las manos y a vaciarlas.

—No se deje llevar por la euforia. Ya ha repartido las suficientes.

Invitó a su acompañante a la terraza del café de France y llegó a la conclusión de que se bebe tanto té con menta en Marruecos por lo poco presente que está cualquier alcohol en cualquier lugar que no sea un restaurante con permiso especial.

—Mire, ¡es él!

Descubrió Carvalho que el destinatario del admirado ojo del guía era un hombre sesentón, muy delgado, de ojos y mandíbula afilados y asomados al mundo mucho más que el resto de su cuerpo. Vestía con pantalones tejanos y algo parecido a una sahariana recia, caminaba acompañado de evidentes personajes locales porque las gentes les abrían camino y les respaldaban vigilantes muy entonados con su tarea.

—¿Quién es?

—¿No le conoce usted? Es su paisano. Juan Goytisolo, un escritor español que vive en Marrakech, en la medina. Pasea con un grupo de intelectuales y autoridades, Goytisolo es como un embajador del pueblo, del pueblo marroquí y del pueblo español. No son tiempos de buenas relaciones entre España y Marruecos. ¿Se enteró usted de lo de la isla Perejil? ¿No? El ejército español ocupó un islote desierto marroquí, frente a Melilla. Fue un acto de provocación colonial. De racismo político. Menos mal que hombres como Goytisolo mantienen los puentes entre los dos pueblos.

Pidió Carvalho seguir a la comitiva, en la que había algunos españoles y al acercarse a Goytisolo en funciones de guía, oyeron sus explicaciones sobre el valor del agua entre los que los españoles llamaban despectivamente *moros*.

—Ya en tiempos de la Reconquista, mientras los reconquistadores españoles iban hechos unos guarros, la población musulmana se lavaba todos los días —comentó Goytisolo con un acento ligerísimamente francés y nadie se lo discutió.

—Están de acuerdo. Esos españoles le dan la razón —sintetizó el guía.

—Es que son de izquierdas y todas las izquierdas son suicidas, de palabra, obra, pensamiento, omisión y memoria.

De Marrakech a Tánger, empeñado en hacerlo de un solo tirón y de admirar la pregonada belleza de la costa, pidió que le llevaran hasta Safi y desde allí soportó un huracán que le ladeaba el coche hacia la cuneta y levantaba acantilados de arena en las playas atlánticas, especialmente a la altura de Al Jadida, invadido el litoral de kilómetros y kilómetros de cultivos bajo el plástico. Se permitió un desvío a Casablanca, no como acto de homenaje a Humphrey Bogart e Ingrid Bergman, sino para contemplar el colosalismo de la mezquita azul, El Escorial de Hassan II, bella especialmente por su manera de estar, diríase que flotando sobre las aguas y con un minarete vigía de doscientos metros de altura. Los guías le denunciaron insuficiencias, un posible estado de ruina en algunas de sus partes, imperceptibles desde el esplendor volumétrico con que se asomaba al mar. Llegó a Tánger de madrugada, ciego de polvo, luces y vientos y apenas era consciente de sí mismo cuando se despidió del tuareg y del chófer bereber, les dio alguna propina y se tumbó vestido en la cama del Ville de France. Y así estuvo hasta que le despertó el sonido del teléfono y tardó en darse cuenta de dónde estaba y que al otro extremo de la línea hablaba Biscuter.

—¿Recuerda usted el número de mi móvil? —preguntó sin identificarse.

—Creo tenerlo apuntado.

—Llámeme dentro de media hora desde una cabina pública. Lleve un lápiz y papel.

Se duchó, se vistió y descendió la empinada calle del hotel en busca de una cabina o de un bar con el aviso de «Teléfono.» Lo encontró ya casi donde las rampas comenzaban el descenso hacia el mar y tras ponerse de acuerdo con el hombre que estaba detrás de la barra sobre el tipo de moneda que podía emplear en el teléfono tragaperras, tomó contacto con Biscuter.

—Ante todo vaya usted a cenar esta noche con un tal Natan Levi Miró, en la Rue d'Italie 40, me dicen que está frente al parque Mendubia o algo así, y cuando vaya aproveche la ocasión y le explica que necesita llegar primero a España sin utilizar aviones, coches, autocares, es decir, sin pasar la frontera. Él le ayudará a conseguirlo y una vez en España usted debería olvidarse de ella y llegar al castillo de Carcassonne, en el sur de Francia, el día 24 de diciembre, a las seis de la tarde, más o menos. No es conveniente que dé el salto directo de Tánger a Francia, porque tengo noticias de que tiene usted esas rutas muy mal, muy vigiladas. Yo estaré ante las taquillas del castillo y si no dispone de un plano para ubicar Carcassonne, dibuje un recorrido aproximado en el papel. Frontera, Carcassonne, entrada por la puerta principal de la muralla, calle comercial arriba hasta llegar a las puertas del castillo. Yo estaré allí. Todo lo demás corre de mi cuenta.

—¿Qué corre de tu cuenta?

—Confíe en mí. Le anticipo que vivirá una de las experiencias más estimulantes de su vida. Una de esas vivencias que justifican el tránsito de un milenio a otro.

—Es decir, para ti el milenio no ha comenzado.

—Comenzará la noche del 24 de diciembre del 2002, jefe. Ya sabe que no soy exagerado, salvo cuando hablo de cocina. Le invito a un acontecimiento que cambiará la historia de la humanidad.

—Menos mal que alguien está dispuesto a cambiar la historia de la humanidad.

Pensó que debía meditarlo, pero sus labios dijeron:

—Biscuter, hasta la Nochebuena.

—Eso es. Nunca mejor dicho.

De todo lo que podía desear lo más imperioso era visitar Xauen, no sólo por cuanto le habían contado sobre la belleza de la ciudad blanca y azul, sino por la morbosa memoria de un texto escrito por Franco cuando era oficial del ejército de ocupación español en Marruecos y hablaba emocionado por la ciudad. ¿Qué podía haber conmovido a aquel aprendiz de esfinge matarife? Contrató un taxi y conductor en el mismo hotel y se limitó a decirle:

—Xauen.

Pero el taxista era guía turístico y quiso demostrárselo. Fue pues, un trayecto ilustrativo, del que regresaría con un máster sobre Xauen, «ciudad andalusí por excelencia —repetía el taxista— porque fue construida por exiliados andalusíes cuando fueron expulsados de España en el siglo XVI».

—Está situada en lo alto y distribuida en media luna, con murallas, según el modelo de las ciudades árabes de Andalucía. Los cristianos tenían prohibido entrar en la ciudad hasta 1920.

En un momento del recorrido, Tetuán quedaba a escasa distancia, pero había que elegir y en aquella encrucijada se iniciaba el descenso hacia Xauen. Tras aparcar el coche, el guía le hizo caminar sendero arriba junto a un río en el que algunas mujeres lavaban la ropa, en la duda Carvalho de si era práctica habitual o si se trataba de un servicio turístico muy bien interpretado, dado el poder evocador que aquellas excelentes lavanderas conseguían transmitir al viajero. El ascenso culminaba con un puente sobre el río que comunicaba con la medina, una deslumbrante exposición de azules y blancos, en las paredes y en los suelos, en las casas y en las calles, los azules más azules y los blancos más blancos que jamás había visto, diríase que repintada la *kasbah* cada semana, limpios los colores, ni siquiera entristecidos por la luz de diciembre. Especialmente hermosos los hornos a los que las mujeres portaban los panes amasados en casa o cualquier guiso que lo requiriera y cómo después ellas mismas o algunas vecinas iban a recogerlo o lo distribuían por las casas con el simple gesto de dejarlo junto a la entrada. Las calles azules y blancas convertían en orografía vívida aquella parte de la ciudad y Carvalho comprendió por qué Franco, el aprendiz de dictador, aquel joven oficial canijo, chuleta y gallego, que sólo conocía El Ferrol, Toledo y Melilla o Ceuta, podía haber quedado maravillado por Xauen.

Le propuso el guía una forma marroquí de comer, consistente en comprar el cordero y lo necesario para hacer una buena *tayine* en fogones situados junto a las carnicerías y comerlo a continuación al aire libre en unas mesas de madera situadas junto a la carretera. Pagó Carvalho la compra del pedazo de cordero seleccionado por el guía, así como de las verduras complementarias y lo entregaron todo al cocinero indicándole la mesa donde esperaban el ágape. Aunque una buena *tayine* requiere siete horas de elaboración, informó el guía, había escogido las partes más tiernas del cordero y en menos de dos horas podrían probar un plato, le aseguró, exquisito. No le reveló Carvalho la cantidad de *tayines* y *couscous* que llevaba entre pecho y espalda y cuando destaparon ante sus ojos la cazuela cubierta por la tapadera cónica, apareció un excelente guiso de cordero acompañado de pepino, zanahoria, piñones, almendras, ciruelas y limones confitados. El limón confitado era clave en este tipo de comistrajos y Carvalho anotó la receta de su conservación porque era fácil y algún día regresaría a Vallvidrera para poder realizarla en homenaje a su abuela Paca, cartagenera y muy adicta a la cocina de cazuela.

De retorno a Tánger temió que la cena fuera una repetición de la comida y fue abriéndole espacio mediante un suficiente paseo a veces a pie, a veces con el taxista con el que había compartido la *tayine* y reflexiones sobre el porqué de la diáspora de marroquíes, especialmente de jóvenes, capaces de jugarse la vida atravesando el estrecho. Tarik, así se llamaba el conductor, le iba mostrando los grupos de adolescentes y jóvenes entretenidos en no hacer nada, con toda su vitalidad perdida en una continuada visita del cabo Espartel, deambulantes por la medina o por la *kasbah*, a lo sumo llegados al cabo Malabata, haraganeando sus impotencias por la cueva de Hércules, por el puerto, con la vista fija en un mar camino de huida a la vez que de esperanza. Desde la colina del Charf se percibía la ciudad y su entorno, su tozuda mirada hacia el norte que chocaba con una inminente costa española y allí estaba el mar cuando se sentó en el café Hafa, en busca de los vacíos dejados por turistas y viajeros eminentes, el propio Bowles o Burroughs, Truman Capote, Jean Genet, presentes o recordados como ángeles de la anunciación y de la homosexualidad norteña.

Se presentó en casa de Natan Levi Miró convencido de que iba a habérselas con un evidente judío, sin saber cómo ni del todo para qué. Un criado vestido de criado de película norteamericana sobre Tánger le introdujo en un salón de suelo totalmente ocupado por alfombras y paredes donde había pintura francesa que o bien imitaba muy bien a Degas y Matisse o eran *Degas* y *Matisses* auténticos. Levi Miró era grande pero apacible, con una plateada cabellera larga y ojos azules que subrayaban su sonrisa de gran anfitrión. Presentó a monsieur Bouvard a la docena de invitados, cuatro hombres y ocho mujeres, casi todas profesoras del Instituto Cervantes, habida cuenta de que el invitado era un prestigioso profesor de Literatura Catalana, aunque francés, para ser más exacto, un catalán francés, de Montpellier. Entre los hombres saludó con especial dedicación a Mohammed el Chukri.

—Uno de los más grandes, si no el más grande de los escritores de Marruecos.

Carvalho no recordaba haberle quemado nunca un libro, pero no se atrevió a preguntarle si había sido traducido en España y en qué editoras francesas publicaba. Chukri todavía había sido educado en el Rif, en Tetuán, en el Tánger internacional y hablaba un español correcto al servicio de un sentido del humor de alfanje almohade con el que degolló buena parte de lo divino y lo humano, marroquí ante todo, pero también planetario y extraplanetario. En un aparte, el anfitrión le recordó, a él, hombre de letras, cuán dura había sido la vida de Chukri para llegar adonde había llegado.

—*El pan desnudo* es uno de los libros más desgarradores, donde cuenta todas sus hambres y humillaciones. El vino, el alcohol, las putas, han curtido a este gran escritor que era muy admirado por Bowles, en paz descanse.

Le reveló Natan Levi que Chukri había guisado aquella noche en honor de monsieur Bouvard uno de los *couscous* más difíciles de realizar, el conocido como *couscous tunecino* en el que la sémola se adapta a un excelente cocido de chuletas de buey, huesos de médula, cebollas, zanahorias, nabos, col, apio, tomate, ajo, perejil, pimienta roja, café de *harissa*, café de pimienta, sal marina, morcillas, albóndigas de verdura que requerían la colaboración de patatas, berenjena, calabacín, alcachofa, carne picada, huevo y harina. Las morcillas —aclaró Chukri—, se habían hecho con despojos de bovino, preferentemente corazón, hígado, intestinos, panza, especias, perejil, menta, ajo, pimienta y sal.

Ya en la sobremesa, preguntó Chukri a Bouvard si había percibido la fiebre islamista que según los extranjeros empezaba a afectar a Marruecos. Carvalho dijo que no precisamente en Marruecos, pero sí en el recorrido asiático, donde Bin

Laden era el mito heroico presente por doquier, y se excusó por no ser creyente, ni cristiano, ni islamista, ni siquiera mormón y de haber visitado escasamente Marruecos. La respuesta le había gustado a Chukri que expresó su malestar porque para construir la gran mezquita azul de Hassan II se habían secuestrado parte de los ingresos de todos los marroquíes, incluso de aquellos a los que las mezquitas suntuarias no les afectaban demasiado. A pesar de que Carvalho percibía en Chukri un alma gemela, o precisamente por eso, tomó la decisión de adquirir alguna de sus obras para quemarla.

—De escritor a estudioso de la escritura, ¿qué escritores en lengua catalana, tanto de la Cataluña francesa como de la española, merecerían ser conocidos por un lector marroquí que se reconoce lego en la materia?

El silenció colectivo, amablemente expectante, filocultural volvió a envolver a Carvalho como en aquella inolvidable tarde en Kabul.

—Yo prefiero quemar libros que recomendarlos.

Sólo Chukri se había tomado la respuesta en serio y aplaudía. Los demás reían.

—Pero trataré de ser gentil con tan eminente cocinero de *couscous*. Según se mire. Desde la Cataluña Norte. O desde la Cataluña Sur.

—Estoy muy de acuerdo con usted —respaldó una profesora del Instituto Cervantes que aceptó sonriente ser de Reus. Carvalho la examinó como si fuera una de sus alumnas.

—Es su turno. Usted que conoce tanto al gran escritor Chukri, ¿qué escritores contemporáneos en lengua catalana le recomendaría?

La profesora se puso seria y dijo sin pensar:

—La tríada introductora indispensable: Moncada, Monzó, Isabel Clara Simó, como tres cánones combinatorios.

—Eso es, cánones combinatorios.

Pero ya la mujer se había apoderado de la palabra y de la

reunión, y de su boca salieron nombres de escritores para llenar una gran enciclopedia: Montserrat Roig, Coca, Maria de la Pau Janer, Sergi Pàmies, Palol... Carvalho se dedicó al whisky Springbank, que el anfitrión había puesto a disposición de los creyentes y no creyentes. A pesar de que Chukri no podía beber por prescripción facultativa, contempló gozosamente uno por uno todos los tragos y todos los silencios de Carvalho y le envió un guiño de ojo radicalmente solidario. Los entes de ficción más tarde o más temprano se reconocen mutuamente. Entró un criado y avisó al anfitrión de que había llegado la visita esperada, y sin hacerla esperar, Natan Levi Miró se puso en pie y salió del salón, el suficiente tiempo como para que el grupo se fuera cansando de sí mismo y Carvalho decidiera estirar las piernas con el pretexto de ir al lavabo. Pasó junto al despacho de Levi Miró y, a través del espacio dejado por la puerta entornada, pudo descubrir al tardío pero ansiosamente esperado visitante: era el capitán Nemo, Hans Römberg, ex oficial nazi, ecologista, tal vez ecomarxista. Propietario otra vez del *Nautilus*.

Ya sin invitados, Natan nada dijo sobre la visita del capitán Nemo, pero sacó de las profundidades de la casa a un ignorado huésped: el joven Hixem. Así lo presentó, y propuso ir a dar una vuelta por el puerto. «A localizar exteriores», dijo irónicamente.

Luego, en el coche que conducía Hixem, le dijo a Carvalho que había recibido información de una buena amiga, desde Francia, en la que le rogaba ayudar a monsieur Bouvard a llegar a Europa, sin riesgos y sin fronteras.

—Por mi amiga he sabido que usted era un experto en literaturas románicas, sobre todo en el uso de los diminutivos en los Siglos de Oro. Ahora tenemos entre manos la operación Puivert, que exige que seamos solidarios, especialmente en estos momentos.

Sin que la palabra «Puivert» le dijera nada, Carvalho asintió y Natan bajó la voz para que no oyera Hixem lo que iba a decir.

—Yo no me dedico al tráfico de pateras, pero he recurrido a un buen, aunque extraño, amigo, Hixem, del que puede fiarse. No hable demasiado con él y, sobre todo, nada de nada de Puivert.

Nada de nada de Nemo y nada de nada de Puivert, ni en el coche ni ya en el puerto, cuando lo llevaron a uno de los rincones donde esperaban evidentes pateras dedicadas a un evidente asalto al Estrecho. Caminaba por el muelle junto a Natan Levi Miró, seguidos a un metro por quien decía llamarse Hixem. Carvalho señaló una embarcación que podía corresponder con su imaginario de patera, y primero Natan y luego Hixem, al ser consultado por su patrón, demostraron que no los convencía la propuesta del detective. No, no los convencía la intención de Carvalho de subir a una patera con veinticinco pasajeros. Lo contemplaron no como se contempla a un viejo desesperado, sino a un señor mayor que ya no tiene edad de polizonte, tan precario y de aspecto tan instalado que no se comprende que pueda necesitar una patera para llegar a España.

—No podemos aceptar el riesgo de que usted vaya en patera. Puede haber mala mar —opinó Natan.

—Sé nadar.

—Por mucho que sepa nadar, si hay mala mar, se ahoga.

—¿Y los veinticinco que van a ir? ¿No es el mismo caso?

—No, son más jóvenes y nadie reclamará sus cadáveres. El de usted, sí, y eso es peligroso para nuestro trabajo. Creo que puedo ofrecerle una alternativa y será gratuita, aunque tiene usted aspecto de poder pagarla.

—Muchas gracias.

—Tómelo como una prueba de la supervivencia cultural de la hospitalidad en los pueblos pobres.

—Lástima que no dispongamos de un submarino como el *Nautilus*, ni de un capitán como el viejo Nemo.

Natan Levi Miró no se dio por enterado. Volvieron por la misma pasarela hasta ganar el centro del puerto y se dirigieron a la zona de embarcaciones deportivas. Hixem les enseñó la motora de nombre *Djamila* que estaba dispuesta para su traslado a España.

—Hay un doble fondo, por si se acerca la patrulla, a no ser que usted tenga documentación española.

—La tengo, pero prefiero utilizar ese doble fondo.

Le pareció lo más lógico a su embarcador porque lo aceptó sin discusiones, aunque no pudo evitar una leve sonrisa complementaria de la carcajada de Natan.

—Le gustan las emociones fuertes, ¿eh, amigo? El viaje le hubiera costado cuatro o cinco mil dólares, porque es el más seguro de todas las rutas —intervino Hixem—. Aquí, a las nueve de la noche. Tráigase ropa de abrigo; esta bonanza es falsa y estamos ya en diciembre. Cuando lleguemos a España lo estará esperando un sistema de transporte, de una u otra manera lo haremos llegar a Sevilla.

—Llevo equipaje. Tal vez eso despierte sospechas.

—Quedamos en su hotel. Lo recogemos en un servicio de taxis especial y, cuando lo embarquemos, su equipaje parecerá cualquier cosa menos un equipaje. Vaya a prepararlo.

Rechazó la oferta de Natan de llevarlo hasta el hotel y expuso su deseo de callejear por Tánger.

—Caminará usted por dentro del cadáver de una ciudad mitificada.

—Ya he caminado por el interior del cadáver de Alejandría.

Se encogió de hombros Natan y lo dejaron en una acera nada más salir del recinto del puerto. «Buen viaje», le deseó mientras arrancaba en su BMW 731. Deambuló por Tánger en búsqueda de las últimas impresiones por una decadencia que había imaginado o que le habían contado con especial melancolía cuantos amaban aquella ciudad abierta en tiempos de protectorados, ciudad internacional y, por tanto, territorio libre para muchos fugitivos del franquismo. Todo parecía venido a menos, como una prueba de que la independencia había escogido otras prioridades y Tánger había pagado un cierto precio por su pasado de ciudad escaparate de un Marruecos irreal, adonde acudían, junto a exiliados españoles, aventureros y comerciantes de diversa ganancia y escritores norteamericanos excelentes como escritores e inseguros como homosexuales que buscaban un mercado de carne indígena barata. Tal vez la ciudad estuviera ahora en un punto sin retorno con respecto a su pasado y artificial cosmopolitismo, y a un paso del contagio islámico que desde Pakistán hasta Marruecos podía perpetrar el imaginario de un nuevo imperio, cuando menos, teológico. Ya no viviría para verlo, pero tal vez en el futuro los europeos aumentarían su crueldad represora contra el islam, a medida que aumentara su miedo por el cerco islámico. La prensa hablaba de la necesidad de una alternativa de islamismo moderado, creciente en todo el Magreb y ya en el poder en Turquía, como si los analistas obedecieran a un diseño a la vez territorial, humano, religioso de un proceso de emancipación y de una voluntad de hegemonía. Antes de treinta o cuarenta años, ¿quién sería el gobernador de cualquier lugar del sur de España que dejara la puerta abierta a la invasión islámica, y qué procedimientos de defensa utilizaría una Europa que dependía de la inmigración musulmana para mantener limpias sus calles y sus cloacas y dependiente en buena medida de policías y militares surgidos de la tropa inmigrante? Lo que le jodía a Carvalho era el coste religioso de una operación de mestizaje, el sustituir la pelagra institucional mesiánica cristiana en todas sus formas por la pelagra institucional mesiánica islámica.

Volver al hotel como un turista más amedrentado por la oscura noche tangerina significó superar psicológicamente el falso papel y plantear con decisión: «Me voy.» Poca gente se va de los hoteles sin haber dormido ni una noche y solicita que le bajen el equipaje porque ha surgido un contratiempo personal y debe proseguir su viaje. A París, naturalmente. Estaba tan triste el recepcionista por su marcha que tuvo que respirar profundamente para recuperar una serenidad en bancarrota.

—Recuérdenos, por si desea usted volver algún día a Tánger.

—No lo dude.

Le bajaron el equipaje, con el desenfundado abrigo de astracán, y el taxi tardó lo suficiente como para que tuviera tiempo de comprobar los destrozos que una vuelta al mundo puede causar en una Vuitton de la nueva generación, pequeña maleta elegante de avión que jamás podrá competir con los baúles decimonónicos de aquellos maleteros de París, baúles donde cabía la ropa del marido, de la mujer e incluso la desnudez de un amante, si era sorprendido en un aparte de la inevitable cadena de los Ritz. Aquellos baúles abiertos parecían un apartamento y necesitaban una cadena de criados y maleteros que los transportaran. En cambio, la marca se adaptaba ahora a maletas y maletines funcionales que vivían del prestigio de un tamaño perdido en el tiempo. El taxi enviado por Natan no lo dejó en el muelle convencional, sino en una zona límite del puerto deportivo donde estaban los barcos de limpieza o convalecencia estética después de una reparación. La soledad del muelle casi daba miedo y frío, por lo que se puso el abrigo que le había regalado Malena, como una cínica mortaja, y una vez a bordo, Carvalho vigiló que el propio taxista le subiera el equipaje, ahora enfundado en dos grandes bolsas de lona negra, trasladadas a las profundidades de un yate de poco más de quince metros. Completaba una expedición de doce emigrantes clandestinos, y tres supuestos marineros se hacían cargo de la marcha de un barco simple, le pareció a Carvalho que según el canon de una mallorquina de tamaño límite. Podían viajar en algo parecido a una sala de visitas comedor, pero a la menor señal de uno de los marineros descenderían por una trampilla a un doble fondo de la nave, donde era necesario permanecer estirados, porque no cabían ni siquiera en cuclillas. No había muchachas negras preñadas o con criaturas colgadas de sus pechos brillantes, como las que aparecían en las dramáticas emigraciones en pateras que delataban su condición clandestina. Tal vez bastaba con callar y llegarían tranquilamente a la tierra prometida, denominación que Carvalho pronunció con sorna porque era su propia tierra. Su propia tierra. Carecía del sentido de la territorialidad patriótica y, sin embargo, se sentía miembro de una comunidad de humanos bípedos, no muy reproductores, que compartían la lucidez de que las patrias no se merecen, te las encuentras como una malformación congénita o un bonito color de ojos. Cuatro jóvenes negros con gafas de estudiante, una pareja heterosexual de marroquíes y otra compuesta por un hombre maduro y un jovencito, diríase que dotado de cuerpo de bailarín, a juzgar por cómo lo movía y el arte que tenían sus brazos para abanicar el aire. Los restantes tres componentes de la banda eran tres mujeres poderosas, una madre y dos hijas que, nada más desembarcar en España, estarían en condiciones de bailar la danza del vientre en complementarias exhibiciones, la acuarentada y la adolescente.

El hombre maduro que acompañaba al adolescente grácil se sintió algo acusado por las miradas ajenas y comentó en marroquí, francés y español que era el primer y único representante taurino de todo el Magreb y que acompañaba a su pupilo en un viaje de iniciación de una carrera taurina en España.

—Oirán hablar de mi pupilo.

—Chiquito de Agadir. Ése será mi nombre en los carteles de las mejores plazas taurinas de España, sur de Francia y América. Se necesitan toreros. España es demasiado rica para que sus jóvenes quieran ser toreros.

—Tiene la ciencia de un Antonio Ordóñez, como él mueve los brazos y el cuerpo y mide la distancia, y tiene el sentido de la provocación del Cordobés, me refiero al viejo Cordobés. Lo suyo es la muleta, pero mata muy bien, a pesar de las dificultades que hemos tenido para matar novillos en Marruecos. Imposible. Lo has de comprar, y si saben para qué es, te lo cobran a precio de oro.

Chiquito de Agadir puso los ojos en blanco y los brazos en disposición de saludar a las masas que lo aplaudían desde el redondel, todo el mundo en pie.

—Nadie ha conseguido las chicuelinas que yo he conseguido. El toreo se lleva en la sangre.

Era una confesión dual que sólo Carvalho entendía, porque los demás los contemplaban como si acabaran de escaparse de un manicomio de toreros. Pero no pudo durar mucho más el festejo, porque un marinero irrumpió con malas maneras y los empujó para que se introdujeran por la trampilla y fueran estirándose en un suelo lleno de invisibles nervaduras de madera que se les clavaban en el cuerpo. Se cerró la trampilla y Carvalho vivió una experiencia en la que el espacio y el tiempo habían roto cualquier conexión con el exterior, un ámbito sepulcral, exactamente sepulcral, como si las doce personas estuvieran realizando un ejercicio táctico de enterrados en vida. El barco redujo la marcha a medida que crecía el ruido de una sirena y por entre las sutiles rendijas del escondrijo se colaron ráfagas de reflectores de la supuesta patrullera. No se oían en cambio voces, pero sí pisadas al poco rato, pisadas sobre sus cuerpos, como si los buscaran plantas de pies con instinto de encuentro, con tacto de encuentro. Carvalho estaba tumbado boca arriba como una sardina en una lata de doce, a su derecha tenía a Chiquito de Agadir y a su izquierda a la madre del dúo de posibles bailarinas de la danza del vientre. La mujer olía a todas las violetas del mundo, pero su olor no podía ocultar la del muchacho, diríase que recién salido de un baño de aftershave barato más adecuado para toros que para toreros. Las pisadas se fueron debilitando o disminuyendo. Desaparecieron. Pero nadie abrió la compuerta. Ya les habían advertido que, de tener un encuentro con los guardacostas españoles, la duración del viaje aumentaría, porque sería necesario costear sin manifestar la menor intención de desembarco. ¿Cuánto tiempo? Carvalho sintió que se le limitaba la seguridad de respirar, que tenía ganas de orinar y le nacía una inesperada inquietud por no poder resistir el encierro, inquietud que no podía contrarrestar simplemente con ironía y que bastante conseguiría si no se convertía en terror, el terror que ya había puesto regueros de sudor en su frente.

La luna estaba tan menguante que casi no existía, aunque no era luz la que faltaba, porque el sol emergía ya voluntarioso y pintaba de tenue claridad un mar tranquilo, la perspectiva de una playa lejana, algunos arrecifes, la zodiac grande, inmediata, plana sobre el agua, apenas balanceada, recibiendo primero los equipajes apilados en el centro, luego uno a uno los trece cuerpos, los emigrantes y un tripulante, Hixem. Primero habían oteado con catalejos la orilla y una altiplanicie que la respaldaba. La soledad lógica con el nacimiento del día fue la señal de desembarco. Apenas a una milla de la costa, el único obstáculo eran arrecifes de color gris, casi negro pactado por la dudosa claridad. Sin la menor amenaza desde la playa, pronto la expedición adquirió aspecto de partida de pesca acompañada de dos posibles bailarinas de la danza del vientre, un tanto azarosa en días de diciembre, por más que Hixem les asegurara que iban a desembarcar en una zona de microclima casi subtropical, donde podrían tranquilamente esperar los enlaces que los acercarían a una ciudad importante en la que era más fácil fundirse con la población.

—Pero nos habían dicho que esa ciudad importante era Sevilla, y a nosotros nos interesa meternos por los cortijos anteriores a Sevilla, concretamente uno donde un viejo torero contempla con simpatía a los jóvenes valores, vengan de donde vengan. Hasta tiene un ahijado taurino rumano.

Se quejaba en francés y en voz baja el parlanchín mánager de Chiquito de Agadir, consciente de que, una vez desembarcado, llegar al cortijo de la fortuna ya dependería sólo de ellos. Hixem le aseguró que aún estaban más cerca de su objetivo que antes, porque habían tenido que abrir la ruta a la izquierda del Estrecho y la costa visible estaba más próxima de la carretera de Sevilla que la inicialmente prevista. La zodiac sorteó los arrecifes como si se los supiera de memoria y embarrancó en la arena oscura de la playa. Hixem atravesó la barra de arena al frente de la expedición y los conminó a pegarse a un declive muy empinado, a la espera de que acudieran a por ellos. Les aconsejó que no se exhibieran en medio de la playa. Cuanto más pegados al desmonte, mejor. Luego volvió a subir a la zodiac y se marchó de regreso a la *Djamila*. Las danzarinas del vientre más jóvenes tenían tanto frío que sus dientes castañeaban, y Carvalho les pasó su abrigo de astracán, en el que trataron de cobijarse los dos cuerpos y al tiempo emitieron el resplandor de dos sonrisas de felicidad. El mánager y su pupilo hacían ejercicios de español, especialmente empeñados en pronunciar mejor palabras como cuchillo, lechuga, gazpacho, luna, agua, muerte, suerte, y así hasta una cincuentena que tenían apuntadas en un papel, una pequeña hoja de bloc cuadriculada. Percibieron movimiento en los matorrales que tenían sobre sus cabezas y al rato saltó ante ellos un hombrón con la sonrisa puesta y el gesto decidido. Señaló a las tres bailarinas y se las llevó por un senderillo arriba, encareciendo a los demás silencio y paciencia. Las muchachas trataron de devolverle el abrigo a Carvalho, pero él lo rechazó y les dijo en inglés que en Europa sólo se podía bailar la danza del vientre previo uso de abrigos de astracán, ironía que ellas entendieron ya casi cuando comenzaban a caminar, y fue tal su ataque de risa que casi se cayeron y tuvo la madre que enmendarles la actitud y resituar el abrigo sobre los hombros de la más delgada. No tardó en aparecer un segundo enlace que esta vez era un muchacho rubio que señaló a Carvalho, al mánager y a Chiquito de Agadir, y los invitó a seguirlo por el mismo sendero, dueños en seguida de la perspectiva de un desmonte que ascendía hasta una vieja carretera secundaria, aunque pocos metros más arriba ya se adivinaba la carretera principal por la que pasaban tráficos de camiones. Un todoterreno Mercedes, acondicionado como transporte escolar, según rezaban los rótulos de la carrocería, acogió a los tres hombres, reconfortados por el termo de café que les tendieron, así como unos brioches que les parecieron recién salidos del horno.

—Mire usted, compañero, ¿no tiene *serdo* este pan?

Perplejo estaba el chófer hasta que Carvalho le tradujo *serdo* a cerdo.

—¿Cómo va a tener cerdo el pan?

Tranquilos, Chiquito y su mentor se comieron dos brioches por persona y una vez engullidos acogieron con sorpresa que Carvalho se dirigiera a ellos en castellano:

—El brioche no lleva nada de cerdo. Otra cosa es el croissant, que en España puede hacerse con manteca de cerdo.

—¿Con manteca de *serdo*? —indagó Chiquito de Agadir con cara de repugnancia.

—Si quiere ser un torero importante, tendrá que comer jamón pata negra y beber manzanilla o jerez, como mínimo, jerez fino. No hay torero en España que pueda escapar a este ritual.

Chiquito de Agadir fingía vomitar, y su mánager le advirtió que no hiciera más el payaso y que el jamón no era propiamente cerdo, sino otra cosa.

—¿Qué cosa?

—Otra cosa.

Reconfortado por el café caliente y los tres brioches que se comió, se distrajo primero Carvalho en el paisaje que los alejaba de la que supuso costa de Barbate, porque ya los rótulos de carretera marcaban el objetivo de Cádiz y Sevilla.

—¿Será tan amable de dejarnos en Las Cabezas de San Juan? Antes de llegar al pueblo, vera usted, es que hemos de encontrar un camino particular que está precisamente a la entrada de Las Cabezas de San Juan.

Fue en este punto de estrategia geográfica pactada cuando Carvalho se durmió con una subconsciente sensación de incomodidad, o tal vez de comodidad insuficiente. Malena le preguntó dónde estaba el abrigo y él le contestó que probablemente se había caído al mar. «¿No se lo habrás dado a otra?» Los ojos rubios, inocentes, de Malena se habían convertido en piedras crueles que emitían destellos de indignación, y Carvalho tendió los brazos hacia ella, vestida con un traje chaqueta años cincuenta, igual que los que aparecían en los figurines que su madre compraba para cumplir con sus funciones modisteriles. Pero Malena evitaba el contacto por el procedimiento de alejarse sin descomponer el gesto, de alejarse o de ser alejada por una fuerza externa a la que ella no se oponía y que él no podía delimitar, ni tan sólo situar. Lamentó entonces haber regalado el abrigo a las bailarinas. ¿Y si ni siquiera fueran bailarinas? Lo despertó el frenado del coche y más tarde acabó de devolverlo a la carretera de Sevilla un suave zarandeo al que lo sometía el mánager.

—Nos vamos.

—Suerte.

—¿Le gustan a usted los toros?

—Los toros, sí.

Necesitó unos segundos para ser dueño de su sentido lógico, de sus palabras.

—En cambio, los toreros me dejan indiferente, y lo que aquí llamamos la fiesta taurina me parece una majadería disfrazada de crueldad o una crueldad que oculta una majadería.

No lo habían entendido, por lo que llegaron a la conclusión de que era uno de los suyos, y el mánager exclamó:

—¡Olé!

A través de la ventanilla, Carvalho pudo ver por última vez los andares alados de Chiquito de Agadir y a su lado el mánager maletero, portador de todos los equipajes y además preocupado por encontrar el camino más adecuado hacia el cortijo en el que había depositado todas sus esperanzas.

—¿Y usted?

—¿La manera más directa de llegar a Francia sin utilizar el avión?

—No puedo decirle. Yo, de Sevilla para arriba, no sé nada. Para mí es como Siberia o como Afganistán.

—¿Hay guerra?

—¿Qué guerra?

—En Iraq.

—Pues me parece que sí, o no, aunque yo la televisión la veo poco, porque de día duermo y de noche, ya lo ha visto usted: trabajo.

Las guerras existen si se ven. Para el conductor la guerra era sólo una posibilidad que no necesitaba comprobar.

—Pero lo de Francia puedo consultárselo por teléfono. No por el móvil, que podría estar interceptado, sino desde una cabina cuando ponga gasolina.

Detuvo el coche a la altura de Dos Hermanas y ya bastó con la mirada para advertirle a Carvalho que no se dejara ver. Estaban en una gasolinera, conectado el todoterreno a un poste y el chófer a un teléfono. Se había llevado el hombre un lápiz y un papel, y Carvalho lo veía apuntando afanosamente, probablemente con la lengua fuera, como si la punta le marcara la puntería en el trazado de las palabras. Pagada la gasolina y en marcha de nuevo, el chófer miraba la carretera con un ojo y el papel con otro.

—Vamos a ver. Si va usted a París, lo mejor es un tren directo desde Madrid.

—Me interesaría más entrar por Cataluña. ¿Podría ser un sistema que no requiriera identificarse? Un camión, o un coche de línea, o varios coches de línea.

—Eso sólo se lo puedo consultar en Sevilla.

No llegaron a entrar en la ciudad. El hombre rubio lo llevó a un bar de las afueras, se pegó al teléfono de bolsillo y solicitó una información completa a alguien de su confianza, porque le hablaba de tú. De pronto se volvió hacia Carvalho, apartó el móvil sobre la mesa y preguntó en voz baja:

—¿Está dispuesto a pagar seiscientos euros?

—Depende.

—¿De qué depende?

—De si me dejan en el sitio de Francia al que quiero ir.

—¿A qué sitio?

—Usted solucióneme un transporte para atravesar la frontera por La Jonquera, por ejemplo, y el destino del viaje se lo diría a quien me llevara.

—Es que serían coches de línea primero y un camión después. Un coche de línea de Sevilla a Valencia y un camión luego hasta Francia. El coche de línea lo paga usted y el camión es lo que entra en el precio. Se lo cobraría yo.

—¿Cuándo?

—Ahora.

—Condiciones de viaje en el camión. No quiero llegar a Francia asfixiado ni carbonizado.

—Usted no es un piernas de esos africanos. Usted, sentado junto al chófer, con documentación de ayudante de conducción.

—Hecho.

Podía desayunar antes de subir al coche de línea en esa hora ingrata en la que bares y cafeterías siguen exhibiendo el vaho amargo que emerge de las fauces mal afeitadas del dueño, repartida su mujer entre la escoba y la cocina, sobre el mostrador churros, porras, donuts, pastelería de mucha grasa y poca apetencia a la espera del instante sublime del mediodía en el que las barras empiezan a llenarse de tapas y montados de la escuela andaluza, competidora de la escuela vasca de las mismas materias. Tuvo que resignarse Carvalho a pedir un bocadillo de morcón hecho a la bárbara manera de la España interior, pan y embutido a palo seco, ignorantes del papel lubricante que desempeña el tomate y el aceite en la bocadillería catalana o el simple aceite o la mantequilla en bocadillerías menos evolucionadas. De bocadillo en bocadillo fue, porque nada más ponerse el coche de línea en movimiento, el ayudante del conductor ofreció uno de queso y jamón a cada uno de los viajeros, naranjada, café y algo parecido a un pastel de merengue construido con claras de huevo trabadas con yeso. Por la televisión se emitían los programas procedentes de la epidemia de aperitivos visuales, ya globalizados, que se basa en la burla de los peatones sometidos a toda clase de gamberradas, y con la obligación de reírse cuando comprueban que los intentos de aniquilación, incluso de asesinato, eran una broma filmada para *voyeurs* televisivos, es decir, una broma que ratificaba su identidad y les permitiría la difusión de su mismidad en autocares y aviones de todo el mundo. Empezó a continuación una película sobre la fuga de dos presos evidentemente norteamericanos y algo sonados que van a parar a un tren sin maquinista, pero con chica de bonitos ojos claros, siempre perseguidos por un sádico director de prisiones al que Carvalho habría aplicado la pena de muerte mucho antes que el presidente Bush Jr., el gran Terminator. Mucho era su sueño, y a él atribuyó la mala leche con la que contemplaba los recuerdos, las personas y las cosas, y consiguió dormir hasta Valencia con sobresaltos a cada parada, la más larga dedicada a que el personal hiciera sus necesidades en una gasolinera y completara su alimentación con lo que quedaba de la tapería del mediodía. Se arrebujó Carvalho en su propio cansancio y recuperó el sueño en cuanto el autocar se puso en marcha y en el televisor se anunció una película de un cómico español de los años cincuenta, Paco Martínez Soria, película que Carvalho aplaudió secretamente con entusiasmo porque tenía una capacidad soporífera sin equivalente posible en todo el mundo donde se hacen películas que ya nacen muertas. Todo su cuerpo desperezado expresó su contento cuando la última parada del autocar le indicaba que habían llegado a Valencia, aproximadamente la mitad del viaje, y que ya debía de esperarlo su camión en la cercanía de la estación central de coches de línea, y allí estaba, con chófer pelirrojo con el tórax lleno de bancales que sólo desaparecían a la altura de la bragueta.

—¿Y bien?

—Carcassonne. La puerta principal de las murallas.

—Si todo va bien y vamos por la autopista, de cinco a seis horas. ¿Pagará el peaje?

—Ya pagué en Sevilla.

—Pero no el peaje.

378

—No. Bien, lo pagaré.

Se echó a reír el camionero.

—Pero será usted ingenuo. El peaje no se paga en este tipo de transporte porque lo paga la empresa. Siempre vamos por la autopista, no es como antes. Usted invíteme a algo sólido en una estación de servicio a la entrada de Cataluña. Tenga, la documentación: «José Sarmiento García, ayudante de conducción. Nacido en Santander. Cincuenta y cinco años.»

—Gracias.

—¿Por qué?

—Por la edad.

—Hoy mucha gente tiene aspecto de tener cincuenta y cinco años. Creo que es el aspecto dominante, según me explicó el gerente de la empresa.

—¿Qué carga lleva?

—Zapatos alicantinos con nombres italianos, para fardar, porque los italianos tienen fama como diseñadores. Y usted, ¿a qué va a Francia?

—A hacer prácticas de francés. Lo tenía muy olvidado.

—Prácticas de francés. ¡No te jode!

Sus manos aplicadas a las marchas y sus pies sabios sobre el teclado provocaron el primer movimiento y suspiros profundos del motor. El hombre empezó un monólogo que duraría hasta Tarragona sobre la pésima vida del camionero, siempre en tensión para cumplir los horarios fijados por la compañía, a la greña con la policía de tráfico, sea la Guardia Civil sea la policía autonómica, mal alimentado, muy mal alimentado en todos los sentidos de la palabra, desde el punto de vista de la racionalidad alimenticia y desde el culinario. Si tuviera tiempo le enseñaría una especie de nevera no siempre eléctrica, a veces necesitaba recurrir al hielo, donde llevaba algunos productos fundamentales como queso o *botifarrons*, así como *blancos*, preferentemente los murcianos, porque son los que mejor aplican la matalahúva. Y beber. No, no es conveniente para conducir con lucidez, pero cuando hay que dormir en el camión nada mejor que tres o cuatro carajillos para conciliar el sueño, y llega un momento en que te acostumbras y te estás jugando la vida.

—Más de cuatro camioneros amigos míos han muerto de cirrosis. Y lo peor es la combinación de carajillos y fumar. Yo me quité del tabaco en marzo pasado, con la ayuda de la acupuntura y de una promesa que hizo mi madre. Si me quitaba de fumar, ella se pondría un hábito de color lila e iría a dar las gracias a la Virgen de los Desamparados. No es que creamos en esas zarandajas, pero esta vez dio resultado. No fumo.

Carvalho prefería a los conductores callados, pero el tema de conversación empezaba a interesarle, especialmente el hábito que la madre del camionero había llevado durante su peregrinación a la sede terrenal de la Virgen de los Desamparados.

—¿Dónde se puede comprar un hábito?

—Ella lo compró en una tienda cercana al mercado de Valencia, en un barrio donde te encuentras toda clase de uniformes. Tienen hasta el de la Banda del Empastre, que me parece ya no existe. Yo nunca oigo hablar de la Banda del Empastre, a la que siempre asocio con el Bombero Torero.

—Hoy casi todos los toreros son marroquíes.

—¿Marroquíes?

—Marroquíes. Lo que pasa es que no se divulga para evitar que el público se desanime.

—¿Se está quedando conmigo?

—¿Ha oído hablar de Chiquito de Agadir?

—Me suena.

—¿Sabe usted dónde está Agadir?

—Pues así, de pronto...

—Marruecos. En la costa atlántica de Marruecos.

—Joder. O sea, que esos tíos se meten en todas partes.

Vayas a donde vayas te encuentras con un moro haciendo el trabajo de un español. No hay derecho. Y ahora toreros.

—Y aunque su religión les prohíba tomar jamón y beber vino o alcoholes más duros, ni caso. Ellos comen jamón y beben alcohol para que nadie pueda señalarlos con el dedo y gritar: «¡Al moro!»

—Yo vi una vez una película muy mala pero muy inquietante. Resulta que los marcianos invaden la Tierra con un procedimiento muy, pero que muy hijo de puta. Se apoderan de cuerpos humanos, con la documentación incluida, con todo, con la familia, es decir, se tiran a la mujer por ejemplo del ciudadano sustituido, usurpado, y así poco a poco se van apoderando de Nueva York, creo que era de Nueva York.

—Muy probablemente.

—Pues con los moros pasa lo mismo. Ya se han apoderado de Francia y ahora se vienen a España. No te jode. Chiquito de Agadir. Hay que tener cojones y cara dura.

Carvalho le había ofrecido material para monólogo hasta Barcelona, y allí dejó de hablar, porque empezó a dormirse a ráfagas, interrupciones de la conducción que el camión asumía yéndose unas veces hacia la cuneta de la derecha, y otras hacia el carril de la izquierda, del que era expulsado por las bocinas de los automóviles que trataban de adelantarlos.

—Hemos de parar en el primer parking.

Así lo hicieron, y el chófer se sentó en el suelo, cruzó las piernas y con los brazos relajados se puso a respirar hondamente. Luego se levantó y practicó diez o doce movimientos de gimnasia lenta que a Carvalho le pareció paródica, pero que al hombre le sentaban «de puta madre», según repetía una y otra vez. Subió al camión y sin arrancar se puso en tensión a manera de comprobación previa de que estaba en condiciones de conducirlo, pero no insistió demasiado, dio unas cabezadas y quedó dormido con la cabeza sobre el volante después de explicar que había repetido turno porque necesitaba dinero para comprarse un taxi.

—En cuanto tenga el dinero, a tomar por culo el camión. Esto no es vida. Que los conduzcan los moros. Mucho toreo y mucha mariconería, pero aquí quisiera yo verlos.

Durmió casi una hora, roncando por todos los descosidos del cuerpo y mal respirando, como si estuviera al borde de la asfixia o de un infarto. A Carvalho los camioneros le parecían personajes literarios desde que había visto *El salario del miedo*, con Charles Vanel e Yves Montand llevando un cargamento de explosivos en un país de Centroamérica, probablemente Guatemala. Siempre que salía un camión en una película sembraba inquietud, como un objeto enigmático, contundente, contra natura, normalmente conducido por seres humanos con problemas y mal afeitados. Nunca había visto una camionera. Tal vez si las mujeres llevaran camiones, las pautas de la conducción cambiarían, o no, sería la cultura de la autodestrucción de tu personalidad kilómetro a kilómetro, convertida en un mero instrumento para un recorrido, la que se impondría, y las mujeres también tomarían carajillos, morirían de cirrosis o se dormirían para siempre sobre sus volantes desbordando los márgenes de las carreteras.

—¿Dónde estamos?

—Más allá de Barcelona. Casi en el peaje de Granollers.

Llegaron a Carcassonne con tanta antelación a la cita que Carvalho tuvo tiempo de dormitar en varios bares ante toda clase de bebidas, en busca más tarde de un buen restaurante que hubiera conseguido salvar el *cassoulet* de las corrupciones derivadas de la horda turística que había convertido las murallas de la ciudad en las más consumidas de Europa por toda clase de partidarios de las murallas. Cuando se acercó la hora del encuentro, con todo su equipaje en ristre o a su estela, ascendió Carvalho la calle comercial —todas lo eran— que le señalaban en el plano en busca de la entrada para visitantes del castillo de Carcassonne. Entretuvo de vez en cuando la vista por los escaparates que mostraban ensimismadas terrinas o latas de foie, *confit d'oie, cassoulet,* joyas debidas a chacineros comarcales para las que el viajero no tenía tiempo ni espacio, pero sí querencia. Se trataba de una ciudad empaquetada en ruinas que siempre estaba llena de tumultos hasta el anochecer, pero hoy le parecía al visitante que Carcassonne protagonizaba una fiesta extra que no le pertenecía, como si fuera necesario detenerse allí, en un descansillo de su vuelta al mundo, a juzgar por el trasiego de autocares que programaban su tiempo de visita y las urgencias que marcaban guías y conductores «para no llegar tarde». Captó la expresión: «El lugar escogido no es demasiado amplio. No hay que llegar tarde», y se desentendió de ella, porque igual podía tratarse de una reunión del sacro colegio cardenalicio roquero que de un *striptease* de las señoras Bush y Blair en busca de fondos para la guerra contra Iraq. Al final de la pendiente vio a Biscuter, pero no estaba solo. A su lado posaba madame Lissieux con piernas de bailarina en posición descanso, los pies calzados con algo parecido a unas alpargatas catalanas, a manera de concesión antropológica que le sentaba bien a un paisaje amurallado por piedras de calidad difícilmente igualable.

Sin apenas palabras de recepción, Biscuter propuso sentarse en uno de los bares *devoraturistas* situados ante el portón principal del castillo, y ya sentados ante sendos *demipanachés* ella y él, Carvalho pidió un pernod para recordar su infancia de bebedor, y aún tardaron en situar la lógica del encuentro.

—Jefe, vamos a vivir una aventura extraordinaria. Una de esas experiencias que se inscribirán en el gran libro de la historia humana. Ella y yo estamos comprometidos a vivirla desde hace meses, y en muchas ocasiones durante nuestras separaciones, conectábamos telefónicamente para ir diseñando nuestra participación en el proyecto, del que usted nunca estuvo excluido. Pero usted es muy especial y hay que decirle las cosas a su tiempo.

—Después de dar una vuelta al mundo, por ejemplo.

—Por ejemplo.

No callaba Biscuter por embarazo, sino por el estado de gozo de todo su cuerpo y alma, a la espera de las mejores palabras con que describir el prodigio.

—Nos vamos al espacio.

Estudió Carvalho brevemente la voluntad de la pareja de aguantarle la mirada y llegó a la conclusión de que, en efecto, se iban al espacio.

—¿Cómo?

—De momento pasamos por un período de concienciación en el desierto del Sahara, al sur de Marruecos, ya lo vio usted en Ouarzazate, en aquel campamento de revelación que visitamos, recuerde, y que acabará de concretar los objetivos y de demostrar nuestra capacidad subjetiva de asumirlos. Luego partirán tres expediciones hacia el planeta elegido, tal vez Marte o Plutón, de momento suena más Marte por tradición cultural y porque el aspecto técnico de la aventura nos ha dotado de instrumentos para hacerlo mínimamente habitable. Todo empieza esta noche. Algo parecido a una nave espacial simbólica descenderá sobre la gran explanada central del castillo cátaro de Puivert, y a ella subiremos una cincuentena de personas especialmente preparadas para «La Gran Indagación», una filosofía radicalmente laica que trata de crear nuevas relaciones de dependencia y creatividad en un lugar ya no tan irrecuperable como la Tierra. En una fase casi inmediata, prescindiremos de alimentación animal o vegetal para destruir la última causa de la violencia original. Nos sentiríamos felices, ya plenamente felices, si nos acompañara. Usted sería muy útil en la indagación de nuevos sabores y texturas que sustituyan a los cadáveres, ya sean de cordero o de lechuga.

Los ojos de la mujer corroboraban las propuestas de Biscuter. Hablaban en serio. Hablaban como alienados perfectos, dispuestos a asumir una huida hacia adelante, materialista y atea, desde un escenario cátaro y utilizando la fe y la esperanza como virtudes sospechosamente no del todo laicas. Carvalho estuvo tentado de decirle que el campamento marroquí al que iban probablemente era un apéndice del Hollywood magrebí adlátere, pero le salió:

—¿En qué Sinaí se os han revelado estas verdades?

—En el Sinaí de la ciencia —irrumpió tajante madame Lissieux—. Pero con la fe, que mueve montañas, según afirmaban los románticos a partir de Kant. El futuro puede ser, mejor dicho, debe ser «una religión basada en la esperanza laica». Así lo dijo un filósofo posmarxista, materialista y, por tanto, poco propenso a virtudes o certezas teologales: Bloch.

—No hay ninguna revelación, jefe. Ningún dios. En la expedición hay científicos, sabios, técnicos, dietistas, pensadores y algunos especialistas en marketing para que el producto sea rentable y podamos financiarla. Por ejemplo, hemos hecho una concesión al *star system* en la persona del falso capitán Nemo. Toda película necesita un intérprete excepcional.

Carvalho iba a aferrarse a palabras tan sospechosas como «marketing», «producto» o «rentable», pero Biscuter le echó encima un cubo de agua fría antiteológica.

—Hay que escapar del dios terrestre. Es un principio cátaro y usted sabe que yo me aficioné a esta religión hace algunos meses. Fue como un cristianismo primitivo, probablemente de origen búlgaro, que sobrevivió por aquí hasta el siglo XIII.

Y ante la perplejidad de Carvalho, madame Lissieux se adelantó y tomó la palabra:

—El dios de este mundo es un dios extranjero. Lo sabían y lo decían muy bien los cátaros. ¡Qué gran sentido vuelve a tener la frase de aquellos espiritualistas! Usted acaba de dar la vuelta al mundo y sabe que tiene un dios extranjero, personifíquelo en el poder que quiera, es un dios extranjero a nuestras verdaderas necesidades y habla una lengua que nos desprecia o exhibe unos silencios que nos ignoran. Necesita guerras e incluso está dispuesto a una catástrofe ecológica absoluta. Es como una metáfora, señor. El dios de la Tierra era y es malvado, y por eso el de los cátaros estaba fuera de este mundo. Nosotros pretendemos construir un nuevo sistema de relaciones humanas y del hombre con la naturaleza también lejos de este mundo. No sé si recuerda el poema de Schiller con música de Beethoven al que hace unos veinte o treinta años le pusieron música más o menos cantable. Venía a decir que si no consigues la libertad en este mundo hay que ir a buscarla en las estrellas.

Carvalho los contempló como si fueran dos extraños que de pronto habían crecido a su lado dotados de una fisonomía irreconocible. Biscuter se atrevió a hacer lo que nunca había hecho: se inclinó sobre su jefe y le puso una mano en un brazo.

—No lo digo por usted. Lo digo por mí. Es mi última oportunidad. ¿Sabe cuántos años tengo?

No, no lo sabía. Tal vez había creído que Bicuter conservaba no sólo la lógica, sino la edad del día en que se conocieron.

—Tengo dos años más que usted.

La edad de Biscuter, por tanto, era casi su edad. Algo parecido a la angustia en días de prueba, ante un tribunal escolar o ante un tribunal militar, da casi lo mismo, se apoderó del centro del cuerpo de Carvalho, como si de pronto se hubiera materializado allí una escultura de Moore, un inmenso tumor de vacío, de intuición o sensación de tiempo, tiempo, tiempo que conseguía modificarlo, probablemente lo había modificado si se tomaba la molestia de consultar a un espejo. De pronto tenía los años que tenía y Biscuter todavía era más viejo, a pesar de su inocencia de neonato con la ayuda del fórceps, de su voz atiplada, y estaba claro que sólo les quedaba la oportunidad de ir a Marte o de volver a la monótona realidad unilateral de todas las mañanas, dos años más viejo que Carvalho. Imposible reconstruir nada de lo que había sido estimulante, e imposible esperar nada que volviera a ser estimulante. Biscuter, en Marte; él, en Vallvidrera.

—Estáis alienados. Nunca llegaréis a Marte.

Los dos se encogieron de hombros. «De momento tenemos un desierto y una finalidad, ¿y usted?» «¿Yo?» Podría negociar con La Caixa una hipoteca impagable sobre la casa que significara casi venderla, pero que le permitiera conservarla hasta la muerte. ¿Por qué no venderla y marcharse a algún lugar del que no quisiera regresar? Pero la maldita cultura lo acosaba con su filtro de palabras, y allí estaban los versos finales de un poema de Pavese sobre los mares del Sur. La negación objetiva de los mitos terrestres. El marino desilusiona al adolescente que lo interroga, anhelante, sobre los paraísos que él ha podido contemplar.

—El lugar de partida de hoy es muy hermoso. El castillo cátaro de Puivert. No es el más espectacular por su ubicación, pero tiene un espacio inmenso entre lo que fue puente levadizo de entrada, la escalera de las murallas y el *donjon*. Además, está algo elevado, pero no tanto como para alejar de las miradas exteriores lo que ocurre entre sus almenas. Es un patio de unos ochenta metros por cuarenta que permite un aterrizaje y un despegue en vertical. Debió de ser un palacio precioso, más festivo que militar.

Madame Lissieux continuó la tarea explicativa de Biscuter. En realidad, durante todo el viaje habían estado en contacto ella y su ayudante, incluso en los períodos de distanciamiento físico, y durante aquellas semanas ella había transmitido cuanto sabía del proyecto. Nada más ver a Biscuter en el ferry de Barcelona a Génova, comprendió que era un personaje ideal para la expedición, porque era tanto y tan rico lo que no sabía de sí mismo que forzosamente lo convertiría en un magnífico reconstructor de sistemas de vida.

—¿Por qué no se viene, jefe? Luego podríamos invitar a Charo y tal vez todo volvería a ser como al principio, el comienzo de una posible gran experiencia.

Pensó Carvalho seriamente la pregunta, la posibilidad y la respuesta.

—Porque me parece tan tedioso lo que me espera en Barcelona como lo que probablemente no os espera a vosotros. Nunca llegaréis a Marte, y si llegáis, os pelearéis entre vosotros. El fallo fue original. Vida e historia están mal planteadas para siempre.

Lo invitaron al menos a que los acompañara hasta el castillo para despedirse en el momento justo en que todo debía comenzar. Cuando subieron a un autocar azul lleno de luces fluorescentes y de signos geométricos, Biscuter aprovechó para pasar junto al asiento de Carvalho y decirle:

—Yo necesitaré algún dinero al comienzo, pero en cuanto llegue al nuevo planeta pongo a su disposición los ahorros que me queden. Ya enviaré un documento. Usted lo tiene jodido como investigador privado. Lo digo por las ganas; a usted no le quedan ganas.

Decidió Biscuter sentarse a su lado durante el recorrido por el País Cátaro rumbo a Puivert, y rememoró muchos momentos de su vida en común, tratando de demostrar que él sí había presenciado la vida de Carvalho y no a la inversa.

—Pero juntos hemos hecho grandes cosas. Grandes empresas. Deshecho grandes entuertos, y es una lástima, jefe, que usted esté tan cansado, porque eso me ha angustiado. Se lo digo con toda sinceridad. ¿Qué sería yo si usted deja de ser? Por eso lo animo a que prosiga la aventura. Todo está esperándonos, y todo lo que dejamos ya nos había abandonado.

Los fugitivos de la Tierra no cantaban himnos sagrados ni canciones de autocar, no se conocían demasiado y apenas hablaban, pero parecían tranquilos, incluso satisfechos desde un ensimismamiento que dificultaba atribuirles edad, oficio, estado, como si no fueran sus contrarios. Aparentemente no tenían edad, tampoco oficio, y el estado dependía de cómo entendiera cada uno ellos la identidad de la tribu. Pero Biscuter los fue identificando y allí había de ambos sexos físicos, biólogos, químicos, ex sacerdotes y ex monjas, mineros, médicos, algún militar, ingenieros y un jardinero de La Bisbal que se llamaba Pere y que era el único paisano que él podía reconocer simbólicamente.

—Y el capitán Nemo, fíjese, en la segunda fila empezando por el final.

Allí estaba el anciano y bello ex general, al parecer reflexionando. Pero Carvalho tenía otras urgencias al servicio de sus penúltimas resistencias racionalistas.

—Pero vamos a ver: ¿vais a embarcar en un platillo volante? ¿De dónde lo habéis sacado? ¿De un almacén de ovnis?

—No. No es un platillo, es un avión de despegue y aterrizaje en vertical. Un avión especial mayor que los Harriers pero inspirado en los mismos principios.

—¿Es una contribución de Adidas o de Unilever?

—No. Han colaborado distintas industrias implicadas en proyectos espaciales. Hemos valorado muy seriamente la posibilidad de convertirnos en clientes *civiles*, en el comienzo de una desmilitarización del espacio. Ahora se está trabajando en el utillaje del lanzamiento espacial, tanto la base impulsora como la primera nave. Lo más complejo es el asunto científico, porque sólo in situ podremos comprender qué manera hay de crear vida o de, al menos, conservarla en el planeta escogido.

—¿Lleváis publicidad en la camiseta, como los jugadores de fútbol?

—Todavía no se ha hablado de ello, pero hay ofertas de industrias ecológicas.

Ya había oscurecido sobre el País Cátaro, aunque todavía se vislumbraba algún castillo sobre los riscos. Biscuter no descuidaba detalles explicativos de la tragedia cátara, un intento de cristianismo primitivo, muy solidario, que se instaló en aquellas tierras de Occitania y llegó a traspasar fronteras y a instalarse incluso en Cataluña y Aragón, movilizando sobre todo a clases populares desafectas al sistema, pero también a algunos dueños del sistema, señores feudales que tomaban conciencia, se sentían distantes de su propia función, de la función de su poder.

—Hay una ruta de castillos cátaros que le recomiendo, si es que decide quedarse. Yo le aconsejo especialmente Quéribus, Puilaurens, Peyrepertuse, donde al comienzo queríamos hacer este montaje porque ha quedado un espacio central muy *fermo*, pero llegar hasta el castillo es demasiado difícil. O debería usted ver pueblos como Lagrasse o castillos en un entorno mágico como Lastours. Luego el lago de Montbel, muy cerca de Puivert, y todo el canal del Midi, vinculado al País Cátaro que más o menos se ubica entre Minerve y la montaña negra en el norte, Foix en el oeste, Puilaurens en el sur y Narbonne en el este. Si hemos elegido este país como punto de lanzamiento es por su condición de país al servicio de una disidencia cristiana sumamente aleccionadora. Pretendían un cristianismo sin poder, sin imperio, y los cátaros fueron conocidos como hombres buenos que vivían en una tierra privilegiada. Eran un ejemplo insoportable y sobre ellos cayeron toda clase de poderes para exterminarlos y desacreditarlos. La triste secuencia final del tormento y muerte de Guilhem Belibasta, el conocido como último prefecto, es aleccionadora. No era el mejor de los cátaros. Había sido pastor e incluso había matado a un hombre en una pelea, y por eso la Iglesia se cebó con él, tratando de justificarse con el descrédito del catarismo. Matarlo significaba, además, romper lo que los cátaros llamaban «la cadena apostólica» y por tanto impedir el nombramiento de un prefecto sucesor. Se había fugado de las cárceles de Carcassonne y para cazarlo se utilizaron técnicas de novela de espionaje. Un ex cátaro que lo había visto por Teruel y Cataluña se ganó su confianza y lo entregó al arzobispo de Narbonne. Fue brutalmente atormentado y quemado en la hoguera en el otoño de 1321.

—Es una historia de perdedores.

—Todas las disidencias empiezan perdiendo. Pero la verdad más tarde o más temprano se impone, o debería imponerse.

—Has dicho que dejaríais de comer carne y vegetales. Ignoro qué sucedáneos habéis encontrado. En mi infancia me enternecían las historias del profesor Franz de Copenhague. Eran tiempos de hambre, y en el *TBO*, un cómic para niños, el profesor llegó a inventar un procedimiento para comer arena.

—Recuerdo las historias. Pero no comeremos arena, sino resultantes químicas que recibirán sabores almacenados en la memoria del paladar. ¿Se imagina el día en que podamos contemplar a los animales o a las lechugas sin complejo de culpa?

—Pero los animales no humanos seguirán comiéndose los unos a los otros.

—Es inevitable en un larguísimo período inicial, hasta que estemos en condiciones de controlar sus ciclos de reproducción y, por tanto, la posibilidad de abastecerlos de alimentación incruenta. Ése será el final de la violencia, de la crueldad.

El gigantesco autocar iluminado empezó a emitir una música que se oía mejor en el exterior que en el interior, algo de barroco concordante con las aguas del Aude, que subrayaban la ruta desde Carcassonne a Puivert, en el país de Razès. Biscuter tenía un conocimiento sorprendente del país y de la peripecia que vivían, según la consideración de Carvalho, que no podía despegar a su ayudante de los límites del despacho de las Ramblas o de la cocinilla casi adosada al retrete y a la pequeña habitación donde había vivido treinta años. Teorizaba ahora sobre la contradicción entre poder comer sin crueldad y, en cambio, mantener vivos los sentidos implicados en la operación de cocinar y comer.

—Mediante ilusiones sensoriales. Ópticas, olfativas, gustativas.

—Eso no bastaría. Al menos para promociones enteras de personas que han dispuesto de una memoria del paladar y, por tanto, de un paladar de la memoria. ¿Y las texturas? ¿Y las formas? No podemos reducir una liturgia tan compleja al acto simple de tomarnos pastillas o líquidos, aunque sepan a bacalao al pil-pil o a *oreiller de la Belle Aurore*. Así como la dietética ha sido un insulto a la inteligencia sensitiva de los gozadores de la gastronomía y no se ha conseguido un concierto entre saber alimentario y saber gastronómico, eliminar la violencia como última causa de la infelicidad humana no debería implicar la mutilación de ningún placer.

Empezó a cansarle la conversación. Le parecía tan inútil como irse a Marruecos y después a Marte o a Plutón acompañado de sí mismo. En el horizonte apareció de pronto un brillo singular a manera de *skyline* de un castillo en ruinas, del que sobresalían todavía torres contundentes. En el interior del autocar se crearon extrañas vibraciones, como si las esperanzas de los viajeros fueran ondas emitidas hacia el castillo, con la ilusión de aproximarlo a pesar de la cierta angustia que creaba una vez más la hora de la verdad. Nemo, viejo pero fuerte y tostado por el sol, se puso en pie y cantó un viejo himno que muy pocos estaban en condiciones de secundar. Sí Carvalho, pero no quiso hacerlo, aunque hubo un tiempo en que amó aquella proclamación de cultura de la resistencia y de confianza en los elegidos para cambiar la historia.

> *Ohé compagnons, dans la nuit, la liberté nous écoute.*
> *C'est nous que brisons les barrots des prisons de nos frères.*

El himno de los partisanos lo había escuchado por primera vez en un tocadiscos de casa de Juliana, en un viejo piso triste aunque confortable, situado en un callejón cercano a la plaza de Sant Jaume, la calle Raurich, si no recordaba mal. No eran reuniones estrictamente políticas, sino de comunión dominical o sabatina de jóvenes dispuestos a recibir la palma del martirio luchando contra Franco, la contradicción de primer plano, y contra el capitalismo, la contradicción fundamental. La música les hacía compañía y los emparentaba con todas las causas aplazadas, no sólo aquella canción épica interpretada por Yves Montand, dentro de una antología de canciones populares de Francia, sino también los coros del ejército soviético o las canciones republicanas de la guerra civil española o las italianas antifascistas o los cantables de Puebla a favor de Fidel Castro o las de desamor inteligente, Brassens, Ferré, Mouloudji. Salían de aquellos encuentros algo bebidos de vinos baratísimos, pero también solidarios, y en las callejas de la Barcelona o pobre o vieja, siempre les parecía oír cómo resonaban los pasos sigilosos de los partisanos enfrentados a las botas nazis, porque eran sus propios pasos. Pocos conocían en el autocar la canción, madame Lissieux desde luego, y otras dos mujeres de voces muy bonitas que se adecuaron a la excelente voz del viejo fuerte, un bajo considerable, tal vez contratado por la organización del festejo para subrayar el formato épico-lírico del acontecimiento. Si bien el autocar había circulado precedido y seguido de un tráfico inusitado, en las proximidades del cerro culminado por el castillo aún se intensificó más y el conductor tuvo que recurrir a bocinazos y a un reflector para abrirse camino entre las personas y los coches, pronto con la ayuda de un servicio de orden identificable por una camisa fluorescente. Biscuter ya sólo tenía ojos para la incendiada silueta del castillo de Puivert en el cielo, dejó a Carvalho en su asiento y se aproximó al de madame Lissieux para apretarle con una mano el hombro y con la otra acariciarle el cabello, gestos que distanciaron todavía más a Carvalho de lo que estaba viviendo, como si fuera una despedida de soltero de Biscuter, más que un hecho trascendental en la historia de las diásporas de la humanidad. Una voz en *off* les anunció que el autocar llegaría hasta la puerta misma del castillo y que deberían esperar concentrados la inminente llegada de la nave *Clairté*, a la que sólo podrían acceder los compañeros portadores del pasaporte Milenio. Luego la nave espacial se llamaría, cómo no, *Nautilus*. Carvalho requirió la atención de Biscuter sobre el nombre de la expedición, no el de la nave.

—Es que toda la expedición se llama Milenio.

Sacó Biscuter un cartón del bolsillo de su americana, en el que estaba su fotografía, datos personales y atribuciones, es decir, cocinero. Se iba a Marte o a Plutón de cocinero, y en el dorso de la cartulina un fragmento de sermón.

Estimados:

Este mundo tiene prisa y se aproxima a su fin y, como de costumbre, cuanto más se prolonga una situación, peor. Y así debe ser, pues la llegada del anticristo adquiere unos tintes más perversos debido a los pecados de la gente, por lo que todo será en verdad siniestro y terrible sobre la Tierra. Esta noche es Nochebuena y es lógico que nazca una nueva esperanza.

Extracto del sermón de Wulfstan de York, pronunciado en el 1014 y levemente modificado.

Era el mismo fragmento que sonaba ahora en los altavoces, diríase que celestes, que enviaban músicas y consignas sobre la montaña para que resbalaran por las laderas en busca de los caminos y las carreteras, porque allí estaba el gentío, varando definitivamente coches y autocares. Los reflectores de la organización competían con los de las cadenas de televisión, y fue abucheado un helicóptero que filmaba a los congregados en la explanada de acceso al castillo.

—Puede ser un peligro para *Clairté* —razonó Biscuter mientras empujaba a Carvalho para que los siguiera más allá del umbral de acceso a la parte central del castillo.

Tuvo que enseñar su pasaporte y defender la necesidad de que «su hermano» lo acompañara, mentira que a Carvalho le sonó como un despropósito. Si Biscuter se llevaba a Marte las mentiras menores, nada ni nadie podía evitar que llegaran allí las mayores. Enlazados por un brazo la Lissieux y el que había sido su ayudante, el mejor ladrón de Mercedes de Andorra, providencial pinche de la cárcel de Aridel y desde 1992 diplomado en sopas y salsas por L'École de Gastronomie de Jacques Minceur, Carvalho se había quedado como guardándole las espaldas, concentrado en construir un último discurso disuasorio de tanta locura. Se le ocurrió incluso proponer: «Biscuter, seremos socios.» Pero nada dijo porque no encontró nada que pudiera asociarlos. ¿Y si considerara la posibilidad de sumarse a tan descabellada expedición? ¿Para qué? ¿Para actuar como detective privado en Marte? De pronto creyó reconocer a uno de los que estaban siendo entrevistados por la televisión, un rostro y una estructura corporal recordable, pero extrañamente vestido de hindú: Paganel. ¡Paganel! Biscuter reparó en él y sonrió beatíficamente.

—Me dijo que comprendía muy bien lo que buscábamos, pero que Lalita estaba muy a gusto viajando con él en busca de la relación entre los campos magnéticos terrestres y los santuarios de larga tradición.

Como escondida en la penumbra que delimitaba la luz de los reflectores, allí estaba Lalita, vestida de esquiadora de Vogue, en contraste con el uniforme antropológico hindú de su compañero.

—¿Quiere saludarlos?

—No, no. Tenemos toda la vida por delante. ¿Alguna sorpresa más?

—Sí. Malena viene con nosotros. Quiere empezar una nueva vida en las estrellas.

—¿Malena? ¿La agente del Mossad?

—Sí, no tardará en verla. Es una especie de jefe de orden de la expedición.

—Pero irse a las estrellas con Malena es como emigrar al infinito con el Mossad puesto.

Dejó de emitir contraargumentos cuando en el espacio apareció la luminosidad esférica de algo que podía ser una nave insinuante de su voluntad de descenso sobre la plaza del que fue castillo cátaro de Puivert. Los altavoces recomendaban liberar al máximo el espacio donde iba a aterrizar la nave, y las luces de *Clairté* empezaron a apoderarse de los rostros de quienes la esperaban, el de Biscuter estaba transfigurado por las luces externas y por las internas que Carvalho le suponía. Lo recordó en la cárcel de Aridel, cuando llegaba a las celdas de los políticos con alguna tortilla de patatas inmensa recién confeccionada y procuraba quedarse escuchando las ocurrencias de aquellos jóvenes sabios, especialmente cuando hablaban de historia y de los desastres económicos que acabarían por hundir al franquismo. También el momento en el que les dijeron que unos cuantos bujarras habían rodeado al muchacho en la cocina y le estaban diciendo que se lo iban a follar e insistieron en follárselo cuando llegaron cuatro barbilampiños políticos dispuestos a pacificar la cuestión. De nada valían las argumentaciones sobre seguridad o sobre ética, por lo que uno de los espectadores, el más alto y transitorio jefe de cocina, se enfrentó al cabecilla bujarra y le señaló con un cierto desprecio el cuerpecillo fetoide de Biscuter.

—¿Te has fijado tú en este tío? ¿Te quieres tirar a este pedazo de feto? ¿Tan necesitada tienes la polla que la vas a meter en eso? Follar es una cosa muy seria, muy seria, y no se puede convertir en una burla. ¿Qué dirán mañana de vosotros los compañeros? Se reirán mientras piensan: «Esos bujarras iban tan calientes que se tiraron hasta al sietemesino de la cocina.» Y si sale al exterior, los que sois bujarras pero no maricones e incluso estáis casados y tenéis hijos. ¿Os imagináis cómo os consideraría la familia si alguien señala a Biscuter y dice: «Mirad, mirad, eso es lo que se folló tu padre, tu marido o tu hermano»?

Pareció argumento definitivo para todos los bujarras, menos para uno de ellos, que echó los brazos hacia adelante como para indicar la voluntad de Biscuter, escondido detrás de Antonio *Cachas Negras*, ahora ayudante de cocina y también él conocido bujarrón, pero obligado a ponerse al lado de su compañero de trabajos cotidianos.

—Yo me tiro a ése aunque sea un petardo. Y no tengo familia que venga a comunicar conmigo, con lo que me importa un huevo lo que digan los demás.

Dio un paso al frente el jefe de cocina, secundado por los estudiantes, y pegó su boca a una oreja del bujarra, en la que dejó caer palabras que sólo podían oír el propietario del apéndice y los que estaban más próximos al encuentro.

—Tú me metes la picha en tu puto culo y no des más el coñazo porque, de lo contrario, te la voy a cortar y la voy a echar mañana en el potaje de col. Primero la lavaré, desde luego, porque debe de ser la picha más guarra de la cárcel.

Secundó lo dicho con un fuerte apretón de compendio de verga y cojones del levantisco bujarra, presión acentuada hasta hacerlo aullar, llorar y pedir que lo dejara estar, sin capacidad de replicar la agresión porque tenía miedo de perder el sexo en el empeño. Al devolverle sus atributos sexuales, buscó el hombre el patio más próximo y poco a poco se disolvió la concentración de violadores, y algo parecido a la admiración rodeó al jefe de cocina, asesino múltiple de vecinos de su pueblo, que a su vez habían matado a su padre de una paliza por una cuestión de lindes. El hombre era un filósofo que, de vez en cuando, ante el relato de los crímenes más horrendos que castigaba la cárcel de Aridel, comentaba:

—No puedo juzgar al peor de los criminales porque nada se sabe sobre lo que separa la bondad de la maldad.

Biscuter puso una mano sobre el hombro de Carvalho y lo obligó a volver del pasado. No sabían qué decirse, aunque poco podían decirse por el estruendo creado por el aterrizaje. La nave descendía verticalmente, y los remolinos de aire provocaron un movimiento de retroceso en el círculo de congregados, salvo en los periodistas audiovisuales que corrían con sus artefactos al encuentro del prodigio. Junto a ellos pasó el capitán Nemo, precedido por el micrófono de la locutora de la televisión francesa, que ya había entrevistado a Paganel, seguidora del cámara que avanzaba entre la multitud hacia el *Clairté* como una tortuga.

—Es difícil dar una explicación total de lo que está ocurriendo porque nadie quiere responsabilizarse de la operación. Se recurre a un Comando Milenio de composición secreta, como responsable supremo de un hecho que puede cambiar la historia del mundo o al menos la historia de los que van a vivirlo. ¿No quiere añadir nada, capitán Nemo?

—Mucho quiero añadir, pero no ahora.

Siguió avanzando la locutora iluminada y filmada, trataba de acercarse con Nemo a la escalera que había descendido de la nave y por ella tres personas, un hombre y dos mujeres, marcados por la misma señal distintiva de los demás expedicionarios. Una de las dos mujeres era Malena, disimulada dentro de un traje de cosmonauta arte pobre, diríase que incluso con descosidos y remiendos. Nemo fue saludado como un jefe y los abrazó como un padre, subió la escalerilla para introducirse en el avión, Malena se puso una mano a modo de visera y examinó a los allí congregados sólo como podía examinarlos una profesional del espionaje. Carvalho bajó la cabeza para no ser visto o tal vez para no verla. En vano, los periodistas trataron de que hablaran los tres argonautas, y recibieron en cambio un dossier que sólo les mereció disgusto y frustración, hasta que de pronto una voz cenital, inmensa, profunda, cósmica, que Carvalho identificó como la que recordaba del capitán Nemo, voz que se parecía a la que interpretaba el himno de los partisanos, consiguió establecer un silencio rotundo en el castillo y todas las inmediaciones a las que llegaba la megafonía:

—¡Esto no es un espectáculo de luz y sonido que empieza y acaba en el recinto de un castillo simbólico, sino el inicio de una aventura esperanzada que conduce la búsqueda en las estrellas de lo que no pudimos conseguir en la Tierra! No hay nada sobrenatural en nuestro empeño, y nada haremos que esté reñido con la lógica y la ciencia, sin ningún dios ni equipo de dioses que respalden nuestra acción y la bendigan. No los necesitamos, y aquellos que los necesiten pueden ir al santuario de Lourdes, no a demasiada distancia de aquí, para vivir en plena esperanza teologal. La nuestra es laica. Desde esta esperanza iniciamos una aventura no exclusivista, sino sacrificada, que abrirá puertas a otras largas marchas marcadas por las constantes de la emancipación humana. Salud. Seguidnos por los mejores caminos que llevan a las mejores estrellas.

Cuando cesaron los aplausos, los vítores, los cánticos, como el *Dies Irae* entonado por un grupo de muchachas evidentemente vírgenes y mártires de la conquista desmilitarizada del espacio, la música que se oyó fue el *Himno de la alegría* de Schiller y Beethoven en una versión ligera de los años setenta en la que se recomendaba que se buscara la libertad en las estrellas, dada la imposibilidad de hallarla en la Tierra. Los tres nautas que esperaban al pie de la escalera transmitieron la orden de que los elegidos podían subir a bordo, y se formó una cola cada vez más extensa, en la que, de uno en uno, previa muestra del pasaporte, subían la escalera hacia las entrañas de la nave, un superavión de transporte militar pintado de rosa, con *graffiti* y flores psicodélicas en sus exteriores. Alguno de los que iban a desaparecer de las miradas allí presentes, supuestamente para siempre, se volvía y saludaba, brevemente, como si le urgiera integrarse en su nuevo proyecto. Otros ni siquiera volvían la espalda a su futuro, ni alzaban el brazo en despedida dirigida a alguien o a algo. A pesar de los requerimientos de madame Lissieux, Biscuter se quedó junto a Carvalho.

—Adiós, jefe.

Estaba llorando Biscuter y Carvalho sentía un ahogo que le impedía las palabras. Sólo pudo abrazarse con su compañero y luego pasarle la mano por la frente, la nariz, las mejillas, como si un ciego tratara de memorizar un rostro.

—Sepa que allí donde esté lo esperaré, mientras sea posible. Usted no tiene nada que hacer aquí. Ninguna finalidad establecida es la suya.

Pero ya era urgente subir, y aunque las manos se retuvieron décimas de segundo, finalmente Biscuter avanzó hacia la escalera, subió y desde el último peldaño se volvió para saludar a Carvalho con un puño cerrado primero, luego con los dos puños, y así entró de espaldas en *Clairté*, el penúltimo de los expedicionarios, independientemente de los tres porteros, que una vez cumplida su misión —Malena la última, como si fuera la capitana de la nave— volvieron a fundirse con la máquina de guerra «disfrazada de ensueño lúdico», pensó Carvalho, todavía entre la emoción y la rabia por todos los fracasos que implicaban lo que acababa de ver. Finalmente, sólo emocionado, cuando la nave despegó y remontó su vuelo para marchar hacia el sur como una estrella más en un firmamento oportunamente despejado y provisto de una de las más contundentes lunas llenas del año.

Fue entonces cuando Carvalho pensó que no tenía ni

sabía adónde ir ni cómo ir, sin el menor deseo de ser descubierto y hasta interpelado por Paganel y Lalita, y siguió a la multitud camino de sus vehículos, dudando entre pernoctar en el pueblo o buscar otros recorridos, difíciles a las doce de la noche, «a las doce en punto de la noche», se dijo con una cierta solemnidad. Cuando empezó a clarear el tráfico, levantó el brazo como un autostopista convencional a la espera de un coche, el que fuera, y de una dirección cualquiera. Veinte minutos después se detuvo un Peugeot habitado por una pareja levemente acuarentada y dos niños tan rubios y blancos que parecían incoloros.

—¿Hacia dónde va usted?

Por la dirección que llevaba, el Peugeot iba hacia el norte, tal vez a Carcassonne.

—Hacia el norte. Espero encontrar un sitio donde dormir.

Unos kilómetros más adelante, la mujer se volvió para comprobar el sueño de sus hijos incoloros y lo informó:

—Nosotros tenemos reserva en una casa de turismo rural, junto al canal de Midi, cerca de Carcassonne. Si quiere podemos probar, tal vez tengan una habitación para usted.

Era una mujer rubia natural, pálida, con las venas insinuadas detrás de una piel finísima, los ojos húmedos, la boca magnífica. Utilizó un teléfono móvil y cuando lo cerró se volvió, satisfecha. En la alquería tenían otra habitación libre, y en sus ojos una sonrisa respuesta al interés que Carvalho lo demostraba. Tal vez conservaban ganas de comentar lo visto, pero no querían despertar a los niños. En los ojos fijos en la carretera había una extraña luz de fiesta, de fiesta interior. En vano, Carvalho trataba de discernir qué punto de luz espacial podía ser el presentido avión de Biscuter. Finalmente se durmió y abrió los ojos cuando el coche se detuvo ante una cancela junto a la que figuraba un rótulo que reproducía el diseño de la cabeza de un perro enfurecido y la advertencia: «*Chien méchant.*»

Tal vez lo había soñado, pero nada más entrar en la casa les habían ofrecido una taza de chocolate caliente, y la madre de los niños se la tomó mientras con la otra mano se retocaba los cabellos y el escote de un jersey que parecía de angorina; en cualquier caso, de una lana táctil sobre su piel rosada más que blanca. Le recordaba a Malena. Se parecía a Malena. Era igual que Malena pero con un marido probablemente *normalien* y dos niños casi incoloros. Bromeó con Carvalho sobre algunos aspectos del encuentro y desencuentro de Puivert, mientras el marido se entregaba a especulaciones técnicas sobre infraestructura de la fase actual de la operación y sobre la difícil, dificilísima posibilidad de que aquellas gentes llegaran a planeta alguno.

—Aunque, realmente, ¿a qué planetas quieren llegar? Tal vez sean planetas que están aquí. Quizá no seamos capaces de descubrirlos.

Se retiró el padre con los niños y ella pretextó migraña para tomarse otro chocolate y explicarle su vida a Carvalho, la de una mujer que había sido independiente, que había publicado a los diecisiete años un libro de poemas titulado *La chanson d'Aurore*, y que después había hecho de la maternidad su poema. Pero ¿cuánto dura la maternidad? Camino de sus respectivas habitaciones, Carvalho le tomó una mano para besársela y ella le ofreció sus labios equívocos, o eran labios de una cómplice de despedidas espaciales o eran unos labios de mujer. No tuvo inconveniente el detective en aceptárselos y luego invitarla a compartir habitación por un momento si su marido...

—Tiene un sueño profundo, estimulado por este tipo de orgías pseudorreligiosas. Es una noche especial. Todos estamos viajando hacia alguna estrella.

Tenía pechos adolescentes de pezón marrón claro y el sexo perfectamente depilado, algo dulce, sin que Carvalho le preguntara cómo lo había conseguido. Tal vez el exceso de chocolate. Tuvo un vencimiento rápido y, en cambio, Carvalho se quedó en la reserva de su entrega, los efluvios emocionales lo traicionaban, contempló la recomposición de la dama fugitiva como si se tratara de una ensoñación y le devolvió el beso antes de la huida, para caer dormido en cuanto la excitación se retiró a sus habituales cuarteles de invierno. «¿Ocurrió? ¿No ocurrió?», se preguntó cuando clareaba y tenía la sensación de haber sido acompañado por un sueño insuficiente. *Le chien méchant* ladraba y a su nariz llegaron aromas de café y pastas calientes, probablemente croissants, croissants de fiesta. 25 de diciembre de 2002. Navidad. De todo su breve equipaje sólo le quedaba en la Vuitton la suprema escasez de una muda y el neceser, así como un sobre donde se erosionaba el pastillaje obligatorio, pero aplazado durante meses. Trató de seleccionar una pastilla que lo devolviera a su condición de enfermo amenazado por cualquier enfermedad, pero tal vez todos los medicamentos estaban ya caducados, si no farmacéuticamente, sí emocionalmente. No le ofrecían ninguna esperanza de salvación, a punto de cumplirse casi doscientos días de su vuelta al mundo —al día siguiente se ultimaban—, y era lo ético en toda vuelta al mundo volver al lugar de donde se partió. Por tanto, mañana debía llegar a Barcelona a cumplir con Julio Verne, puesto que las renovadas futuras aventuras de Biscuter ya le habían permitido cumplir con el espíritu final de *Don Quijote*, y la sensación de haber vivido una huida hacia adelante lo reconciliaba con los señores Bouvard y Pécuchet, la inacabada novela de Flaubert que tanto le había inquietado en sus tiempos de estudiante, reacio a admitir que hubiera obras de arte o literarias inacabadas. Allí estaba en la biblioteca del hotel la novela de Flaubert, y Carvalho no tuvo más remedio que retomarla entre sus manos como si retomara un pedazo de su experiencia. Los planes de seguimiento que Flaubert nunca pudo cumplir se detenían en el momento en que todos traicionan a Bouvard y a Pécuchet, ya no tienen ningún interés en la vida, pero tanto el uno como el otro han tramado volver a su pulsión vital inicial y a fabricar un escritorio doble, un pupitre doble, para ambos, a manera de final feliz de los dos urdidores de experiencias interesantes, de síntesis entre estupideces y genialidades ensoñadas más que de ensueños geniales. Eran imposibles ya los ensueños geniales, y algún día Biscuter volvería para darle la razón, en cuanto abandonara la última posibilidad de religiosidad razonable, atea, material, aunque espacial, y tal vez para ese momento sería necesario un escritorio doble o una cocina igualmente doble o cualquier ámbito de reencuentro en el que desapareciera la relación amo-esclavo que, ahora adivinaba, había guiado la convivencia entre ambos. Algo tenía que ver su sueño con la separación de Biscuter y el viaje en busca de un lugar para dormir hasta encontrar el cartel «*Chien méchant*», previo al de la granja destinada a turismo rural vigilada por tan malvado perro. Incluso recordaba una escena de pupitre compartido. Tal vez se habían peleado a codazos para defender su espacio o para quitarle el espacio al otro, previo ajuste territorial antes de esas conversaciones de pupitre compartido cuyo recuerdo nos acompañan toda la vida. Como, por ejemplo, la primera vez que se planteó cuántos años tendría en el año 2000 y su compañero de escritorio lo acusó de vivir angustiado y de querer transmitir esta angustia a los demás.

El caserón demostraba el respeto que los franceses sienten por la historia como decorado, y grabados, viejos relojes de pared o de consola, una armadura y cabezas de jabalí decapitados en antiguas cacerías marcaban la ruta en pos de los efluvios de croissants congelados, finalmente cocidos en el horno de la casa para acompañar cinco clases de excelentes mermeladas, frutas, queso fresco, tostadas y huevos, si el huésped lo requería, o cualquier embutido o muestra chacinera de aquella región de Francia por la que pasaba el canal del Midi, las lentas *péniches* que tanto habían posado para las novelas de Maigret, entretenido por los cadáveres de las esclusas y ahora en cambio barcazas fin de semana al servicio de la terapia de la retención del tiempo, conducidas generalmente por víctimas del tiempo.

La familia que regentaba la casona comentaba lo ocurrido la noche anterior en el castillo de Puivert, y lo atribuían a la promoción de una película, ni siquiera francesa. Con toda seguridad, norteamericana. Y aun admitiendo el reclamo que representaba para aquellas tierras, les disgustaba aquel espectáculo, que podía aportar la degradación de la mitología cátara, especialmente del castillo, uno de los más asequibles y de espacios mayestáticos. Entró en la conversación el matrimonio que había acompañado a Carvalho, flanqueado por sus niños rubios, almidonados seguidores de las conversaciones de los adultos con rigidez de pescuezo.

—Desde que la realidad imita al arte, ¿cómo conocer los límites de la una y del otro? —se preguntaba el padre de los niños rubios absolutos hasta el incoloro, mientras la madre permanecía indiferente o le dirigía a Carvalho miradas de irónico socorro.

No tenía el marido culto respuestas para gentes no dotadas de su posición lingüística, y buscó una fórmula expresiva a su juicio más asequible:

—Los aviones se estrellan contra las torres de Manhattan y los platillos volantes parten del castillo de Puivert con destino esta vez conocido: un falansterio provisional del desierto del Sahara. ¿Son propuestas reales en sí mismas o propuestas reales con voluntad de parecer virtuales?

Todavía lo habían entendido menos y optó por ronronear a manera de respuesta a los comentarios ajenos. Así estaban cuando Carvalho pidió la cuenta y al pagarla se le escapó un latido ancho y profundo, como si el corazón se hubiera convertido en una pesimista caja de caudales. Luego preguntó sobre la manera eficaz y más económica de volver a España, concretamente a Barcelona, y no había otra que coger un taxi hasta Béziers o Narbonne, y allí el tren hasta Barcelona.

—Si espera un autobús, no podrá enlazar con el tren. Lo mejor sería un taxi.

Se despidió de sus anfitriones y del matrimonio rubio por el procedimiento de dejar un beso húmedo en el dorso de una mano de ella y un apretón breve, pero contundente, en una de las del marido. Luego salió con presteza, aun admitiendo que tampoco se trataba de llegar a casa cuanto antes, imposible ya el inicial prurito de los ochenta días, sin que Carvalho se dejara convencer por la tentación de transgredir los preceptos vernianos. «¿Por qué no en setenta y nueve, o en ochenta y uno, o en ciento cuatro o en mil?» Las convenciones son las convenciones y un viaje que cualquier ser humano rigurosamente contemporáneo, que pueda pagárselo, haría en una semana merecería un lugar especial en el tiempo, un lugar que sólo podía ser fabulador, literario. «Hete aquí que hay libros que no llegan a escribirse y que, por tanto, no pueden quemarse», pensó Carvalho, a diferencia del que acababa de robarles a los propietarios de la alquería y que estaba dispuesto a incinerar como colofón del viaje: *Bouvard y*

Pécuchet, de Gustave Flaubert. Una edición de bolsillo, intocada, probablemente nunca leída, que condujo hacia una de las afueras del villorrio, donde amontonó hojarasca y ramitas, les prendió fuego y desparramó sobre las breves llamas el breve libro desfoliado, y mientras ardía musitó: «Adiós, inacabados señores Bouvard y Pécuchet, que consiguieron llegar desde la más absoluta curiosidad a la nada; ni siquiera consiguieron ultimar su propia novela.» El taxi amanecía en la puerta de una tienda destinada a vender tabacos, prensa y juguetería de plástico para niños rubios casi incoloros, sacrificados mártires de la voluntad de sus padres de perder el tiempo y el espacio en una *péniche*. El taxista le propuso acompañarlo a la misma Barcelona, ciudad de la que procedían sus suegros, exiliados españoles tras la guerra civil. No tenía suficiente dinero Carvalho para permitirse el lujo, por lo que pretextó un inevitable encuentro en Narbonne con unos amigos que bajaban desde París.

—¡Barcelona! ¡Barcelona! —exclamó el taxista como si iniciara un panegírico de la ciudad, pero ahí se quedó, frustrando a un Carvalho siempre a la espera de que los taxistas lo sorprendieran.

Recordaba un viaje a San Francisco, con el mánager solitario y asesinado, y cómo nada más subir al autocar que unía el aeropuerto con el hotel, el conductor empezó a cantar un popurrí de San Francisco encabezado por la canción de Jeannette Macdonald. Por algo los norteamericanos habían conseguido ser los dueños de la Tierra, los impotentes vigilantes de las miserias de la Tierra. Al pasar junto a Carcassonne, el taxista recuperó la voz:

—¿A que no sabe quién tiene casa en Carcassonne?

—No.

—Philippe Noiret, el gran actor del cine y del teatro francés. Una vez lo llevé desde Toulouse hasta Carcassonne y me dijo, un poco triste, que tenía un caballo español. Estaba muy encariñado con el animal, pero no le gustaba el nombre: *Temeroso*. «Me han dicho que significa cobarde, que *temeroso* significa "cobarde"». Como yo le expliqué que era yerno de españoles, estaba en condiciones de contestarle que no, que no necesariamente. «*Temeroso* también puede significar "prudente"». «¿Prudente?» Se le iluminó la cara a monsieur Noiret.

Bravo tipo el taxista, con su capacidad de adjetivar había puesto a salvo la dignidad de Noiret y de su caballo. Lástima que no tuviera suficiente dinero como para pagarse el viaje en taxi hasta Barcelona, pero ya llegaban a Narbonne y a la despedida. En la estación, Carvalho buscó un teléfono y llamó a Charo. Un silencio indignado fue la inmediata respuesta a su identificación, luego Charo adoptó el más mordaz de sus tonos mordaces.

—Pepe. Vaya por Dios. Te creía muerto. Náufrago en el Pacífico, por ejemplo, o devorado por los caníbales. Ni una llamada desde no sé dónde. Menos mal, menos mal que Biscuter no es un zapato, sino una persona, y me ha ido contando.

—Ya me conoces. Llamo para decirte que vuelvo.

—No, no vuelvas. De vez en cuando sigue preguntando la policía por ti. Merodean por Vallvidrera. Vigilan tu casa.

—Lo siento por ellos, pero vuelvo.

—Espera un tiempo.

—Se ha acabado el tiempo que destiné a dar la vuelta al mundo. Pase lo que pase, hasta pronto.

Buscó periódicos, y toda la prensa se avanzaba hacia los viajeros pasando por encima de la inevitable guerra de Estados Unidos contra Iraq, ofreciéndoles en primera plana la noticia de la *mise en scène* del castillo de Puivert. «¿Marcianos o Bin Laden?», se preguntaba *France Soir*. *Libération* iba más lejos: «De la Tierra a la Luna pasando por Marruecos.» Compró Carvalho cuatro diarios de los que sólo leyó las informaciones sobre el aterrizaje de la supuesta nave espacial y el misterio oficial que había rodeado el acontecimiento. ¿Qué permisos habían solicitado los precosmonautas, habida cuenta de que inicialmente iban a un país tan probable como Marruecos y más tarde a un planeta tan improbable como Marte o, más todavía, Plutón? ¿Por qué no habían intervenido los norteamericanos, tal vez tozudamente empeñados en su guerra contra Iraq? Se imaginó a Biscuter vestido de cosmonauta y experimentando la ingravidez con su entusiasmado cuerpecito de larva humana, y también lo veía dando saltos con una mano unida a madame Lissieux, tan teñida de rubio absoluto que las luces cosmonautas la convertían en una risueña luciérnaga desparramada por el espacio. Podía reproducir mentalmente sus carcajaditas, e incluso las llegó a emitir para pasmo de sus acompañantes de vagón. La siguiente estampa, suponía que ya en Marte o Plutón, sorprendía a Biscuter y a madame Lissieux disfrazados de granjeros norteamericanos del

Far West, algo así como los de «La casa de la pradera», correteando por los prados seguidos de niños excesivamente rubios y larvarios.

Y así llegaron a la estación de Sants, donde Barcelona y España penetraron de pronto como un ruido, casi como una detonación, y entre la posibilidad de acudir al encuentro con Charo o de subir hasta su casa de Vallvidrera y desde allí confirmar la llegada, eligió la segunda opción, a la espera de censar las calles, las personas y los árboles, por si faltaba alguno de aquellos elementos, o comprobar las alteraciones padecidas en medio año de soledad, medio año sin la mirada de Carvalho. La conciencia de la ausencia de Biscuter la vivía como una mutilación cargada de presagios, la misma que había experimentado el primer día en que se cansó subiendo una escalera o no pudo recordar el nombre de su primera y única mujer. Ni siquiera ahora lo recordaba espontáneamente, y debía recurrir a la convocatoria de los recuerdos, tan rotos, para llegar a la conclusión de que se había llamado Muriel. Pero ¿cómo se llamaba su hija? El taxi lo dejó a las puertas de su casa y tuvo tiempo de pagar, abrir la puerta, oler más que ver los revelados interiores oscuros, antes de que sonara el timbre, y ante su consideración quedaran el inspector Lifante y tres policías, número excesivo a todas luces para su carencia de réplica. Entendía que debía trasladarse a un juzgado, donde se dirimiría si ingresaba en prisión o no, acusado de asesinato. No malgastó ni media palabra, ni media duda con Lifante. Cogió lo elemental para ir a la cárcel, pero no quiso llevarse la maleta Vuitton, nacida para otros finales, y la dejó a solas, en el centro de una habitación casi desnuda, como un volumen meditativo sobre el espacio que desalojaba en aquella habitación y, hasta el momento, en todo el mundo.

El policía callaba y parecía pensar en algo muy alejado de aquel coche oficial que dejó a Carvalho ante la mesa de trabajo de una señora jueza, canosa, mal teñida del mismo azabache empleado por Ivonne de Carlo en la serie de la familia Monster. El interrogatorio sobre lo sucedido con Anfruns en la escollera de Barcelona fue breve, divagante y concluyente. Debía ingresar en prisión sin fianza, a la espera de nuevas indagaciones, porque había hasta una docena de testigos presenciales del asesinato.

—Jamás ha habido tanta gente donde usted dice. Se habría hundido el rompeolas.

Aquella furgoneta que lo esperaba a la puerta del juzgado iba a devolverlo a la cárcel Modelo, como había ocurrido hacía más de cuarenta años, cuando los rojos entraban en las prisiones con la sensación de que se habían liberado de la pesadilla de la tortura policial y de que el franquismo se debilitaba. Y algo de alivio le alteró el rostro cuando ya subía a la furgoneta, tan evidente el alivio que Lifante empleó por segunda vez la voz para preguntarle:

—Parece contento. ¿Tiene motivos?

—Creo que sí.

Estuvo tentado de decirle que «hoy es Navidad y, además, tal como soy yo, tal como está el mundo, ese mundo por el que acabo de dar una vuelta de escandalizada inspección, el único lugar lógico a mi alcance es la cárcel. No debería haber salido nunca de ella. El mundo de Lifante, en el que él cumple la función de mantener el desorden, se divide en víctimas y verdugos, algunas veces llamados presos y carceleros, bombardeados y bombardeadores, globalizados y globalizadores». Pero Carvalho no exteriorizó su monólogo interior y se limitó a señalarle al inspector la realidad que quedaba en derredor de la furgoneta a punto de partir.

—Que le aproveche.

SERIE CARVALHO